Suzanne Brockmann

Hombres de HONOR

Editado por Harlequin Ibérica.
Una división de HarperCollins Ibérica, S.A.
Núñez de Balboa, 56
28001 Madrid

© 2014 Harlequin Ibérica, S.A.
Hombres de honor, n.º 70 -1.11.14

© 2001 Suzanne Brockmann
Cerca de la tentación
Título original: Taylor's Temptation
Publicada originalmente por Silhouette® Books

© 2003 Suzanne Brockmann
Pasión a ciegas
Título original: Night Watch
Publicada originalmente por Silhouette® Books
Estos títulos fueron publicados originalmente en español en 2002 y 2004

Todos los derechos están reservados incluidos los de reproducción, total o parcial. Esta edición ha sido publicada con autorización de Harlequin Books S.A.
Esta es una obra de ficción. Nombres, caracteres, lugares, y situaciones son producto de la imaginación del autor o son utilizados ficticiamente, y cualquier parecido con personas, vivas o muertas, establecimientos de negocios (comerciales), hechos o situaciones son pura coincidencia.
® Harlequin, HQN y logotipo Harlequin son marcas registradas por Harlequin Enterprises Limited.
® y ™ son marcas registradas por Harlequin Enterprises Limited y sus filiales, utilizadas con licencia. Las marcas que lleven ® están registradas en la Oficina Española de Patentes y Marcas y en otros países.
Imagen de cubierta utilizada con permiso de Harlequin Enterprises Limited. Todos los derechos están reservados.

I.S.B.N.: 978-84-687-4732-3
Depósito legal: M-23580-2014

HOMBRES DE HONOR

Cerca de la tentación 7

Pasión a ciegas 241

CERCA DE LA TENTACIÓN

Prólogo

–Fue asombroso –Rio Rosetti sacudió la cabeza; aún seguía sin poder explicarse los extraños acontecimientos de la noche anterior–. Absolutamente asombroso.

Sentados frente a él en el abarrotado salón, olvidado su desayuno de huevos con jamón, Mike y Thomas esperaron que continuara.

Aunque ninguno daba muestras de ello, Rio sabía que ambos lo envidiaban por haber podido estar en el mismo meollo de la acción midiendo sus fuerzas con Bobby Taylor y Wes Skelly, los legendarios jefes del Escuadrón Alfa.

–Eh, tú, novato, saca tu equipo y cálzate las aletas –le había dicho el jefe Skelly a Rio hacía apenas seis horas. ¿Realmente habían pasado solo seis horas?–. El tío Bobby y yo vamos a enseñarte cómo se hacen las cosas.

Hijos gemelos de madres distintas. Así llamaban a menudo a Bobby y a Wes. De madres muy distintas, en realidad. Aquellos dos hombres no se parecían en nada. El jefe Taylor era inmenso. En realidad, era una bestia. Rio no estaba del todo seguro, porque en torno a la cabeza de Bobby Taylor parecía haber siempre una especie de bruma, pero creía que al menos medía un metro noventa de altura, tal vez incluso más. Y era casi igual de ancho. Tenía las espaldas como la coraza almohadillada de los jugadores de fútbol americano y, al igual que estos, era condenadamente rápido. La verdad era que resultaba extraño que un tipo tan enorme pudiera ser tan rápido.

Pero el tamaño no era lo único que lo diferenciaba de Wes Skelly, que era de estatura mediana: más o menos un metro setenta y cinco de alto, como Rio, y de parecida complexión fibrosa.

Bobby era medio indio. Su herencia nativa se notaba en los cincelados rasgos de su cara y en su tez morena. Cuando se ponía al sol, su piel adquiría un bonito color tostado. Mucho más bonito que el tono levemente cetrino de Rio. Bobby poseía además una melena larga, lisa y negra que llevaba severamente recogida hacia atrás en una trenza y que le daba un aire vagamente místico y enigmático.

En cambio, Wes, cuya familia procedía de Irlanda, tenía el pelo castaño claro, con un tinte ligeramente rojizo, y un brillo burlón en sus azules ojos de duendecillo.

Wes Skelly era incapaz de estarse quieto. Siempre estaba moviéndose. Y, cuando no se estaba moviendo, estaba hablando. Era un tipo alegre, campechano y charlatán, y tan impaciente que a menudo resultaba grosero.

Bobby, en cambio, era el colmo de la templanza. Podía pasarse horas enteras mirando y escuchando sin cambiar de postura, completamente inmóvil, antes de abrir la boca para dar su opinión o hacer algún comentario.

Pero a pesar de lo distintos que eran en apariencia y maneras, Bobby y Wes compartían un mismo cerebro. Se conocían tan bien el uno al otro que parecían leerse el pensamiento.

Probablemente por eso Bobby no hablaba mucho. No necesitaba hacerlo. Wes le leía el pensamiento y hablaba, incesantemente, por él.

Sin embargo, cuando el gigantesco jefe hablaba por fin, todos lo escuchaban. Hasta los oficiales escuchaban.

Y Rio también. Ya durante su instrucción en la Marina, mucho antes de entrar en el legendario Escuadrón Alfa, había aprendido a prestar especial atención a las opiniones de Bobby Taylor.

Bobby había ido a Coronado como instructor de un cursillo de submarinismo y había tomado a Rio, a Mike Lee y a Thomas King bajo su protección, lo cual no significaba que les hubiera dispensado un trato de favor. De ninguna manera. En realidad, al considerarlos los mejores de una clase repleta de jóvenes inteligentes, decididos y seguros de sí mismos, había exigido de ellos mucho más que de los otros. Los había tratado con mayor rigor que a los demás, sin aceptar excusas, exigiéndoles siempre lo mejor de sí mismos.

Ellos habían hecho lo posible por estar a la altura y, sin duda gracias a la influencia que Bobby ejercía sobre el capitán Joe Catalanotto, habían conseguido ingresar en el mejor equipo de las fuerzas especiales de la Marina.

Seis horas atrás, la noche anterior, el equipo de élite del Escuadrón Alfa había recibido la orden de intervenir en una operación de la DEA.

Haciendo gala de arrogancia, un narcotraficante sudamericano especialmente peligroso había anclado su lujoso yate a muy corta distancia del límite de las aguas territoriales de Estados Unidos. Los agentes de la DEA no podían, o quizá simplemente no querían, capturar al capo hasta que cruzara la raya invisible que señalaba el comienzo del territorio estadounidense.

Y ahí era donde intervenían las fuerzas de élite.

El teniente Lucky O'Donlon había recibido el mando de la operación, más que nada porque se había sacado de la manga un estrafalario plan que al sombrío capitán Joe Catalanotto le había hecho mucha gracia. El teniente había decidido que un pequeño destacamento de fuerzas especiales se acercaría a nado al yate, el cual llevaba el absurdo nombre de Chocolate Suizo, subiría a bordo sin ser visto, accedería al puente de mando y haría un pequeño arreglo en su sistema informático de navegación, a fin de que el capitán del yate creyera que se dirigían hacia el sur, cuando en realidad irían rumbo al noroeste.

El capo daría orden de regresar a Sudamérica, y, en vez de eso, irían de cabeza a Miami, a los brazos de la policía federal.

El teniente O'Donlon había elegido a Bobby y a Wes. Y Rio los acompañaría en aquel paseíto.

–Yo tenía clarísimo que no me necesitaban para nada –les dijo a Mike y a Thomas–. La verdad es que me daba cuenta de que lo único que hacía era estorbarles.

Bobby y Wes no necesitaban hablar, ni hacerse señales con las manos. Casi ni se miraban. Simplemente, se leían el pensamiento. Era una cosa realmente extraña. Rio los había visto en acción en una operación de entrenamiento, pero observarlos en una auténtica misión resultaba todavía más chocante.

–Bueno, Rosetti, ¿y qué pasó? –preguntó Thomas King. El altísimo alférez afroamericano estaba impaciente, aunque no se le notara en la cara. Thomas era un excelente jugador de póquer. Rio lo sabía de primera mano: más de una vez se había levantado de la mesa con los bolsillos vacíos.

El rostro de Thomas resultaba ilegible casi siempre, con su expresión completamente neutral y sus párpados entrecerrados. La mezcla de aquel semblante casi blando y de las cicatrices que le cruzaban la ceja y el pómulo de uno de los lados de la cara le daba un aire inquietante que ya hubiera querido Rio para su más que vulgar fisonomía.

Pero eran sobre todo sus ojos los que hacían que casi toda la gente se cambiara de acera cuando veían acercarse a Thomas. De un marrón tan oscuro que parecían negros, aquellos ojos poseían un brillo de profunda inteligencia.

Thomas era Thomas. No Tommy. Ni Tom. Sino Thomas. En el equipo, todos lo llamaban por ese nombre.

Thomas se había ganado el respeto del equipo. No como Rio, a quien por alguna extraña razón, y pese a sus esperanzas de ganarse un mote como «Pantera» o «Halcón», todos lo llamaban «Elvis». O, lo que era aún peor, «Pequeño Elvis» o «Pequeño E».

–Nos dirigimos en una lancha neumática hacia el barco –les dijo Rio a Thomas y a Mike–. Pero el último tramo lo hicimos a nado.

La veloz travesía en la pequeña lancha a través de la oscuridad del océano le había acelerado el corazón. Lo cual era lógico, teniendo en cuenta que iban a abordar un barco fuertemente vigilado y abrirse paso hasta el puente sin que nadie los viera.

¿Y si los descubrían?

Bobby pareció leerle el pensamiento con la misma facilidad con que se lo leía a Wes Skelly, pues le dio un breve apretón en el hombro justo antes de salir del agua y subir al barco.

–Aquello tenía más luces que un árbol de Navidad y estaba lleno de matones por todas partes –continuó Rio–. Todos vestían el mismo traje y llevaban unas ametralladoras pequeñas y muy ligeras. Era como si su jefe se hubiera empeñado en montarse su propio ejército. Pero no lo eran. Ni siquiera se acercaban. En realidad, solo eran chicos de la calle vestidos con uniformes caros. No sabían vigilar, no tenían ni idea de qué debían buscar. Tíos, os juro por Dios que pasamos por delante de sus narices y no se enteraron. Pero no me extraña, con todo el jaleo que estaban armando y todas aquellas luces deslumbrándolos. Fue tan fácil que parecía de broma.

–Entonces –dijo Mike Lee–, ¿qué está haciendo el jefe Taylor en el hospital?

Rio sacudió la cabeza.

–Sí, esa parte no fue de broma.

Alguien había decidido continuar la fiesta en cubierta con un baño de medianoche. De pronto encendieron los focos e iluminaron el agua, y todo se fue al traste.

–Pero, hasta que volvimos al agua, fue pan comido. ¿Sabéis eso que hacen Bobby y Wes? ¿Lo de la telepatía?

Thomas sonrió.

–Oh, sí. Yo los he visto mirarse y...

–Esta vez no lo hicieron –interrumpió Rio a su amigo–. Mirarse, quiero decir. Tíos, os lo digo en serio, verlos en acción fue una auténtica pasada. Había un guardia en el puente, pero por lo demás estaba desierto y muy oscuro. El capitán y toda la tripulación estaban abajo, probablemente poniéndose ciegos con las chicas y los invitados, así que, cuando Bobby y Wes vieron al guardia, ni se inmutaron. Simplemente lo dejaron temporalmente fuera de servicio antes siquiera de que los viera. No le dio tiempo a decir ni mu. Lo hicieron los dos, juntos, como si fuera una especie de coreografía que hubieran estado ensayando durante años. Os lo juro, fue algo digno de verse.

–Llevan mucho tiempo trabajando juntos –dijo Mike.

–Estuvieron juntos en la academia –les recordó Thomas–. Y fueron compañeros de inmersión desde el primer día.

–Fue perfecto –Rio sacudió la cabeza, admirado–. Completamente perfecto. Yo ocupé el lugar del guardia, por si acaso alguien miraba por la ventana, para que viera que allí había alguien, ¿comprendéis? Mientras tanto, Skelly amañó la brújula convencional y Bobby entró en su sistema informático de navegación en cuestión de segundos.

Esa era otra de las cosas extrañas de Bobby Taylor: tenía unos dedos enormes, pero manejaba un teclado de ordenador a más velocidad de la que Rio hubiera creído humanamente posible.

–Tardaron menos de tres minutos en hacer lo que tenían que hacer –continuó–. Entonces salimos del puente. Lucky y Spaceman ya estaban en el agua, vigilando –sacudió la cabeza–. Y justo entonces aparecieron en la cubierta todas esas tías en biquini, corriendo directamente hacia nosotros. Era lo peor que podía pasarnos. Si hubiéramos estado en cualquier otro lugar del barco, habría sido perfecto. Habríamos pasado completamente desapercibidos con todo aquel jaleo. Porque, si eres un matón sin experiencia, ¿qué haces, te quedas vigilando a ver si alguien ronda en la oscuridad, o te pones a mirar a esas preciosidades en tanga? El caso es que alguien decidió subir a la cubierta de estribor para darse un baño. Justo donde nosotros nos escondíamos. De pronto se encendieron los focos, seguramente porque esos tipos querían ver a las chicas bañándose. En fin, que se encendieron. Todo se iluminó. No había sitio donde esconderse... Lo único que podíamos hacer era saltar. Bobby me agarró y me tiró por la borda –admitió Rio. Al parecer, no se había movido lo bastante rápido–. No vi lo que ocurrió después, pero, según Wes, Bobby se puso delante de él para protegerlo de las balas que empezaban a silbar por todos lados, y los dos se arrojaron al agua. Pero a Bobby le dieron. Una bala en el hombro y otra en la parte superior del muslo. Fue el único que resultó herido, pero nos tiró a Wes y a mí al agua. Nos salvó la vida.

Luego empezaron a sonar las sirenas. Bobby las oyó aunque estaba bajo el agua, y también oyó los disparos de las armas de asalto de los guardias, y los gritos de las mujeres.

–Entonces, el Chocolate Suizo se puso en marcha –dijo Rio, y sonrió–. Directo hacia Miami.

Salieron a la superficie para mirar, y Bobby se rio a carcajadas. Rio y Wes ni siquiera se dieron cuenta de que estaba herido hasta que habló de aquella manera suya tan natural.

–Será mejor que volvamos a la lancha cuanto antes –había dicho Bobby con tranquilidad–. Soy cebo para los tiburones.

–El jefe sangraba mucho –les dijo Rio a sus amigos–. Sus heridas eran más graves de lo que él mismo creía –y el agua no estaba lo bastante fría para detener la hemorragia–. Le hicimos un torniquete en la pierna lo mejor que pudimos, allí mismo, en el agua. Lucky y Spaceman se adelantaron a toda prisa para acercar la lancha hasta nosotros.

Bobby Taylor tenía muchos dolores, pero había seguido nadando, lenta y rítmicamente, a través de la oscuridad. Al parecer, temía que, si se paraba, si dejaba que Wes lo arrastrara hasta la pequeña lancha motora, se desmayaría. Y no quería que eso ocurriera. Los tiburones eran una auténtica amenaza en aquellas aguas y, si se quedaba inconsciente, habría puesto en peligro a Wes y a Rio.

–Wes y yo íbamos nadando a su lado. Wes no paraba de hablar. La verdad es que no sé cómo podía hablar sin tragar agua. No dejaba de echarle la bronca a Bobby por hacerse el héroe, y se burlaba de él por haber dejado que le pegaran un tiro en el trasero... Lo pinchaba para que se mantuviera alerta. No paró de hablar hasta que por fin Bobby empezó a nadar más despacio y nos dijo que no lo conseguiría, que necesitaba ayuda. Entonces, Wes lo agarró y concentró toda su energía en volver a la lancha en un tiempo récord.

Rio se reclinó en su asiento y añadió:

–Cuando finalmente llegamos a la lancha, Lucky ya había pedido ayuda por radio. Poco después llegó un helicóptero y se llevó a Bobby al hospital. Se pondrá bien –les dijo otra vez a Thomas y a Mike. Ya se lo había dicho antes de sentarse a desayunar–. La herida de la pierna no es tan grave como parecía, y la bala del hombro no le tocó el hueso. Estará de baja unas cuantas semanas, tal vez un mes, pero luego... –Rio sonrió–. El jefe Bobby Taylor volverá. Podéis contar con ello.

Capítulo 1

Bobby Taylor estaba en un apuro. En un verdadero apuro.

–Tienes que ayudarme, hombre –dijo Wes–. Está decidida a irse. Me colgó el teléfono y no contestó cuando volví a llamarla, y yo me voy dentro de veinte minutos. Lo único que podía hacer era mandarle un e-mail... Aunque no creo que sirva de nada.

Wes se refería a Colleen Mary Skelly, su hermana pequeña. No es que fuera pequeña. Es que era su hermana menor. Porque Colleen ya no era pequeña. Hacía mucho tiempo que no lo era.

Cosa que Wes no parecía capaz de asumir.

–Si la llamo yo –dijo Bobby–, a mí también me colgará.

–No quiero que la llames –Wes se colgó del hombro su mochila–. Quiero que vayas allí.

Bobby se echó a reír. Pero no en voz alta. Jamás se le ocurriría reírse de su mejor amigo en su cara cuando se trataba de su hermanita. Pero por dentro se partía de risa.

Por fuera lo único que hizo fue alzar una ceja.

–A Boston –no era realmente una pregunta.

Wes Skelly sabía que esa vez le estaba pidiendo demasiado, pero se encogió de hombros y miró a Bobby fijamente a los ojos.

–Sí.

El problema era que Wes no sabía exactamente lo que le estaba pidiendo.

–Quieres que vaya a Boston –Bobby no quería contrariar a Wes, pero necesitaba que su mejor amigo comprendiera lo absurdo que sonaba todo aquello–, porque Colleen y tú habéis discutido otra vez –tampoco esta vez lo dijo en tono de pregunta. Se limitó a enunciarlo sin más.

–No, Bobby –dijo Wes con impaciencia–. No lo pillas. Ahora se ha metido en una de esas organizaciones humanitarias y ella y sus amiguitos se van a Tulgeria –lo dijo alzando la voz, como si aquello fuera increíble.

Bobby sabía que estaba furioso. Aquella no había sido otra discusión absurda entre Wes y su hermana. Aquella vez iba en serio.

–Van a ayudar a las víctimas del terremoto –continuó Wes–. Me parece fantástico. Maravilloso, de veras. Le dije a Colleen que por mí podía convertirse en la Madre Teresa o en Florence Nightingale si quería mientras se mantuviera alejada de Tulgeria. ¡Tulgeria, la capital mundial del terrorismo!

–Wes...

–He intentado que me den unos días de permiso –dijo Wes–. Acabo de estar en el despacho del capitán, pero contigo y con H. de baja, me necesitan aquí.

–De acuerdo –dijo Bobby–. Tomaré el próximo vuelo a Boston.

Wes estaba dispuesto a abandonar la misión que le había sido asignada al Escuadrón Alfa para irse a Boston. Eso significaba que Colleen no estaba simplemente pinchando a su hermano. Significaba que estaba decidida a marcharse. Que realmente planeaba viajar a una parte del mundo en la que el propio Bobby no se sentiría a salvo. Y eso que él no era precisamente una preciosa estudiante de Derecho pelirroja, generosamente dotada y de larguísimas piernas. Además de bocazas, temperamental y terca como una mula.

Bobby masculló una maldición. Si Colleen estaba decidida a marcharse, no iba a resultarle fácil convencerla de lo contrario.

–Gracias, de verdad –dijo Wes, como si Bobby hubiera conseguido ya hacer desistir a Colleen de su viaje–. Mira, ahora tengo que irme corriendo. Literalmente.

Wes le debía una a Bobby por hacerle ese favor. Pero ya lo sabía. Bobby no se molestó en decírselo en voz alta.

Wes estaba ya en la puerta cuando se dio la vuelta.

–Eh, ya que vas a ir a Boston... –ah, ahí estaba. Colleen probablemente tenía un nuevo novio y... Bobby empezó a sacudir la cabeza–. Échale un vistazo a ese abogado con el que creo que sale, ¿de acuerdo?

–No –dijo Bobby.

Pero Wes ya se había ido.

Colleen Skelly estaba en un apuro. En un verdadero apuro.

No era justo. El cielo estaba demasiado azul para que ocurriera aquello. El aire de junio difundía la dulzura del verano de Nueva Inglaterra.

Los hombres que tenía enfrente, en cambio, no aportaban ni un ápice de dulzura al día. Ni a Nueva Inglaterra tampoco.

Colleen no les sonrió. Otra veces había intentando sonreír y no le había servido de nada.

–Miren –dijo, intentando parecer razonable y tranquila en la medida de lo posible, teniendo en cuenta que se enfrentaba a seis hombres inmensos. Diez pares de ojos jóvenes la observaban, así que trató de mantener la calma–. Soy consciente de que no les gusta...

–Lo que nos guste o nos deje de gustar no tiene nada que ver con esto –la interrumpió John Morrison, el cabecilla del grupo–. No la queremos aquí –miró a los chicos, que habían dejado de lavar el coche de la señora O'Brien y observaban la conversación con los ojos muy abiertos–. Tú, Sean Sullivan, ¿sabe tu padre que estás aquí con ella? ¿Con esta hippie?

–Continuad con lo que estabais haciendo, chicos –les dijo Colleen, dirigiéndoles una sonrisa–. La señora O'Brien no tiene todo el día. Recordad que tenemos un compromiso. Este equipo de lavado de coches debe hacer un buen trabajo. No os distraigáis.

Se volvió hacia John Morrison y su banda. Eran, en efecto, una banda, a pesar de que todos sus miembros tenían treinta y tantos o cuarenta años y de que su jefe era un respetable empresario local. Bueno, pensándolo bien, calificar de «respetable» a John Morrison tal vez fuera demasiada generosidad.

–Sí, el señor Sullivan sabe dónde está su hijo –les dijo tranquilamente–. La Asociación Juvenil de la Parroquia de Saint Margaret está ayudando a recaudar dinero para el fondo de ayuda a las víctimas del terremoto de Tulgeria. Todo el dinero que ganen por lavar este coche servirá para ayudar a personas que han perdido sus hogares y casi todas sus posesiones. No entiendo por qué les molesta tanto.

Morrison la miró con cara de pocos amigos.

–¿Por qué no vuelve por donde ha venido? –le dijo ásperamente–. Lárguese de nuestro barrio, llévese sus malditas ideas liberales y métaselas por donde...

Nadie iba a utilizar ese lenguaje delante de sus chicos.

–Fuera –dijo Colleen–. Fuera de aquí. ¡Debería darles vergüenza! Salgan de esta propiedad antes de que les lave la boca con jabón.

Pero aquello fue una gran error. Había empleado un tono violento: algo que debía evitar cuidadosamente tratándose de aquel grupo.

Sí, Colleen medía casi un metro ochenta y era fuerte, pero no era un miembro de un cuerpo especial de la Marina como su hermano o como el mejor amigo de este, Bobby Taylor. A diferencia de ellos, Colleen no podía vérselas con aquellos seis tipos a la vez, si llegaba el caso.

Y lo peor de todo era que a muchos hombres de aquel vecindario no les causaba ningún problema pegar a una mujer, fuera cual fuera su tamaño. Y Colleen sospechaba que Morrison era uno de esos hombres.

Le pareció ver en los ojos de este las ganas apenas reprimidas de abofetearla.

Por lo común, Colleen no soportaba que su hermano se metiera en su vida. Pero en ese momento se sorprendió deseando que Bobby y él estuvieran allí, a su lado.

Colleen llevaba muchos años defendiendo su independencia, pero aquella no era una situación como para desear desenvolverse por sus propios medios.

Deseó tener en las manos un medio de defensa más eficaz que una esponja de tamaño gigante. Pero enseguida se alegró de no tenerlo. Ello solo hubiera empeorado las cosas.

Allí había chicos muy jóvenes, y lo único que le faltaba era que Sean, Harry o Melissa salieran en su defensa. Y lo harían. Aquellos jovencitos podían ser muy valientes.

Y ella también, pensándolo bien. No permitiría que les hicieran daño a sus chicos. Haría lo que tuviera que hacer, aunque fuera hacer las paces con aquellos canallas.

–Siento mucho haber perdido los nervios. Shantel –llamó a una de las chicas, sin quitarles ojo a Morrison y a sus compinches–. Ve dentro y mira si el padre Timothy puede traernos más limonada de la de antes. Dile que saque seis vasos más para el señor Morrison y sus amigos. Creo que nos vendría bien refrescarnos un poco.

Tal vez eso funcionaría. Vencerlos a base de amabilidad. Ahogarlos con limonada.

La chica de doce años corrió a toda prisa hacia la puerta de la iglesia.

–¿Qué les parece, amigos? –Colleen se forzó a sonreír a los hombres–. ¿Un poco de limonada?

Morrison no cambió de expresión. Colleen comprendió lo que iba a ocurrir: Morrison le diría que no quería su limonada y que se atreviera a lavarle la boca con jabón. Luego, insinuaría ridículamente que Colleen era lesbiana y se ofrecería a «curarla» en quince inolvidables minutos en el callejón más cercano. Y solo porque Colleen trabajaba gratuitamente para el Centro de Educación e Información sobre el Sida, que intentaba establecerse en aquel rincón de la ciudad, tan marginal y necesitado de ayuda.

Resultaría casi divertido si no fuera por el hecho de que Morrison estaba mortalmente serio. Y porque ya la había amenazado otras veces.

Pero, para sorpresa de Colleen, John Morrison no dijo ni una palabra más. Se quedó mirando con desdén al grupo de chicos de once y doce años que había tras ella, hizo una mueca y masculló una palabrota.

Era asombroso. Sus muchachos y él se alejaron como si nada.

Colleen se quedó mirándolos y se rio suavemente, con incredulidad.

Lo había conseguido. Les había plantado cara, y Morrison se había desinflado sin que interviniera la policía ni el predicador de la parroquia. A pesar de que pesaba más de cien kilos, el padre Timothy estaba enfermo del corazón. A duras penas habría servido de algo en una pelea.

¿Sería posible que Morrison y sus secuaces por fin la hubieran escuchado? ¿Habrían empezado a comprender que no se iba a dejar intimidar por sus repugnantes amenazas?

Colleen notó que los niños se habían quedado muy silenciosos y se dio la vuelta.

—De acuerdo, chicos, volvamos al...

A Colleen se le cayó la esponja.

Bobby Taylor. Era Bobby Taylor. De algún modo, por alguna razón, el mejor amigo de su hermano se había materializado allí mismo, en el aparcamiento de la iglesia de Saint Margaret, como si el ferviente deseo de Colleen se hubiera hecho realidad.

Ataviado con camisa hawaiana y pantalones cortos, Bobby estaba allí plantado en pose de superhéroe, con las piernas abiertas y los enormes brazos cruzados sobre el pecho, y miraba con dureza y el semblante pétreo en la dirección por la que se habían marchado John Morrison y su banda. Llevaba puesta una versión de su «cara de guerra».

Wes y él habían sacado de quicio a Colleen más de una vez ensayando frente al espejo del cuarto de baño sus «caras de guerra» durante sus muy raras visitas a casa. Hasta ese momento, ella siempre había pensado que aquello era una solemne estupidez. Porque, ¿qué importaba la expresión de sus caras cuando se lanzaban a luchar? Pero, en ese instante, comprendió que la mirada torva del hermoso rostro de Bobby resultaba muy efectiva. Con aquel semblante, Bobby parecía duro, implacable y hasta mezquino.

Pero entonces la miró y sonrió, y el calor volvió a sus ojos oscuros.

Bobby tenía los ojos más bonitos del mundo.

–Hola, Colleen –dijo con voz tranquila y alegre–. ¿Qué tal?

Le tendió los brazos, y al instante ella salió corriendo y lo abrazó. Olía ligeramente a tabaco y café. Era enorme, cálido y sólido. Uno de los pocos hombres del mundo que podían hacerla sentirse pequeña.

Y, aunque Colleen se alegraba de verlo, habría deseado mucho más. Por ejemplo, que apareciera con un boleto de lotería premiado en el bolsillo, o, mejor aún, con un anillo de diamantes y la promesa de su amor imperecedero.

Sí, llevaba casi diez años loca por él. Una vez más, deseó que la tomara en sus brazos y la besara apasionadamente, en vez de darle un inocente beso en la coronilla antes de soltarla.

Durante los años anteriores, Colleen había creído ver afecto en sus ojos cuando la miraba. Y una o dos veces habría jurado que en realidad lo que había visto era deseo. Pero solo cuando Wes no estaba mirando. Bobby se sentía atraído por ella. O al menos eso deseaba Colleen. Pero, aunque así fuera, él jamás haría nada al respecto. Por lo menos, mientras Wes vigilara cada uno de sus movimientos.

Colleen lo abrazó con fuerza. Cada vez que lo veía solo tenía dos oportunidades de estar tan cerca de él: cuando se encontraban y cuando se despedían, y ella siempre procuraba aprovecharlas.

Pero, esta vez, Bobby dio un respingo.

–Cuidado –Colleen se echó hacia atrás y lo miró levantando la cabeza. Bobby era muy alto–. Estoy un poco dolorido –le dijo él, soltándola completamente y retrocediendo–. Me he hecho daño en el hombro y en una pierna. Nada grave.

–Lo siento.

Él se encogió de hombros.

–No importa. Solo estoy recuperando fuerzas para volver con mayor ímpetu.

–¿Qué te pasó? ¿O no puedes contármelo?

Él sacudió la cabeza, sonriendo a modo de disculpa. Era un hombre guapísimo. Y esa sonrisa suya... ¿Qué aspecto tendría con el pelo suelto en vez de recogido en una trenza? Aunque ese día no llevaba trenza, sino una sencilla coleta.

Cada vez que lo veía, Colleen esperaba que se hubiera cortado el pelo. Y, sin embargo, cada vez lo tenía más largo.

La primera vez que se habían visto, cuando Wes y él estaban en la academia, Bobby llevaba el pelo cortado al uno.

Colleen señaló con la mano hacia los chicos, que todavía los estaban mirando.

–Vamos, chicos, seguid con vuestro trabajo.

–¿Estás bien? –Bobby se acercó a ella un paso para no mojarse con el agua de la manguera–. ¿Qué les pasaba a esos tipos?

—Se han ido por ti —dijo ella, comprendiendo de repente. Y aunque minutos antes había deseado desesperadamente que Bobby y su hermano estuvieran allí, sintió una punzada de rabia y frustración. ¡Maldición! Deseaba haber sido ella la causa de la retirada de Morrison. No podía andar por ahí con un comando pegado a sus faldas cada minuto del día, por más que quisiera.

—¿Qué pasaba, Colleen? —insistió Bobby.

—Nada —dijo ella suavemente.

Él asintió con la cabeza.

—No es esa la impresión que tengo.

—No pasa nada por lo que tengas que preocuparte —respondió ella—. Estoy trabajando para el Centro de Educación sobre el Sida, y hay gente a la que no le hace mucha gracia. Solo pasaba eso. ¿Dónde está Wes, aparcando el coche?

—En realidad, está...

—Sé por qué habéis venido. Intentáis convencerme para que no vaya a Tulgeria. Supongo que Wes habrá venido a prohibírmelo. ¡Ja! Como si pudiera —recogió su esponja y la metió en un cubo—. No voy a escucharos a ninguno de los dos, así que podéis ahorraros la saliva, dar media vuelta y volveros a California. Ya no tengo quince años, por si no lo has notado.

—Sí, yo sí lo he notado —dijo Bobby, y sonrió—. Pero a Wes le está costando un poco más.

—¿Sabes?, tengo el cuarto de estar lleno de cajas —dijo Colleen—. Donaciones de alimentos y ropa. No tengo sitio para vosotros. Bueno, podéis tirar unos sacos de dormir en el suelo de mi habitación, pero te juro por Dios que, si Wes ronca, os echo a los dos a la calle a patadas.

—No —dijo Bobby—, no te preocupes. He reservado una habitación en un hotel. Esta semana estoy más o menos de vacaciones, así que...

—¿Dónde está Wes? —preguntó Colleen, haciéndose sombra con la mano sobre los ojos para mirar la calle llena de coches—. ¿Ha ido a Kuwait a aparcar el coche?

–En realidad –Bobby se aclaró la garganta–, sí –Colleen lo miró fijamente–. Wes está fuera, en una misión –añadió él–. No en Kuwait, pero...

–Y te ha pedido a ti que vengas a Boston por él –comprendió ella–. Te ha pedido que hagas de hermano mayor y me convenzas de que no vaya a Tulgeria, ¿no? No puedo creerlo. ¿Y tú has aceptado? ¡Serás cerdo!

–Vamos, Colleen. Wes es mi mejor amigo. Está preocupado por ti.

–¿Y crees que yo no me preocupo por él? ¿Ni por ti? –respondió ella, furiosa–. ¿Pero voy yo a California a intentar convenceros de que no arriesguéis vuestras vidas? ¿Os he dicho alguna vez que dejéis el Cuerpo? ¡No! Porque os respeto. Y respeto vuestras decisiones.

El padre Timothy y Shantel salieron de la cocina de la iglesia con grandes jarras de limonada y una pila de vasos de plástico.

–¿Va todo bien? –preguntó el padre Timothy, mirando a Bobby con aprensión.

Bobby le tendió la mano.

–Soy Bobby Taylor, un amigo de Colleen –se presentó.

–Un amigo de mi hermano Wes –lo corrigió ella, mientras los dos hombres se daban la mano–. Ha venido hasta aquí para hacer de hermano mayor. Padre, tápese las orejas. Voy a ser extremadamente maleducada con él.

Timothy se echó a reír.

–Veré si los chicos quieren limonada.

–Vete –le dijo Colleen a Bobby–. Vuelve a casa. No necesito otro hermano mayor. Ya tengo bastante con uno.

Bobby sacudió la cabeza.

–Wes me pidió que...

–Supongo que también te habrá pedido que husmees en los cajones de mi cómoda –dijo ella, bajando la voz–. Aunque no sé qué vas a decirle cuando descubras mi colección de esposas y látigos y mi ropa interior de cuero.

Bobby la miró con una expresión ilegible en el semblante.

Y, al sostenerle la mirada, Colleen se sintió un instante perdida en la oscuridad sideral de sus ojos.

Bobby apartó la mirada, azorado, y de pronto ella comprendió que su hermano no estaba allí.

Wes no estaba allí.

Bobby estaba en la ciudad sin Wes. Y, sin Wes, si ella jugaba bien sus cartas, las normas del juego al que habían estado jugando durante los últimos diez años podían cambiar por completo.

Radicalmente.

«Oh, Dios mío».

–Mira –se aclaró la garganta–. Ya que estás aquí... no quiero estropearte las vacaciones. ¿Cuándo tienes el vuelo de regreso?

Él sonrió de mala gana.

–Imaginaba que me costaría una semana entera convencerte de que no te fueras, así que...

Iba a quedarse una semana entera. Gracias, Señor.

–No vas a convencerme de nada, pero puedes aferrarte a esa idea, si eso te ayuda –dijo ella.

–Lo haré –dijo riendo Bobby–. Me alegro de verte, Colleen.

–Yo también a ti. Mira, como solo has venido tú, creo que seguramente habrá sitio en mi apartamento para...

Él se volvió a reír.

–Gracias, pero no creo que sea una buena idea.

–¿Para qué vas a gastarte un dineral en un hotel? –preguntó ella–. Al fin y al cabo, tú eres prácticamente mi hermano.

–No –dijo Bobby con énfasis–, no lo soy.

Había algo en su tono que hizo hervir la sangre de Colleen. Entonces lo miró como nunca antes se había atrevido a hacerlo. Dejó que su mirada vagara por el pecho de Bobby, deteniéndose en el contorno de sus músculos, admirando su cintura y sus caderas esbeltas. Miró sus piernas largas y luego volvió a subir la mirada. Se detuvo un instante en su hermosa boca, en sus labios carnosos y bien formados, antes de volver a mirarlo a los ojos.

Él parecía avergonzado.

Colleen le lanzó una sonrisa decididamente poco fraternal.

–Me alegro de que hayamos dejado eso claro. Ya era hora, ¿no te parece?

Él se echó a reír, nervioso.

–Hum...

–Agarra una esponja –le dijo ella–. Tenemos que lavar un coche.

Capítulo 2

Wes lo mataría si se enteraba.

Si llegara a saber la mitad de las cosas que se le pasaban por la cabeza acerca de su hermana Colleen, sería hombre muerto.

Que Dios se apiadara de su alma: aquella mujer era un volcán. Y también era divertida e inteligente. Lo bastante inteligente como para encontrar el modo de desquitarse con él por presentarse allí en nombre de su hermano.

Si hubiera tenido intención de ir a cualquier otro lugar que no fuera Tulgeria, Bobby se habría dado media vuelta. Se habría ido al aeropuerto y habría tomado el siguiente avión hacia California.

Porque Colleen tenía razón. Ni Wes ni él tenían derecho a decirle qué debía o no debía hacer. Ella tenía veintitrés años: edad más que suficiente para tomar sus propias decisiones.

Si no fuera porque ellos habían estado en Tulgeria, y ella no. Sin duda, Colleen habría oído contar historias acerca de las facciones terroristas enfrentadas que asolaban las misérrimas zonas rurales de aquel país. Pero no habría escuchado las historias que ellos, Bobby y Wes, tenían que contar. No sabía lo que ellos habían visto con sus propios ojos.

Aún no, al menos.

Pero lo sabría antes de que acabara la semana.

Y él tendría la ocasión de averiguar qué le había sucedido a ella con aquellos tipos que parecían formar parte del grupo local del Ku Klux Klan.

Al parecer, los problemas perseguían a Colleen Skelly, como a su hermano. Y sin duda, al igual que sucedía con Wes, cuando no la perseguían, ella iba en su busca.

En ese momento, Bobby necesitaba desesperadamente recomponerse. Debía ir a su hotel y darse una ducha de agua fría. Debía encerrarse en su habitación y mantenerse muy, muy lejos de Colleen.

De algún modo se había delatado. De algún modo, Colleen había descubierto que no era precisamente amor fraternal lo que sentía al mirarla.

Oía su risa, fuerte y profunda, desde el otro lado del aparcamiento, donde estaba hablando con una mujer que había ido a buscar en coche a los últimos chicos.

El sol del atardecer hacía brillar su pelo. Después de acabar el trabajo, se había puesto un vestido de verano y se había quitado la cola de caballo, y su melena pendía en ondas rojizas alrededor de su cara.

Era casi insoportablemente bella.

Aunque a mucha gente no se lo parecía. Considerados uno a uno, los rasgos de su cara estaban muy lejos de ser perfectos. Su boca era demasiado grande, sus mofletes demasiado llenos, su nariz excesivamente pequeña, su cara demasiado redonda, su piel pecosa y blanca.

Pero, puestos todos juntos, el efecto era extraordinario.

Y sus ojos eran increíblemente bonitos: a veces azules, a veces verdes, y siempre llenos de luz y de vida. Cuando sonreía, cosa que hacía casi todo el tiempo, sus ojos centelleaban. Estar con ella era como estar en medio de una fiesta continua.

Y en cuanto a su cuerpo...

¡Uf!

Colleen no era una de esas chicas anoréxicas y huesudas que llenaban las revistas y salían en la televisión y que parecían niños de doce años malnutridos. No, Colleen Skelly era una mujer con mayúsculas. Era de esas mujeres a las que uno podía abrazarse. Tenía caderas y pechos y... Y si seguía pensando así, Bobby se iría directamente al infierno.

Si Wes se enteraba de que no dejaba de pensar en los pechos de su hermana, sería el fin para él.

Pero, en ese momento Wes, que estaba a más de cuatro mil kilómetros de distancia, no era el principal problema de Bobby.

No. Su problema era que, de alguna manera, Colleen se había dado cuenta de que pasaba demasiado tiempo pensando en sus pechos.

Se había dado cuenta de que la deseaba locamente.

Y Wes no estaba allí para salvarlo. Ni para darle un puñetazo y hacerle entrar en razón.

Naturalmente, era posible que ella solo quisiera jugar con él, confundirlo un poco.

Al fin y al cabo, estaba saliendo con un abogado. ¿No era eso lo que había dicho Wes? ¿Y no era esa una forma amable de decir que se acostaban? Maldito suertudo hijo de perra.

Colleen levantó la mirada y lo sorprendió mirándole el trasero.

Bobby había sabido desde el principio que aquello era un error. Debería habérselo dicho a Wes en cuanto el ruego había salido de sus labios. «No me mandes a Boston, hombre. Tu hermana me pone a cien. Puede que la tentación sea más fuerte que yo, y entonces me matarás».

–Tengo que irme –oyó que decía Colleen a la mujer del coche–. He de hacer un millón de cosas antes de salir de viaje –saludó con la mano a los chicos–. Gracias otra vez, chicos. Habéis hecho un trabajo estupendo. Seguramente no os veré hasta que vuelva, así que... –se oyeron gritos procedentes del asiento de atrás, y Colleen se echó a reír–.

Claro que sí –dijo–. Les daré vuestras cartas a Analena y a los otros niños. Y me llevaré la cámara y haré fotos, os lo prometo.

Saludó con la mano mientras el coche se alejaba, y luego echó a andar hacia Bobby. Mientras se acercaba mirándolo con fijeza, había una sonrisa juguetona en su cara.

Bobby conocía las maliciosas sonrisas de los Skelly, y le costó gran esfuerzo no salir huyendo al ver aquella.

–Tengo que hacer un recado, pero después podemos cenar juntos. ¿Tienes hambre? –preguntó ella.

No, estaba aterrorizado. Retrocedió un poco, pero Colleen dio un paso adelante y se detuvo muy cerca de él. Lo bastante cerca como para abrazarlo. O besarlo.

Pero Bobby no podía besarla. «Ni se te ocurra», se ordenó a sí mismo, aunque hacía años que deseaba besarla.

–Conozco un restaurante chino buenísimo –continuó ella, mirándolo con los ojos brillantes–. La comida es fantástica y el ambiente también. Muy oscuro, fresco y misterioso.

Oh, no. No, no, no. «Ambientarse» era lo último que necesitaba Bobby. Ya le resultaba bastante difícil estar allí con ella, en medio del asfalto recalentado por el sol y a plena luz del día. Tenía que mantener los puños cerrados para no tocarla. De ninguna manera iba a meterse con Colleen Skelly en un sitio oscuro, fresco y misterioso.

Ella extendió una mano para quitarle algo de la manga y Bobby dio un respingo y se puso muy tieso.

Colleen se echó a reír.

–¡Vaya! ¿Qué te pasa?

«Que quiero meterme contigo debajo de tu colcha de colores, desnudarte con los dientes y perderme en tu risa, en tus ojos y en el dulce calor de tu cuerpo. No necesariamente en ese orden».

Bobby se encogió de hombros y compuso una sonrisa.

–Lo siento.

–Bueno, entonces, ¿qué? ¿Quieres ir a un chino?

–Oh –dijo él, retrocediendo un poco y dándose la vuelta para recoger su macuto y colgárselo del hombro. Necesitaba algo en que ocupar las manos–. No lo sé. Creo que debería intentar encontrar mi hotel. Es el Sheraton. Creo que está por Harvard Square.

–¿Seguro que no puedo convencerte para que pases la noche conmigo?

Quizá ella no supiera lo seductora que estaba al hacerle aquella pregunta.

O quizá sí lo supiera. Al fin y al cabo, era una Skelly.

Bobby se echó a reír. O eso, o ponerse a llorar.

–¿Por qué no comemos juntos mañana?

Una comida estaría bien. Era una opción segura, formal y a plena luz.

–Hum. Mañana estaré trabajando. No tendré tiempo de ir a comer –dijo ella–. Me pasaré todo el día conduciendo la camioneta, recogiendo las donaciones para Tulgeria. Pero me encantaría desayunar contigo –añadió bajando la voz y sonriendo ligeramente.

Bobby podía imaginársela a la hora del desayuno: en la cama todavía, con el pelo revuelto, una sonrisa soñolienta y sus pechos suaves y grandes insinuándose bajo la tela casi transparente de aquel inocente camisón que Bobby había visto una vez colgado en su cuarto de baño.

Colleen parecía pedir a gritos que la besara. A menos que Bobby estuviera completamente equivocado, cada uno de sus gestos y palabras parecían decirle que tenía luz verde.

Cielo santo, ¿por qué tenía que ser precisamente ella la hermanita pequeña de Wes Skelly?

Había mucho tráfico en la avenida Back Bay, en dirección a Cambridge.

Pero, por una vez, a Colleen no le importó. Aquella tal vez sería la última vez que haría aquel trayecto. Sin duda, era la última vez que lo hacía en aquel coche.

Se negaba a sentir remordimientos. Se negaba incluso a admitir la punzada de pena que le hacía un nudo en la garganta cada vez que pensaba en firmar el contrato de venta. Ese año había trabajado demasiado sin cobrar nada, y la única forma de arreglar su situación económica era vender su coche. Era una lástima, pero tenía que hacerlo.

Al menos, aquel último viaje sería memorable.

Miró a Bobby Taylor, quien, sentado a su lado, parecía el accesorio perfecto para un Ford Mustang de 1969 de color rojo carmín, con su pelo largo, sus facciones exóticas y sus ojos oscuros como el chocolate.

Sí, por eso no le importaba el tráfico. Por primera vez desde que recordaba, tenía a Bobby Taylor a solas en su coche y, cuanto más tardaran en llegar a Harvard Square, tanto mejor. Colleen necesitaba todo el tiempo que fuera posible para hallar un modo de que Bobby no saliera del coche una vez llegaran a su hotel.

Hasta ese momento había sido bastante directa, pero se preguntaba si tendría que serlo aún más. Se rio en voz alta al imaginarse a sí misma tumbada encima de la mesa, con las piernas abiertas y preguntándole con el lenguaje más soez que conocía si iba a poseerla por fin.

—Bueno, ¿qué vas a hacer esta noche? —preguntó Colleen. Él la miró con cautela, como si de alguna manera le hubiera leído el pensamiento y supiera qué pretendía ella—. Tienes el pelo muy largo —añadió Colleen, sin darle tiempo a contestar—. ¿Nunca lo llevas suelto?

—Casi nunca —dijo él.

«Dilo. Vamos, dilo».

—¿Ni siquiera en la cama?

Él titubeó un instante.

—No. Suelo dormir con la trenza o con una coleta. Si no, me cuesta mucho desenredármelo por las mañanas.

Pero ella no se refería a si lo llevaba suelto mientras dormía. Colleen comprendió por la forma en que él evitaba mirarla que la había entendido perfectamente.

–Por tu pelo, imagino que sigues trabajando de secreta, ¿no? –preguntó ella–. Uy, perdona. No me contestes –entornó los ojos–. Aunque no ibas a hacerlo, claro.

Bobby se echó a reír. Tenía una risa fantástica: un timbre bajo y acariciador, siempre acompañado de una sonrisa preciosa y de atractivas arrugas en torno a los ojos.

–Supongo que no importa que te diga que sí –dijo–. Y, sí, tienes razón, está claro que por eso puedo llevar el pelo largo.

–¿Y Wes está de maniobras o en una operación de verdad? –preguntó ella.

–Ni yo mismo lo sé –admitió él–. De veras –añadió al ver que ella le lanzaba una mirada escéptica.

El semáforo estaba en rojo. Colleen se mordió el labio, frenó hasta detenerse y se quedó mirando las luces traseras de los coches que tenían delante.

–Me preocupa que esté por ahí sin ti.

Cuando volvió a mirarlo, Bobby la estaba observando fijamente, y le mantuvo la mirada por primera vez desde que se habían subido en el coche.

–Tu hermano es muy bueno en lo suyo, Colleen –le dijo suavemente. A ella le encantaba cómo decía su nombre.

–Lo sé. Es solo que... Bueno, estoy más tranquila cuando tú estás con él –forzó una sonrisa–. Y también estoy más tranquila cuando él está contigo.

Bobby se quedó mirándola a los ojos, sin sonreír. Pero no. Cuando la miraba así, no solo miraba sus ojos: miraba su mente, su alma. Colleen contuvo el aliento, hipnotizada, rezando por que le gustara lo que veía; deseando que la besara.

El coche que tenían detrás hizo sonar el claxon, y Colleen se dio cuenta de que el semáforo había cambiado. Los coches de delante se habían puesto en marcha. Azorada, Colleen luchó un momento con la palanca de cambios, y de pronto temió estar haciendo el ridículo.

En uno de sus últimos e-mails, Wes le había dicho que

Bobby había puesto fin a su relación intermitente con una mujer de Arizona, o Nuevo México, o de algún sitio igualmente inverosímil, teniendo en cuenta que se pasaba la vida en el mar.

Claro que aquel e-mail de su hermano le había llegado hacía casi dos meses. En ese tiempo podían haber ocurrido muchas cosas. Bobby podía estar saliendo con otra mujer. O podía haber vuelto con aquella como se llamara. Kyra algo.

–Wes me contó que Kyra y tú lo habíais dejado –no tenía sentido quedarse con la duda. Así que, ¿para qué andarse con rodeos? Estaba harta de hacer suposiciones. ¿Tenía alguna oportunidad, o no la tenía? Necesitaba saberlo.

–Hum –dijo Bobby–. Sí, bueno... Ella, esto, encontró a alguien que no se pasaba la vida fuera. Va a casarse en octubre.

–Oh, vaya –Colleen hizo una mueca–. Lo siento.

Bobby sonrió.

–Sí. Creo que me llamó para decírmelo porque esperaba que le hiciera una contraoferta, pero no pude hacerlo. Nos lo pasábamos muy bien, pero... –sacudió la cabeza–. No iba a dejar el Cuerpo por ella, ¿sabes?, y eso era lo que ella quería –se quedó callado un momento–. De todas formas, ella se merecía mucho más de lo que yo podía darle.

–Y tú no te mereces que nadie te pida que cambies tu vida entera –replicó Colleen.

Él pareció sorprendido un momento, como si nunca lo hubiera considerado de esa manera, como si siempre se hubiera considerado el malo de la película.

Kyra Comosellame era una idiota.

–¿Y tú? –preguntó él–. Wes me dijo que estabas saliendo con un abogado.

–No –contestó ella, intentando mantener un tono ligero–. Qué va. No sé de dónde se ha... Ah, ya sé por qué te ha dicho eso. Le dije que me iba a Connecticut con Charlie

Johannsen y debió de pensar que... –se echó a reír–. Charlie sale desde hace mucho tiempo con un actor.

–Ah –dijo Bobby–, Wes se alegrará de saberlo.

–Wes nunca quiere que me divierta –dijo ella–. ¿Y tú? ¿Sales con alguien?

–No. Ni Wes tampoco.

De acuerdo. Hablarían de Wes. Al fin y al cabo, ella ya tenía la información que necesitaba.

–¿Todavía va detrás de esa...? ¿Cómo se llamaba? ¿Laura?

Bobby sacudió la cabeza.

–Eso tendrás que preguntárselo a él.

Sí, como que Wes iba a contárselo a ella.

–Lana –recordó Colleen–. Una vez me escribió un e-mail muy largo hablándome de ella. Creo que estaba borracho cuando lo escribió.

–Seguro que sí –Bobby sacudió la cabeza–. Colleen, cuando hables con él, será mejor que no le menciones el nombre de Lana.

–Oh, Dios mío, ¿no se habrá muerto?

–No. ¿Te importa que hablemos de otra cosa?

–En absoluto.

Silencio.

Colleen se quedó esperando a que él sacara un nuevo tema de conversación, pero él se quedó mirando distraídamente el río a través de la ventana.

–¿Quieres que vayamos al cine luego? –preguntó ella finalmente–. O podríamos alquilar una película de vídeo. Tengo una cita a la seis y media con un tipo que quiere comprarme el coche. Si todo va bien, a las siete y media estaré libre.

Aquello captó la atención de Bobby.

–¿Vas a vender el coche? ¿Este coche?

Entre los quince y los diecisiete años, Colleen solo sabía hablar de aquel Mustang. Pero sus prioridades habían cambiado. No iba a resultarle fácil venderlo, pero no permitiría que aquello le afectara.

Miró a Bobby y sonrió.

–Sí. La universidad es muy cara.

–Colleen, si necesitas un préstamo...

–Ya tengo un préstamo. O más bien tengo muchos, créeme. He pedido préstamos para pagar otros préstamos y...

–Te costó cinco años reconstruir este coche, encontrar las piezas auténticas y...

–Y ahora alguien me va a pagar un buen pellizco por un reluciente Mustang en muy buenas condiciones, que se conduce muy mal cuando hay nieve. Yo vivo en Cambridge, Massachusetts. No necesito coche, y menos aún uno que patina solo con que uno susurre la palabra «hielo». Mi piso está a dos minutos del tren y, francamente, tengo mejores cosas en que gastarme el dinero que en aparcamientos y gasolina.

–De acuerdo –dijo él–. De acuerdo. Tengo una idea. Yo tengo algún dinero ahorrado. Te prestaré lo que necesites, sin intereses, y nos tomaremos la semana que viene libre, llevaremos el coche a casa de tus padres en Oklahoma y lo dejarás allí guardado, en el garaje. Así, cuando dentro de unos años te licencies...

–Muy ingenioso –dijo Colleen–, pero mi itinerario de viaje pasa por Tulgeria el próximo jueves. Oklahoma no me pilla de paso.

–Piénsalo de este modo: si no vas a Tulgeria, te quedarás con el coche y tendrás un préstamo sin intereses.

Ella aprovechó otro semáforo en rojo para girarse y mirarlo.

–¿Intentas sobornarme?

Él no vaciló.

–Desde luego que sí.

Ella se echó a reír.

–Así que quieres que me quede en casa. Pues va a costarte caro. Un millón de dólares, niño. No aceptaré menos.

Él entornó los ojos.

–Colleen...

–¿Lo tomas o lo dejas?
–En serio, Colleen, yo he estado en Tulgeria y...
–Hablo muy en serio, Billy. Y si quieres echarme un sermón sobre los peligros de ir a Tulgeria, tendrás que invitarme a cenar. Pero primero tendrás que acompañarme a vender el coche... para asegurarnos de que el comprador es un comprador de verdad y no una especie de asesino en serie que responde a los anuncios de venta de coches del *Boston Globe*.

Él no lo dudó ni un instante.
–Por supuesto que voy a acompañarte.
–Estupendo –dijo Colleen–. Solucionaremos ese asunto, dejaremos tus cosas en el hotel y nos iremos a cenar. ¿Ese es el plan?

Bobby la miró.
–¿Tengo elección?
Ella le sonrió alegremente.
–No.

Bobby asintió con la cabeza y volvió a mirar por la ventanilla. Murmuró algo que Colleen no comprendió muy bien, pero que se parecía mucho a: «Soy hombre muerto».

Capítulo 3

Oscuro, fresco y misterioso.

A pesar de sus buenas intenciones, Bobby había acabado sentado frente a Colleen en un restaurante que era decididamente oscuro, fresco y misterioso.

La comida era buenísima. Colleen tampoco se había equivocado respecto a eso.

Aunque ella no parecía tener mucho apetito.

La cita con el comprador había ido bastante bien. El hombre había aceptado el precio del coche sin regatear.

El encuentro había tenido lugar en una gestoría perfectamente iluminada, con guardias de seguridad incluidos. Colleen supo desde el principio que no corría ningún peligro; que allí no había ningún asesino en serie, ni nada parecido.

Sin embargo, Bobby se alegró de estar presente cuando el comprador le dio a Colleen un cheque cruzado y ella, a su vez, le entregó los papeles y las llaves del Mustang.

Ella le había sonreído, y Bobby había sentido deseos de tocarla. Pero no lo había hecho. Sabía que no podía. Hasta ponerle una mano sobre el hombro le habría parecido un gesto excesivamente íntimo. Y si ella se hubiera inclinado levemente hacia él, la habría abrazado. De haberlo hecho allí, en la oficina, habría vuelto a hacerlo después, cuando estuvieran solos, y no hacía falta decir que, al final, acabaría besándola. Y ello produciría la total disolución de sus defensas y de su resolución.

Todo aquello le hacía sentirse como un perfecto idiota. ¿Qué clase de amigo era para Colleen si ni siquiera podía ofrecerle el consuelo de una palmadita en el hombro? ¿Realmente era tan débil que no podía controlarse cuando se trataba de ella?

Sí.

Definitivamente, sí.

No había duda. Era un canalla.

Al salir de la gestoría, tomaron el tranvía hacia Harvard Square. Colleen no paró de hablar. Sobre la facultad de Derecho. Sobre su compañera de piso: una mujer llamada Ashley, que aunque había regresado a Scarsdale para pasar el verano trabajando en el bufete de su padre, seguía mandando todo los meses un cheque para pagar su parte del alquiler.

Bobby pasó por su hotel y le dio su bolsa y una propina al botones. No se atrevía a subir personalmente el equipaje a su habitación, teniendo en cuenta que Colleen iba siguiéndole los pasos. Después, volvieron a salir a la cálida noche de verano.

El restaurante estaba a un paseo de Harvard Square. Bobby se sentó frente a Colleen, mirando su hermosa cara iluminada por la tenue luz de las velas, y pidió un refresco de cola. Se moría por una cerveza, pero no se atrevía a pedirla. Quería mantener la cabeza despejada.

Durante un rato charlaron sobre el menú y sobre la comida en general. Después les sirvieron lo que habían pedido y Bobby se puso a comer mientras Colleen mareaba la comida que tenía en el plato.

Se había quedado muy callada, lo cual resultaba extraño tratándose de un miembro de la familia Skelly.

—¿Estás bien? —le preguntó Bobby.

Ella levantó la vista, y Bobby vio que tenía los ojos llenos de lágrimas. Colleen sacudió la cabeza. Pero luego compuso una sonrisa.

—Me estoy comportando como una idiota —dijo antes de que la sonrisa vacilara y se desvaneciera—. Lo siento.

Se levantó precipitadamente, y habría salido corriendo hacia los servicios del fondo del restaurante si él no la hubiera agarrado de la mano. Bobby también se levantó, sin soltarla. Tardó solo un segundo en sacarse del bolsillo dinero más que suficiente para pagar la cuenta y dejarlo sobre la mesa.

El local tenía una salida trasera. Bobby, que llevaba años entrenándose para encontrar rutas de escape, se había dado cuenta nada más entrar. Llevó a Colleen hasta la puerta y la abrió.

Tuvieron que subir unas cuantos escalones, pero al fin se encontraron fuera, en una calle lateral. Estaba a tiro de piedra de Brattle Street, pero lo bastante lejos del ambiente festivo de Harvard Square en un noche de verano como para que se sintieran aislados de la multitud.

—Lo siento —dijo Colleen otra vez, intentando secarse las lágrimas antes de que cayeran—. Soy una estúpida... Es por ese estúpido coche.

Bobby se sentía como separado de su propio cuerpo. Se veía allí, de pie, entre las sombras, junto a ella. Indefenso, presa de una sensación de fatalidad; se vio a sí mismo extender una mano hacia ella, atraerla hacia sí y rodearla con sus brazos.

Oh, Dios, qué dulce era. Colleen lo abrazó con fuerza, rodeándolo por la cintura, y enterró la cara contra su hombro, intentando no llorar.

«No lo hagas. Apártate de ella. Te estás buscando problemas».

Debió emitir algún sonido gutural, porque Colleen alzó la cabeza y lo miró.

—Ay, perdona, ¿te hago daño?

—No —dijo él. No, no le hacía daño: lo estaba matando.

Las lágrimas rodaban por las mejillas de Colleen y brillaban en sus pestañas, y la punta de su nariz estaba roja.

Wes y él siempre se burlaban de ella cada vez que lloraba, cuando tenía trece años.

Pero ya no tenía trece años.

«No la beses. No lo hagas».

Bobby apretó los dientes y pensó en Wes. Se imaginó la cara que pondría su mejor amigo si intentaba explicárselo. «Verás, hombre, es que ella estaba allí, en mis brazos, y su boca parecía tan suave y tentadora, y su cuerpo era tan cálido y delicioso que...»

Colleen reclinó la cabeza sobre su hombro dando un suspiro, y Bobby empezó a acariciarle el pelo sin darse cuenta. Ella tenía el cabello de una niña: suave y fino.

Bobby sabía que debía detenerse, pero no podía. Hacía más de cuatro años que deseaba tocarle el pelo.

Además, a ella parecía gustarle.

–Debes de pensar que soy una fracasada –musitó ella.

–No.

Ella se echó a reír suavemente.

–Pues lo soy. Mira que llorar por un coche. ¿Cómo puedo ser tan tonta? –suspiró–. Es solo que... cuando tenía diecisiete años, pensaba que tendría ese coche para siempre, ¿sabes? Que se lo dejaría a mis nietos. Ahora lo digo y parece una estupidez, pero en aquel momento no lo era.

El contrato que acababa de firmar le daba veinticuatro horas para retractarse.

–Aún no es demasiado tarde –le recordó Bobby, al tiempo que se lo recordaba a sí mismo. Podía soltarla suavemente, dar un paso atrás, y luego dos. Podía llevarla de nuevo, sin tocarla, hacia las luces y la aglomeración de Harvard Square. Y después no tendría nada que explicarle a Wes. Porque no habría ocurrido nada.

Pero no se movió. Se dijo que todo saldría bien, que podía hacerse con la situación... siempre y cuando no la mirara a los ojos.

–No, voy a venderlo –dijo ella echándose ligeramente hacia atrás para mirarlo y sonándose la nariz con un pañuelo de papel que había sacado de su bolso–. Ya lo he decidido. Necesito el dinero. Me encanta ese coche, pero también me encanta ir a la facultad. Me encanta el trabajo que hago, y me encanta poder hacer cosas por la gente.

Colleen lo miraba tan ansiosamente que a Bobby se le olvidó que no debía mirarla a los ojos. De pronto, aquella ansiedad se metamorfoseó en algo distinto, en algo cargado de anhelo y deseo.

Ella le miró la boca, y él entreabrió los labios ligeramente. Cuando Colleen volvió a mirarlo a los ojos, Bobby comprendió que deseaba que la besara casi tanto como él.

«No lo hagas. No...»

Sentía los latidos del corazón de Colleen, oía el fragor de su propia sangre circulando por su cuerpo, ahogando los sonidos de la ciudad nocturna, cerrando el paso a la razón y a la cruda realidad.

Tenía que besarla. ¿Cómo iba a poder evitarlo si necesitaba besarla tanto como respirar?

Pero Colleen no le dio ocasión de inclinarse sobre ella. Se puso de puntillas y le rozó los labios con un beso tan dolorosamente dulce que Bobby pensó por un instante que iba a desmayarse.

Pero ella retrocedió solo un poco para poder mirarlo de nuevo, y le dirigió una sonrisa vacilante antes de alzar las manos, agarrarlo por la nuca y hacerle bajar la cabeza para besarlo otra vez.

Los labios de Colleen eran suaves, frescos, dulcemente temblorosos. Bobby sintió que el corazón le martilleaba las costillas como si le fuera a estallar el pecho.

Tenía miedo de moverse. Tenía miedo de responder a aquel beso, miedo de asustarla con su deseo. Ni siquiera sabía cómo besar de aquella forma: con tan delicada ternura.

Pero le gustaba. Sí, le gustaba muchísimo. Muchas mujeres le habían dado besos profundos, lúbricos y apasionados, succionándole la lengua con el mismo empeño con que deseaban succionarle el cuerpo más tarde, en privado.

Pero aquellos besos no habían sido ni la mitad de excitantes que el beso de Colleen.

Esta le besaba la boca, la barbilla y de nuevo la boca, entreabriendo ligeramente los labios, sin apenas tocarlo.

Bobby intentó besarla de la misma manera, intentó tocarla sin tocarla en realidad, pasándole las manos levemente temblorosas por la espalda. Se sentía aturdido de deseo.

Ella le rozó los labios con la lengua y él sintió una oleada de placer tan intenso que, sin poder evitarlo, hizo que la estrechara entre sus brazos, llenándose las manos con la suavidad de su cuerpo, hundiéndole la lengua en la boca.

A ella no pareció importarle. En realidad, dejó caer el bolso al suelo y le devolvió el beso con entusiasmo, entregándose a la ferocidad de sus besos, rodeándole el cuello con los brazos, apretándose contra él aún con mayor fuerza.

Bobby la besó una y otra vez con un ansia que ella le devolvía. Colleen se abrió para él, entrelazó sus piernas con las de él, y dejó escapar un gemido de placer cuando Bobby se llenó las manos con sus pechos.

Él se sorprendió alzando la vista, escudriñando un estrecho callejón entre dos edificios, considerando si estaba lo bastante oscuro como para que se metieran los dos allí; lo bastante oscuro como para que él se bajara la cremallera de los pantalones cortos y le subiera a ella la falda; lo bastante oscuro como para que la tomara allí mismo, contra el áspero muro de ladrillo, bajo la ventana de una cocina cualquiera.

Antes de darse cuenta de lo que hacía, Bobby estaba ya empujándola hacia el callejón.

Colleen era la hermana de Wes. La hermana de Wes.

Le había metido la lengua en la boca a la hermana de Wes. Una de sus manos apretaba la suavidad del trasero de la hermana de Wes y le apretaba las caderas contra su sexo erecto. La otra mano la había posado más arriba, sobre la camisa de la hermana de Wes.

¿Es que había perdido completamente la cabeza?

Sí. Bobby se apartó, jadeando.

Lo cual resultó aún peor, porque tuvo que mirarla. Ella también jadeaba, sus pechos subían y bajaban rápidamente, sus pezones tensos se notaban claramente bajo la tela de la camisa, su cara estaba sonrojada, sus labios hinchados y húmedos, sus ojos empañados por el deseo.

–Vamos a mi apartamento –musitó Colleen con voz más áspera de lo normal.

Oh, Dios.

–No puedo –su voz se quebró patéticamente.

–Oh –dijo ella–. Oh, yo... –sacudió la cabeza–. Lo siento. Pensé que... Dijiste que no salías con nadie.

–Y es cierto –sacudió la cabeza, intentando recuperar el aliento–. No es eso.

–Entonces, ¿qué pasa?

Él no supo qué responder. ¿Qué podía decirle? Pero Colleen no se conformó con que volviera a sacudir la cabeza.

–¿De veras no quieres venir a mi casa y...? –añadió Colleen.

–No puedo. Sencillamente, no puedo –la interrumpió él.

Ella dio un paso hacia él, y él retrocedió un paso.

–Lo dices en serio –dijo ella–. ¿De veras no quieres venir?

Bobby no podía dejar que pensara eso.

–Sí que quiero –le dijo–. Dios, claro que quiero. Más de lo que te imaginas. Solo que... no puedo.

–¿Qué pasa? ¿Es que has hecho voto de castidad?

De alguna forma él logró esbozar una sonrisa.

–Algo parecido.

Ella pareció comprender de repente. Bobby vio que en sus ojos se encendía la rabia.

–Wesley –dijo Colleen–. Se trata de mi hermano, ¿no?

Bobby sabía que no tenía sentido mentirle.

–Es mi mejor amigo.

Ella estaba furiosa.

—¿Qué ha hecho? ¿Advertirte que te mantengas alejado de mí? ¿Te ha dicho que no me toques?

—No. Me advirtió que ni siquiera se me ocurriera pensar en ti.

Wes se lo había dicho en broma una noche de permiso, cuando llevaban encima cinco o seis cervezas cada uno. Pero Wes en realidad pensaba que ni siquiera hacía falta que se lo advirtiera.

Colleen frunció el ceño.

—Pues, ¿sabes qué te digo? Que a mí Wes no puede decirme lo que debo o no debo pensar, y yo llevo mucho tiempo pensando en esto.

Bobby la miró fijamente. De pronto notó que de nuevo le costaba trabajo respirar.

—¿De veras?

Ella asintió con la cabeza y su furia pareció aquietarse. De repente le pareció tímida. Miraba a todos lados, menos a su cara.

—Sí. ¿No se me notaba?

—Pensaba que era a mí quien se le notaba.

Colleen lo miró con esperanza.

—Por favor, ven a casa conmigo. De veras tengo ganas de... de hacer el amor contigo, Bobby. Solo vas a estar aquí una semana. No tenemos ni un minuto que perder.

Oh, Dios, al final lo había dicho. Bobby no podía soportar mirarla, así que cerró los ojos.

—Colleen, le prometí a Wes que cuidaría de ti.

—Me parece perfecto —se agachó para recoger su bolso—. Cuida de mí. Por favor.

Bobby se echó a reír.

—Estoy convencido de que tu hermano no lo decía en ese sentido.

—¿Sabes una cosa? Mi hermano no tiene por qué enterarse.

Bobby cruzó los brazos y la miró a los ojos.

—No puedo hacerle eso.

Ella suspiró.

—Estupendo. Ahora me siento como un gusano —echó a andar hacia Brattle Street—. Creo que, dadas las circunstancias, deberíamos dejarlo correr. Yo me voy a casa. Si cambias de idea...

—No lo haré.

—...ya sabes dónde encontrarme.

Bobby la siguió unos metros, y ella se dio la vuelta.

—¿Al final vienes conmigo?

—Se está haciendo tarde. Te acompaño hasta tu casa.

—No —dijo Colleen—. Gracias, pero no.

Bobby comprendió que no debía insistir.

—Lo siento —dijo él otra vez.

—Yo también —contestó ella antes de echar a andar de nuevo.

La acera no estaba tan llena de gente como horas antes, de modo que Bobby dejó que se alejara y luego echó a andar tras ella.

La siguió hasta su casa para asegurarse de que llegaba a salvo, sin que ella lo viera.

Y después se quedó allí, fuera del edificio de apartamentos, mirando las luces del piso de Colleen, enfadado, frustrado y muriéndose de ganas de estar allá arriba, con ella, sin dejar de preguntarse qué demonios iba a hacer.

Capítulo 4

Colleen se acercó a Bobby estrujando en la mano al correo electrónico que había imprimido la noche anterior.

Él la esperaba sentado en la ladera de hierba que corría a lo largo del río Charles, tal y como le había dicho cuando la llamó por teléfono, mirando el agua y bebiendo café en un vaso de plástico.

Al ver que ella se acercaba, se puso en pie.

–Gracias por venir –dijo en voz muy alta.

Estaba muy serio. En su rostro no había ni rastro de su sonrisa. O quizá estuviera nervioso. Era difícil saberlo. A diferencia de Wes, que cuando estaba nervioso se ponía frenético, Bobby no mostraba ningún signo de inquietud.

No jugaba con el vaso de café, sino que lo sostenía tranquilamente. Había comprado un vaso grande para cada uno, pero en sus manos lo grande parecía pequeño. Colleen tendría que usar las dos manos para sostener el vaso.

Bobby tampoco daba golpecitos con el pie. Ni apretaba los dientes con nerviosismo. No se mordisqueaba el labio.

Simplemente estaba allí, viéndola acercarse con expresión severa.

La había llamado a las seis y media de la mañana. Ella acababa de quedarse dormida después de pasarse toda la noche dando vueltas, analizando todo lo que había hecho y dicho la noche anterior, intentando averiguar en qué se había equivocado.

Había concluido que lo había hecho todo mal. Había empezado llorando por un coche y había acabado arrojándose en brazos de Bobby.

Esa mañana, él se había disculpado por llamar tan temprano y le había dicho que no estaba seguro de a qué hora se iba ella a trabajar. Recordaba que iba a conducir una camioneta y que habían hablado de desayunar juntos.

Pero lo que Colleen había querido decir era que se quedara a desayunar.

Sin embargo, Bobby no lo había hecho por culpa de su absurda idea de que, si tenía una relación con ella, estaría traicionando a Wes.

A Wes, a quien probablemente le había salvado la vida en incontables ocasiones. Una de ellas, pocas semanas antes.

–No puedo creer que no me dijeras que te habían herido –Colleen no se molestó en darle los buenos días. Se limitó a tirarle la copia del e-mail de Wes.

Bobby lo recogió y lo leyó rápidamente. No era muy largo: solo un saludo breve, apresurado y gramáticamente caprichoso de Wes, que no decía dónde estaba y que solo quería asegurarse de que Bobby estaba en Boston. Casi de pasada, mencionaba que a Bobby lo habían herido en un tiroteo durante una misión.

Se habían metido en un atolladero, contaba Wes y, debido a circunstancias que escapaban a su control, los habían descubierto. Habían empezado a dispararles con armas de asalto, y Bobby se había puesto delante de Wes y había recibido unos cuantos balazos para salvarle la vida.

Pórtate bien con él, le escribía Wes a Colleen. *Estuvo a punto de morir. Casi le volaron el trasero de un disparo, y el hombro todavía le duele mucho. Trátalo bien. Te llamaré en cuanto vuelva a Estados Unidos.*

–Si mi hermano me ha contado todo eso en un e-mail –le dijo Colleen a Bobby fríamente–, tú podrías haberme contado aunque fuera por encima lo que pasó. Podrías haberme dicho que te habían herido en vez de dejar que creyera que te habías hecho daño de una manera normal, como si te hubieras hecho una contractura muscular en un partido de baloncesto.

Bobby le devolvió la hoja de papel.

–No creía que sirviera de nada contártelo –admitió él–. ¿Qué sentido tenía decirte que una panda de matones intentó matar a tu hermano hace unas semanas? ¿Te serviría de algo saberlo?

–Sí, porque me duele no haberme enterado. No hace falta que me protejas de la verdad –dijo Colleen, exasperada–. Ya no soy una niña –entornó los ojos–. Pensaba que anoche te había quedado claro.

Anoche. La noche en que sus besos apasionados habían estado a punto de hacerle perder el control a plena luz, en un callejón junto a Harvard Square.

–He traído café y magdalenas –dijo Bobby, cambiando de tema–. ¿Tienes un rato para sentarte y hablar?

Colleen lo miró mientras se sentaba en la hierba.

–Sí. Estupendo. Hablemos. Puedes empezar por contarme cuántas veces te dieron y dónde.

Él la miró con expresión divertida mientras ella se sentaba a su lado.

–Wes siempre se pone melodramático. Me hicieron un agujero en el muslo y perdí mucha sangre. Pero ya estoy bien. Perfectamente –se levantó la ancha pernera de los pantalones cortos y dejó al descubierto el muslo moreno y musculoso. En su parte superior había una cicatriz rosada, muy reciente. Aquella herida debía de haberle causado un tremendo dolor. En aquella zona había grandes venas, ¿o eran arterias?, que si se rompían, podían hacer que uno muriera rápidamente desangrado.

Wes no se había puesto melodramático en absoluto. Colleen se quedó sin aliento. No le quitaba el ojo a la cicatriz. Bobby podía haber muerto.

–Es el hombro lo que más me duele –continuó él, bajándose la pernera del pantalón–. Tuve suerte porque la bala no me rompió ningún hueso. Pero todavía lo tengo muy magullado. Casi no puedo moverlo, lo cual resulta frustrante. Solo puedo subir el brazo hasta aquí.

Le hizo una demostración, y Colleen comprendió que su coleta no era una concesión a la moda. Bobby la llevaba porque era físicamente incapaz de hacerse su trenza.

–Debo tomármelo con calma –dijo él–. Intentar no moverlo mucho otra semana más, y eso.

Le tendió un vaso de café y abrió una bolsa que contenía media docena de magdalenas enormes. Ella sacudió la cabeza. Se le había quitado el apetito.

–¿Puedes hacerme un favor? –preguntó Colleen–. La próxima vez que Wes o tú resultéis heridos, aunque sea algo de poca importancia, ¿me llamarás para decírmelo? Por favor. Si no, siempre estaré preocupada.

Bobby sacudió la cabeza.

–Colleen...

–No empieces con eso de «Colleen...» –replicó ella–. Solo prométemelo.

Él la miró fijamente y suspiró.

–Te lo prometo, pero...

–Nada de peros.

Bobby hizo amago de decir algo, pero luego se detuvo y sacudió la cabeza. Conocía lo suficiente a los Skelly como para saber que era inútil discutir con ellos. Tomó un sorbo de café y miró hacia el río.

–¿Cuántas veces le has salvado la vida a Wes? –le preguntó ella.

–No lo sé. Dejé de contarlas al llegar a dos millones –sonrió, y las arrugas de las comisuras de sus ojos se hicieron más profundas.

–Muy gracioso.

–No tiene tanta importancia –dijo él.

–Para mí sí la tiene –contestó ella–. Y apuesto a que para mi hermano también.

–A él solo le importa porque le voy ganando –admitió Bobby.

Al principio, Colleen no supo qué quería decir. Pero al cabo de un instante lo entendió perfectamente.

–¿Es que las contáis? –preguntó, incrédula–. ¿Hacéis una especie de competición o...?

Bobby la miró, divertido.

–Doce puntos contra cinco y medio, a mi favor.

–¿Cinco y medio? –repitió ella.

–Wes consiguió medio punto por llevarme al barco de una pieza esta última vez –explicó él–. No consiguió el punto entero porque en parte fue culpa suya que me hirieran.

Se estaba riendo de ella. No en voz alta, pero Colleen sabía que, por dentro, se estaba partiendo de risa.

–¿Sabes? –dijo, muy seria–, me parece bastante justo que, si le salvas la vida tantas veces a una persona, puedas acostarte con su hermana sin sentirte culpable –a Bobby se le atragantó el café. Le estaba bien empleado–. Así que ¿qué hacemos esta noche? –añadió Colleen con voz inocente –Bobby tosió con fuerza, intentando sacarse el líquido de los pulmones–. «Pórtate bien con él» –dijo ella, leyendo en voz alta el e-mail de Wes, y se lo acercó para que lo viera–. Mira, lo pone aquí.

–Wes no se refería a eso –logró farfullar Bobby.

–¿Cómo lo sabes?

–Lo sé.

–¿Te encuentras bien? –preguntó ella.

A él le lloraban los ojos y todavía le costaba respirar.

–Me estás matando.

–Bien. Tengo que irme, así que... –hizo amago de levantarse.

–Espera –volvió a carraspear y tiró de ella para que volviera a sentarse–. Por favor –respiró hondo y, aunque consiguió no toser, tuvo que aclararse la garganta varias veces–. Quería hablarte de lo que ocurrió anoche.

–Querrás decir de lo que no ocurrió anoche –ella miraba tercamente su vaso de café. Levantó la tapa de plástico y probó un sorbo.

Lo que había ocurrido la noche anterior era que por fin había descubierto, y de la peor manera posible, que Bobby Taylor no la deseaba. Por lo menos, no lo bastante como para tomar lo que ella le había ofrecido. Desde luego, no tanto como ella lo deseaba a él. Hasta era posible que Bobby hubiera utilizado su miedo a los reproches de Wes como excusa para no acompañarla a su casa.

Colleen no podía hacer otra cosa que fingir que no le importaba. Podía ponerse cínica y decirle cosas desagradables, pero lo cierto era que le causaba miedo y vergüenza lo que Bobby pudiera decirle.

Por otra parte, si alguna vez había habido un momento perfecto para que él le declarara su amor imperecedero, era aquel. Colleen fantaseaba con la posibilidad de que le dijera, azorado, que llevaba años enamorado de ella, que sentía adoración por ella desde hacía mucho tiempo y que, después de besarla, no podía soportar vivir apartado de ella.

Bobby volvió a aclararse la garganta.

–Colleen, yo... No quiero perderte como amiga.

O bien, Bobby podía decir precisamente aquello. Podía soltarle el discurso del «quedemos como amigos». Colleen ya lo había oído antes. Incluía la palabra «amigos» al menos siete veces. Bobby diría también «error» y «perdóname» al menos dos veces y «sincero» al menos una vez. Y luego le diría que esperaba que lo que había sucedido la noche anterior no cambiara las cosas entre ellos. Su amistad era muy importante para él.

–Tú me importas mucho, de verdad –dijo él–. Pero debo serte sincero. Lo que ocurrió anoche fue, bueno, fue un error –sí, Colleen ya lo había oído antes–. Sé que anoche dije que no podía... que no podía... por Wes y, bueno, quiero que sepas que hay algo más –sí, ella ya lo sospechaba–. Es imposible que yo sea lo que tú deseas –dijo él en voz baja. Eso era diferente. Colleen nunca lo había oído antes–. Yo no soy... –empezó a decir, pero luego sacudió la cabeza y rectificó–. Tú significas mucho para mí. No puedo aprovecharme de ti. No puedo. Tengo diez años más que tú, y... Colleen, yo te conocí cuando tenías trece años. Sería algo muy extraño. Sería una locura, no iría a ninguna parte. No podría hacerlo. Somos demasiado diferentes y... –masculló una maldición–. De veras lo siento.

Parecía tan triste como ella. Aunque posiblemente no sentía tanta vergüenza.

Colleen cerró los ojos. Se sentía muy joven y estúpida, pero también muy vieja para su edad. ¿Cómo había podido ocurrirle otra vez? ¿Por qué solo les interesaba a los hombres como amiga?

Imaginaba que debía sentirse agradecida. Al menos, esa vez le habían soltado el rollo del «quedemos como amigos» antes de acostarse con el tipo en cuestión. Sin embargo, aquel era el peor de los rechazos que había sufrido. Porque, pese a que era evidente que Bobby se preocupaba por ella lo bastante como para no llevar las cosas tan lejos, también estaba claro que no la deseaba como ella a él. Y, para ella, eso era terriblemente duro.

Ella se levantó y se sacudió los pantalones cortos.

–Supongo que no habrás acabado aún. Todavía tienes que decir «fue un error» y «lo siento» un par de veces más, pero lo diré yo por ti, ¿de acuerdo? Yo también lo siento. El error fue mío. Gracias por el café.

Colleen se alejó rápidamente, con la cabeza muy erguida. Y no miró atrás. Había aprendido de la peor manera posible que no debía volverse la vista atrás cuando a una le soltaban el discurso del «quedemos como amigos». Y que tampoco había que llorar. Al fin y al cabo, una buena amiga no lloraba cuando era rechazada por un amigo estúpido, idiota y que no se enteraba de nada.

Las lágrimas afluyeron a sus ojos, pero las contuvo.
Dios, qué necia era.

Bobby se tumbó de espaldas en la hierba y contempló el cielo.

En teoría, decirle a Colleen que debían quedar como amigos en lugar de arrancarse la ropa el uno al otro era la forma menos dolorosa de evitar lo que estaba a punto de convertirse en un baño de sangre, no solo en sentido figurado: si Wes se enteraba de que Bobby se había liado con su hermana pequeña, sería capaz de estrangularlo.

Bobby había sido directo al hablar con Colleen. Había sido rápido y, si no del todo sincero, al menos sí honesto.

Sin embargo, había conseguido herirla. Lo había notado en sus ojos cuando ella se había dado la vuelta y se había alejado.

Herirla era lo último que quería hacer.

Pero toda la conversación le había resultado endiabladamente difícil. Había estado a punto de decirle la verdad: que se había pasado la noche sin pegar ojo, a medias felicitándose por hacer lo correcto y a medias maldiciéndose por ser tan idiota.

La noche anterior, ella le había dejado claro que lo deseaba. Y, sinceramente, lo último que él quería era que quedaran simplemente como amigos. La verdad era que quería que se desnudaran... y que se pasaran desnudos el resto de la semana.

Pero sabía que él no era el tipo de hombre que necesitaba Colleen Skelly. Ella necesitaba a alguien con quien siempre pudiera contar. Alguien que volviera a casa cada noche sin falta. Alguien que la cuidara como se merecía.

Alguien que esperara algo más que un lío de una semana.

Bobby no tenía ganas de mantener otra relación a larga distancia. No se sentía capaz de soportarlo. Acababa de salir de una, y no le había resultado muy divertido.

Y mucho menos lo sería tratándose de Colleen Skelly. Porque, cuando Wes se enterara de que tonteaba con su hermanita, iría a buscarlo armado con un machete.

Bueno, tal vez no. Pero sin duda Wes y él discutirían. Y también Wes y Colleen. Y eso resultaría muy doloroso, teniendo en cuenta que él se pasaría la mayor parte del tiempo a tres mil kilómetros de ella, que la echaría de menos cada segundo, y que ella también lo echaría de menos a él.

No. Hacerle daño a Colleen ya era suficientemente doloroso, pero decirle la verdad los habría herido a los dos a mucho más largo plazo.

Capítulo 5

Colleen acababa de recoger en la iglesia un cargamento de mantas donado por un grupo de mujeres de la parroquia; aún le quedaba por visitar media docena de centros de personas mayores para recoger sus donativos cuando, de repente, un taxi se paró justo delante de ella dando un frenazo digno de una película policíaca, y bloqueó la salida del aparcamiento.

Lo primero que pensó fue que alguien llegaba tarde a su propia boda. Pero, aparte de la representante del grupo de mujeres que le había dado las mantas, la iglesia estaba vacía y silenciosa.

Luego pensó que alguien tenía mucha prisa por arrepentirse de sus pecados, posiblemente antes de pecar otra vez. Se echó a reír al pensarlo, pero se le quitaron las ganas de reír cuando del taxi salió la última persona que esperaba ver en la iglesia de Saint Augustus.

Bobby Taylor.

Tenía la coleta medio deshecha y la cara cubierta de una pátina de sudor, como si hubiera estado corriendo. Se acercó al lado del pasajero de la camioneta de Colleen, y esta se inclinó sobre el asiento contiguo para abrirle la puerta.

–Gracias a Dios –dijo él–. Llevo una hora buscándote.

No llevaba solo la cara cubierta de sudor. Su camisa estaba tan empapada como si hubiera corrido una maratón a pleno sol.

Wes. Su hermano era la única razón que se le ocurría para que Bobby la buscara tan desesperadamente. Wes debía de estar herido. O muerto.

Colleen se quedó helada de repente.

–Oh, no –dijo–. ¿Qué ha pasado? ¿Qué ocurre?

Bobby la miró fijamente.

–Entonces, ¿no te has enterado? Iba a ponerme a gritarte porque creía que ya lo sabías y que de todas formas habías salido a hacer la recogida.

–Por favor, dime que no está muerto –le suplicó. Ya había vivido la muerte de un hermano. Una experiencia que no quería repetir–. Puedo aguantar cualquier cosa, menos que esté muerto.

Bobby subió a la camioneta y cerró la puerta. Tenía una expresión de absoluta perplejidad.

–¿Muerto? –preguntó–. Pero si a la que han atacado es una mujer. Está en coma, en la UVI, en el Hospital General.

¿Una mujer? ¿En el Hospital General? Colleen lo miró atónita.

–¿No has venido porque Wes está herido?

–¿Wes? –Bobby sacudió la cabeza y se inclinó para girar la salida del aire acondicionado hacia arriba–. No, Wes estará bien. Seguro que está de maniobras. No habría podido mandarte un correo electrónico si estuviera en una misión de verdad.

–Entonces, ¿qué pasa? –Colleen se sentía aliviada y al mismo tiempo irritada. Bobby le había dado un susto de muerte.

–Andrea Barker –le explicó él–, una de las directoras del Centro de Educación sobre el Sida. La han encontrado gravemente herida junto a su casa, en Newton. Le han dado una paliza. Lo he visto en el periódico.

Colleen asintió.

—Sí —dijo—. Sí, me enteré esta mañana. Es realmente horrible. Yo no la conozco muy bien. Solo hemos hablado por teléfono una vez. Casi siempre llamo a su secretaria cuando tengo que tratar algo con el centro.

—Así que, ¿sabías que está en el hospital? —algo muy parecido a la cólera brilló en los ojos de Bobby, y su boca se convirtió en una línea dura y finísima.

Bobby Taylor estaba furioso con ella. Para Colleen, aquello era una experiencia nueva. Nunca había pensado que Bobby fuera capaz de ponerse furioso. Era tan tranquilo. Pero lo más perturbador era que ni siquiera sabía qué había provocado su enfado.

—El artículo hablaba de los problemas que estáis teniendo para abrir un centro en cierto barrio de Boston. El mismo barrio en el que ayer te amenazaron mientras lavabais un coche.

Colleen lo entendió entonces. Se echó a reír, incrédula.

—¿De verdad crees que la agresión que ha sufrido Andrea Barker tiene que ver con que trabaje en al Centro de Educación?

Bobby no alzó la voz, como hacía Wes cuando se enfadaba. Hablaba tranquilamente, con una voz extrañamente suave. Pero, combinada con el destello de furia de sus ojos, su voz era mucho más eficaz que los estallidos de Wes.

—¿Tú no lo crees?

—No. Vamos, Bobby. No te pongas paranoico. Mira, he oído que la policía piensa que lo que ocurrió fue que Andrea sorprendió a un ladrón que intentaba entrar en su casa.

—En el periódico hablaban de las heridas que tiene —replicó Bobby con aquella misma voz suavemente intensa.

Ella se preguntó qué podía sacarlo de quicio y hacerle gritar, qué haría que aquel hombre perdiera su frialdad y estallara.

—No eran la clase de heridas que haría un ladrón —continuó—, cuyo objetivo principal habría sido dejarla sin sentido para poder huir lo más rápido posible. Lo siento, Colleen, pero no. Sé que quieres creer lo contrario, pero a esa mujer le dieron una paliza deliberadamente, y, si no me equivoco, la policía también lo sabe. Ese cuento del ladrón seguramente no es más que un señuelo para la prensa, para que el verdadero agresor crea que está a salvo.

–De eso no puedes estar seguro.

–Sí –dijo él–, tienes razón. No lo sé con certeza. Pero estoy seguro en un noventa y nueve por ciento. Lo bastante seguro como para tener miedo de que tú, como representante legal del Centro de Educación sobre el Sida, seas la próxima víctima. Lo bastante seguro como para saber que hoy no deberías haber salido sola con la camioneta.

Bobby apretó los dientes y la miró fijamente. La furia daba a sus ojos un brillo frío, como si estuviera hablando con una extraña.

Y quizá eso fuera Colleen para él.

–Ah, ya veo –enfadada, ella alzó ligeramente la voz. ¿Qué le importaba a él lo que le ocurriera? Ella solo era una idiota que los había puesto en una situación embarazosa a ambos la noche anterior. Era solo una amiga. No, ni siquiera eso. En realidad, para él no era más que la fastidiosa hermanita de su mejor amigo–. ¿Se supone que debo encerrarme en mi apartamento porque puede que a cierta gente no le guste lo que hago? Lo siento, pero no pienso hacerlo.

–He estado hablando con algunas personas –dijo Bobby– que creen que ese tal John Morrison que te amenazó ayer podría ser peligroso.

–¿Algunas personas? –preguntó ella–. ¿Qué personas? Si has hablado con Mindy, la de la oficina del Centro, te diré que esa tiene miedo hasta de su sombra. Y en cuanto a Charlie Johannsen, no...

–Mírame a los ojos –dijo Bobby– y dime que no te asusta un poco ese hombre.

Ella lo miró fijamente. Y apartó la mirada.

—De acuerdo. Quizá un poco sí.
—Y aun así sales tú sola.
Ella se rio en su cara.
—Sí, como si tú nunca hicieras nada que te asuste un poco. Como saltar de un avión. O nadar en aguas infestadas de tiburones. Eso te resulta un poquito duro, ¿no, Bobby? Wes me ha dicho que les tienes fobia a los tiburones. Y, sin embargo, lo haces igualmente. Te tiras al agua sin dudarlo. Encaras tu miedo y sigues con tu vida. No seas hipócrita, Taylor, y no esperes que yo haga lo que tú no haces.

Él hizo un esfuerzo por mantener la calma.
—Yo estoy entrenado para hacer esas cosas.
—Bueno, y yo soy una mujer —dijo ella—. Yo también estoy entrenada. Llevo más de diez años enfrentándome a hombres que hacen todo tipo de cosas, desde insinuaciones más o menos veladas a amenazas directas. Por la sola razón de ser mujer, siento un poco de miedo casi cada vez que ando sola por la calle... y mucho más si es de noche.

Él sacudió la cabeza.
—Hay una gran diferencia entre eso y la amenaza concreta que representa un hombre como John Morrison.
—¿Ah, sí? —preguntó Colleen—. ¿De veras? Porque yo no lo veo así. ¿Sabes?, a veces paso junto a un grupo de hombres sentados en la escalera de un bloque de pisos y uno de ellos dice: «Eh, nena, ¿quieres...? —lo dijo, y sus palabras sonaron tan crudas que Bobby dio un respingo—. «Ven aquí», dice. «No me hagas ir a buscar lo que estás deseando darme» —hizo una pausa para dar énfasis a sus palabras. Bobby parecía avergonzado—. Cuando alguien —continuó, más tranquila—, cuando un perfecto extraño te dice algo así, y te desafío a que encuentres una sola mujer de mi edad que no haya pasado por eso, una se pone un poquito nerviosa. Y cuando vas por la acera y se te acerca un hombre, sientes una punzada de inquietud o incluso de miedo. ¿Va a decirme alguna grosería? ¿Me seguirá? ¿O

se limitará a mirarme con descaro y a silbar, dejando claro que está pensando en ti como no quieres que piense? Cada vez que eso ocurre –añadió–, la amenaza no es menos concreta, o potencialmente menos real, que la de John Morrison.

Bobby guardó silencio y se quedó mirando por la ventanilla.

–Lo siento –dijo finalmente–. ¿En qué clase de mundo vivimos? –se echó a reír, pero su voz carecía de alegría. Era más bien un estallido de frustración–. Lo que más me avergüenza es que yo he sido así. No es que haya dicho esas cosas, eso nunca lo he hecho. Pero soy de los que miran y a veces incluso silbo. Nunca había pensado que eso pudiera asustar a una mujer. Quiero decir que esa nunca fue mi intención.

–Pues piénsalo la próxima vez –dijo ella.

–¿De veras te han dicho esas cosas? –le lanzó una mirada de soslayo–. ¿Con esas palabras?

Ella asintió con la cabeza, mirándolo a los ojos.

–Bonito, ¿verdad?

–Ojalá hubiera estado allí –dijo él–. Habría mandado a ese tipo al hospital.

Lo dijo con apasionamiento, pero Colleen sabía que no era más que una vaga amenaza.

–Si hubieras estado allí –dijo ella–, no lo habría dicho.

–Tal vez Wes tenga razón –Bobby le sonrió de mala gana–. Tal vez deberías tener un escolta armado las veinticuatro horas del día, vigilando cada uno de tus movimientos.

–Oh, no –gruñó Colleen–. No empieces con eso tú también. Mira, llevo un spray de pimienta en el bolso y un silbato en el llavero. Sé que no lo crees, pero estoy tan segura como es posible estarlo. Llevo las puertas de la camioneta bloqueadas, llamo con antelación para decir que voy a ir a un sitio a una hora determinada, tengo...

–Te has olvidado de mí –la interrumpió Bobby–. Deberías haberme llamado, Colleen. Te habría acompañado encantado desde por la mañana.

Oh, perfecto. Colleen comprendió sin necesidad de preguntárselo que Bobby no pensaba marcharse, que se quedaría con ella en la camioneta hasta que hubiera acabado de recoger los donativos, que la acompañaría a dejar la camioneta y las cajas y que tomaría con ella el tranvía de vuelta a Cambridge.

–¿Se te ha ocurrido pensar que a lo mejor no me apetece pasar el día contigo? –le preguntó.

Él pareció sorprendido. No había imaginado que ella fuera tan franca y directa. Sin embargo, se recobró enseguida.

–Ya no somos amigos, ¿verdad? –dijo–. Anoche lo estropeé todo, ¿no es así?

Colleen no estaba dispuesta a que él cargara con toda la culpa.

–Yo te besé primero.

–Sí, pero yo no te detuve –contestó Bobby.

Ella puso la camioneta en marcha, maldiciéndose para sus adentros por haber conservado alguna esperanza que Bobby había destruido otra vez.

–Lo siento –dijo él–. Debería haberme controlado, pero no pude. Yo...

Colleen lo miró otra vez, aunque no pretendía hacerlo. No quería que él viera la tristeza que le causaban sus palabras. Pero había algo en la voz de Bobby que la forzó a volver la cabeza hacia él.

Bobby la estaba mirando. Estaba allí sentado, mirándola igual que la había mirado la noche anterior, justo antes de besarla. Había deseo en sus ojos. Ardor, necesidad y deseo.

Él desvió la mirada rápidamente, como si no quisiera que ella viera todas aquellas cosas. Colleen también miró hacia otro lado, con el corazón acelerado.

Bobby le esta mintiendo. Y también le había mentido esa mañana. Él tampoco quería que fueran solo amigos.

No le había soltado el rollo del «quedemos como amigos» porque sintiera aversión por las mujeres como ella: mujeres con muslos y caderas y que pesaban más de cuarenta kilos. No le había soltado ese discurso porque no la encontrara atractiva, porque no lo excitara sexualmente hablando.

Muy al contrario...

Colleen lo entendió de repente con claridad meridiana.

Solo se trataba de Wes. Era Wes quien se interponía entre Bobby Taylor y ella, tan rotundamente como si estuviera allí mismo, en la camioneta, sentado entre ellos, apestando a humo de tabaco.

Pero no iba a decírselo a Bobby. De eso nada. Iba a jugar aquella partida, y a ganarla, segura de conocer las cartas de Bobby.

Y él ni siquiera se daría cuenta de la trampa.

Volvió a mirarlo al salir del aparcamiento.

–Así que, ¿piensas de veras que a Andrea la han atacado por ser activista de la lucha contra el sida? –preguntó ella.

Él la miró, y esa vez casi logró borrar de sus ojos toda expresión. Pero en el fondo de su mirada seguía habiendo una leve llama de deseo.

–Creo que hasta que Andrea salga del coma y pueda contarle a la policía lo que ocurrió, deberíamos tener mucho cuidado.

–Es horrible pensar que la han atacado justo delante de su casa.

–No te preocupes por eso. Te acompañaré a casa cuando acabemos con esto.

Bingo. Colleen se mordió el interior de los carrillos para evitar sonreír. De alguna manera consiguió poner cara de fastidio.

–No creo que sea necesario –dijo.

–Echaré un vistazo a tu piso, a ver qué se puede hacer para mejorar la seguridad –dijo él–. En el peor de los casos, esta noche dormiré en tu cuarto de estar. Supongo que no te hace gracia la idea, pero...

No, desde luego no le hacía gracia que durmiera en su cuarto de estar.

Prefería que durmiera en su cama.

–Espera –dijo Colleen cuando, después de aparcar frente a un asilo, Bobby abrió la puerta de la camioneta, dispuesto a salir. Buscó algo en su mochila y por fin sacó un cepillo de pelo–. Tu peinado de indio necesita un arreglo.

Él se echó a reír.

–Eso no ha sido muy amable.

–¿El qué? ¿Decirte que llevas el pelo hecho un desastre?

–Muy graciosa –dijo él.

–Esa soy yo –contestó ella–. Seis carcajadas por minuto, garantizadas. Date la vuelta, voy a hacerte una trenza.

¿Cómo había ocurrido? Diez minutos antes estaban discutiendo y Bobby estaba convencido de que su amistad estaba gravemente herida, si no muerta. Y, sin embargo, todo volvía a ser como cuando había llegado el día anterior.

Colleen ya no estaba tan tensa, ya no parecía dolida. Se mostraba relajada y alegre. Incluso feliz.

Bobby no sabía a qué se debía aquel cambio, pero no pensaba quejarse.

–No hace falta que me hagas una trenza –dijo–. Con una coleta basta. Lo único que necesito es que me lo ates. Puedo cepillármelo solo.

Extendió una mano hacia el cepillo, pero ella lo retiró de su alcance.

–Te haré una trenza –dijo.

–Bueno, si realmente te apetece...

¿Qué mal había en ello? Desde que lo habían herido, tenía que pedir ayuda para recogerse el pelo. Aquella mañana había entrado en una peluquería cerca de su hotel, con la intención de cortárselo, pero al final se había arrepentido.

En California, todos los días necesitaba que alguien lo ayudara a peinarse. Wes, o Mia Francisco, la mujer del teniente, lo ayudaban a hacerse la trenza. Incluso el capitán Joe Catalanotto lo había ayudado una o dos veces.

Se movió ligeramente en el asiento para que Colleen pudiera peinarlo por detrás, y alzó un brazo para quitarse la goma del pelo.

Ella le pasó suavemente el cepillo y los dedos por la melena. Y Bobby comprendió enseguida que no era lo mismo que Wes le hiciera una trenza o que se la hiciera Colleen.

–Tienes un pelo precioso –musitó ella, y él notó que empezaba a sudar.

Aquello no era una buena idea. Era una idea pésima. ¿En qué demonios estaba pensando? Cerró los ojos mientras ella le cepillaba el pelo, recogiéndoselo con la otra mano junto a la nuca. Después dejó el cepillo y utilizó solo las manos. Bobby sintió sus dedos fríos sobre la frente cuando ella se aseguró de que no le quedaban mechones sueltos sobre la cara.

Colleen le cepillaría el pelo y él se quedaría allí sentado, sintiendo cada leve roce de sus dedos. Se quedaría allí quieto, deseándola, pensando en cómo la había abrazado la noche anterior, en lo ávida y dispuesta que se había mostrado ella, en que seguramente no lo habría detenido si él le hubiera subido la falda y se hubiera enterrado en ella y...

Notó que el sudor le corría por la espalda.

¿Qué mal había en que le hiciera una trenza?

Ninguno..., siempre y cuando a nadie del Centro de Personas Mayores de Parkvale le quedara suficiente vista como para notar el embarazoso abultamiento de sus pantalones.

Siempre y cuando Colleen tampoco lo notara. Si no, ella se daría cuenta enseguida de que le había mentido. No le costaría ningún esfuerzo percatarse de la verdad. Y entonces él sería hombre muerto.

Bobby intentó pensar en la muerte, en las ratas, en la enfermedad, en una epidemia de peste. Intentó pensar en los tiburones, con todos esos dientes y esos ojillos mezquinos mirándolo fijamente. Pensó en el día, no muy lejano pues ya no tenía veinte años, en que tendría que dejar el Cuerpo de Operaciones Especiales, en que sería demasiado viejo para competir con los nuevos reclutas.

Pero nada consiguió distraer su atención.

Sentía cada leve caricia de Colleen. Aquello era mucho peor que la peor de sus pesadillas.

Sin embargo, le resultaba muy fácil imaginarse que Colleen le acariciaba así todo el cuerpo; no solo la cabeza, el pelo o la nuca, sino todo el cuerpo. Oh, cielos...

–Si yo fuera hombre –murmuró ella– y tuviera tu pelo, lo llevaría siempre suelto. Y tendría a todas las mujeres a mis pies. Harían cola a la puerta de mi habitación.

Bobby se echó a reír.

–¿Qué?

–A la mayoría de las mujeres les encantan los hombres con el pelo largo –explicó ella–. Sobre todo los tíos guapos y macizos como tú. ¿Te has traído el uniforme?

Colleen pensaba que era guapo y «macizo». Bobby sonrió. Le gustaba que pensara eso de él, aunque no estaba seguro de que fuera verdad. Él era un poco demasiado grande, demasiado corpulento para tener la musculatura tan definida como Lucky O'Donlon.

Ese sí que era un tío «macizo». Pero, claro, Lucky no estaba allí, lo cual era una suerte. Aunque estaba casado, las mujeres se pegaban a él como las moscas a la miel.

–Hola –dijo Colleen–, ¿te has quedado dormido?

–No –dijo Bobby–. Lo siento –¿le había preguntado algo?–. Eh...

–¿Te has traído el uniforme?

–Ah –dijo él–, no. No, se supone que no debo ponerme

el uniforme mientras lleve el pelo largo, a menos que haya algún asunto oficial urgente, claro.

–Bueno, esto no es un asunto oficial –dijo ella–. Es más bien informal... Una fiesta de despedida en la Asociación la noche antes de que nos marchemos. Pero habrá gente importante: senadores, el alcalde y... Pensaba que les gustaría conocer a un auténtico comando de la Marina.

–Ah –dijo él. Ella casi había acabado de hacerle la trenza, y Bobby se sentía al mismo tiempo aliviado y contrariado–. Quieres convertirme en una atracción de feria.

Ella se echó a reír.

–Claro que sí. Quiero que te pongas muy firme y pongas una cara enigmática y peligrosa. Será la gran sorpresa de la noche –pasó un brazo por encima de su hombro–. Necesito la goma.

Él intentó dársela, y se hicieron un lío. La goma cayó sobre el regazo de Bobby. Este la recogió rápidamente y la sostuvo sobre la palma de la mano para que ella la tomara.

Ella se las ingenió de alguna manera para acariciarle la mano al recoger la goma.

–Sabes lo que me estás pidiendo, ¿verdad? –dijo él–. Me pasaría la noche intentando zafarme de preguntas indiscretas: «¿Es verdad que los cuerpos especiales saben cómo degollar a sus oponentes con las manos desnudas? ¿A cuántos hombres has matado? ¿Alguna vez has matado a alguien en un combate cuerpo a cuerpo? ¿Te gustó? ¿Es verdad que sois muy buenos en la cama?» –dijo con un bufido de exasperación–. En cuanto la gente se entera de lo que soy, su actitud cambia, Colleen. Me miran de forma distinta. Los hombres me calibran con la mirada y las mujeres... –sacudió la cabeza.

Ella se echó a reír y se colocó en su asiento. Ya había acabado de peinarlo.

–Sí, ya. Dime cuándo no os habéis aprovechado mi hermano y tú de la forma en que reaccionan las mujeres cuando se enteran de a qué os dedicáis.

—De acuerdo —dijo él—. Tienes razón. Yo me he aprovechado... muchas veces. Pero... ya no me divierte. No es algo real. ¿Sabes?, no le dije a Kyra que pertenecía al Cuerpo hasta que llevábamos dos meses juntos.

—¿Y su actitud cambió al enterarse? —preguntó Colleen. Ese día, sus ojos eran más verdes que azules.

—Sí —dijo él—. De manera sutil, pero sí, cambió. ¿Coincidencia? Tal vez.

—Lo lamento —dijo ella—. Olvida que te lo he preguntado. No tienes por qué venir a esa fiesta. Pero... como voy a marcharme y te has empeñado en hacerme de guardaespaldas veinticuatro horas al día, pensé que...

—Llamaré a Harvard y le diré que me mande el uniforme.

—No —dijo ella—. Puedes ir de incógnito. Con el pelo suelto. Y con pantalones de cuero. Le diré a todo el mundo que eres un supermodelo de París. Verás qué cosas te preguntan.

Bobby se echó a reír y Colleen se bajó de la camioneta.

—Eh —dijo él estirándose sobre el asiento para impedir que cerrara la puerta—. Me alegro de que sigamos siendo amigos.

—¿Sabes?, he estado pensando en todo eso de la amistad —dijo ella, con las manos sobre las caderas mirándolo fijamente—. Y creo que deberíamos ser de esa clase de amigos que hacen el amor tres o cuatro veces al día.

Le lanzó una sonrisa, se dio la vuelta y echó a andar hacia el asilo.

Bobby se quedó allí sentado mirándola, contemplando la luz del sol sobre su pelo y el suave balanceo de sus caderas al andar.

Solo había sido una broma.

¿O no?

Cielos, tal vez no.

—Socorro —dijo en voz alta, a nadie en particular, mientras la seguía al interior del edificio.

Capítulo 6

Bobby agarró a Colleen del brazo, tiró de ella y estuvo a punto de hacerla caer sobre él, de que ambos se cayeran por las escaleras que llevaban a su apartamento en el tercer piso.

Al principio, ella pensó que había ganado. Que todas las miradas y sonrisas, y todas las insinuaciones apenas veladas que llevaba haciéndole toda la tarde por fin habían dado resultado. Pensó que Bobby tiraba de ella para besarla como la había besado en Harvard Square la noche anterior.

«Sí, claro, Colleen. Tú sueñas».

Bobby no pensaba precisamente en besarla.

–Ponte detrás de mí –le ordenó él, empujándola hasta que ella quedó con la nariz casi aplastada contra su anchísima espalda.

Entonces, Colleen vio que la puerta de su apartamento estaba entornada.

Alguien había entrado en su casa.

También Andrea Barker había descubierto al llegar a casa que había alguien dentro. Y le habían dado tal paliza que todavía estaba en coma.

Colleen agarró a Bobby.

–¡No entres!

–No voy a hacerlo –dijo él–. Al menos, no hasta que te

saque de aquí –se dio la vuelta hacia ella y la llevó escaleras abajo prácticamente en volandas.

Por primera vez en su vida, Colleen se sintió frágil, pequeña e indefensa.

Y no estaba segura de que le gustara.

Estaba asustada, sí. No quería que Bobby entrara en su piso y se encontrara a John Morrison y su banda en el cuarto de estar. Al mismo tiempo, si Morrison y sus secuaces estaban allí, no quería huir y perder la oportunidad de hacerlos arrestar a todos.

–Déjame en el suelo –le ordenó. Podían bajar al primer piso y llamar a la policía desde el piso del señor Gheary.

Bobby la soltó bruscamente. Mientras luchaba por recuperar el equilibrio, vio que él subía los últimos escalones que llevaban a la puerta de su apartamento. Por ella acababa de salir un hombre que llevaba una camisa de cuadros increíblemente chillona.

–¡No, Bobby!

No fue ella la única en gritar. El propietario de la camisa también gritó de puro terror.

Era Kenneth. Bobby lo empujó contra la pared del descansillo con la cara aplastada contra el papel descolorido y los brazos retorcidos sobre la espalda.

–¡Bobby, para! Es amigo mío –gritó Colleen, subiendo los escalones de dos en dos, justo cuando la puerta de su apartamento se abría de par en par y aparecían Ashley y su hermano, Clark, con los ojos como platos. Colleen los miró dos veces. Clark se había teñido el pelo de azul.

–¿Qué hacéis aquí? –le preguntó a Ashley, quien supuestamente estaba pasando el verano en casa de sus padres.

–Me he escapado de Scarsdale –dijo Ashley distraídamente, mirando embobada a Bobby, que todavía tenía a Kenneth agarrado contra la pared–. Clark y Kenneth vinieron a rescatarme.

Eso explicaba el pelo azul. Clark, de diecinueve años,

debía de haberle dado un susto de muerte a su padre, un hombre extremadamente conservador.

–Bobby, te presento a mi compañera de piso, Ashley DeWitt –dijo Colleen–. Su hermano, Clark, y su amigo, Kenneth. Chicos, este es el jefe Bobby Taylor, un amigo de mi hermano.

–También soy amigo tuyo –le recordó Bobby mientras soltaba suavemente al chico–. Perdona, lo siento.

El jovencito estaba temblando, pero se recobró rápidamente.

–Ha sido un poco... incómodo, por decirlo así, pero el subidón de adrenalina no ha estado mal.

–Kenneth es inglés –dijo Colleen.

–Sí –dijo Bobby, entrando en el apartamento tras ellos–. Lo he notado por el acento.

Cielos, Colleen no lo había dicho en broma: aquello era mucho peor de lo que Bobby imaginaba. El pequeño cuarto de estar estaba lleno de cajas del suelo al techo. Colleen había empezado a escribir en cada una de ellas, en grandes letras cuadradas, lo que parecía ser una dirección de Tulgeria.

–Así que eres un jefe, ¿eh? –dijo Clark cuando Bobby cerró la puerta tras él–. ¿De qué tribu?

–¡Oh, Dios! No es esa clase de jefe, Clark –Ashley le lanzó a Bobby una sonrisa de disculpa. Era lo que Bobby consideraba una típica rubia neoyorquina: de mediana estatura, delgada y con una figura lo bastante curvilínea para ser considerada femenina pero no lo bastante como para resultar excitante. Todo en ella era pulcro e impecable. Era fresca y bonita... de la misma forma que lo sería una estatua de piedra.

Comparada con Ashley, Colleen era un desastre. Tenía el pelo revuelto. La sonrisa, traviesa. Y, cada vez que se movía, parecía que la camiseta le iba a estallar por la presión de los pechos. Colleen era absolutamente excesiva: demasiado alta, demasiado maciza, demasiado directa, demasiado divertida, demasiado dispuesta a pasárselo bien allí donde iba. Sus ojos cambiaban de color cada minuto, pero siempre eran cálidos y acogedores.

Bobby sintió una punzada de deseo tan fuerte que tuvo que apretar los puños.

—Disculpa a mi hermano —dijo Ashley—. Es terminalmente estúpido.

Él apartó la mirada de Colleen, dándose cuenta de que la había estado mirando casi con la lengua fuera. Dios, no podía consentir que ella lo sorprendiera mirándola así. Si averiguaba la verdad...

¿Pero a quién pretendía engañar? Probablemente ya había adivinado la verdad. Y ahora seguramente intentaba volverlo loco lentamente con aquellas miradas insinuantes y la forma aparentemente casual con que lo tocaba una y otra vez, como de pasada.

¡Y las cosas que le decía! Que pensaba que debían ser de esa clase de amigos que hacían el amor tres o cuatro veces al día... Pero solo estaba bromeando. Quería burlarse de él diciendo aquellas cosas, intentando hacerle reaccionar.

Y lo había conseguido.

—Soy oficial del ejército —le explicó Bobby al chico del pelo azul, intentando seguir la conversación. Aquel chico se llamaba Clark. Era el hermano de Ashley. De eso no había duda. Los dos tenían la misma nariz perfectamente esculpida, aunque los ojos de Clark eran de un gris más cálido—. Pertenezco a la Marina.

—Guau, tío —dijo Clark—. ¿Con ese pelo? —se echó a reír—. Eh, a lo mejor a mí también me aceptan, ¿no?

—Bobby es... —Colleen se interrumpió. Bobby comprendió que acababa de recordar lo que le había dicho sobre que la gente lo trataba de forma distinta cuando se enteraba de que formaba parte de un cuerpo de élite del ejército. Ella lo miró y, cuando sus ojos se encontraron, Bobby sintió que la habitación temblaba. Fue como si un gran foco los hubiera iluminado solo a ellos. Ashley, Clark y Kenneth se desvanecieron en la oscuridad. Bobby solo veía a Colleen y sus hermosos y risueños ojos.

Azules, en ese momento.

—Bobby es un buen amigo mío —dijo ella suavemente.

—Debería enrolarme en la Marina —dijo Clark—. Al viejo le daría un soponcio si lo hiciera.

—Tenía grandes planes para esta noche —dijo Colleen, sin dejar de mirar a Bobby—. Iba a cocinar para Bobby y a seducirlo bailando desnuda en la cocina.

Ya empezaba otra vez. Se estaba riendo de él. Probablemente, de su cara de susto. Pero, cuando ella se dio la vuelta y el mundo pareció abrirse otra vez para incluir a las otras tres personas que permanecían en la habitación, Bobby sintió que ella no bromeaba del todo. Tenía planes para esa noche, y esos planes lo incluían a él.

—Debería irme —dijo, aunque deseaba quedarse tanto como seguir respirando. Pero no podía quedarse.

—No —se apresuró a decir Ashley—. Nosotros íbamos a salir ahora mismo.

—No, qué va —dijo Clark con desdén—. Eres una embustera. Te duele la cabeza. Kenneth iba a salir a comprar un analgésico —se volvió hacia Colleen—. A lo mejor tú tienes una aspirina por ahí. Ashley no me ha dejado mirar en tu cuarto.

—Vaya, ¿por qué será? —dijo Colleen—. ¿Será tal vez porque la última vez que entraste en mi cuarto cuando llegué a casa tuve que llamar a la policía creyendo que me habían robado? Además, no habrías encontrado aspirinas. A mí nunca me duele la cabeza. ¿Has mirado en el cuarto de baño?

—Ya me siento mucho mejor —dijo Ashley. Bobby acababa de conocerla, pero comprendió enseguida que estaba mintiendo—. Nos vamos ya.

—¿Y qué pasa con la carta que ibas a escribirle a papá?

—Puede esperar —Ashley señaló con la cabeza hacia la puerta, clavando los ojos en su hermano—. Este es Bobby

Taylor. El amigo de Wes —Clark la miró con expresión bovina—. El militar...

—Ah —dijo Clark—. Ah, claro —miró a Bobby—. Conque eres de los Cuerpos Especiales, ¿eh? ¡Vaya!

Colleen puso una sonrisa de disculpa.

—Lo siento —le dijo a Bobby—. Lo intenté.

Clark sonrió mirando a Kenneth.

—¡Tío, casi te mata un SEAL! Creo que esta noche deberías contárselo a las chicas de la fiesta. Apuesto a que te ligas a alguna si se lo cuentas.

—Ashley, no hace falta que os vayáis, de verdad —le dijo Colleen a su amiga—. Tienes mala cara. ¿Qué ha pasado? ¿Qué ha hecho tu padre ahora?

Ashley se limitó a sacudir la cabeza.

—¿Qué es un SEAL? —preguntó Kenneth—. ¿De veras crees que si me hubiera matado Jennifer Reilly querría casarse conmigo? A lo mejor, como ha estado a punto de matarme, se viene conmigo a casa...

—¡Ah, no, de eso nada! —contestó Clark—. Yo no estaba pensando en Jennifer Reilly, tío. Tienes que apuntar más bajo, hombre. Piensa en la categoría B o en la C. En Stacy Thurmond o en Candy Fremont.

—¿Clasificáis a las mujeres por categorías? —Colleen estaba indignada—. ¡Fuera de mi casa, granujas!

—Eh, tranquila —dijo Clark, parapetándose detrás de una pila de cajas—. Nosotros no les decimos que las clasificamos por categorías. Jamás se lo diríamos a la cara. Ellas no lo saben. De verdad.

—Claro que lo saben —contestó Colleen—. Créeme, lo saben.

—¿A quién te refieres cuando dices «nosotros», caradura? —le preguntó Kenneth a Clark.

—¿En qué categoría estoy yo? —preguntó Colleen con voz peligrosamente tranquila.

—En la A —dijo Clark rápidamente—, naturalmente. Tú eres absolutamente perfecta para el grupo A...

Colleen lo cortó con una palabra: un improperio que Bobby nunca antes había oído en sus labios. A diferencia de Wes, Colleen no decía tacos, lo cual resultaba bastante extraño teniendo en cuenta lo propensa que era a decir sin miramientos lo que pensaba.

–Una vez, cuando iba corriendo por la orilla del río –le dijo Colleen a Clark–, pasé frente a dos chicos que se dedicaban a clasificar a todas las mujeres que pasaban por allí. El viento me llevó sus voces justo en el momento en que me catalogaban a mí. Me pusieron en el grupo C.

Bobby no pudo quedarse callado por más tiempo.

–Esos eran imbéciles. En mi lista, tú estás en el grupo A –dijo Bobby. En cuanto las palabras salieron de sus labios, comprendió que había cometido un terrible error. Aunque lo había dicho como si fuera el mayor cumplido, acababa de admitir que tenía un grupo A. Y ello no lo convertía en alguien mejor que..., ¿cómo se llamaba?, ¿Clark? Un granuja–. Lo siento, no quería decir eso –dijo rápidamente, viendo que ella entrecerraba los ojos.

Clark, el genio, aprovechó la ocasión para intervenir.

–¿Lo ves? Todos los tíos tenemos una lista. Es una cosa de hombres –dijo–. No significa nada.

–Bobby, estrangúlalo a él y a su amiguito el de la camisa de cuadros –le ordenó Colleen–, y luego estrangúlate a ti mismo.

–Lo que yo quería decir –dijo Bobby, acercándose a ella y tomándola de la barbilla para que lo mirara a los ojos–, era que para mí eres tan guapa por fuera como por dentro.

El foco volvió a encenderse y el resto del mundo se desvaneció. Colleen, que lo miraba con los ojos muy abiertos y los labios ligeramente separados, se convirtió en la única persona del universo. Nada ni nadie más existía para él en ese momento. Bobby ni siquiera podía apartar la mano de la suave piel de su cara.

–¿Estrangularme a mí? –oyó Bobby que decía Kenneth,

indignado y con una voz muy débil como si estuviera muy lejos–. ¿Por qué a mí? Yo no clasifico a nadie, gracias.

–Sí, claro, porque tú no ves más allá de Jennifer Reilly –replicó Clark también desde muy lejos–. Para ti, todas las demás son invisibles. Pero tú no vas a ligártela, chaval. Aunque se helara el infierno, Jennifer pasaría por delante de ti sin mirarte y preferiría salir con un muñeco de nieve. Y luego te llamaría para contártelo, porque sois muy amigos. Vaya mierda. ¿Es que no sabes que la amistad es el beso de la muerte entre un hombre y una mujer?

–Eso ha sido muy dulce –le dijo Colleen a Bobby en voz baja–. Te perdono.

Le tomó la mano y le dio un beso en la palma. A Bobby le dio un vuelco el corazón.

Tenía que salir de allí antes de que fuera demasiado tarde.

Se dio la vuelta, obligándose a concentrarse en el pelo azul y la camisa a cuadros. En cualquier cosa menos en Colleen y en su sonrisa deslumbrante.

–Sí, sobre mí pesa la maldición del amigo –suspiró Kenneth–. Y, encima, Jennifer está convencida de que soy gay. Soy su amigo gay. Le he dicho que no lo soy, claro, pero...

–Todo el mundo piensa que eres gay –dijo Clark–. Sinceramente, hermano –le dijo a Bobby–, cuando has visto a Kenneth, ¿no has pensado –extendió las manos para enmarcar a Kenneth con ellas, como si fuera un director de cine– que era gay?

Bobby no se molestó en contestar. Había pasado el tiempo suficiente con Wes, que era igual de charlatán que aquel chico, como para saber que preguntas como aquella no requerían respuesta. Además, no estaba seguro de poder articular palabra.

Cada vez que miraba a Colleen a los ojos, empezaban a sudarle las manos, sentía una opresión en el pecho y un nudo en la garganta. Estaba metido en un buen lío.

—¿Sabes?, mi padre también cree que eres gay —le dijo Clark a Kenneth—. Eso es lo que me gusta de ti. Que le das miedo a mi viejo, tío.

—Pues yo no soy gay —dijo Kenneth con los dientes apretados.

Bobby se aclaró la garganta. Si lo hacía unas cuantas veces, recuperaría la voz. Siempre y cuando no mirara otra vez a Colleen.

—No es que haya nada malo en ser gay —añadió Kenneth puntillosamente, mirando a Bobby—. Tal vez deberíamos asegurarnos de que no estamos ofendiendo a un SEAL gay. A un SEAL gay extremadamente grande y alto. Aunque todavía no estoy muy seguro de qué es un SEAL.

Clark miró a Bobby con renovado interés.

—Guau. No se me había ocurrido. ¿Tú eres gay?

Por primera vez desde hacía muchos minutos, se produjo un silencio total. Todos miraron a Bobby. Colleen también lo miraba, con el ceño levemente fruncido y una mirada dubitativa.

Fantástico. Ahora pensaría que le había dicho que solo quería que fueran amigos porque...

Bobby la miró, vacilando, sin saber qué decir. ¿Debía cerrar la boca y dejarla que pensara lo que quisiera, confiando en que ello la mantendría alejada de él?

Colleen fue la primera en hablar.

—Felicidades, Clark, has alcanzado nuevas cotas de grosería. Bobby, no le contestes. Tus preferencias sexuales solo son asunto tuyo.

—Soy heterosexual —dijo él.

—Claro que sí —dijo Colleen con excesivo apasionamiento, dando a entender que sospechaba lo contrario.

Bobby se echó a reír otra vez.

—¿Por qué iba a mentir?

—Yo te creo —dijo ella—. De veras —le hizo un guiño—. No digas nada más. Fingiremos que no hemos oído a Clark.

De pronto aquello dejó de tener gracia. Bobby se rio, incrédulo.

–¿Qué quieres que haga...?

«¿Demostrártelo?». Pero se detuvo a tiempo y no acabó la frase. Oh, Dios.

Colleen le lanzó otra de sus sonrisas deslumbrantes, acompañada de un destello en la mirada. Sí, quería que se lo demostrara. No lo dijo en voz alta, pero lo tenía escrito en la cara. No había creído ni por un instante que fuera gay. Había jugado con él. Y él había caído en la trampa.

«Socorro».

Por favor, que cuando volviera al hotel hubiera un mensaje en el contestador. Por favor, que hubiera llamado Wesley para anunciarle que ya había regresado e iba camino de Boston. Por favor...

–Ahora que hemos resuelto ese misterio, las dos preguntas candentes de la noche son por qué has vuelto a Boston –le dijo Colleen a su compañera de piso–, y por qué de azul –se volvió y miró el pelo de Clark con expresión crítica–. No pareces tú, tío.

–¿Qué demonios es un SEAL? –le recordó Kenneth–. Pregunta candente número tres.

–Los SEALs forman parte de las Fuerzas Especiales del Ejército de Estados Unidos –dijo Colleen–. Pertenecen a la Marina, así que pasan mucho tiempo en el mar. Pero en realidad operan en tierra, mar y aire. También saltan en paracaídas o cruzan desiertos o junglas. La mayoría de las veces, la gente ni se entera de que están ahí. Llevan grandes armas de asalto, y casi siempre actúan de incógnito –miró a Clark–. Clandestinamente. En el noventa y nueve coma nueve por ciento de los casos realizan sus misiones sin disparar una sola bala –se volvió hacia Bobby–. ¿He olvidado algo importante? ¿Aparte de que matáis a la gente con vuestras propias manos y que sois excelentes amantes?

Bobby se echó a reír sin poder evitarlo. Colleen también se rio. Los demás los miraron como si estuvieran locos.

Colleen estaba tan viva, tan llena de luz y de vida... Y en menos de una semana tomaría un avión y se marcharía a un lugar peligroso donde podían matarla. Qué gran pérdida sería eso para el mundo.

–Por favor, no te vayas –le dijo Bobby.

De alguna manera, ella comprendió que estaba hablando de su viaje a Tulgeria, y dejó de reír.

–Debo hacerlo.

–No, no es cierto. Colleen, tú no tienes ni idea de lo que pasa allí.

–Sí, lo sé perfectamente.

Ashley empujó a su hermano y a Kenneth hacia la puerta.

–Colleen, nosotros nos vamos a...

–No, no os vayáis –Colleen siguió mirando a Bobby–. Echa a Clark y a Kenneth a la calle si quieres, pero a ti te duele la cabeza, tú te quedas aquí y te metes en la cama.

–Bueno, entonces, me iré a mi habitación –dijo Ashley rápidamente–. Vamos, chicos. Dejad sola a la tía Colleen.

–Hasta la vista, nena –Clark miró a Bobby–. Adiós, tío.

–Gracias por no matarme –dijo Kenneth alegremente.

Salieron, y Ashley se escabulló sigilosamente por el pasillo.

Dejándolo a solas en el cuarto de estar con Colleen.

–Yo también debería irme.

Sin embargo, no conseguía hacer que sus pies se movieran hacia la puerta.

–Deberías pasar a la cocina –dijo ella–. Allí las sillas no están cubiertas de cajas. Podemos sentarnos y todo.

Lo tomó de la mano y tiró de él hacia la cocina. Por alguna razón, a Bobby no le costó ningún esfuerzo mover los pies en aquella dirección.

–De acuerdo –dijo Colleen, sentándose a la mesa de la cocina–. Habla. ¿Qué os pasó en Tulgeria?

Bobby se rascó la frente.

—Ojalá fuera tan fácil —dijo él—. Ojalá hubiera sido solo una cosa. Quisiera equivocarme, pero he estado allí media docena de veces por lo menos, y cada vez ha sido más horrible que la anterior. Las cosas están muy mal y cada vez se ponen peor, Colleen. Muchas partes del país están en guerra. El gobierno ha perdido el control en todas partes salvo en las principales ciudades, e incluso allí tiene problemas para ejercer su autoridad. Hay grupos terroristas por todas partes. Grupos cristianos, grupos musulmanes... Hacen lo posible por matarse unos a otros y, por si eso no fuera suficiente, hay también luchas internas entre las facciones de los distintos grupos. Nadie está salvo. Yo entré en una aldea y... —Dios, no podía contárselo. No quería hablarle de aquello, pero debía hacerlo. La miró directamente a los ojos y dijo—: Todos estaban muertos. Un grupo rival había entrado en el pueblo y... Hasta los niños, Colleen. Los habían asesinado metódicamente.

Ella se quedó sin aliento.

—¡Oh, no!

—Entramos en el pueblo porque se rumoreaba que uno de los grupos terroristas se había apoderado de algún tipo de arma química. Debíamos encontrarnos allí con un grupo de Rangers de Infantería y escoltarlos al submarino que nos esperaba con todas las pruebas que pudieran encontrar. Pero salieron con las manos vacías. Aquella gente no tenía nada. Casi no tenían munición regular, y mucho menos armas químicas. Se mataban los unos a los otros con esos grandes machetes de hoja curva, afilados como navajas de afeitar. Allí nadie está a salvo —repitió—. Nadie está a salvo.

Ella estaba pálida, pero mantenía firme la mirada.

—Debo ir. Cuando me cuentas estas cosas, siento más que nunca que debo ir.

—Más de la mitad de esos terroristas son asesinos a sueldo —se inclinó sobre la mesa para que Colleen lo oyera con toda claridad—. La otra mitad se dedican al mercado negro. Compran y venden de todo, incluyendo americanos. Sobre todo americanos. Los secuestros se han convertido posiblemente en el negocio más lucrativo de Tulgeria hoy en día. ¿Cuánto estarían dispuestos a pagar tus padres por recuperarte?

—Bobby, sé que piensas que...

Él la interrumpió.

—Nuestro gobierno tiene una norma: no negociar con terroristas. Pero los civiles, a título privado.... En fin, pueden ceder. Pagar el rescate y confiar en que al final recuperarán a sus seres queridos. La verdad es que no los recuperan. Colleen, por favor, escúchame. Normalmente, no devuelven a los rehenes.

Colleen lo miró inquisitivamente.

—He oído rumores de que el gobierno de Tulgeria comete asesinatos en masa como represalia.

Bobby vaciló, y luego le dijo la verdad.

—Yo también he oído esos rumores.

—¿Es cierto?

Él suspiró.

—Mira, sé que no quieres oírlo, pero si vas allí podrían matarte. Ahora mismo solo deberías preocuparte por eso. No por...

—¿Es cierto?

Dios, qué hermosa estaba así, inclinada hacia él, con las manos extendidas sobre la mesa de formica, los hombros cuadrados, los ojos centelleantes y el pelo en llamas.

—Puedo garantizarte que en este mismo momento Estados Unidos tiene equipos de las Fuerzas Especiales investigando ese asunto —le dijo—. La OTAN ya había advertido a Tulgeria acerca de esos actos de genocidio en el pasado. Si siguen utilizando sus antiguos métodos y nos enteramos, el embajador estadounidense y su personal serán evacuados de Tulinek inmediatamente. Estados Unidos cortará sus relaciones diplomáticas con el gobierno túlgaro. La embajada desaparecerá, seguramente de un día para otro. Y si eso ocurre mientras tú estés allí... –Bobby respiró hondo–. Colleen, si te vas, estarás en peligro cada minuto del día.

–Quiero enseñarte algo –dijo ella–. No te muevas de aquí. Enseguida vuelvo.

Capítulo 7

Las fotografías estaban en su cuarto. Colleen sacó el sobre de su cómoda y, cuando volvía hacia la cocina, llamó suavemente a la puerta de Ashley.

–Entra.

Apenas había luz en la habitación, pues las persianas estaban bajadas. Ashley estaba sentada frente al ordenador. A pesar de la penumbra, Colleen vio que tenía los ojos rojos e hinchados. Había estado llorando.

–¿Qué tal tu dolor de cabeza? –preguntó Colleen.

–Bastante mal.

–Intenta dormir un poco.

Ashley sacudió la cabeza.

–No puedo. He de acabar esto.

–¿Qué estás escribiendo?

–Una carta. A mi padre. Es el único modo de que me preste atención: si le escribo una carta formal. ¿No es patético?

Colleen suspiró. Era patético, en efecto. La relación de Ashley con su padre era patética en general. Ella había hecho instalar identificadores de llamada en todos sus teléfonos para no contestar si quien llamaba era el señor DeWitt. A Colleen, en cambio, le encantaba que su padre la llamara.

–¿Por qué no lo dejas para luego? –le dijo a su amiga–. Cuando se te haya pasado el dolor de cabeza.

Ashley padecía terribles dolores de cabeza. Había ido a visitar a un médico y, aunque no eran migrañas, eran muy parecidos a estas en muchos sentidos. El médico le había dicho que se debían a la tensión y al estrés acumulado.

–Te ayudaré a escribirla –continuó Colleen–. Tienes que contarme qué ha pasado. ¿Por qué no me has llamado ni me has escrito desde mediados de mayo? Supongo que todo está relacionado, ¿no? –así era. Colleen se dio cuenta por la expresión de Ashley–. Deja que me libre de Bobby, ¿de acuerdo?

–¡Ni se te ocurra! –la indignación le dio a Ashley un arrebato de energía–. Dios mío, Colleen, llevas años detrás de ese tío. Es guapísimo, por cierto. Y enorme. Me habías dicho que era grande, pero no tanto. ¿Cuánto mide?

–No lo sé exactamente. ¿Un metro noventa y cinco? Tal vez más.

–Tiene unas manos como guantes de béisbol.

–Sí –dijo Colleen–. Y ya sabes lo que dicen de los hombres con las manos grandes.

–Que calzan grandes guantes –dijeron al unísono. Colleen sonrió, y Ashley consiguió esbozar una sonrisa fugaz.

–No puedo creer que sea tan inoportuna. Tenía que volver a Cambridge y presentarme aquí precisamente ahora... –Ashley descansó la frente en las manos, apoyando los codos sobre el escritorio–. Lo he visto mirarte, Colleen. Lo único que tienes que hacer es decir una palabra y se quedará a pasar la noche.

–Me ha soltado el rollo de la amistad –le dijo Colleen.

–¡Bromeas!

–Veamos, ¿tú crees que ese es un tema sobre el que yo, elegida mejor amiga de todo el género masculino, bromearía? No, creo que no.

–Lo siento.

–Sí, bueno... –Colleen forzó una sonrisa–. Yo creo que está mintiendo; que tiene que respetar una especie de código de honor o algo así porque soy la hermana de su mejor amigo. Tengo que convencerlo de que no pasa nada, que no hace falta que se enamore de mí y me pida en matrimonio; que solo quiero que nos divirtamos un poco.

Aunque si se enamoraba de ella... No, no podía permitirse fantasear con eso. Si seguía por ese camino, solo encontraría desilusiones y frustración. Lo único que quería era divertirse, se dijo otra vez, deseando que las palabras no hubieran sonado tan huecas cuando las había dicho en voz alta.

–Seguramente se estará preguntando qué te ha pasado –le dijo Ashley.

Colleen se acercó a la puerta y se detuvo un instante para mirar a su amiga con la mano en el pomo.

–Volveré dentro de media hora para que me cuentes lo que te ha pasado en Scarsdale con tu queridísimo papá.

–No es necesario, de verdad.

–Te conozco –dijo Colleen–. No podrás dormir hasta que hablemos, así que vamos a hablar.

Bobby oyó cerrarse la puerta; oyó cómo Colleen iba por el pasillo en dirección a la cocina.

Oyó el suave murmullo de voces cuando ella se detuvo a hablar con su compañera de piso.

Las paredes de aquel viejo piso eran prácticamente de papel.

Lo cual significaba que, definitivamente, no podía agarrarla cuando volviera a entrar y hacerle el amor allí mismo, sobre la mesa de la cocina.

Cielos, tenía que salir de allí.

Se levantó, pero Colleen entró en ese momento, bloqueando su ruta de escape.

–Siéntate –le ordenó–. Solo unos minutos. Quiero enseñarte algo.

Sacó del sobre una fotografía y la puso sobre la mesa, delante de él. Era el retrato de una niña pequeña que miraba solemnemente a la cámara. Tenía unos ojos enormes..., probablemente porque estaba muy flaca. Tenía los hombros muy huesudos y la barbilla afilada. La ropa que llevaba le estaba pequeña. Tenía el pelo estropajoso, de color marrón oscuro. Parecía tener seis o siete años y poseía una expresión desesperada, casi feroz.

–Esta es Analena –dijo Colleen–, hace dos años, antes de que el grupo de Ayuda a los Niños la recogiera –puso otra fotografía sobre la mesa–. Esta fue tomada el mes pasado.

Era la misma niña, pero tenía el pelo más largo, abundante y lustroso. Iba corriendo por un campo, dándole una patada a un balón de rugby, y sonreía. Tenía las mejillas sonrosadas y un aspecto saludable y, aunque todavía estaba muy delgada, su delgadez se debía a que estaba creciendo. Era desgarbada y larguirucha. La expresión de ferocidad había desaparecido de su semblante. Volvía a ser una niña.

Colleen puso una carta delante de Bobby. Una carta escrita por una mano infantil. *Queridísima Colleen*, leyó en silencio:

Anoche soñé que iba a ver a ti a Estados Unidos. Era un sueño precioso. No quería despertar. Espero que no importarte que dé a Iván el balón que me regalaste. Intenta robármelo muchas veces, y yo dije por qué no dar.

Mi inglés está mejor, ¿no? Es por ti, por los libros americanos y el casete y las pilas que tú mandas. Regalos muy buenos. Mejor que balón. Iván da gritos, prefiere balón. Yo enseño a Iván palabras inglesas. Un día me dar las gracias, y ti también.

Te mando más cartas pronto.
Un abrazo,
Analena

Colleen sacó más fotos del sobre. Eran retratos de otros niños.

—Analena y otros veinticinco niños más o menos viven en el orfanato de Saint Christof, en el interior de la así llamada zona de guerra de Tulgeria –le dijo–, que da la casualidad de que es también la zona del país que más ha sufrido los efectos del terremoto. El grupo de Ayuda a los Niños lleva más de dos años carteándose con las monjas que llevan el orfanato. Intentamos encontrar un vacío legal que nos permita sacar a esos niños de Tulgeria. Son niños abandonados, Bobby. La mayoría de ellos son mestizos, y nadie los quiere. Lo irónico es que aquí, en Estados Unidos, tenemos una lista larguísima de familias que estarían encantadas de adoptarlos. Pero el gobierno no los deja salir del país.

Las fotografías mostraban la miseria del orfanato: ventanas rotas, pintura desconchada, paredes medio derruidas por las bombas. Aquellos niños vivían en lo que quedaba del antiguo edificio. En todas las fotografías, las monjas, algunas ataviadas con el hábito, otras vestidas con vaqueros y deportivas, estaban sonriendo, pero Bobby observó las arrugas de dolor y ansiedad que rodeaban sus ojos y bocas.

—Cuando se produjo el terremoto –continuó Colleen con voz suave y firme–, pensamos que era el momento de actuar –miró a Bobby directamente a los ojos–. Llevar ayuda y provisiones a las víctimas del terremoto no es más que una tapadera. En realidad, vamos a intentar sacar a esos niños de la zona de guerra y llevarlos a un lugar más seguro. Si tenemos suerte, intentaríamos traerlos a Estados Unidos con nosotros, pero sabemos que hay muy pocas posibilidades de que eso suceda.

Bobby la miró.

—Yo puedo ir –dijo él–. Colleen, yo lo haré por ti. Iré en tu lugar.

Sí, esa sería una buena solución. Podía llevarse a algunos miembros del Escuadrón Alfa. Rio Rosetti, Thomas King y Mike Lee eran jóvenes y temerarios. Estarían encantados de pasar una semana de vacaciones en uno de los lugares más peligrosos del mundo. Y Spaceman, el teniente Jim Slade... Ese también era soltero. Le echaría una mano, si Bobby se lo pedía.

—Podría funcionar —le dijo a Colleen, pero ella ya estaba sacudiendo la cabeza.

—Bobby, yo voy a ir —dijo con firmeza y tranquila, como si él no pudiera decir nada que pudiera hacerla cambiar de opinión—. Soy la encargada de tratar con el ministro túlgaro de Salud Pública. Creo que ese hombre es nuestra única esperanza de sacar a esos niños de la zona de peligro. Me conoce, confía en mí... He de ir.

—Si tú vas, yo también voy —le dijo él con absoluta convicción.

Ella sacudió la cabeza.

—No, tú no vendrás.

Él suspiró.

—Mira, sé que probablemente piensas que me estoy metiendo donde no me llaman, pero...

Colleen sonrió.

—No, no lo entiendes. Me encantaría que pudieras venir. De veras. Sería fantástico. Pero sé un poco práctico, Bobby. Nos iremos dentro de unos días. Hemos tardado casi tres semanas en conseguir los permisos para entrar en el país y llevar la ayuda, a pesar de que la gente allí se muere de hambre y se ha quedado sin hogar por culpa del terremoto. Tú también tendrías que solicitar ese permiso y...

—No, yo no.

Ella hizo una mueca.

—Sí, claro. ¿Qué pasa? ¿Es que llamarás a algún almirante, chascarás los dedos y...?

—No pienso chascar los dedos delante del almirante Robinson —dijo Bobby—. Sería de mala educación.

Ella lo miró fijamente.

—Hablas en serio. ¿De verdad vas a llamar a un almirante?

Él asintió con la cabeza y miró su reloj. Ya era un poco tarde para llamar. El almirante y su mujer, Zoe, tenían gemelos. Max y Sam.

Aquellos niños eran energía en estado puro, como Bobby muy bien sabía. Los había cuidado una vez cuando el almirante y su mujer habían salido de viaje y su niñera habitual había avisado en el último minuto de que no podía ir. Los dos tenían los ojos azules y una sonrisa que los había hecho famosos.

A esas horas Jake habría acabado de leerles un cuento y los habría metido en la cama. Bobby sabía que después iría a reunirse con su esposa, que tal vez se tomarían una infusión y que luego él le daría un masaje en los hombros o en los pies...

—Lo llamaré mañana por la mañana —dijo Bobby.

Colleen sonrió. No creía que Bobby tuviera tanta confianza con un almirante como para llamarlo así, sin más.

—Bueno, sería estupendo que pudieras venir, pero procuraré no hacerme ilusiones —recogió las fotografías y las volvió a meter en el sobre.

—¿Cuántas personas van? —preguntó él—. En tu grupo, quiero decir.

—Unas doce.

Doce civiles sin entrenamiento andando por ahí sueltos... Bobby maldijo para sus adentros.

—La mayoría se encargarán de distribuir la ayuda entre las víctimas del terremoto. Se unirán los cooperantes de Cruz Roja que ya están en el país —continuó ella—. Cinco de nosotros intentaremos sacar a los niños de allí.

Cinco era un número mucho más aceptable. Cinco personas podían escabullirse fácilmente y escapar del peligro mucho más fácilmente que doce.

—¿Quién os recogerá en el aeropuerto? —preguntó él.

—Hemos alquilado un autobús. Hemos acordado que será el conductor quien nos recoja —dijo ella.

Un autobús. Oh, Dios.

–¿De cuántos guardias dispondréis?

Colleen sacudió la cabeza.

–Solo de uno. El conductor insistió. Pero todavía lo estamos discutiendo. No queremos llevar armas. Nuestra relación con la Cruz Roja...

–Colleen, necesitáis guardias armados –dijo él–. Muchos más que un hombre contratado por el conductor del autobús. Tres o cuatro, por lo menos. Aunque solo sea para el trayecto entre el aeropuerto y vuestro hotel. Y necesitaréis al menos el doble si vais a viajar al norte.

Colleen lo miraba como si estuviera hablándole en griego.

–¿Lo dices en serio?

–Por supuesto. Y en vez de un autobús, deberíamos conseguir tres o cuatro todoterrenos. Son más pequeños y rápidos.

–Necesitamos el autobús para llevarnos a los niños si se presenta la ocasión –dijo ella.

Oh, maldición. Sí, para eso necesitaban un autobús.

–De acuerdo –dijo–. Haré lo que pueda para convencer al almirante Robinson de que tome cartas en el asunto. Para que lo convierta en una operación especial de sus comandos de la Agrupación Gris. Pero, si se hace oficial, es posible que yo no pueda ir. Todavía no estoy al cien por cien...

–No sé si es una buena idea –dijo Colleen–. Si llegamos allí como si fuéramos una especie de comando...

–Será una operación secreta. Habrá tres o cuatro hombres con armas de asalto, como si fueran guardaespaldas pagados. Pero los demás hombres del equipo se mezclarán con la gente de tu grupo. Te lo prometo.

Ella lo miró fijamente.

–Me lo prometes. Pero tú no vendrás con nosotros.

–Es posible –dijo él–. Pero lo intentaré.

Colleen sonrió.

–¿Sabes?, cada vez que alguien dice «lo intentaré»,

pienso en esa escena de *El Imperio contraataca* en la que Yoda le dice a Luke Skywalker: «No lo intentes. Hazlo o no lo hagas».

–Sí, recuerdo esa escena –dijo Bobby–. Y lo siento, pero...

Ella extendió un brazo a través de la mesa y le tocó la mano.

–No, no hace falta que te disculpes. No pretendía acusarte de nada. Verás, lo cierto es que he combatido en tantas batallas perdidas que realmente agradezco mucho que la gente intente hacer cosas. En realidad, es lo único que pido. Puede que las cosas no funcionen, pero al menos hay que intentarlo, ¿no crees?

Colleen no se refería a la posibilidad de que Bobby fuera a Tulgeria; se refería a que la había besado y a que la había rechazado sin siquiera intentar saber lo que podía resultar de aquel beso.

Bobby no sabía qué decir. Se sentía como el peor de los cobardes. Demasiado asustado para intentar nada.

Colleen le soltó la mano, se levantó y puso el sobre con las fotografías sobre una mesita, en un rincón de la cocina.

–¿Sabes?, he conocido a casi todas las personas que quieren adoptar a esos niños –le dijo–. Son realmente maravillosas. Los miras a los ojos y ves que ya los quieren aunque solo hayan visto sus fotos o leído sus cartas –le tembló la voz–. Me parte el corazón que esos pequeños estén en peligro, que solo podamos intentar ayudarlos. Me pone enferma que no haya ninguna garantía.

Bobby se puso en pie sin darse cuenta. Luego, al reparar en ello, se obligó a quedarse quieto. A no acercarse a ella, a no tomarla en sus brazos. La última vez que lo había hecho, había perdido completamente el control.

Pero Colleen se volvió para mirarlo y se acercó a él. Extendió los brazos y lo tomó de las manos.

–Para mí es muy importante que sepas que no hago esto por molestar a Wes.

Sus dedos eran fuertes y fríos, y Bobby sintió que no podía apartarse de ella. «Socorro».

–Lo sé.

Pero Colleen no se acercó más a él. Se limitó a sonreír y le apretó las manos.

–Bien –dijo, soltándolo–. Ahora puedes irte. Eres libre. Huye. Tienes suerte, porque esta noche tengo que hablar con Ashley. Otra noche bailaré desnuda para ti.

Le brillaron los ojos al sonreírle. Bobby tenía una expresión de dolor en la cara imposible de ocultar.

La puerta estaba allí. Colleen le había dado permiso para irse. Podía cruzar la puerta, salir del apartamento y marcharse a un lugar donde ambos estarían seguros. Pero no se movió.

–¿Por qué me haces esto?

Ella optó por bromear.

–Eres un blanco tan fácil y, además, quiero...

–¿Qué? –Bobby deseaba saberlo. Lo deseaba casi tanto como deseaba tocarla. Casi–. ¿Qué es lo que quieres, Colleen?

–A ti.

Bobby sabía que era muy franca. Pero no esperaba que le dijera aquello.

Ella, repentinamente azorada, bajó los ojos.

–Siempre te he deseado –hablaba tan bajo que él apenas la oía–. Así que ya lo sabes –dijo suavemente. Alzó la mirada y le lanzó una sonrisa traviesa–. ¿Qué te parece como refutación a tu discurso del «quedemos como amigos»?

Él no respondía. No tenía ni idea de qué podía decir. Ella lo deseaba. Desde siempre. Bobby tenía ganas de reír y de llorar al mismo tiempo. Quería hacerle el amor allí mismo, en la cocina. Pero también quería huir de allí lo más rápidamente que pudiera.

–No sé si tengo razón y no sientes lo que me dijiste esta mañana –dijo ella–, o estoy equivocada y soy tan idiota que me merezco que me humilles y me rechaces dos veces en dos días.

Bobby mantuvo la boca cerrada. Deseaba poder salir corriendo y no parar hasta llegar a la calle. Sin embargo, sabía que no saldría de allí sin decir algo.

Pero no sabía qué sería ese algo. ¿Decirle la verdad y admitir que no sentía lo que le había dicho? Aquella era una pésima idea. Si lo hiciera, ella sonreiría y se acercaría un poco más y...

Y él despertaría en su cama.

Y luego Wes lo mataría.

Bobby empezaba a pensar que podía enfrentarse a la muerte. Sería peor pasar una noche con Colleen.

Porque sabía que no podría vivir soportando la mirada de dolor de su mejor amigo.

Mantuvo la boca cerrada.

—Sé que no lo parece por cómo me comporto —continuó Colleen, dándose la vuelta y jugueteando con unas manzanas que había sobre la encimera—, pero tengo muy poca experiencia, ¿sabes? Con los hombres, quiero decir. En realidad, solo he tenido un par de relaciones muy breves y superficiales. Nunca he estado con nadie que realmente me deseara por cómo soy, y no solo porque soy una mujer y estoy disponible —ordenó las manzanas en dos filas perfectas y se volvió para mirarlo a los ojos—. Sé que has dicho que no me... deseas. Pero cuando te miro a los ojos veo algo muy distinto. Y..., Bobby, yo solo quiero saber cómo es... que me hagas el amor como me besaste anoche. Me sentí tan a gusto y... —respiró hondo y sonrió, temblorosa—. Así que, ya estás advertido. Ya lo sabes. Y también sabes que nadie va a convencerme de que no vaya a Tulgeria. Así que, si no consigues nada de tu amigo el almirante, puedes decirle a mi hermano que hiciste todo lo posible por disuadirme de que tomara ese avión. Puedes volver a California con la conciencia tranquila. Creo, además, que deberías irte..., si realmente sientes lo que me dijiste sobre que solo seamos amigos. Pero, si te quedas, será mejor que te pongas tu traje ignífugo. Porque, a partir de mañana, avivaré el fuego.

−¿De verdad le has dicho eso? −se rio Ashley−. ¿Y qué hizo él?

Después del pequeño discurso de Colleen, Bobby no la había besado. Pero ella tampoco creía que fuera a hacerlo.

−¿Qué dijo? −insistió Ashley.

−Nada −le dijo Colleen a su amiga−. Se puso un poco pálido, como si fuera a desmayarse. Así que le dije que seguiríamos hablando mañana y lo empujé hacia la puerta.

La verdad era que no había querido escuchar lo que él podría haber contestado a su dolorosa declaración.

Estaba desconcertada. No sabía si felicitarse por su valentía o avergonzarse de su estupidez.

¿Y si se había equivocado del todo? ¿Y si había malinterpretado lo que veía en los ojos de Bobby? ¿Y si él no la miraba en realidad con deseo apenas disimulado?

−Tenía que intentarlo −le dijo a Ashley y a sí misma al mismo tiempo.

Ashley estaba sentada con las piernas cruzadas sobre la cama, abrazada a un viejo osito de peluche que le habían regalado a los tres años, cuando pasó el sarampión y con el que todavía dormía, a pesar de que acababa de cumplir veinticuatro años.

Resultaba irónico. La amiga de Colleen lo tenía todo: dinero, una cara bonita, un cuerpo perfecto, un peso que no variaba salvajemente según su estado de ánimo, una media de notable y un gusto impecable.

Naturalmente, Colleen tenía algo de lo que Ashley carecía y que no hubiera cambiado ni por la cara o el cuerpo de su amiga, ni por todo el oro de Fort Knox.

Porque Colleen tenía unos padres que la apoyaban en todo, al cien por cien. Ella sabía sin ninguna duda que, hiciera lo que hiciese, sus padres la respaldarían.

Y no como el señor DeWitt, que criticaba a su hija sin cesar.

Colleen no se imaginaba cómo habría sido crecer en esa casa. Podía imaginarse a Ashley de niña, intentando desesperadamente agradar a su padre sin conseguirlo nunca.

Ciertamente, los padres de Colleen no eran perfectos. Los padres nunca lo eran. Pero la querían incondicionalmente. Ella nunca lo había dudado.

–¿Quieres hablar de lo que ha pasado? –le preguntó a Ashley.

Su amiga suspiró.

–Soy tan estúpida… –Colleen esperó sin decir nada–. Había un nuevo abogado en el bufete de mi padre –dijo finalmente Ashley–. Brad Hennesey –se le llenaron los ojos de lágrimas, pero intentó reírse–. Dios mío, qué idiota soy. No puedo decir su nombre sin... –señaló su propia cara. Colleen le tendió una caja de pañuelos de papel y aguardó mientras Ashley se sonaba la nariz–. Era un encanto –continuó Ashley–. Por supuesto, era de esperar que fuera un encanto conmigo, porque soy la hija del jefe, pero parecía tan sincero, tan...

–Oh, no –dijo Colleen. Creía saber adónde llevaba todo aquello, y rezaba por equivocarse.

–Hice algo realmente estúpido –admitió Ashley–. Empezamos a salir, y él era tan... –se rio tristemente–. Sí, era completamente perfecto: tan listo y tan guapo, con sus dientes blancos y su cuerpo de modelo, y nos gustaban los mismos libros y las mismas películas y... Me enamoré de él. ¡Dios! ¿Cómo puedo ser tan tonta? –Colleen aguardó, deseando estar equivocada–. Y entonces me enteré de que mi padre lo había contratado adrede. Brad formaba parte de un plan para asegurarse de que, cuando acabe la universidad, entre en el bufete. Iba a hacerle socio justo después de nuestro compromiso. Te lo cuento y me suena completamente perverso. ¿Puedes creértelo?

Sí, podía. Colleen conocía al padre de Ashley.

–Ay, Ashley –dijo–. ¿Cómo te enteraste?

–Brad me lo dijo –dijo su amiga–. Lo confesó todo. Me llamó de madrugada y me dijo que teníamos que vernos enseguida. Vino a casa y salimos al jardín y... Estaba muy nervioso y me dijo que me quería. Que se había enamorado de mí y que quería contármelo todo antes de que siguiéramos adelante, que no podía seguir ocultándolo por más tiempo.

–Pero eso está bien –dijo Colleen–. ¿No? Al final, fue sincero.

–Colleen, Brad aceptó un puesto de trabajo que incluía engatusar a la hija del jefe y casarse con ella –todavía se ponía enferma al pensarlo–. ¿Qué clase de hombre haría eso?

–¿Uno que vio tu fotografía, tal vez? –sugirió Colleen. Ashley la miró como si estuviera aliada con el diablo–. No digo que lo que hizo esté bien, pero ¿y si realmente está enamorado de ti?

–¿Lo está –preguntó Ashley sombríamente–, o solo dice que lo está? ¿Y si su confesión fuera otra mentira?

Oh, vaya. Colleen no lo había pensado de esa manera. Pero Ashley tenía razón. Si ella intentara engañar a alguien para que se casara con ella, fingiría estar enamorada de ese alguien, lo confesaría todo y suplicaría su perdón. Eso salvaría las apariencias si la verdad salía a la luz después de la boda.

–Nos hemos acostado, Colleen –dijo Ashley tristemente–. Y mi padre le estaba pagando.

–Bueno –dijo Colleen–, no creo que tu padre le pagara precisamente por eso.

–Para mí es lo mismo –Ashley era una de esas mujeres que seguían estando bellas cuando lloraban–. ¿Sabes lo más absurdo de todo?

Colleen sacudió la cabeza.

—No.

—No he tenido valor para enfrentarme a mi padre —le temblaron los labios—. Solo escapé. Me escondí.

—Pero le estás escribiendo una carta —dijo Colleen—. Es un comienzo.

—Clark me dice siempre que debería hacer uno de esos cursos de superación. Ya sabes, uno de esos en los que te vas a la montaña con una cantimplora de agua y un cuchillo de caza y no vuelves hasta haber matado un oso.

Colleen se echó a reír ante aquella idea absurda.

—¿Le haces caso a un tío con el pelo azul?

Ashley también se rio, temblorosa.

—¿Sabes qué creo que deberías hacer? —añadió Colleen—. Creo que deberías volver y tener una aventura apasionada con Brad. Restregárselo a tu padre por la cara. Que todo el mundo se entere. Y luego, el año que viene, cuando te gradúes, destapas el pastel, le das a tu padre un buen chasco, te presentas a las oposiciones en California y te pones a trabajar como abogada de oficio en Los Ángeles para fastidiarlo. Eso es lo que yo haría.

—¿Podrías hacerlo? —preguntó Ashley—. ¿De veras? ¿Tener una aventura con un hombre sin enamorarte de él? ¿Sin ir más allá?

Colleen pensó en Bobby Taylor, en qué pasaría si al final conseguía llevárselo a la cama. Pensó en despertar a su lado, en contemplar sus bellos ojos cuando se inclinara a besarla. Pensó en llevarlo al aeropuerto y en quedarse mirando su espalda ancha y su larga trenza mientras se adentraba en la terminal, alejándose de ella. Sin mirar atrás.

Pensó que eso le rompería el corazón. Un poco.

Lo justo para cambiarla para siempre.

—No —dijo en voz baja—. Creo que yo tampoco podría.

Capítulo 8

–Espera –dijo Bobby–. Zoe, no, si se ha tomado el día libre, no lo... –«molestes». Pero Zoe Robinson ya se había apartado del teléfono.

–¡Hola, Bobby! –el almirante Jake Robinson parecía contento y relajado–. ¿Qué tal? Zoe me ha dicho que llamas desde Boston.

–Eh, sí, señor –dijo Bobby–. Pero, señor, esto puede esperar hasta mañana, porque...

–¿Qué tal tu hombro? –lo interrumpió el almirante.

–Mucho mejor, señor –mintió Bobby. Era muy propio del almirante Robinson mantenerse informado de las heridas que sufría cualquier miembro de los equipos especiales de la Marina... y recordar lo que le habían contado.

–Estas cosas llevan su tiempo –también era muy propio de Robinson intuir que Bobby mentía–. Tómatelo con calma, Taylor. No te esfuerces demasiado.

–Sí, señor. Almirante, yo no tenía ni idea de que su secretaria pasaría la llamada ahí, a su casa.

–Bueno, querías hablar conmigo, ¿no?

–Sí, señor, pero usted es un almirante, señor, y...

–Ah –Robinson se echó a reír–. Te gustaría que fuera más difícil dar conmigo, ¿eh? Bueno, si quieres llamo a Dottie y le dijo que te ponga en espera media hora.

Bobby también se echó a reír.

–No, gracias. Solo estoy... sorprendido.

–No me pasan cualquier llamada –Jake Robinson adoptó un tono serio–. Seguramente Dottie ya les habrá dado largas a media docena de capitanes, comandantes y coroneles esta mañana. Pero cuando fundé la Agrupación Gris, me propuse estar disponible veinticuatro horas al día, siete días a la semana para los hombres que mando a alguna misión. Tú trabajas para mí y me necesitas, pues aquí estoy. Seguramente no lo sabes, pero cuando te hirieron estabas en una misión de la Agrupación Gris.

–No me lo habían dicho, pero... lo sabía.

–Así que, dime, Taylor, ¿qué sucede?

Bobby se lo contó.

–Señor, he sabido que una docena de ciudadanos estadounidenses, la mayoría de ellos de aquí, de Boston, está a punto de marcharse a Tulgeria con la única protección de un guardaespaldas privado.

Robinson pronunció una maldición.

Bobby le habló sobre la organización dedicada al socorro de las víctimas del terremoto, sobre el autobús y los niños del orfanato, y le contó que aquel grupo de buenos samaritanos estadounidenses no estaban dispuestos a renunciar a su viaje.

–¿Quién es su contacto con ese grupo, soldado? –preguntó Robinson–. ¿Su novia?

–Negativo, señor –dijo Bobby de mala gana–. No, es la hermana de Wes Skelly. Es una de las cooperantes que va a ir a Tulgeria.

–¿No me digas que Skelly te ha mandado a Boston para que la convenzas de que no vaya? –rio Robinson–. Dios mío, eres un buen amigo, Bobby.

–Wes está fuera del país, almirante, y yo tenía tiempo. Además, él haría lo mismo por mí.

–Sí, y sospecho que tu hermana es más fácil de manejar que la hermana de Skelly. Por cierto, ¿cómo se llama?

–Colleen, señor.

–Si Colleen Skelly se parece a su hermano tanto como imagino, que Dios nos asista.

Bobby se volvió a reír.

–Sí y no, señor. Ella es –maravillosa. Guapa. Increíblemente atractiva. Inteligente. Perfecta–. Es especial, señor. En realidad, me recuerda a Zoe en muchos sentidos. Es dura, pero en realidad esa dureza no es más que una fachada tras la que se oculta, ya sabe lo que quiero decir.

–Oh, sí, claro que lo sé –el almirante se rio suavemente–. Sí, muchacho. Ya sé que no es de mi incumbencia, ¿pero sabe Wes que te sientes atraído por su hermana?

Bobby cerró los ojos. Maldición, se había delatado. No tenía sentido negarlo delante de Jake. Aquel hombre podía ser almirante, pero también era un amigo.

–No, no lo sabe.

–Hum. ¿Y ella lo sabe?

Buena pregunta.

–En realidad, no.

–Vaya.

–Quiero decir que ella es increíble, Jake, y yo creo que... No, yo sé que le gusto, me lo ha dejado bien claro, pero no puedo hacerlo y estoy...

–Hecho polvo –dijo Jake–. Sí, sé lo que es eso. Y si realmente se parece a Zoe, no tienes nada que hacer –se echó a reír–. Conque Colleen Skelly, ¿eh? Con ese nombre, me la imagino bajita, pelirroja y con la misma constitución que su hermano: fuerte y delgadita. Con la lengua afilada y mucho temperamento.

–Es pelirroja –dijo Bobby–. Y tiene razón en lo de la lengua afilada y el temperamento, pero es alta. Quizá sea incluso más alta que Wes. Y no es delgada. Es... –maciza. Como una casa de ladrillo. Sensual. Voluptuosa–. Es escultural –dijo por fin.

–Más alta que Wes, ¿eh? Eso debe de sacarlo de quicio.

–Ella ha salido a la familia de su padre, y Wes se parece

más a la de su madre. A Colleen también la saca de quicio. Es guapísima, pero no se lo cree.

—Cosas de la genética. Una prueba de que la Madre Naturaleza existe —dijo Jake, riendo—. Ella tiene un sentido del humor muy irónico, ¿verdad?

—Necesito que me ayude, señor —Bobby fue al grano—. Colleen está decidida a irse a Tulgeria. Ese viaje tiene toda la pinta de convertirse en un incidente internacional. Si no es un asunto en el que deba intervenir el Escuadrón Alfa o la Agrupación Gris, confío en que me dé usted permiso para...

—Pero sí lo es —dijo el almirante—. Se trata de proteger a ciudadanos estadounidenses. Casos como este yo los considero contraterrorismo preventivo. El gobierno túlgaro se quejará, claro, pero conseguiremos introduciros en el país. Les diremos a las autoridades locales que necesitamos dos equipos —decidió—. Uno acompañará a Colleen Skelly y sus amigos, y el otro actuará en secreto. Es un momento muy oportuno, Taylor. En realidad, eres tú quien va a hacerme un favor.

El almirante Robinson no lo dijo, no podía decirlo, pero Bobby comprendió que mandaría secretamente un tercer equipo de élite con una misión muy diferente, seguramente relacionada con la investigación sobre esos rumores acerca de las matanzas de civiles que estaba cometiendo el gobierno túlgaro.

—El Escuadrón Alfa volverá de su operación de entrenamiento dentro de tres días como mucho —continuó Robinson—. Los mandaré a la costa este, a Little Creek. Nosotros nos encontraremos allí, Taylor. Los pondrás al corriente y trazarás un plan de actuación. Después te los llevarás a Boston para ultimar los detalles con Colleen Skelly y sus amigos los idealistas.

El almirante quería que Bobby formara parte de la operación.

—Lo siento, señor —dijo—. Debo de haberme explicado

mal respecto al estado de mi hombro. Todavía no puedo apenas moverlo y...

–Pensaba que serías de gran ayuda porque ya has establecido contacto con los civiles –le cortó–. Pero lo dejo a tu elección, Bobby. Si no quieres ir...

–Oh, no, señor, yo quiero ir.

Quería estar allí, en persona, para asegurarse de que Colleen estaba a salvo.

Sí, habría sido más fácil dejarlo todo en manos del almirante Robinson y regresar inmediatamente a California. Pero Wes estaría de vuelta al cabo de tres días. Bobby podría arreglárselas para mantenerse a distancia de Colleen durante tres días.

¿O no?

–Bien –dijo Jake–. Echaré a rodar la pelota.

–Gracias, señor.

–Antes de colgar, ¿quieres un consejo inoportuno?

Bobby vaciló.

–No estoy seguro, señor.

El almirante se echó a reír.

–Respuesta equivocada, Taylor. Esta es una de esas veces en que se supone que tienes que decir: «Señor, sí, señor», simplemente porque yo soy almirante y tú no.

–Señor, sí, señor.

–Confía en tu corazón, Bobby. Tienes un buen corazón, y, cuando llegue el momento, confío en que sabrás qué hacer.

–Gracias, señor.

–Nos veremos dentro de unos días. Gracias de nuevo por llamar.

Bobby colgó el teléfono y se recostó en la cama de su habitación de hotel, mirando al techo.

«Cuando llegue el momento, sabrás qué hacer».

Ya sabía qué debía hacer.

Debía mantenerse apartado de Colleen Skelly, la cual estaba convencida de que lo deseaba.

¿Pero qué sabía ella? Era ridículamente joven. No tenía ni idea de lo difícil que era mantener una relación a larga distancia. No tenía ni idea de lo duro que resultaba estar con un miembro de las fuerzas especiales. Colleen confundía su deseo de tener una relación física con un hombre del que se había encaprichado, con su necesidad, mucho más real, de experimentar algo más poderoso y permanente.

Decía que quería pasión. Bueno, él podía dársela. No le cabía ninguna duda. Y, tal vez, con mucha suerte, se quedaría tan deslumbrada que se enamoraría de él.

Sí, claro, ¿y entonces qué pasaría con ella? Enamorada de un hombre que se pasaba casi todo el tiempo fuera del país en compañía de su hermano..., siempre y cuando Wes lo perdonara y volviera a dirigirle la palabra. Colleen se cansaría de aquello enseguida.

Al final, estaría tan cansada de ocupar un segundo plano en la vida de Bobby que lo abandonaría.

Y él no la detendría.

Pero ella querría que lo hiciera. Y aunque fuera ella quien lo abandonara, sufriría.

Lo último que quería Bobby era hacerle daño a Colleen.

«Confía en tu corazón». Eso haría. Aunque ello matara su relación antes incluso de que empezara. Aunque fuera lo más difícil que hiciera nunca.

Colleen cerró con fuerza la puerta trasera de la camioneta.

–De acuerdo –dijo mientras echaba la llave–. ¿Alguien ha cerrado mi apartamento con llave?

Kenneth miró a Clark, quien a su vez miró a Kenneth.

Colleen miró a Bobby, que asintió con la cabeza.

–Yo me encargué de eso –dijo.

No era de extrañar. En Bobby podía confiarse. Era listo. Y mucho más sexy de lo que tenía derecho a ser un hombre a las diez de la mañana.

Sus ojos se encontraron fugazmente antes de que él desviara la mirada, pero Colleen sintió una oleada de calor por dentro. Vergüenza. Bochorno. Mortificación. ¿Qué le había dicho exactamente la noche anterior? «Te deseo». A plena luz del día. No podía creer que se hubiera atrevido. ¿Qué se le había pasado por la cabeza?

Sin embargo, él seguía allí. Había aparecido temprano aquella mañana, con una taza de café caliente en la mano, para ayudarla a sacar todas aquellas cajas de su cuarto de estar y meterlas en la camioneta de la Asociación.

Apenas le había dirigido la palabra a Colleen. En realidad, solo había dicho «hola», y luego se había puesto a bajar cajas por las escaleras con Clark y Kenneth. Hasta con el hombro herido era capaz de llevar dos a la vez sin pestañear.

Colleen se había pasado la última hora y media analizando ese «hola» a medida que apilaba cajas en la parte de atrás de la camioneta. Bobby parecía contento. ¿Se alegraba de verla? Si no se hubiera alegrado de verla, habría dicho un «hola» indiferente. Que era como decir que, al menos, no parecía que le desagradara verla. Y eso era bueno.

¿No?

En su cabeza seguía resonando todo lo que le había dicho la noche anterior.

En cualquier momento se quedarían a solas en la camioneta. En cualquier momento le soltaría el discurso de la amistad, segunda parte. Colleen sabía lo que la esperaba. Él utilizaría la palabra «halagado» refiriéndose a su declaración de la noche anterior, e insistiría en su diferencia de edad, de orígenes, y de todo.

Aunque la mayor diferencia entre ellos era que Colleen ya sabía que era idiota.

Se sentó tras el volante y giró la llave. Bobby se sentó a su lado, recogió la mochila de Colleen del suelo y la puso entre los dos, sobre el asiento corrido, como una especie de barrera protectora o de frontera infranqueable.

–Eh –gritó Clark–. ¿Podéis acercarnos a Kenmore Square? Vais en esa dirección, ¿no?

–Claro –dijo ella–. Subid.

Notó que Bobby se ponía tenso. Él abrió rápidamente la puerta del lado del pasajero como si fuera a salir para dejar que los chicos se sentaran en el medio, sin duda para evitar apretujarse contra ella, pero Kenneth ya estaba allí, listo para subir.

Colleen lo miró. Bobby cruzó los brazos y se deslizó en el asiento hacia ella.

Ella agarró su mochila y la puso en el suelo, entre el asiento y la puerta.

Él se acercó todo lo que pudo sin llegar a tocarla. Parecía increíble que pudiera estar tan cerca sin rozarla siquiera.

Bobby olía a champú, a ropa limpia y café. Había vuelto a recogerse el pelo en una coleta. Colleen intuyó que ese día no le dejaría hacerle una trenza.

–Lo siento –dijo ella en voz baja–. Creo que anoche hice que te sintieras violento.

–Me diste un susto de muerte –susurró él–. No me malinterpretes, Colleen, me siento halagado. De verdad. Pero esta es una de esas situaciones en las que lo que deseo hacer y lo que debo hacer son cosas completamente distintas. Y el deber es lo primero.

Ella levantó la mirada y se encontró su cara a muy pocos centímetros de distancia. Al verlo tan cerca, casi se le olvidó lo que acababa de decirle. Casi.

Lo que quería hacer, había dicho. Cierto, había usado la palabra «halagado», como ella esperaba, pero el resto de lo que había dicho era...

Colleen le miró la boca, los ojos, el mentón perfecto y la nariz. Estaban tan cerca que, si quería, podía inclinarse ligeramente y besarlo. Y quería.

Además, él acababa de decirle, a pesar de todo, que la deseaba. Había ganado. ¡Había vencido!

«Mírame», pensó ella. Pero él parecía concentrado en el cuentakilómetros de la camioneta. «Bésame».

–Hablé con el almirante Robinson y me dijo que prestaría apoyo militar a vuestra expedición –dijo él–. Quiere que me quede aquí para seguir en contacto con tu grupo y, bueno... –la miró fugazmente–, acepté. Estoy aquí. Soy consciente de lo que pasa. He de quedarme aquí, aunque sé que preferirías que me fuera.

–No, Bobby –le puso la mano sobre la rodilla–. Yo no quiero que te vayas a ninguna parte.

Él volvió a mirarla de soslayo, tomó su mano suavemente y la depositó de nuevo sobre su regazo.

–La verdad es que –fijó la mirada en un punto fuera de la camioneta– no puedo quedarme en esto... –cerró los ojos un instante–... con la función que tú quieres asignarme.

Ella se echó a reír, atónita.

–¡Pero eso es absurdo!

Él se inclinó hacia delante para mirar por la puerta del lado del pasajero. Quería ver por qué Clark tardaba tanto en subir. El hermano de Ashley estaba apoyado en la puerta, con la cabeza gacha, intentando quitarse algo de la suela del zapato.

–El almirante me dijo que Wes volverá dentro de tres días –le dijo Bobby a Colleen. Tres días. Eso significaba que no tenían mucho tiempo para...–. Cuando vuelva, será más fácil para mí, ya sabes, hacer lo correcto. Hasta entonces...

–¿Hacer lo correcto? –repitió ella, en voz tan alta que Kenneth empezó a sentirse incómodo–. ¿Cómo es posible que lo nuestro no sea lo correcto si todo es perfecto?

Bobby miró a Kenneth y a Clark antes de volver a mirarla a ella.

–Por favor, Colleen, te lo suplico, no me lo pongas más difícil de lo que ya es –dijo en voz baja, y ella comprendió que no había ganado. Había perdido. Bobby también la deseaba, pero le estaba suplicando que no siguiera insistiendo.

La deseaba, pero no la quería. Al menos, no lo suficiente para que sus sentimientos se impusieran a su sentido del deber.

Colleen sintió ganas de llorar, pero compuso una sonrisa.

–Qué lástima, Taylor. Habría sido fantástico –le dijo.

Él también puso una sonrisa forzada. Cerró los ojos, como si no soportara mirarla, y sacudió la cabeza ligeramente.

–Lo sé –dijo–. Créeme, lo sé.

Abrió los ojos y la miró fugazmente. Iba sentado muy cerca de ella. Tan cerca que Colleen podía ver que sus ojos eran en realidad completamente marrones. Sin motas de otro color, sin imperfecciones.

Pero mucho más fascinante que su color puro era el destello de impotencia y deseo que había en su mirada.

Colleen se quedó sin aliento.

–Echaos un poco para allá para que pueda cerrar la puerta –dijo Clark. Se movió hacia la izquierda, empujando a Kenneth y a Bobby, que se apretujó contra Colleen.

Su muslo rozaba el de Colleen. No sabía dónde poner el brazo, y aunque trató de ponerse de lado, aquello no hizo sino empeorar las cosas. De pronto, Colleen quedó prácticamente sentada en su regazo.

–Así –dijo Clark con satisfacción al cerrar la puerta de la camioneta–. Ya estamos listos, tíos. Vámonos.

Limitarse a conducir. Colleen sabía que eso era lo más sensato: limitarse a conducir. Si había poco tráfico, tardarían unos quince minutos en llegar a Kenmore Square. Después, Clark y Kenneth se marcharían, y Bobby y ella no tendrían que volver a tocarse.

Sentía el calor que irradiaba el cuerpo de Bobby. Este se removía, intentando apartarse de ella, pero solo consiguió que ella fuera más consciente de su proximidad, de que ambos llevaban pantalones cortos, y de que su piernas se rozaban.

«Estoy bien», se dijo. Estaría bien mientras siguiera respirando.

Se inclinó hacia delante para poner en marcha la camioneta. Al alzar el brazo para sujetar el volante, sintió el brazo de Bobby contra su pecho.

Él intentó apartarse, pero no pudo.

—No puedo alzar el brazo para ponerlo en el respaldo del asiento —dijo él con voz ronca—. Lo siento.

Colleen no pudo evitar echarse a reír.

Y entonces hizo lo único que podía hacer, dadas las circunstancias. Dejó la camioneta en punto muerto, se giró y lo besó.

Él no se lo esperaba. Colleen percibió su sorpresa. Por un instante, él intentó separarse, pero luego se rindió.

Y la besó tan desesperadamente y con tanta ansia como ella lo besaba a él.

Fue un beso tan apasionado como el que se habían dado en el callejón. ¿Besaría él siempre así, con aquella extraña mezcla de suavidad y dureza, con aquel ansia voraz y aquella intensidad febril, como si quisiera absorber la vida de Colleen? La abrazó, apretándola contra su cuerpo para poder besarla plenamente.

A Colleen nunca la habían besado tan apasionadamente en toda su vida.

Y le gustaba. Le gustaba mucho.

Bobby Taylor besaba con tal extravío que parecía a punto de perder el control sobre sí mismo.

La apretó contra él, tirando de ella como si quisiera sentarla en su regazo, que se montara a horcajadas sobre él. Y si él quería...

—¿Sabes, Kenneth? Pensándolo mejor, creo que llegaremos más rápido si tomamos el metro.

Oh, Dios.

Colleen se echó hacia atrás en el mismo instante en que Bobby la soltaba.

Él respiraba con dificultad y la miraba fijamente, con

una expresión salvaje que ella nunca le había visto antes.

–¿Así es como me ayudas? –preguntó él.

–Sí –dijo ella. Apenas podía respirar–. No. Quiero decir que...

–Vaya, lo siento –dijo Kenneth alegremente–. Tenemos que irnos. Clark, muévete.

–Vosotros no vais a ninguna parte –dijo Colleen, abriendo la puerta–. Bobby conducirá. Yo me sentaré en el otro lado.

Salió de la camioneta y se quedó un momento parada junto a la puerta, tratando de rehacerse.

Sintió que Bobby la miraba mientras cruzaba por delante de la camioneta. Vio que Clark se inclinaba hacia delante y le decía algo.

–¿Estás seguro, tío? –le estaba diciendo a Bobby cuando Colleen abrió la puerta.

–Sí –dijo Bobby con una firmeza que hizo que a ella le dieran ganas de llorar. Clark sin duda le había preguntado si quería que Kenneth y él se marcharan. Pero Bobby no quería. No quería estar a solas con Colleen a no ser que fuera absolutamente inevitable.

Mientras Bobby ponía la camioneta en marcha, ella se inclinó hacia delante y le dijo:

–No pretendía empeorar las cosas. Ha sido una especie de... no sé... una especie de beso de despedida –él la miró como si no entendiera nada–. Pensé que, ya que hemos decidido que nuestra relación sea solo platónica, pues que... –maldijo para sus adentros. Aquello no estaba saliendo bien. «Dilo». ¿Pero qué haría él? ¿Reírse de ella por ser tan patética?–. Solo quería besarte una última vez. ¿Tan terrible es?

–Perdona –dijo Clark–, ¿pero era un beso platónico?

A Bobby se le había deshecho la coleta. Intentó recogerse el pelo con la mano derecha. Se lo colocó detrás de las orejas.

–Tío, si eso era un beso platónico –dijo Clark–, me gustaría ver qué... –Kenneth le tapó la boca con la mano.
–Lo siento –dijo Colleen.
Bobby levantó la mirada de la carretera y la miró. La mezcla de remordimiento, rabia y emociones misteriosas que brillaba en sus ojos oscuros la asaltaría de nuevo en sus sueños. Probablemente, el resto de su vida.
–Yo también lo siento.

Capítulo 9

Había manifestantes. En la acera. Frente al Centro de Educación sobre el Sida. Con pancartas en las que ponía *NEMJ*. No en mi jardín.

Siguiendo las instrucciones de Colleen, Bobby se había desviado después de dejar a Kenneth y Clark en Kenmore Square. Colleen tenía que recoger algo en el centro: unos papeles, o un archivo relacionado con la batalla legal que habían emprendido contra la junta vecinal.

Ella había llenado el incómodo silencio que reinaba en el interior de la camioneta a la manera típica de los Skelly: contándole a Bobby cómo había empezado a trabajar para el centro, a través de un programa para estudiantes de su facultad.

Aunque todavía no se había licenciado, eran tan pocos los abogados dispuestos a trabajar gratuitamente para organizaciones no gubernamentales que se permitía a los estudiantes de Derecho ocuparse de aquellas tareas.

Y Colleen siempre había estado dispuesta a echar una mano como voluntaria.

Bobby la recordaba con trece años, cuando la conoció. Colleen era aún muy pequeña. Una niña un poco marimacho, con las rodillas desolladas, los vaqueros rotos y el pelo rojo mal cortado. Ya entonces trabajaba como voluntaria en una asociación ecologista local con cuyos miembros solía salir a recoger la basura de las cunetas del vecindario.

Una vez, Wes y él la habían llevado al hospital para que la curaran y le pusieran la vacuna del tétano. Durante una de sus salidas por una zona particularmente sucia, un clavo oxidado había traspasado la suela de sus zapatillas y se le había clavado en el pie.

Le había dolido muchísimo y había llorado igual que aquella noche en el callejón: limpiándose las lágrimas rápidamente, para que Wes y él no lo vieran.

Aquel había sido un mal año para ella. Y para Wes también. Ese mismo año, Bobby había acompañado a Wes a casa para un funeral. Su hermano Ethan había muerto en un accidente de tráfico, al estrellarse contra un árbol en un coche conducido por un compañero de clase que llevaba suficiente alcohol en la sangre como para envenenarse.

Había sido muy doloroso. Wes se había pasado meses aturdido. Colleen había escrito a Bobby diciéndole que se había unido a un grupo de terapia relacionado con Madres Contra los Conductores Borrachos. Le había escrito para pedir que buscara algo parecido para Wes, el cual prefería a Ethan de entre todos sus hermanos y hermanas, y era a quien más había afectado su muerte.

Bobby lo había intentado, pero Wes no había querido ni oír hablar del asunto. Se había dedicado a entrenarse casi con ferocidad, y al final había vuelto a sonreír.

–Para –dijo Colleen.

–No hay sitio para aparcar.

–Déjalo en doble fila –le ordenó ella–. Voy a salir. Tú quédate en la camioneta.

–Ni lo sueñes –dijo él. Ella lo miró sorprendida–. Si crees que voy a quedarme aquí sentado mientras tú te enfrentas a esos bestias...

–No son unos bestias –replicó ella–. No veo a John Morrison por ningún lado, aunque apuesto a que está detrás de esto.

Bobby se paró ante un semáforo y Colleen abrió la puerta y salió de la camioneta.

—¡Colleen! —la sorpresa y algo más, algo más oscuro que le atenazó el estómago y le heló la sangre hizo que se le quebrara la voz.

Ella oyó su grito, pero se limitó a hacerle un gesto con la mano y cruzó corriendo la calle.

Miedo. Aquella sensación de frío que se extendía por sus venas era miedo.

Había aprendido a afrontar su propio miedo. Había saltado de aviones, nadado en aguas infestadas de tiburones, manipulado explosivos que, por el más leve error, podían convertir a un hombre en carne picada. Había logrado reprimir su miedo y controlarlo sabiendo que estaba tan bien adiestrado como podía estarlo un ser humano. Podía enfrentarse a cualquier cosa. A cualquier cosa que estuviera bajo su control. En cuanto a aquellas que escapaban a su control, había desarrollado una especie de filosofía zen. Viviría su vida a tope y, cuando le llegara el turno, cuando no le quedara más remedio, se iría. Sin remordimientos, sin desesperación, sin miedo.

Sin embargo, sintió miedo al ver que Colleen se precipitaba hacia el peligro.

Se abrió un hueco entre el tráfico. Bobby se saltó el semáforo y aparcó lo más cerca posible de la fila de coches aparcados frente al edificio. Puso las luces de emergencia, saltó de la camioneta y corrió todo lo rápido que pudo para interceptar a Colleen antes de que llegara ante los manifestantes.

Se paró justo delante de ella.

—Esta —le dijo con la voz crispada—, esta es la última vez que me desobedeces.

—Perdona —dijo ella, atónita—. ¿Has dicho «desobedecerte»?

Bobby se había pasado y lo sabía, pero estaba demasiado enfadado como para que le importara. Estaba perdiendo los nervios y cada vez gritaba más.

—Cuando estemos en Tulgeria, no te moverás, no levantarás ni un dedo sin mi permiso o el de Wes. ¿Entendido?

Ella se rio en su cara.

—Sí, claro, en tus sueños.

—Si vas a actuar como una niña incapaz de controlarse...

—¿Qué vas a hacer? —dijo ella, enfurecida—. ¿Atarme?

—¡Sí, maldita sea, si tengo que hacerlo! —se oyó gritar Bobby. Le estaba gritando. Tan alto como les gritaba a los reclutas de las Fuerzas Especiales durante los entrenamientos en Coronado.

Sin embargo, Colleen no estaba en peligro. Bobby miró a los manifestantes, que de cerca parecían mucho menos peligrosos de lo que se había imaginado. Eran solo ocho, y seis de ellos eran mujeres ancianas.

Aun así, daba igual. Colleen había ignorado completamente su advertencia y, si hacía lo mismo en Tulgeria, acabaría muerta rápidamente.

—Vamos —le gritó ella, poniéndose de puntillas como un boxeador—. Átame. ¡A ver si te atreves!

Como si de verdad creyera que podía vencerlo en una pelea.

Como si de verdad creyera que él sería capaz de levantarle la mano a ella o a cualquier otra mujer.

No, Bobby no pelearía con ella. Pero había otras formas de ganar.

Bobby la levantó en volandas. La cargó sobre su hombro bueno. Ella empezó a debatirse, a patalear y a darle puñetazos en el trasero. Era una mujer grande, y a Bobby le dolía el hombro herido al intentar sujetarla, pero no era eso lo que ralentizaba su paso.

No. Era el hecho de que estaba tocando la piel desnuda de la espalda de Colleen bajo la camiseta ligeramente levantada mientras con la otra mano, al sujetarla para impedir que pataleara, tocaba la parte interior de sus muslos.

La estaba tocando donde no debía. En sitios que llevaba años queriendo tocar. Pero no la bajó. Siguió llevándola a cuestas acera abajo, de vuelta a la camioneta aparcada en doble fila frente a la oficina del centro.

El pelo, que se le había soltado de la coleta, le caía sobre la cara. Colleen, braceando, agarró un mechón y tiró de él con fuerza.

–¡Ah! ¡Dios!

Estaba decidido. En cuanto volviera al hotel, se raparía la cabeza.

–¡Déjame! ¡Déjame bajar!

–Tú me desafiaste –le recordó él, maldiciendo otra vez cuando ella volvió a darle un tirón de pelo.

–¡No pensaba que fueras lo bastante hombre como para hacerlo! –aquello le dolió más que los tirones de pelo–. ¡Socorro! –chilló ella–. ¡Que alguien me ayude! ¡Señora O'Halaran!

¿Señora qué...?

–Perdone, joven –de repente, los manifestantes se pusieron delante de Bobby. Una de las ancianas se plantó justo delante de él, enarbolando su pancarta como si fuera una cruz y él un vampiro–. ¿Se puede saber qué hace usted? –preguntó la anciana, achicando los ojos y mirándolo fijamente desde detrás de sus gruesas gafas.

Queremos dormir tranquilos, decía la pancarta. *Junta de Seguridad Vecinal*.

–Este hombre es un canalla, señora O'Halaran –respondió Colleen por él–. Un completo idiota, un imbécil y un machista. ¡Suéltame, estúpido!

–Conozco a esta jovencita de la iglesia –dijo la anciana señora O'Halaran, con los labios fruncidos en señal de desaprobación–, y estoy segura de que no se merece un trato tan grosero, señor.

Colleen le dio un puñetazo en la espalda y un rodillazo en el estómago, aunque Bobby sabía que apuntaba más abajo.

—¡Suéltame!

—Colleen, ¿quieres que llamemos a la policía? —le preguntó uno de los dos hombres.

Ella conocía a aquella gente. Y ellos la conocían a ella, al menos de nombre. De la iglesia, había dicho la anciana. En realidad, Colleen no había estado en peligro en ningún momento.

Pero, por alguna razón, aquello puso a Bobby aún más furioso. Colleen podía haberle dicho que los conocía, en vez de dejar que pensara...

La dejó en el suelo. Ella se estiró la camiseta, tapándose la tripa desnuda, y entonces Bobby vio fugazmente su ombligo. Luego, Colleen se pasó los dedos por el pelo y lo miró fijamente, sonriendo malévolamente, como si ella hubiera ganado y él, perdido.

Bobby procuró dejar de pensar en su ombligo y la miró los ojos.

—Para ti esto es una especie de juego, ¿verdad?

—No —dijo ella, sosteniéndole la mirada—. Es mi vida. Soy una mujer, no una niña, y no tengo que pedirle permiso a nadie para mover un dedo, como tú dices. No, muchas gracias.

—Así que haces lo que te da la gana. Vas por ahí haciendo lo que te apetece, besando a quien te viene en gana, siempre que quieres... —Bobby cerró la boca. ¿Qué demonios tenía que ver eso?

Bobby se había asustado porque Colleen no le había dicho que sabía que los manifestantes no representaban ninguna amenaza, y su miedo se había transformado en ira. Naturalmente, también lo había enfurecido el hecho de que ella hubiera ignorado su advertencia.

Pero, en realidad, lo que más lo enfurecía era el beso que ella le había dado hacía menos de una hora. Aquel beso increíble lo había dejado completamente confundido.

—Lo siento —dijo ella suavemente, alzando una mano para retirarle el pelo de la cara.

Bobby se apartó de ella, incapaz de soportar la suavidad de su caricia, y rezó en silencio para que ocurriera un milagro, porque Wes apareciera de repente, como un ángel de la guarda que bajaba andando por la acera, hacia ellos, con aquel inconfundible paso de los Skelly.

Colleen se apiadó de él. En sus ojos verdiazules había compasión y tristeza. Dios, qué hermosa era.

Y qué patético era él.

Le había gritado a Colleen. ¿Cuándo había sido la última vez que lo había hecho estando realmente enfadado?

No se acordaba.

Ella se había vuelto hacia los manifestantes y estaba hablando con ellos.

–¿Ha sido John Morrison quien les ha dicho que vengan aquí con estas pancartas?

Se miraron los unos a los otros.

Mientras Bobby los observaba, Colleen les habló del Centro y les aseguró que sería una mejora para el barrio. No era una clínica abortista. No iban a repartir jeringuillas ni preservativos gratis. Se dedicarían a prestar consejo y a facilitar los análisis del VIH gratuitamente, además de charlas y talleres acerca del sida.

Los invitó a pasar, les presentó a los trabajadores y les enseñó el local, mientras Bobby esperaba fuera, junto a la camioneta.

A poca distancia calle abajo quedó un aparcamiento libre y, mientras Bobby estacionaba, sonó el teléfono de la camioneta. Era René, la coordinadora de la oficina de la Asociación de Ayuda Humanitaria a las Víctimas del Terremoto de Tulgeria, que quería saber dónde estaban. Tenía a diez voluntarios listos para descargar la camioneta. ¿Les decía que esperasen o que se fueran a comer?

Bobby le prometió que Colleen la llamaría enseguida. Estaba a media manzana del Centro cuando vio que los manifestantes recogían sus pancartas y se marchaban. Conociendo a Colleen, seguro que había convencido a la mitad para que trabajaran de voluntarios en el Centro. La otra mitad probablemente habría donado dinero para la causa.

Colleen salió y fue a su encuentro.

–No entiendo por qué John Morrison está tan empeñado en causarnos problemas. Supongo que debería alegrarme de que esta vez solo haya mandado manifestantes, en vez de volver a tirar piedras a las ventanas.

–¿Volver? –Bobby la condujo rápidamente hacia la camioneta. Quería sacarla de allí cuanto antes–. ¿Lo ha hecho antes?

–Dos veces –dijo ella–. Pero, claro, utiliza a niños del vecindario para hacer el trabajo sucio, así que no podemos probar que fuera él. ¿Sabes?, me parece un tanto irónico que ese tipo tenga un bar. Y no precisamente un local con clase, sino un tugurio. Un sitio donde la gente va a emborracharse y a buscar prostitutas. Estoy segura de que Morrison se queda con parte de las transacciones que se realizan en la trastienda, el muy canalla. Y dice que nosotros somos una amenaza para el vecindario... ¿De qué tendrá miedo?

–¿Dónde está su bar? –preguntó Bobby.

Ella le dio una dirección que no significaba nada para él. Pero con la ayuda de un plano la encontraría fácilmente. Bobby le dio las llaves de la camioneta.

–Llama a René a su móvil y dile que vas de camino.

Ella intentó disimular su sorpresa.

–¿Tú no vienes? –él sacudió la cabeza, incapaz de sostenerle la mirada más que un segundo–. Ah.

Al notar que ella intentaba ocultar su desilusión, Bobby intentó explicarse.

–Necesito tiempo para... –¿para qué? ¿Para esconderse de ella? Sí. ¿Para huir? Desde luego. ¿Para rezar por que pasaran rápidamente los dos días y medio que faltaban para que llegara Wes?

–Oye, no importa –dijo ella–. No tienes por qué...

–Me estás volviendo loco –le dijo él–. Cada vez que me

despisto, me encuentro besándote. Parece que no puedo controlarme.

—A mí eso no me parece tan malo.

—Me da un miedo de muerte quedarme a solas contigo —admitió él—. No confío en poder mantener las distancias, y debo hacerlo.

Ella no se movió. No dijo nada. Solo lo miró y dejó que Bobby viera cuánto lo deseaba. Él tuvo que dar un paso atrás para evitar dar un paso adelante, y luego otro y otro, y estrecharla entre sus brazos.

—Debo... —dijo—... irme.

Se dio la vuelta. Y después volvió a girarse hacia ella.

Colleen siguió callada. Esperando.

Era mediodía y la acera estaba llena de gente. ¿De verdad creía ella que iba a besarla?

Pero deseaba tanto hacerlo...

Un beso de despedida. Una última vez. Bobby deseaba hacerlo, deseaba besarla. Sabía que aquella sería la última vez.

Deseaba desesperadamente que ella lo besara como lo había besado en la oscuridad del callejón de Harvard Square. Con aquella misma suavidad. Con la misma dulzura. Con la misma perfección.

Solo una vez más.

Pero no podía besarla una última vez. En cuanto volviera a tocarla, los dos perderían el control.

—Sube a la camioneta —logró decirle por fin—. Por favor.

Por un instante, creyó que ella iba a tenderle los brazos. Pero entonces ella se giró y abrió la puerta de la camioneta.

—¿Sabes? Tendremos que hablar sobre eso de la obediencia —dijo Colleen—. Porque, si no te moderas un poco, voy a recomendar que no aceptemos la protección de tu almirante. No tenemos por qué hacerlo, ¿sabes?

Sí, claro que lo sabía. Pero Bobby mantuvo la boca cerrada. Ella subió a la camioneta por el lado del pasajero, sin decir nada, se sentó tras el volante y encendió el motor. Mientras Bobby la miraba, se incorporó al tráfico y se alejó.

Dos días y medio más.

¿Cómo demonios iba a sobrevivir él?

Capítulo 10

Colleen limpió el frigorífico, fregó el suelo del cuarto de baño y abrió su correo electrónico. Llamó a la oficina principal del centro para interesarse por el estado de Andrea Barker, la mujer a la que habían agredido frente a su casa. Le dijeron que seguía igual: en coma.

A las nueve, Bobby aún no había llamado.

A las nueve y cuarto, Colleen descolgó el teléfono una o dos veces, pero al final no se atrevió a llamar a su hotel.

Por fin, a las diez menos cuarto, sonó el telefonillo.

–¿Bobby?

–Eh, no –Colleen no reconoció aquella voz masculina–. Estoy buscando a Ashley DeWitt.

–Lo siento –dijo Colleen–, pero no está aquí.

–Mire, vengo desde Nueva York. Sé que iba a venir aquí y... Espere un segundo –dijo aquella voz.

Se produjo un largo silencio y, después, llamaron a la puerta del apartamento.

Colleen miró por la mirilla. Era Brad. Tenía que ser él. Era alto y delgado, con el pelo rubio oscuro y cara de pertenecer a un club náutico. Colleen abrió la puerta con la cadena puesta y lo miró fijamente, arqueando una ceja.

–Hola –dijo él, intentando sonreír. Tenía un aspecto horrible. Como si hiciera una semana que no dormía–. Perdona, alguien abrió la puerta y he aprovechado para entrar.

–Querrás decir que te has colado.
Él dejó de sonreír.
–Tú debes de ser Colleen, la compañera de Ashley. Soy Brad..., el imbécil al que alguien debería pegar un tiro.

Colleen miró sus ojos, tan azules como los de Paul Newman, y percibió su angustia. Aquel era un hombre acostumbrado a conseguir todo lo que quería con su apariencia y su encanto. Estaba habituado a ser el centro de atención, el vencedor, a ser envidiado por medio mundo y amado por el otro medio.

Pero con Ashley había cometido un terrible error, y se odiaba a sí mismo por ello.

Además, necesitaba un afeitado.

–No está aquí, de verdad –le dijo Colleen haciéndolo pasar al cuarto de estar–. Fue a visitar a su tía a Martha's Vineyard. No te molestes en preguntar, porque no sé la dirección. Su tía alquila una casa diferente cada verano. Creo que este año está en Edgartown, pero no estoy segura.

–Pero ha estado aquí. Puedo oler su perfume –se dejó caer pesadamente en el sofá y por un instante Colleen pensó que se pondría a llorar. Pero de alguna forma consiguió no hacerlo. Si estaba actuando, se merecía un Óscar–. ¿Sabes cuándo volverá? –preguntó.

Colleen sacudió la cabeza.
–No.
–¿Estas cosas son tuyas o de ella? –observaba el cuarto de estar, deteniéndose en las acuarelas de las paredes, en las reproducciones de cuadros, en las cortinas estampadas a mano, en los cómodos muebles de segunda mano.

–Casi todo es mío –dijo Colleen–. Pero las cortinas son de Ashley. En el fondo, es una hippie. Bajo todos esos trajes de diseño se oculta una mujer que se muere de ganas por ponerse una camiseta descolorida.

–¿Te ha contado lo que hice? –preguntó Brad.
–Sí.
Él se aclaró la garganta.

—¿Crees que...? —tuvo que empezar otra vez—. ¿Crees que me perdonará alguna vez?

—No —dijo Colleen.

Brad asintió con la cabeza.

—Sí —dijo él—. Yo tampoco lo creo —se levantó—. El ferry que lleva a Vineyard sale de Woods Hole, ¿verdad?

—Brad, se ha marchado allí porque no quería verte. Lo que hiciste resulta incomprensible.

—Entonces, ¿qué me recomiendas que haga? —preguntó él—. ¿Que abandone? —le temblaban las manos como si hubiera tomado demasiado café en el trayecto desde Nueva York.

Colleen sacudió la cabeza.

—No —dijo—. No abandones. Eso nunca —miró el teléfono, que seguía sin sonar. Bobby no iba a llamarla. Solo le quedaba una alternativa: tendría que llamarlo ella. Pero ella tampoco pensaba abandonar.

Acompañó a Brad hasta la puerta.

—He dejado mi trabajo —dijo él—. Ya sabes, en el bufete de su padre. Si Ashley llama, ¿se lo dirás?

—Si llama —dijo Colleen—, le diré que has estado aquí. Y luego, si me pregunta, le diré lo que me has dicho. Pero solo si me pregunta.

—Me parece bien.

—¿Qué debo decirle si me pregunta dónde estás?

Él empezó a bajar las escaleras.

—Dile que yo también estoy en Edgartown.

Sonó el teléfono y Bobby lo miró fijamente, sabiendo que era Colleen quien llamaba. Tenía que ser ella. ¿Quién, si no, lo llamaría allí? Tal vez Wes, que ya lo había llamado antes y le había dejado un mensaje.

El teléfono sonó otra vez.

Bobby calculó rápidamente la diferencia horaria. No, definitivamente no era Wes. Tenía que ser Colleen.

El teléfono sonó por tercera vez. Una más y se pondría en marcha el contestador.

Bobby lo descolgó cuando empezaba a sonar por cuarta vez, maldiciéndose para sus adentros.

–Diga.

–Hola, soy yo.

–Sí –dijo él–. Me lo imaginaba.

–Y aun así has contestado. ¡Qué valiente eres!

–¿Qué sucede? –preguntó él, intentando aparentar que todo iba bien.

–Nada –dijo Colleen–. Solo me preguntaba dónde te has metido todo el día.

–Aquí y allá –ocupándose de asuntos de los que no quería hablarle. Por ejemplo, que había estado investigando a John Morrison. Por lo que había averiguado a través de la policía local, Morrison era un tipo patético. Aunque, según sabía por propia experiencia, los hombres patéticos también podían ser peligrosos. La gente tendía a pensar que eran más débiles de lo que en realidad eran–. ¿Has cerrado la puerta con llave?

Colleen bajó la voz seductoramente.

–¿Y tú?

Oh, Dios.

–No estoy bromeando, Colleen –dijo él, procurando mantener un tono tranquilo. Pero no le resultaba fácil. En realidad, estaba a punto de perder el control, de ponerse a gritarle otra vez–. Una compañera tuya ha sido agredida...

–Sí, he cerrado con llave –dijo ella–. Pero si alguien quiere entrar no le costará mucho, porque tengo las ventanas abiertas de par en par. Y no me pidas que las cierre, porque hace calor esta noche.

Era cierto. Hacía mucho calor. Incluso en aquella habitación de hotel con aire acondicionado.

Pero, curiosamente, hasta hacía unos minutos, justo antes de que sonara el teléfono, le había parecido que allí hacía fresco.

Se había duchado poco antes para intentar refrescarse, pero el pelo, que aún llevaba suelto sobre los hombros, empezaba a pegársele a la nuca otra vez. En cuanto colgara el teléfono, se haría una coleta.

Y quizá se diera otra ducha. Una buena ducha helada.

–Colleen –dijo, con la voz crispada, pese a sus esfuerzos por parecer tranquilo–, por favor, no me digas que vas a dormir con las ventanas abiertas.

Ella se echó a reír.

–De acuerdo –dijo–. No te lo diré –Bobby se oyó a sí mismo emitir un sonido estrangulado–. ¿Sabes? Si realmente quieres que duerma segura, deberías venir a mi casa –añadió ella–. Aunque, claro, ahí tienes aire acondicionado, ¿no? Así que quizá sea mejor que me pidas que sea yo quien vaya a tu hotel. Podría tomar un taxi y estar ahí dentro de cinco minutos.

–Colleen...

–Está bien –dijo ella–. De acuerdo. No importa. Es una pésima idea. Olvídalo. Y olvídate también de que estoy aquí, sentada en mi cama, sola, y de que tú solo estás a dos kilómetros, sentado en la tuya, seguramente solo. Olvídate de que besarte es una de las cinco mejores cosas que me han pasado en la vida y...

Oh, cielos.

–No puedo –dijo él, sin disimular su angustia–. Maldita sea, aunque no fueras la hermana de Wes, solo voy a quedarme aquí unos días. Eso es lo único que puedo ofrecerte. Ahora mismo no podría soportar tener otra relación a distancia. No puedo hacerme eso a mí mismo.

–A mí me basta con unos días –dijo ella–. Con un día, si quieres. Aunque solo sea uno. Bobby, yo...

–No puedo hacerte eso –aunque lo deseaba con todas sus fuerzas. Podía estar en casa de Colleen en menos de cinco minutos. Un beso y le arrancaría la ropa. Dos y... Oh, cielos.

–Quiero saber lo que se siente –ella tenía la voz ronca y

suave. Parecía susurrarle al oído a través del teléfono–. Solo una vez. Sin ataduras, Bobby. Vamos...

Sí, sin ataduras. Salvo por la cuerda que Wes le ataría al cuello en cuanto se enterara.

Wes, que le había dejado un mensaje en el contestador del teléfono del hotel...

–¡Hola, Bobby! Se rumorea que el Escuadrón Alfa regresa a Little Creek dentro de unos días para ayudar a la Agrupación Gris del almirante Robinson a una operación en Tulgeria, algo relacionado con protección a civiles. ¿Es cosa tuya, amigo? Déjame adivinar. Colleen te mandó a hacer gárgaras y tú llamaste a Jake. Buena jugada, amigo mío. Sería perfecta... si Spaceman no fuera tan estúpido. Está loco por conocer a Colleen. ¿Te acuerdas de esa foto suya que tenías? No sé de dónde la sacaste, pero Spaceman la vio y no deja de preguntarme por ella. Que a qué universidad va, qué cuántos años tiene, que si su pelo esto y sus ojos aquello y su sonrisa lo de más allá. ¡Estoy harto! Y si yo veo a algún SEAL acercarse a menos de veinticinco metros de ella alguna vez, aunque sea un oficial y un reconocido caballero como Spaceman, no sé lo que hago... Mira, te llamaré cuando lleguemos a Little Creek. Mientras tanto, no la pierdas de vista, ¿de acuerdo? Mételes en el cuerpo el temor de Dios y de la Marina de Estados Unidos a todos esos estúpidos universitarios que andan a su alrededor. Gracias por todo otra vez, Bobby. Espero que no hayas pasado una semana muy mala.

Mala era poco.

–Tal vez deberíamos practicar el sexo por teléfono –sugirió Colleen.

–¿Qué? –a Bobby se le cayó el teléfono. Se agachó rápidamente y lo recogió–. ¡No!

Ella se estaba riendo de él otra vez.

–Venga, hombre. ¿Y tú sentido de la aventura, Taylor? ¿Qué llevas puesto? ¿No es así como se empieza?

–Colleen...

Ella bajó la voz.

–¿No quieres saber cómo voy vestida yo?

–No. Tengo que dejarte –Bobby cerró los ojos, pero no colgó. Oh, cielos.

–Un camisón –dijo ella con la voz muy suave, y suspiró levemente–. Blanco. De algodón –hacía largas pausas entre cada palabra, como si le diera tiempo para imaginársela–. Sin mangas. Tiene botones por delante, pero el de arriba se cayó hace mucho tiempo. Es un camisón viejo, bonito y suave, y un poco repasado.

Bobby conocía aquel camisón. Lo había visto colgado de la puerta del cuarto de baño de la casa de Coleen la última vez que la había visitado en compañía de Wes. Lo había tocado por error al salir de la ducha, pensando que era una toalla. Pero no lo era. Era mucho más suave al tacto.

Y, bajo él, el cuerpo de Colleen sería aún más suave.

–¿Quieres que adivine lo que llevas tú? –preguntó ella. Bobby no podía hablar–. Una toalla –dijo ella–. Solo una toalla. Porque apuesto a que acabas de ducharte. Te gusta ducharte por la noche para refrescarte antes de irte a la cama, ¿verdad? Si te tocara –susurró–, tu piel estaría limpia, fresca y suave. Y tienes el pelo suelto, seguramente un poco húmedo todavía. Si estuviera ahí, te lo cepillaría. Me arrodillaría detrás de ti en la cama y...

–Si estuvieras aquí –dijo Bobby, interrumpiéndola, con una voz que hasta a él le sonó ronca–, no estarías cepillándome el pelo.

–¿Y qué haría? –replicó ella.

Imágenes turbadoras comenzaron a bombardear la cabeza de Bobby: Colleen lanzándole su sonrisa deslumbrante justo antes de inclinar la cabeza y tomarlo en su boca; Colleen, tendida de espaldas en la cama, el pelo desparramado sobre la almohada, los pezones erectos por el deseo, esperándolo; Colleen con la cabeza echada hacia atrás mientras la montaba...

Pero la realidad intervino. Sexo telefónico. Cielo santo.

¿Qué pretendía hacerle Colleen? Bajo la toalla, estaba completamente excitado.

—¿Que qué harías? Llamarías a un taxi para que te llevara a casa —dijo él.

—No, no lo haría. Te estaría besando —replicó ella—, y tú me levantarías en brazos y me llevarías a la cama.

—No, de eso nada —mintió él—. Colleen, tengo que... De verdad tengo que irme.

—Se te caería la toalla al suelo —dijo ella, y él, que al mismo tiempo temía y deseaba escuchar lo que Colleen diría a continuación, no consiguió colgar el teléfono— y, después de tumbarme en la cama, me dejarías que te mirara —respiró hondo y contuvo el aliento con un ligero gemido—. Creo que eres el hombre más bello que he visto nunca.

Él no sabía si reír o llorar.

—Yo creo que estás loca —se le quebró la voz.

—No. Tus hombros son tan anchos, y tu pecho y tus brazos... ummm —dejó escapar un sonido gutural tan provocativo que Bobby pensó que se moriría. Pero no dijo nada—. Y los músculos de tu estómago... —suspiró—. ¿Sabes lo increíblemente bueno que estás desnudo? Tu sexo es tan... grande. Yo estoy un poco nerviosa, pero tú me sonríes y tus ojos son tan suaves y bonitos que enseguida entiendo que nunca me harías daño.

Bobby se levantó. El espejo que había sobre la cómoda, al otro lado de la habitación, reflejó su movimiento repentino y brusco. Tenía un aspecto ridículo allí de pie, con aquel bulto en la toalla.

Debió de emitir algún gemido de angustia, porque ella lo acalló diciendo:

—Sss. Todo va bien.

Pero no era cierto. Nada iba bien. Aun así, no colgó. No podía hacerla callar.

Pero tampoco soportaba verse así, allí parado como un payaso absurdo y patético. Se quitó la toalla y la tiró al otro lado de la habitación. Se quedó desnudo. Desnudo y sufriendo de deseo por alguien a quien no podía poseer. Al menos, no de verdad.

–Después de mirarte un buen rato... –la voz de Colleen era musical, seductora. Bobby podía haberse quedado extasiado si ella le leyera un libro por teléfono. Aquello lo estaba volviendo loco–, me desabrocho el camisón. No llevo nada debajo, nada en absoluto, y tú lo sabes. Pero no me metes prisas. Te sientas y me miras. Un botón y luego otro. Y al final, cuando he acabado, me siento tímida –se quedó callada un momento y, cuando volvió a hablar, su voz sonó muy débil–. Me temo que yo no te... gustaría –lo decía en serio. Lo pensaba sinceramente.

–¿Bromeas? Me encanta tu cuerpo –dijo Bobby–. Sueño contigo con ese camisón puesto. Sueño que...

Oh, Dios. ¿Qué estaba haciendo?

–Dímelo –jadeó ella–. Por favor, Bobby, dime lo que sueñas.

–¿Qué crees tú que sueño? –preguntó él ásperamente, enfadado con ella y consigo mismo, sabiendo que no tenía valor para colgar el teléfono y ponerle fin a aquello, aunque sabía que debía hacerlo–. Sueño exactamente con la escena que me estabas describiendo. Sueño que estás en mi cama –se le enronqueció la voz–. Lista para mí.

–Lo estoy –dijo ella–. Estoy lista para ti. Completamente. Tú me miras y yo... yo me toco... me toco allí donde quiero que tú me toques.

Lanzó un gemido y Bobby casi empezó a llorar. No podía hacerlo. Era la hermana de Wes la que estaba al otro lado de la línea. Aquello estaba mal.

Le dio la espalda al espejo, incapaz de soportar su propio reflejo.

–Por favor –gimió ella–, oh, por favor, dime lo que piensas cuando sueñas conmigo.

Oh, cielos.

–¿Dónde has aprendido a hacer esto? –tenía que preguntárselo.

–En ningún sitio –dijo ella, casi sin aliento–. Estoy improvisando. ¿Quieres saber con qué sueño yo? –no. Sí. Qué más daba. Ella no esperó a que le contestara–. Imagino que suena el timbre y que cuando abro la puerta eres tú. No dices nada. Solo entras y cierras la puerta detrás de ti. Me miras y lo entiendo todo. Tú me deseas. Y luego me besas, primero muy despacio, delicadamente, pero luego cada vez con más ansia, hasta que pierdo la noción de lo que me rodea. Tú me tocas y yo te toco, y a mí me encanta acariciarte, pero no puedo acercarme a ti todo lo que quisiera. Tú te das cuenta y me quitas la ropa. Y sigues besándome y besándome, y no paras hasta que estoy tendida de espaldas en la cama y tú –su voz se convirtió en un susurro– estás dentro de mí.

–Eso es lo que yo sueño –musitó Bobby, intentando respirar–. Sueño con estar dentro de ti.

Ardería en el infierno por decirlo en voz alta.

Ella también jadeaba.

–Me encantan esos sueños –dijo–. Son tan deliciosos...

–Sí...

–Oh, por favor –suplicó ella–. Cuéntame más...

Contarle... Cuando cerraba los ojos, veía a Colleen debajo de él, a su lado, arqueándose para restregarse contra su cuerpo, sus pechos llenando sus manos y sus boca, su pelo una cortina fragante, su piel tan suave como la seda, su boca dulce, húmeda y deliciosa, sus caderas moviéndose al ritmo de...

Pero no podía decirle nada de aquello.

–Sueño con tocarte –dijo ásperamente–. Con besarte. En todas partes –sus palabras sonaron ingenuas, comparadas con lo que ella acababa de describirle. Pero Colleen suspiró como si le hubiera ofrecido el equivalente verbal de un diamante. Así que Bobby lo intentó de nuevo, aunque sabía que no debía. Se quedó allí, escuchándose a sí mismo decir cosas que no debía decirle a la hermana de su mejor amigo–. Sueño con tenerte encima de mí –su voz sonó distante y ronca, espesa por el deseo y la necesidad. Seductora. ¿Quién habría pensado que se le daría bien aquello?–. Para poder verte la cara, Colleen –pronunció lentamente su nombre, paladeándolo–. Para poder mirarte a los ojos. Ah, me encanta mirarte a los ojos, Colleen, cuando...

–Oh, sí –gimió ella–. Oh, Bobby, oh...

Oh, cielos.

Capítulo 11

El teléfono sonó justo después de medianoche.

Colleen lo descolgó al primer timbrazo. Sabía que era Bobby y que no llamaba para repetir lo que habían hecho hacía un rato.

Ni siquiera se molestó en decir hola.

–¿Estás bien?

Él se había mostrado tan taciturno que Colleen se había inventado una excusa para colgar el teléfono, pensando que necesitaba quedarse solo para recuperar el aliento y el pulso.

Pero ahora se preguntaba si no habría sido un error. Tal vez lo que realmente necesitaba Bobby era hablar.

–No lo sé –contestó él–. Intento imaginarme a qué nivel del infierno me van a mandar.

–Ya veo que todavía eres capaz de bromear –dijo Colleen–. ¿Es una buena señal?

–No estaba bromeando. Maldita sea, Colleen, no puedo hacerlo otra vez. No puedo. Ni siquiera debería haber...

–De acuerdo –dijo ella–. Mira, olvídalo. Fui yo quien empezó. No te di ninguna oportunidad. Además, es como si no hubiera sido real.

–¿Tú crees? –dijo él–. Tiene gracia, porque a este lado de la línea sonaba bastante auténtico.

–Bueno, sí –dijo ella–, claro. En cierto sentido lo ha

sido. Pero la verdad es que tu participación fue agradable pero no necesaria. Lo único que tengo que hacer es pensar en ti. Si quieres saber la verdad, no es la primera vez que me dejo llevar por mis fantasías y llego al límite...

–¡Oh, Dios, no me digas eso!

–Perdona –Colleen se obligó a callarse. Estaba empeorando las cosas, contándole secretos que la hacían sonrojarse cuando se paraba a pensar en ello. Pero los sentimientos de culpa de Bobby eran completamente injustificados.

–Tengo que colgar –dijo él, con la voz extrañamente intranquila–. Necesito salir de aquí. He decidido que... voy a marcharme a Little Creek. Volveré dentro de unos días, con el resto del Escuadrón Alfa.

Con Wes.

–Te agradecería que no le contaras a mi hermano...

–Voy a decirle que no te he tocado. Pero que quería hacerlo.

–Es que no tengo por costumbre hacer eso, ¿sabes? Lo del sexo por teléfono, quiero decir. Y como a ti evidentemente no te ha gustado, no voy a...

–No –la interrumpió él–. ¿Cómo puedes pensar que no me ha gustado? Me ha encantado. Eres increíblemente excitante, me has dejado hecho polvo. Si pusieras uno de esos números 900, te forrarías, pero será mejor que no lo hagas.

–¿Te ha encantado y no quieres que se repita?

Bobby guardó silencio y Colleen aguardó, con el corazón en la boca.

–No es suficiente –dijo él finalmente.

–Ven a casa –dijo ella, percibiendo el deseo en su propia voz–. Por favor. Todavía no es demasiado tarde para...

–No puedo.

–No entiendo por qué no. Si me deseas y yo te deseo, ¿por qué no podemos estar juntos? ¿Por qué tiene que ser todo tan difícil?

—Si fuéramos un par de conejos —dijo Bobby—, todo sería muy simple, claro. Pero no lo somos. La atracción que sentimos... está muy mezclada con lo que yo quiero, y es no tener una relación con alguien que vive a cuatro mil kilómetros de distancia de mí, y con lo que quiero para ti, que es que vivas felizmente para siempre con un buen hombre que te quiera, y con hijos si los quieres, y con un trabajo que te haga levantarte de la cama con alegría cada mañana del resto de tu vida. Y, si eso es poco, también está lo que Wes desea para ti, que es algo más que un hombre que te quiera; es un hombre que también pueda cuidar de ti. Alguien que no esté en las Fuerzas Especiales, que ni siquiera pertenezca a la Marina. Alguien que pueda comprarte regalos y pagarte las vacaciones y casas y coches sin tener que pedir un préstamo al banco. Alguien que esté ahí cada mañana, sin falta.

—Lo que quiere mi hermano es asegurarse de que no me divierta en absoluto, el muy hipócrita, armando todo ese follón con que tengo que reservarme para el matrimonio mientras él va por ahí acostándose con todas las que puede.

—Wes te quiere —dijo Bobby—. Le da miedo que acabes embarazada y amargada. Abandonada por algún perdedor. O, peor aún, atada a algún perdedor.

—Como si fuera a acostarme con un perdedor.

Bobby se rio suavemente.

—Bueno, sí, creo que yo entro en la definición de lo que Wes considera un perdedor. Así que sí, eso harías.

—Vaya —dijo Colleen—, ya veo que tienes la autoestima muy alta.

—Esa es la definición de Wes —dijo él—. No necesariamente la mía.

—Ni la mía —replicó ella—. Desde luego, la mía no.

—Está bien —dijo él—. Dejemos a un lado todo ese lío de lo que yo quiero y de lo que tú quieres y lo que quiere

Wes, y tomemos el hecho de que quiero hacerte el amor durante setenta y dos horas seguidas. ¿Qué pasaría? Tú disfrutarías y yo también, lo cual sin duda es importante... Así que todo es fantástico, ¿o no lo es? Porque yo lo único que veo, aparte de la satisfacción inmediata del placer, es un montón de dolor. Me arriesgaría a... no sé, a comprometerme con alguien que vive a cuatro mil kilómetros de distancia. Arriesgaría mi amistad con tu hermano, y tú también. Te arriesgarías a perder la oportunidad de conocer a alguien especial por estar conmigo.

«Tal vez tú seas ese alguien especial». Colleen no se atrevió a decirlo en voz alta.

–Mi vuelo a Norfolk sale de Logan a las tres de la tarde –dijo él suavemente–. Mañana me pasaré por la oficina de la Asociación de Ayuda Humanitaria a las Víctimas del Terremoto. A las once tengo una reunión para hablar de las medidas de seguridad y de lo que se espera de vuestro grupo a la hora de seguir las normas que establezcamos. Supongo que querrás estar presente.

–Sí –dijo Colleen–. Allí estaré –qué extraño iba a resultarle estar allí y mirarlo a los ojos por primera vez desde... desde que se había... Respiró hondo–. Después tomaré prestada la camioneta y te llevaré al aeropuerto.

–No te preocupes. Tomaré el metro –dijo él rápidamente.

–¿Qué pasa? ¿Es que temes que me abalance sobre ti en la camioneta, en el aparcamiento del aeropuerto?

–No –dijo él. Se rio sin ganas–. Me temo que soy yo quien se abalanzaría sobre ti. De ahora en adelante, Colleen, no iremos a ningún sitio solos.

–Pero...

–Lo siento. No me fío de mí mismo cuando tú estás cerca.

–Bobby...

–Buenas noches, Colleen.

–Espera –dijo ella, pero él ya había colgado.

Un paso adelante, dos pasos atrás.

De acuerdo. De acuerdo. Tenía que encontrar el medio de estar a solas con él. Antes de las tres del día siguiente.

No podía ser tan difícil.

La oficina de la Asociación estaba completamente en silencio cuando Bobby llegó a las diez cincuenta y cinco. La radio, que normalmente emitía rock clásico a todo volumen, estaba apagada. No había nadie embalando cajas de conservas y otros donativos. Todos estaban de pie, reunidos en pequeños grupos, susurrando.

René pasó al lado de Bobby hacia el servicio de señoras, con la cabeza gacha. Iba llorando.

¿Qué demonios...?

Bobby miró a su alrededor con más cuidado, pero no vio a Colleen por ninguna parte.

Vio a Susan Fitzgerald, la jefa de voluntarios del grupo, sentada junto a una mesa al otro lado de la habitación. Estaba al teléfono y, mientras Bobby la miraba, colgó. Luego se quedó sentada allí, frotándose la frente y los ojos por detrás de las gafas.

–¿Qué sucede? –preguntó él.

–Tulgeria sufrió otro terremoto esta mañana –le dijo Susan–. Sobre las dos de la madrugada, hora de aquí. No sé cómo ocurrió, si fue por el fuego provocado por los postes de la luz que se cayeron o por el propio terremoto, pero una de las células terroristas locales tenía un depósito de munición que provocó una gran explosión. El gobierno túlgaro creyó que estaba sufriendo un ataque y lanzó una contraofensiva –oh, Dios. Bobby comprendió por el semblante de Susan que lo peor estaba aún por llegar. Cruzó los brazos sobre el pecho–. Uno de sus misiles colisionó directamente con el orfanato de Saint Christof –dijo Susan–. Han muerto al menos la mitad de los niños.

Oh, cielos.
-¿Lo sabe Colleen?
Susan asintió con la cabeza.
-Estaba aquí cuando nos avisaron. Pero se ha ido a casa. Su niñita, esa a la que escribía, estaba en la lista de los muertos –Analena. Oh, Dios. Bobby cerró los ojos–. Colleen estaba muy afectada –dijo Susan–. Es comprensible.

Bobby se irguió y echó a andar hacia la puerta. Sabía muy bien que no debía acercarse al apartamento de Colleen, pero en ese momento era el único lugar del mundo al que podía ir. Al diablo con sus propias reglas.

Al diablo con todo.

-Bobby –lo llamó Susan–. Colleen me ha dicho que sales hacia Virginia dentro de unas horas. Intenta convencerla de que vuelva aquí cuando te vayas. No debe quedarse sola.

Colleen dejó que el timbre sonara, como había dejado que sonara el teléfono.

No quería hablar con nadie, ni ver a nadie, ni intentar explicar por qué una niña a la que nunca había visto en persona podía significar tanto para ella.

Solo quería quedarse allí, tumbada en la cama, en su habitación, con las persianas bajadas, y llorar por un mundo tan injusto que hasta los orfanatos podían ser bombardeados en una guerra que en realidad no existía.

Sin embargo, al mismo tiempo, no quería estar sola. De niña, cuando estaba y triste y necesitaba un hombro sobre el que llorar, acudía a su hermano Ethan. Este era el más cercano a ella en edad, el único de los hermanos Skelly que no poseía aquel famoso temperamento irascible y aquella exagerada impaciencia.

Colleen había querido mucho a su hermano y él había muerto. ¿Qué le pasaba? ¿Por qué toda la gente a la que amaba desaparecía? Se quedó mirando el techo, todas aquellas grietas y motas que había llegado a memorizar durante muchas noches de insomnio. A aquellas alturas ya debía haber aprendido a no amar, a no arriesgarse. Pero eso no ocurriría nunca. Tal vez fuera estúpida, pero aquella era una lección que se negaba a aprender.

Cada día se enamoraba, una y otra vez: cuando pasaba junto a una niña con su nuevo cachorro; cuando un bebé la miraba en el tranvía y sonreía; cuando veía a una pareja de ancianos paseando, todavía agarrados de la mano. Perdía el corazón por todos ellos.

Pero, por una vez, deseaba hacer algo más que contemplar la felicidad de los otros. Quería formar parte de ella.

Quería a Bobby.

No le importó que el timbre de la puerta dejara de sonar y que el del teléfono empezara a hacerlo de nuevo. Sabía que probablemente era Bobby, y se echó a llorar aún más fuerte al pensar que él también iba a marcharse.

Porque él no quería su amor de ninguna manera. Ni siquiera como ella se lo había ofrecido: algo rápido, fácil, gratuito...

Se quedó tumbada en la cama. Le dolía la cabeza y tenía la cara hinchada de las horas que llevaba llorando, pero era incapaz de parar.

Entonces vio que no estaba sola. Ignoraba cómo había entrado él. La puerta estaba cerrada. Ni siquiera había oído sus pasos en el suelo.

Era como si Bobby se hubiera materializado de repente junto a su cama.

Él no vaciló: se tumbó junto a ella y la estrechó en sus brazos. No dijo nada, solo la abrazó, acunándola con todo su cuerpo.

Coleen notó la suavidad de la camisa que le cubría el pecho. Olía a ropa limpia y café.

Pero era tarde. Si quería llegar a tiempo al aeropuerto para tomar su vuelo a Norfolk...

–Tienes que irte pronto –dijo ella, intentando ser fuerte, enjugándose las lágrimas y alzando la cabeza para mirarlo a los ojos.

Él tenía una mirada muy tierna y suave.

–No –sacudió la cabeza ligeramente–. No hace falta –Colleen sintió que los ojos se le llenaban de lágrimas otra vez, y sacudió la cabeza, intentando no llorar–. Está bien –dijo él–. Vamos, llora. Yo estoy aquí, cariño. Estoy aquí. Me quedaré contigo mientras me necesites.

Colleen se aferró a él.

Y él la abrazó con fuerza.

Antes de quedarse dormida en sus brazos mientras Bobby le acariciaba suavemente el pelo, Colleen se preguntó vagamente qué diría él cuando averiguara que lo necesitaba para siempre.

Bobby se despertó lentamente. Antes de abrir del todo los ojos comprendió que no estaba en casa. Aquello no era su apartamento de la base. Y, además, no estaba solo.

De pronto lo recordó todo. Massachusetts. Colleen Skelly.

Ella estaba abrazada a él, con una pierna sobre la suya. Tenía la cabeza apoyada en su hombro y una mano tendida sobre su cuello. Él la rodeaba con sus brazos y notaba la suavidad de sus pechos contra su torso.

Estaban aún completamente vestidos, pero comprendió, aceptando su destino, que, cuando ella despertara, no conservarían la ropa puesta mucho tiempo.

Había tenido la oportunidad de escapar limpiamente, y la había dejado pasar. Estaba allí, y no se iría por nada del mundo.

Wes iba a tener que matarlo.

Pero valdría la pena. Moriría con una sonrisa en los labios.

Aprovechando que su mano se había deslizado inadvertidamente bajo la camiseta de Colleen, acarició la piel suave de su espalda, subiendo la mano hasta la parte de atrás de su sujetador y bajándola hasta la cinturilla de sus pantalones cortos. Arriba y abajo, en un círculo infinito.

Podía quedarse allí tendido, acariciándola suavemente, el resto de su vida.

Pero Colleen se desperezó y él esperó, sin dejar de acariciar la suavidad de su piel, sintiendo que se despertaba y tomaba conciencia de su cercanía.

Ella no se movió, no se apartó de él.

Y él no dejó de acariciarla.

–¿Cuánto tiempo he dormido? –preguntó ella finalmente, con la voz más ronca de lo normal.

–No lo sé –contestó él–. Yo también me he dormido –miró hacia las ventanas. La luz empezaba a desvanecerse–. Deben de ser las siete.

–Gracias –dijo ella–. Por venir.

–¿Quieres hablar de ello? –preguntó Bobby–. ¿De Analena?

–No –dijo ella–. Porque dicho en voz alta todo parece tan absurdo. ¿Qué me creía? ¿Que iba a traerla aquí, a vivir conmigo? ¿A quién pretendía engañar? No tengo sitio. Mira este lugar. Y tampoco tengo dinero. Apenas puedo mantenerme. No podría vivir aquí si no fuera porque Ashley paga la mitad de los gastos. He tenido que vender mi coche para seguir en la universidad. ¿Y cómo iba a ocuparme de una niña mientras estuviera en la facultad? No tengo tiempo para encontrarme de buenas a primeras con una familia. No tengo tiempo para un marido, mucho menos para una niña pequeña. Y sin embargo... –sacudió la cabeza–. Cuando veía sus fotografías y leía sus cartas... Oh, Bobby, estaba tan llena de vida. Ni siquiera he tenido oportunidad de conocerla, pero quería hacerlo... ¡Quería hacerlo, Dios mío!

–Si la hubieras conocido, te habrías encariñado completamente con ella –él sonrió–. Te conozco muy bien. Y ella también contigo. Y de alguna manera te las habrías ingeniado para que todo saliera bien –le dijo–. No habría sido fácil, pero hay ciertas cosas que uno debe hacer, ¿sabes? Y las hace, y al final sale adelante. Siento que no hayas tenido esa oportunidad con Analena.

Ella alzó la cabeza para mirarlo.

–¿No te parezco ridícula?

–Nunca pensaría de ti que eres ridícula –dijo él suavemente–. Generosa, sí. Cariñosa, amable, desprendida... –de pronto, en los ojos de Colleen brilló algo que le hizo comprender que, al igual que él, había tomado conciencia de que estaban juntos, cuerpo a cuerpo–. Y muy sexy –musitó él–. Pero nunca ridícula.

La mirada de ella se posó en su boca. Bobby vio lo que iba a ocurrir. Ella iba a besarlo, y su suerte estaría echada.

Se inclinó sobre ella. Deseaba tomar parte activa en aquello, no dejarse simplemente vencer por la tentación.

Los labios de Colleen eran suaves, su boca casi insoportablemente dulce. Fue un beso muy largo, como si ambos supieran que, a partir de ese instante, no había vuelta atrás, ni necesidad de apresurarse.

Bobby volvió a besarla, más despacio esta vez, y más profundamente, por si a ella le quedaba alguna duda de lo que iba a suceder a continuación.

Pero, antes de que pudiera besarla de nuevo, ella se apartó. Había lágrimas en sus ojos.

–Yo no quería que ocurriera así –dijo.

Él intentó comprender qué quería decirle, intentó refrenarse.

–Colleen, si quieres que me vaya...

–No –dijo ella–. Quiero que te quedes. Te deseo. Demasiado. Mira, anoche no pude dormir pensando en cómo hacer que volvieras. Iba a inventarme algo para intentar que vinieras aquí después de la reunión y luego...

Bobby lo comprendió entonces. Ella había conseguido lo que quería. Él estaba allí. ¿Pero a qué precio? Al de un terremoto y una guerra. Una lista de víctimas que incluía alguien a quien amaba.

–No –dijo él–. Habría venido antes o después. Aunque me hubiera montado en ese avión, y no sé si habría sido capaz, te habría llamado desde Little Rock esta misma noche. No habría podido evitarlo.

Ella se enjugó los ojos con el dorso de la mano.

–¿De verdad?

–Con las cosas que me haces por teléfono...

Colleen todavía tenía lágrimas en los párpados y la nariz ligeramente colorada. Pero se reía.

Al mirarla a los ojos, Bobby recordó las cosas que le había dicho la noche anterior, y dejó que aquel recuerdo se reflejara en sus ojos. Ella se sonrojó levemente.

–Nunca lo había hecho antes, de veras –dijo ella. Lo del teléfono, quiero decir –volvió a sonrojarse y apartó la mirada, azorada.

Él quería que supiera lo que le pasaba con solo pensar en ella. La tomó de la barbilla y le echó la cabeza hacia atrás para que lo mirara a los ojos, y dijo con toda su alma:

–Quizás algún día me dejes mirar.

Algún día. Aquella palabra quedó suspendida entre los dos. Significaba que habría más veces después de aquella noche.

–No te gustan las relaciones a larga distancia –le recordó ella.

–No –la corrigió él–. No quiero que sea así. Ya me ha pasado otras veces y lo odio. Es tan duro y...

–Yo no quiero que sea duro –dijo ella–. No quiero ser una carga para ti.

Él intentó darse ánimos, preparándose para apartarse de ella.

–Entonces tal vez debería irme antes de...

–Tal vez deberíamos hacer el amor y no preocuparnos por el mañana –dijo ella.

Colleen lo besó y él le devolvió el beso ávidamente, apasionadamente. La deseaba en ese preciso instante. La necesitaba.

Ella le soltó la coleta medio deshecha y lo besó con mayor fiereza.

¿Podría hacerlo realmente? ¿Podría hacer el amor con Bobby esa noche y solo esa noche?

Sus piernas se tensaron alrededor del muslo de Bobby, y este dejó de pensar. La besó una y otra vez, paladeando el sabor de su boca, sintiéndola en sus brazos. Deslizó una mano bajo su camiseta y le acarició los pechos.

Ella se echó hacia atrás para que él pudiera quitarse la camiseta. A Bobby aún le dolía el hombro, y solo con dificultad podía quitarse y ponerse la camiseta. Con dolor. Primero un brazo y luego el otro.

Antes de que hubiera acabado de quitársela, Colleen empezó a desabrocharle los pantalones cortos y a bajarle la cremallera, rozando con sus dedos fríos el vientre de Bobby.

Se los había bajado hasta la rodilla cuando él tiró la camiseta al suelo.

Bobby acabó de quitarse los pantalones y se encontró de pronto tumbado en la cama de Colleen, en calzoncillos, mientras ella seguía completamente vestida.

Tendió las manos hacia ella con la intención de librarla de su camiseta y sus pantalones cortos con la misma eficacia que ella había empleado para quitarle los suyos, pero Colleen lo distrajo besándolo. Y después él se distrajo tocándole los pechos por debajo de la camiseta, desabrochándole el sujetador y besándoselos por encima de la tela, enterrando la cara en su cuerpo mullido.

Cuando intentó levantarle la camiseta por encima de los pechos para poder verla, se dio cuenta de que estaba tensa.

Y recordó.

Colleen se avergonzaba de su cuerpo.

Probablemente porque no era flaca como un palillo, conforme al ideal de Hollywood.

Al diablo con eso. Ella era el ideal de Bobby. Era rotunda. Turgente. Voluptuosa. Era perfecta.

Bobby pensó que, si fuera ella, andaría por ahí con una de esas camisetas diminutas tan populares. La llevaría sin sujetador, y se dedicaría a mirar cómo se desmayaban los hombres a su paso.

Algún día le compraría una de esas camisetas. Colleen la podría llevar allí, en la intimidad de su habitación, si no quería llevarla en público. La sola idea de que se pusiera aquella prenda, solo porque a él le gustaba, solo por él, lo excitó aún más.

Y, cuando Colleen se diera cuenta de que él adoraba su cuerpo, de que lo encontraba increíblemente hermoso y sensual, se sentiría tan afortunada respecto a su aspecto físico como respecto a todo lo demás.

Sexo por teléfono. Cielo santo.

El sexo por teléfono solo eran palabras. Decir lo que él deseaba, lo que sentía. A Bobby no se le había dado muy bien. No como a ella. A diferencia de ella, las palabras no eran su fuerte. Pero debía intentarlo otra vez. Debía utilizar palabras para que Colleen se sintiera segura, para que supiera lo hermosa que le parecía.

Podía utilizar el lenguaje corporal, los ojos, la boca y las manos. Demostrárselo haciendo el amor, pero sabía que ella no llegaría a creérselo.

No. Si quería disolver la tensión que le crispaba los hombros, debía hacerlo con palabras.

–Eres espectacular –le dijo–. Eres increíble, preciosa y...

Lo estaba haciendo mal. Ella no se estaba creyendo nada.

Bobby la tocó, subiendo la mano por debajo de su camiseta para acariciarla. Quería saborearla, y con repentina lucidez comprendió que, en vez de intentar inventar cumplidos cargados de adjetivos insustanciales, debía limitarse a decir lo que deseaba, lo que sentía. Debía abrir la boca y decir lo que pensaba.

—Quiero besarte aquí —le dijo mientras la acariciaba—. Quiero sentirte en mi boca.

Le subió la camiseta un poco, mirándola a la cara, listo para hacerlo más despacio si ella quería. Pero ella no se crispó, de modo que Bobby levantó la camiseta un poco más, dejando al descubierto la curva de uno de sus pechos, blanco, suave y perfecto. Y entonces se olvidó de mirarla a los ojos porque allí estaba su pezón, sobresaliendo. Se dio cuenta de que había estado conteniendo el aliento y lo dejó escapar.

—Oh, sí.

Inclinó la cabeza para hacer lo que había dicho. Ella dejó escapar un gemido de placer.

Él le levantó la camiseta del todo, abrió la boca y dejó que sus pensamientos escaparan de su cabeza.

Por desgracia, expresó su sincera entrega utilizando una de las expresiones más coloridas de Wes.

Colleen se echó a reír y lo miró, deteniéndose en la expresión de su cara, en el placer puro que brillaba en sus ojos.

—Eres tan hermosa... —jadeó él—. He debido de morirme y estoy en el cielo.

—Vaya —dijo ella—, y eso que todavía no me he quitado las bragas.

Él la agarró por la cinturilla de los pantalones cortos, la tumbó de espaldas sobre la cama y, mientras ella se reía, sorprendida, le quitó las bragas.

Al cabo de cinco segundos ella estaba desnuda y él la besaba, acariciándola, disfrutando de la suavidad y la perfección de su piel. Y cuando se echó hacia atrás para mirarla, no quedaba ni un pizca de tensión en el aire.

Y, ya que la cháchara estaba funcionando tan bien, ¿por qué parar?

–¿Sabes cómo me pones? –preguntó él mientras la tocaba, besándola, explorándola. No le dio tiempo a responder. Simplemente tomó una de las manos de Colleen y la apretó contra sí–. Eres tan sexy que me excito cada vez que te veo –musitó, mirándola a los ojos para que ella viera el intenso placer que sentía–. Cada vez que pienso en ti.

Ella jadeaba y Bobby la atrajo hacia sí y la besó de nuevo al tiempo que la ayudaba a quitarle los calzoncillos.

Los dedos de Colleen se cerraron en torno a él. Bobby quiso decirle cuánto le gustaba aquello, pero no le salieron las palabras. Solo pudo gemir.

Deslizó una mano entre las piernas de Colleen. Estaba tan caliente y húmeda que Bobby se sintió vacilar al borde de su control. Necesitaba un preservativo. Ya.

Pero, cuando habló, lo único que consiguió fue decir su nombre.

Ella comprendió.

–En el cajón de arriba. En la mesilla.

Bobby estiró un brazo y encontró lo que buscaba. Una caja sin abrir, envuelta en celofán. Le gustó y al mismo tiempo le puso furioso que la caja estuviera sin abrir. Gruñendo de fastidio, intentó partirla por la mitad.

Colleen se la quitó de las manos y la abrió rápidamente, riéndose al ver cómo luchaba él con el pequeño envoltorio de plástico y tocándolo y besándolo mientras él intentaba ponerse el preservativo.

«Despacio», se dijo Bobby. Colleen le había dicho que no tenía mucha experiencia. Él no quería hacerle daño, ni asustarla...

Colleen lo empujó hacia atrás, arrastrándolo consigo sobre la cama en un movimiento digno de Xena, la princesa guerrera, y le dijo en un lenguaje extremadamente preciso lo que quería.

¿Cómo iba él a negarse?

Sobre todo, teniendo en cuenta que ella lo besó, alzó las

caderas y estiró la mano hasta encontrar su sexo y guiarlo hacia ella y...

Bobby la penetró con menos suavidad de la que había pretendido, pero ella dejó escapar un gemido de puro placer.

—Sí —dijo cuando él se impulsó con más fuerza dentro de ella—. Oh, Bobby, sí...

Él la besó, la tocó, la acarició, murmurando cosas que no podía creer que salieran de su boca, cosas que le gustaban de su cuerpo, cosas que quería hacerle, cosas que ella le hacía sentir; cosas que a Colleen la hicieron reír, gemir y responderle susurrando a su vez palabras provocativas, hasta que él se encontró casi ciego de pasión y deseo.

Colleen le dijo que empezaba a alcanzar el clímax, como si él no lo hubiera notado ya por el sonido de su voz. Pero le encantó que se lo dijera, y sus palabras jadeadas lo empujaron más allá del límite.

Y entonces se encontró volando, sacudido por un orgasmo tan poderoso que gritó el nombre de Colleen y no le pareció suficiente.

Quería decirle cómo le hacía sentirse, hablarle de la perfección pura y cristalina de aquel instante que parecía envolverlo, deslumbrante y maravilloso, expandiendo su pecho hasta que le resultó difícil respirar y deseó gritar de puro deleite.

Pero no había palabras para describir lo que sentía. Para hacerle justicia a su placer, tendría que inventar un vocabulario enteramente nuevo.

Entonces se dio cuenta de que estaba tumbado encima de ella, aplastándola, completamente agotado. Le dolía el brazo como si acabaran de pegarle otro tiro, a pesar de que, curiosamente, hasta ese momento no le había molestado y...

Colleen estaba llorando.

—Oh, Dios mío —dijo, quitándose de encima de ella y abrazándola—. ¿Te he hecho daño? ¿Te he...?

—No —dijo ella, besándolo—. No, es solo que... ha sido tan perfecto que no me parece justo. ¿Por qué tengo yo la suerte de compartir algo tan especial contigo?

—Lo siento —dijo él, besándole el pelo y abrazándola más fuerte. Sabía que ella estaba pensando en Analena.

—¿Te quedarás conmigo? —le preguntó ella—. ¿Toda la noche?

—Estoy aquí —dijo él—. No voy a ir a ninguna parte.

—Gracias —Colleen cerró los ojos y apoyó la cabeza sobre su pecho. Todavía tenía la piel cubierta de sudor.

Bobby permaneció tumbado en la cama de Colleen, abrazándola, respirando su dulce olor, intentando desesperadamente olvidarse de la cruda realidad que empezaba a resquebrajarse a su alrededor.

Acababa de hacer el amor con Colleen Skelly.

No, acababa de acostarse con la hermana pequeña de su mejor amigo. Esas eran las palabras que utilizaría Wes.

La noche anterior habían mantenido una relación sexual por teléfono. Esa noche, lo habían hecho de verdad.

Solo una noche, había dicho Colleen. Solo una vez. Solo para ver cómo era.

¿Seguiría pensando lo mismo? ¿Le haría el desayuno por la mañana, le estrecharía la mano y le daría las gracias por una experiencia divertida y le diría adiós?

Bobby no sabía si alegrarse o no de que fuera así. Ya esperaba demasiado. Deseaba... No, no podía ni siquiera pensarlo.

Tal vez, si solo hacían el amor esa vez, Wes comprendería que habían sentido una atracción tan poderosa que no habían podido evitarlo. Bobby intentó imaginarse que Wes lo aceptaba tranquilamente, de manera racional, y...

No.

Wes iba a matarlo. De eso no había duda.

A pesar de todo, Bobby sonrió mientras acariciaba el cuerpo de Colleen. Ella se acurrucó contra él, dándose la vuelta de modo que quedaron encajados, la espalda de ella contra el pecho de él. Bobby la rodeó con su brazo bueno, llenándose la mano con el peso de sus pechos.

Oh, cielos.

Sí, Wes iba a matarlo.

Pero, antes de morir, Bobby pediría que pusieran tres palabras en su tumba: «valió la pena».

Capítulo 12

Colleen se despertó sola en la cama. Apenas había amanecido y, al principio, creyó que todo había sido un sueño, que todo lo que había ocurrido el día anterior y por la noche había sido una gigantesca combinación de pesadilla y fantasía erótica.

Pero la camiseta y los calzoncillos de Bobby estaban todavía en el suelo. A menos que se hubiera marchado del apartamento vestido únicamente con los pantalones cortos, no andaría muy lejos.

Colleen olió a café y se levantó de la cama.

Sus músculos protestaron. Una prueba más de que no había sido un sueño. Era un dolor agradable, acompañado de una sensación de calor que pareció extenderse por su cuerpo al recordar las palabras que Bobby le había susurrado.

¿Quién hubiera imaginado que un hombre tan taciturno pudiera expresarse con tanta elocuencia?

Pero mucho más elocuente que sus palabras había sido la expresión de su cara, la profunda emoción que no había tratado de ocultar mientras hacían el amor.

Habían hecho el amor.

Aquella idea no la llenó de felicidad, como había imaginado.

Sí, había sido fantástico. Hacer el amor con Bobby había sido mejor de lo que había soñado. Más especial y sobrecogedor de lo que había imaginado. Pero no bastaba para compensar la muerte de todos aquellos niños. Eso nada podía hacerlo.

Colleen buscó su bata, se la puso y se sentó al borde de la cama para recobrar fuerzas.

No quería salir de la habitación. Quería esconderse allí el resto de la semana.

Pero la vida continuaba, y había que hacer muchas cosas por los niños que habían sobrevivido. Y, para hacerlas, había que afrontar ciertas verdades.

Habría lágrimas cuando entrara en la oficina de la Asociación. También tendría que darles la noticia a los chicos del grupo juvenil de la parroquia que la habían ayudado a recaudar dinero para el viaje. Aquellos chicos intercambiaban cartas y fotografías con los niños de Tulgeria. Informarlos de la tragedia no resultaría fácil.

Y luego estaba Bobby.

También tendría que enfrentarse a él. Le había mentido al decirle que se contentaría con una sola noche. Bueno, tal vez no hubiera sido una mentira. En cierto momento, había llegado a convencerse de que eso era lo que quería.

Pero ahora se sentía estúpida, patética y desesperada.

Quería volver a hacer el amor con él otra vez. Y otra. Y otra y otra.

Tal vez él también siguiera deseándola. Colleen había leído muchas veces que a los hombres les gustaba el sexo. Mañana, tarde y noche, según algunas fuentes.

Bueno, era por la mañana, y nunca descubriría si él prefería salir huyendo o quedarse un poco más, a menos que se levantara y saliera de la habitación.

Cuadró los hombros y lo hizo. Y después de pararse un momento en el cuarto de baño y asegurarse de que su pelo no la hacía parecer la novia de Frankenstein, entró en la cocina.

Bobby la recibió con una sonrisa y una taza de café ya servida.

—Espero no haberte despertado —dijo él, volviéndose hacia la cocina, donde estaba haciendo huevos y gachas de avena—, pero anoche no cené y me he despertado muerto de hambre —como a propósito, a ella le sonaron las tripas. Bobby le lanzó una sonrisa—. Y creo que tú también.

Dios, qué guapo era. Se había duchado y solo llevaba puestos los pantalones cortos. Con el pecho desnudo y el pelo suelto sobre los hombros, parecía digno de adornar la cubierta de una de esas novelas románticas en las que la chica blanca, raptada, encuentra el amor verdadero en un exótico guerrero indio.

Sonó el reloj del horno y, mientras Colleen lo miraba, el guerrero indio usó sus guantes de cocina adornados con flores rosas para sacar del horno algo que se parecía notablemente a una tarta de moca.

Y lo era. Bobby había hecho una tarta de moca. Así como suena.

Él puso la tarta con mucho cuidado sobre un salvamanteles y sonrió a Colleen. También había puesto la mesa de la cocina y le había servido a Colleen un vaso de zumo de arándanos. Ella se sentó y él sirvió huevos y avena para los dos.

Todo estaba delicioso. A Colleen normalmente no le gustaban mucho las gachas de avena, pero él se las había ingeniado para hacerlas ligeras y sabrosas, en vez de espesas y pegajosas.

—¿Qué vas a hacer hoy? —preguntó él, como si normalmente se sentara frente a ella a la hora del desayuno y le preguntara sobre lo que pensaba hacer durante el día después de una noche de pasión.

Ella tuvo que pensarlo un momento.

—Tengo que ir a pagar la matrícula de la facultad antes del mediodía. Seguramente habrá algún tipo de funeral para... —se interrumpió bruscamente.

—¿Estás bien? —preguntó el con suavidad.

Colleen compuso una sonrisa.

—Sí —dijo—. Más o menos. Pero... me llevará algún tiempo —respiró hondo—. Esta tarde tendré que llamar a la gente para decirles lo del funeral. Y seguramente también debería ir a la oficina después. Todavía hay muchas cosas que hacer antes de irnos.

Él dejó de comer, con el tenedor a medio camino de su boca.

—¿Todavía piensas ir? —no la dejó responder. Se echó a reír y respondió por ella—. Claro que piensas ir. ¿En qué estaría yo pensando? —dejó el tenedor—. Colleen, ¿qué quieres que haga? ¿Quieres que me ponga de rodillas y te suplique que no vayas? —antes de que ella pudiera responder, Bobby se frotó la frente y lanzó un juramento—. Olvídalo —dijo—. Lo siento. No debería haber dicho eso. Hoy estoy... un poco aturdido.

—¿Porque anoche hicimos el amor? —preguntó ella suavemente.

Él la miró, deteniéndose en su cara limpia de maquillaje, en su pelo, en su ligera bata de algodón que se abría en un profundo escote entre sus pechos.

—Sí —admitió—. Me inquieta lo que pueda ocurrir ahora.

Ella escogió sus palabras cuidadosamente.

—¿Tú qué quieres que ocurra?

Bobby sacudió la cabeza.

—No creo que lo que yo quiera importe mucho. Ni siquiera lo sé —volvió a tomar el tenedor—. Así que reservaré mi sentimiento de culpabilidad para otro momento y disfrutaré de este magnífico desayuno... y de lo guapa que estás por la mañana.

Y eso hizo: comerse los huevos y las gachas y mirarla. Lo que de verdad quería era mirarle los pechos, pero de alguna manera consiguió mirarla de manera inofensiva, respetuosamente, contemplando sus ojos, observándola como una persona completa, en vez de un simple cuerpo femenino.

Ella también lo miraba, intentando verlo de la misma

manera. Bobby era extrañamente guapo, con aquellos rasgos afilados que evidenciaban sus orígenes indios. Era guapo, inteligente y de fiar. Era honesto y sincero, divertido y amable. Y tenía un cuerpo espectacular.

–¿Por qué no te has casado? –le preguntó ella. Bobby era diez años mayor que ella. A Colleen le pareció increíble que ninguna mujer le hubiera echado el guante. Y, sin embargo, allí estaba él. Desayunando en su cocina después de pasar la noche en su cama.

Él guardó silencio un instante, mientras comía una cucharada de avena.

–Nunca he pensado en el matrimonio a corto plazo. Ni Wes tampoco. La responsabilidad de tener mujer y familia... es muy grande. Hemos visto a algunos compañeros pasarlo muy mal –sonrió–. Además, también resulta difícil casarse cuando la mujer a la que se quiere no está enamorada de ti –se echó a reír suavemente–. Y mucho más si está casada con otro.

A Colleen se le subió el corazón a la garganta. Casi no podía respirar.

–¿Estás enamorado de una mujer casada?

Él la miró con un destello en sus ojos oscuros.

–No, estaba pensando en un... amigo –puso una voz ligera, burlona–. Pero bueno, ¿qué clase de hombre crees que soy? ¿Crees que si estuviera enamorado de otra me habría enrollado contigo?

–Bueno, yo estoy enamorada de Mel Gibson y anoche me enrollé contigo.

Él se echó a reír, empujando su plato hasta el borde de la mesa. Se había comido los huevos y un montón de avena, pero miró con ansia la tarta de moca mientras bebía un sorbo de su café ya casi frío.

–¿Es eso lo que hicimos anoche? –preguntó Colleen–. ¿Enrollarnos? –se inclinó hacia delante y notó que se le abría la bata. Bobby bajó la mirada y el súbito fulgor que Colleen vio en sus ojos la dejó sin aliento.

–Sí –dijo él–. Supongo que sí. ¿No?

–No lo sé –dijo ella con sinceridad–. No tengo mucha experiencia en estas cosas. ¿Puedo preguntarte algo?

Bobby se rio otra vez.

–¿Por qué tengo la sensación de que debería asustarme?

–Tal vez sí –dijo ella–. Es una pregunta un tanto delicada, pero necesito saberlo.

–Bueno, de acuerdo –dejó la taza y se agarró a la mesa con las dos manos.

–Bien –Colleen se aclaró la garganta–. Lo que quiero saber es si eres realmente bueno en la cama.

Bobby se echó a reír, sorprendido.

–Pues supongo que no –dijo–. Quiero decir que si tienes que preguntarlo...

–No –dijo ella–. No seas tonto. Lo de anoche fue increíble. Ambos lo sabemos. Pero quiero saber si eres una especie de superamante, capaz de poner a cien a la mujer más frígida...

–Colleen –dijo él–, tú estás muy lejos de ser frígida...

–Sí –dijo ella–, eso pensaba yo también, pero...

–Pero alguien te dijo que lo eras –adivinó él–. ¡Maldita sea!

–Mi novio de la facultad –admitió ella–. Dan. El muy estúpido.

–Me están dando ganas de matarlo. ¿Qué te dijo?

–No fue tanto lo que dijo, sino lo que dio a entender. Él fue mi primer amante –admitió ella–. Yo estaba loca por él, pero cuando... Bueno, yo nunca conseguí llegar y... ya sabes. Él me dejó al tercer intento. Me dijo que prefería que fuéramos amigos.

–Oh, Señor –exclamó Bobby.

–Yo pensé que debía de ser culpa mía, que hacía algo mal –Colleen nunca había hablado de aquello con nadie. Ni siquiera con Ashley, a la que le había contado una versión muy edulcorada de la historia–. Me pasé varios años como una monja. Y luego, hace más o menos un año y medio... –no podía creer que estuviera contándole sus más profundos secretos. Pero quería hacerlo. Necesitaba que él la entendiera–. Compré un libro, una especie de guía de autoayuda para mujeres sexualmente insatisfechas... y descubrí que seguramente el problema no era del todo mío.

–Así que, ¿no has...? –Bobby la miraba como si intentara ver dentro de su cabeza–. Quiero decir que, entre lo de anoche y el inútil ese, ¿no has...?

–No ha habido nadie más. Solo el libro y yo –dijo ella, deseando poder leerle el pensamiento. ¿Le asustaría su confesión, o le complacería el hecho de haber sido su primer amante verdadero?–. Intentaba desesperadamente aprender a ser normal.

–Sí, no sé –Bobby sacudió la cabeza–. Probablemente es un caso desesperado. Porque yo soy un amante fabuloso. Y es una auténtica lástima, pero creo que, si de verdad quieres tener un vida sexual satisfactoria, vas a tener que pasar el resto de tu vida haciendo el amor conmigo –Colleen lo miró fijamente–. Era una broma –dijo él rápidamente–. Estaba bromeando. Colleen, anoche no hice nada especial. Quiero decir que todo fue especial, pero...

–¿Pero qué? –ella escudriñó su cara.

–Bueno, sin haber estado allí es difícil saberlo, pero creo, no sé, que tal vez te mostraste un poco tensa ante la idea de desnudarte y ese idiota tenía el gatillo un poco flojo. Seguramente no te dejó tiempo suficiente para que te relajaras antes de que todo hubiera terminado. Y, en mi opinión, eso es culpa suya, no tuya.

–Siempre me decía que debía perder peso –recordó Colleen–. Pero no con esas palabras. Decía: «si perdieras diez kilos, estarías guapísima con esa camiseta»; o «¿por qué no averiguas qué dieta sigue Cindy Crawford y la pruebas? Quizá funcione». Ese tipo de cosas. Y tienes razón, yo odiaba quitarme la ropa delante de él –Bobby sacudió la cabeza mientras la miraba. Cuando la miraba así, la hacía sentirse como la mujer más bella y deseable del mundo–.

Pero me gustó desnudarme para ti –dijo suavemente, y el fulgor de los ojos de Bobby se hizo aún más intenso.

–Me alegro –musitó él–. Porque a mí también me gustó.

Colleen lo miró a los ojos y se perdió en el calor de su alma. Bobby todavía la deseaba.

Pero entonces él apartó la mirada, como si temiera adónde los llevaría todo aquello.

Había dicho que se sentía culpable, y Colleen sabía que, si no actuaba rápidamente, se marcharía de su apartamento y nunca volvería.

–No te muevas –le dijo. Apartó la silla de la mesa y se levantó–. Quédate aquí.

Corrió al dormitorio y en un santiamén encontró lo que buscaba.

Cuando volvió a entrar en la cocina, Bobby, que seguía sentado en el mismo sitio, se giró para mirarla, pero enseguida apartó la mirada. Entonces, Colleen vio que la bata se le había abierto un poco más, hasta la cintura.

Pero no se la ajustó. Simplemente se acercó a él, quedándose de pie a su lado. Sin embargo, no lo tocó. No dijo nada. Se limitó a esperar a que él girara la cabeza y la mirara.

Bobby la miró por fin y volvió a apartar la mirada. Tragó saliva.

–Colleen, yo pienso que...

Pero aquel no era momento de pensar. Ella se sentó sobre su regazo, a horcajadas, obligándolo a mirarla. La bata se le había abierto del todo y el cinturón colgaba, suelto.

Él respiraba con dificultad.

–Creía que habíamos decidido que esto iba a ser cosa de una sola noche. Solo para sacárnoslo de la cabeza.

–¿Y has conseguido sacarme de tu cabeza? –preguntó ella.

–No, y si no tengo cuidado te meterás debajo de mi piel también –admitió él–. Colleen, por favor, no me hagas esto. Me he pasado la noche intentando convencerme de que, mientras no hagamos el amor otra vez, todo saldrá bien. Sé que es mucho esperar, pero creo que hasta tu hermano podría entender lo que ha pasado si solo lo hubiéramos hecho... una vez.

Sus palabras podrían haberla disuadido... si no le hubiera acariciando los muslos suavemente, como si no pudiera evitarlo, como si no fuera capaz de resistirse.

Colleen se quitó la bata, que cayó al suelo tras ella, y de pronto allí estaba, desnuda, en medio de la cocina, con el sol entrando a chorros por las ventanas, entibiando su piel, bañándola en luz dorada.

Bobby se quedó sin aliento, mirándola, y ella se sintió hermosa. Se veía a través de los ojos de él, y se veía hermosa.

Le gustaba mucho aquella sensación.

Se inclinó hacia delante, apretándose contra él, notando su erección bajo los pantalones cortos. No había duda. Bobby aún la deseaba. Él dejó escapar un sonido gutural y bajo. Y luego la besó.

Su pasión la dejó sin aliento. Era como si él hubiera estallado de pronto, como si necesitara besarla para mantenerse vivo, como si necesitara tocarla o moriría. La acarició por todas partes, con las manos y con la boca.

A Colleen, verse deseada de aquella manera le pareció embriagador, adictivo. Casi tan delicioso como saberse amada.

Mientras lo besaba, le bajó los pantalones y tomó su sexo, apretándolo contra ella para hacerle notar lo mucho que lo deseaba.

Todavía llevaba en la otra mano el preservativo que había ido a buscar al dormitorio. Abrió el envoltorio arrugado y Bobby se lo quitó, se puso el preservativo y luego la penetró.

Intentó sin éxito no gruñir en voz alta al estrecharla entre sus brazos y hundir la cara entre sus pechos. Ella se movió lentamente, acariciándolo con su cuerpo, llenándose completamente de él.

Hacer el amor con Bobby Taylor era tan maravilloso a la luz del día como en plena noche.

Colleen se echó hacia atrás ligeramente para mirarlo mientras se movía sobre él, y él le sostuvo la mirada. Le brillaban los ojos bajo los párpados pesados.

Colleen no se saciaba de él. Se apretaba contra él, deseando que aquel momento no acabara nunca. Y deseaba que Bobby se enamorara de ella tan locamente como ella se había enamorado de él.

¿Pero qué decía? Ella no lo quería. No podía quererlo.

Colleen debió de emitir algún gemido de frustración o de desánimo, porque de pronto Bobby se puso en pie. Simplemente se levantó de la silla con ella en brazos, con su cuerpo todavía enterrado profundamente en el de ella.

Colleen gimió y luego se echó a reír cuando él la llevó sin esfuerzo, como si no pesara nada, al otro lado de la habitación. Bobby no se paró hasta que la apretó contra la pared, junto al frigorífico. Los músculos de su pecho y de sus brazos sobresalían, haciéndolo parecer el doble de grande lo que era.

–No te hagas daño en el hombro –dijo ella.

–¿Qué hombro? –preguntó él con voz ronca, y la besó.

La sujetaba contra la pared mientras la besaba de una forma increíblemente viril. Su beso estaba lejos de ser suave, y aquella situación era tan excitante que casi resultaba ridícula. Pero a Colleen le parecía tan turbador estar allí, clavada contra la pared, que casi no daba crédito.

Esperaba más rudeza, esperaba que él le hiciera el amor feroz, salvajemente, pero en vez de eso Bobby inició una lenta y morosa retirada, y después volvió a penetrarla muy lentamente.

Aquello era más excitante de lo que ella había creído posible: aquel hombre sujetándola así, amándola muy despacio, completamente. Según sus normas.

Él le besó la cara, la garganta y el cuello como si le pertenecieran.

Y le pertenecían.

Colleen sintió que llegaba al orgasmo inadvertidamente, antes de que él empezara a deslizarse de nuevo, lentamente, dentro de ella por tercera vez. Ella no quería que aquello acabara e intentó refrenarse, intentó detener a Bobby un momento, pero no tenía fuerzas.

Y no le importaba, porque le encantaba lo que él le estaba haciendo. Le encantaba su fuerza y su poder, y le encantaba que la mirara con un deseo tan intenso en los ojos.

Le encantaba saber que, aunque él pretendía tenerlo todo bajo control, no era así. Él le pertenecía tan completamente a ella, como ella le pertenecía a él. Aún más.

Colleen le sostuvo la mirada al tiempo que se derretía en sus brazos, sacudida por ola tras ola de intenso placer.

Él sonreía con una sonrisa feroz, orgullosa, casi insultantemente masculina. Aquella sonrisa habría hecho que Colleen arrugara el ceño dos o tres días antes, pero en ese instante le encantó. Le encantaba ser pura feminidad para la virilidad absoluta de Bobby. Ello no significaba que fuera más débil. Al contrario. Era el complemento perfecto de él, su opuesto, su igual.

–Anoche me encantó mirarte –musitó él mientras volvía a besarla–. Y ahora me ha gustado todavía más.

Él era su primer amante verdadero en el sentido físico de la palabra. Y era también el primer hombre al que le gustaba tal como era.

–Quiero hacértelo otra vez –dijo él–. Ahora mismo. ¿Me dejas?

Colleen se echó a reír.

Bobby la apartó de la pared y la llevó al dormitorio, cerrando la puerta de una patada tras él.

Capítulo 13

Bobby estaba flotando, suspendido en ese estado entre la vigilia y el sueño, con la cara enterrada en el fragante pelo de Colleen y el cuerpo trabado entre la suavidad de sus piernas.

De nada le habían servido la fuerza de voluntad, ni la determinación de no volver a hacer el amor con ella, ni la esperanza de que Wes le perdonara una única y pequeña trasgresión.

Ah, pero cuánto le había gustado hacer el amor con ella otra vez. Y ningún hombre heterosexual y con sangre en las venas habría podido resistirse a la tentación teniendo a Colleen Skelly sentada sobre sus rodillas.

Además, en el fondo, sabía que nada de aquello tenía importancia. Wes se pondría hecho una fiera cuando se enterara de que se había acostado con Colleen. Pensándolo de manera realista, ¿qué importancia tenía que hubieran sido dos veces? ¿Qué diferencia podía haber?

¿Para Wes? Ninguna. Probablemente. Con un poco de suerte.

Pero, para Bobby, la diferencia era enorme.

Tan enorme como la diferencia entre cielo e infierno.

Hablando del cielo, se dio cuenta, forzándose a volver a la tierra, de que todavía estaba dentro de Colleen. No era muy inteligente quedarse dormido justo después de hacer el amor cuando se usaban preservativos como único método anticonceptivo. Porque los preservativos podían romperse.

Debería haberse despegado de ella hacía veinte minutos. Y también debería haberse dado cuenta de que estaba encima de ella, aplastándola.

Pero Colleen no se había quejado. En realidad, seguía rodeándolo fuertemente con los brazos.

Bobby cambió de postura, apartándose de ella, y estiró una mano para...

Oh, oh.

–Eh, Colleen... –se sentó en la cama, repentinamente despejado.

Ella se movió y se desperezó. Estaba muy sexy. Tanto que, incluso en ese instante, Bobby se distrajo.

–No te vayas aún, Bobby –murmuró ella, medio dormida–. Quédate un rato, por favor.

–Colleen, creo que será mejor que te levantes y te des una ducha. El preservativo se ha roto.

Ella abrió los ojos y se echó a reír.

–Sí, claro –su sonrisa se desvaneció al mirarlo a los ojos–. Oh, no, no estás de broma, ¿verdad? –se incorporó.

Él sacudió en silencio la cabeza.

Veinte minutos. Colleen había estado al menos veinte minutos tumbada después de que él derramara inadvertidamente su esperma dentro de ella.

¿Era posible que estuviera ya embarazada? ¿Podía ocurrir tan rápidamente?

Si el momento era el adecuado, podía ocurrir de manera instantánea. En lo que duraba un destello, el latido de un corazón.

–Bueno –dijo Colleen con los ojos muy abiertos–. Estos últimos días me han pasado cosas que no me habían pasado nunca, y esto no es una excepción. ¿Qué hacemos? ¿De veras crees que servirá de algo que me duche?

–Seguramente no –admitió él–. Pero...

–Me daré una ducha ahora mismo, si quieres. No estoy segura de en qué momento del ciclo estoy. La verdad es que nunca he sido muy regular para eso –estaba allí sentada, ajena a su desnudez, pidiéndole su opinión con completa confianza.

A Bobby, aquella confianza le resultó reveladora y excitante. ¿Cómo era posible? La estupefacción y el miedo que había sentido al descubrir que el preservativo se había roto debían haberle producido una respuesta física contraria, parecida a la reacción que hubiera tenido de estar nadando en un lago helado. Debía haberle hecho aborrecer el hecho mismo de pensar en el sexo durante al menos tres semanas.

Pero allí estaba Colleen, sentada a su lado en la cama, con sus pechos desnudos y sus ojos verdiazules y su confianza serena e inmutable.

En ese momento, ella necesitaba que fuera sincero. No había apaños, ni soluciones milagrosas para aquella situación.

–Creo que probablemente ya es demasiado tarde para hacer algo, salvo rezar.

Ella asintió con la cabeza.

–Me lo imaginaba.

–Lo siento.

–No es culpa tuya –dijo ella.

Él sacudió la cabeza.

–No se trata de culpa. Se trata de responsabilidad, y sí soy responsable.

–Bueno, entonces yo también. Yo te obligué.

Bobby sonrió, pensando en cómo se había sentado ella en su regazo con la intención de seducirlo, y se preguntó si sabría que su última esperanza de resistirse a la tentación se había desvanecido en cuanto ella había aparecido en la cocina cubierta únicamente con la bata.

–Sí –dijo él–, como si te hubiera resultado muy difícil...

Ella le devolvió la sonrisa.

–Ha sido una de esas cosas nuevas para mí –dijo–. Estaba orgullosa de mí misma por haber tenido valor para hacerlo.

–Lo hiciste muy bien –su voz era ronca–, pero no me refería a eso. Me refería a que no te resultó muy difícil porque me vuelves loco.

Con solo mirarla a los ojos volvía a desearla. Tanto que no pudo ocultarlo.

Colleen lo notó y se rio suavemente.

–En fin, creo que hay una forma interesante y hedonista de abordar el problema –se acercó a él a gatas sobre la cama, con los ojos brillantes y una sonrisa maliciosa–. ¿Conoces ese viejo dicho que dice que, cuando se cierra una puerta, en algún sitio se abre una ventana? ¿Y si cuando se rompe un preservativo, se abriera una ventana de oportunidades?

Bobby sabía que tenía que detenerla, retroceder, levantarse, hacer cualquier cosa excepto quedarse allí sentado y esperar a que ella...

Demasiado tarde.

Colleen se incorporó.

–Oh, Dios mío.

–Mmm –dijo Bobby, tendido boca abajo en la cama.

Eran las once y cinco. Tenía cincuenta y cinco minutos para llegar a la facultad de Derecho desde Cambridge. Sin coche. En tranvía.

–¡Oh, Dios mío!

Bobby alzó la cabeza.

–¿Qué pasa...?

Ella pasó por encima de él, aplastándole inadvertidamente la cara contra la almohada, y salió corriendo hacia el cuarto de baño.

–¡Ay!

–¡Lo siento!

Gracias a que Ashley estaba en Vineyard, Colleen corrió por el pasillo completamente desnuda y encendió la luz del cuarto de baño. Un solo vistazo al espejo y comprendió que debía darse una ducha. Tenía el pelo en estado salvaje y en la cara la mirada de satisfacción de una mujer que llevara toda la mañana exprimiendo a su amante.

No podía hacer nada respecto a la cara, pero podía arreglarse el pelo dándose una ducha rápida.

Abrió los grifos y se metió bajo la ducha antes de que el agua empezara a calentarse, entonando unas cuantas notas operísticas para contrarrestar el frío.

–¿Estás bien? –Bobby la había seguido. Naturalmente, Colleen había dejado la puerta abierta de par en par.

Ella sacó la cabeza por detrás de la cortina de la ducha. Bobby estaba desnudo, de pie enfrente del lavabo, en una postura muy viril.

–Tengo que ir a pagar la matrícula de la facultad –dijo ella, enjabonándose rápidamente el pelo. Le encantaba saber que Bobby se sentía tan cómodo que podía meterse en el cuarto de baño con ella. Era como si hubiesen cruzado una especie de línea invisible. Eran amantes, no únicamente dos personas que habían cedido a la tentación y habían hecho el amor una vez–. El plazo acaba hoy a mediodía y, como una idiota, lo he dejado para el último momento.

–Te acompañaré.

Ella cerró los grifos, retiró la cortina, alcanzó la toalla y se fue secando mientras corría de vuelta al dormitorio.

–No puedo esperarte –le gritó–. Tengo exactamente cuarenta y cinco segundos para salir por la puerta.

Se puso ropa interior limpia y, a pesar de que todavía estaba mojada, se metió por la cabeza su vestido azul, suelto y amplio, perfecto para los días en que llegaba irremediablemente tarde. Luego se calzó unas sandalias.

–Vaya –dijo Bobby–, una mujer capaz de prepararse en menos de tres minutos –se echó a reír–. Tengo la impresión de que debería caer de rodillas ahora mismo y pedirte en matrimonio.

Colleen estaba buscando el cheque de la matrícula, que había escondido por seguridad entre su colección completa de las obras de Shakespeare, y consiguió no quedarse paralizada, no desmayarse, no gemir ni darse la vuelta para mirarlo, no reaccionar en absoluto. Bobby estaba bromeando. No tenía ni idea de que aquellas palabras dichas a la ligera le habían producido una punzada de excitación y anhelo tan fuerte que había estado a punto de caerse redonda.

¡Qué estúpida era! En realidad, deseaba lo imposible. Bobby no se casaría con ella. Unas horas antes le había dicho que pensaba seguir soltero.

Colleen compuso una sonrisa al darse la vuelta, metió el sobre y un libro para leer en el bolso, miró si tenía dinero para tomar el tranvía, y cerró la cremallera del bolso.

—Tardaré por lo menos un par de horas —dijo, cepillándose el pelo mojado mientras iba a la cocina para sacar una manzana del frigorífico. Bobby la siguió y la acompañó hasta la puerta, todavía desnudo.

Ella se volvió para mirarlo.

—Me encantaría que estuvieras aquí cuando vuelva. Tal como estás ahora —lo besó, bajó la voz y le lanzó una sonrisa traviesa—. Y si crees que soy rápida por vestirme en tres minutos, espera a ver cuánto tardo en desvestirme.

Él la besó, estrechándola entre sus brazos y alzando una mano para tocarle un pecho, como si no pudiera evitar acariciarla.

Colleen sintió que se derretía. ¿Qué pasaría si no llevaba a tiempo el cheque a la secretaría de la facultad?

Tendría que pagar una penalización. O no entraría en la lista de admitidos. Había muchos estudiantes en lista de espera, la secretaría de admisiones podía permitirse aplicar mano dura. De mala gana, se apartó de Bobby.

—Volveré pronto —dijo.

—Bien —dijo él, sin dejar de tocarla; la miró como si fuera ella la que estaba desnuda delante de él y se inclinó para besarle el pecho antes de dejarla ir–. Estaré aquí.

Bobby no estaba enamorado de ella. Solo la deseaba.

Y eso era exactamente lo que ella había buscado, se recordó Colleen mientras corría escaleras abajo.

Pero, ahora que lo había conseguido, ya no le parecía suficiente.

El teléfono estaba sonando cuando Bobby salió de la ducha de Colleen.

Agarró una toalla y se la anudó alrededor de la cintura mientras iba hacia la cocina.

–¿Hola?

Oyó el sonido de una línea abierta, como si hubiera alguien al otro lado que guardaba silencio.

–¿Bobby?

Era Wes. Oh, Dios, era Wes.

–¡Hey! –dijo Bobby, intentando desesperadamente parecer normal.

–¿Qué haces en casa de Colleen? –Wes parecía contento. O tal vez eran imaginaciones de Bobby.

–Hum –dijo Bobby. Iba a tener que contarle a Wes lo que había entre Colleen y él, pero no le apetecía dar la noticia por teléfono. Sin embargo, tampoco iba a mentirle.

Por suerte, como era habitual en él, a Wes no le interesaba particularmente que respondiera a su pregunta.

–Sí que es difícil localizarte –continuó–. Anoche, llamé a tu hotel y, o bien estabas dormido como un tronco, o bien muy ocupado. Qué suerte tienes, hijo de perra.

–Pues sí –dijo Bobby. No sabía si a Wes le importaba particularmente a qué respondía que sí, pero lo cierto era que había dormido como un tronco, había estado muy ocupado y era una hijo de perra con mucha suerte–. ¿Dónde estás?

–En Little Creek. Tienes que venir cuanto antes, hermano. Tenemos una reunión con el almirante Robinson a las siete. Dentro de dos horas sale un vuelo desde Logan. Si te das prisa, puedes tomarlo. Habrá un billete esperándote en el aeropuerto.

Darse prisa significaba marcharse antes de que Colleen regresara. Bobby miró el reloj de la cocina y lanzó una maldición. En el mejor de los casos, ella tardaría aún hora y media en volver.

–No creo que me dé tiempo –le dijo a Wes.

–Claro que te dará tiempo. Dile a Colleen que te lleve al aeropuerto.

–Oh –dijo Bobby–. No. No puede. Vendió su coche.

–¿Qué?

–Ha estado haciendo trabajos benéficos, sin cobrar, ¿sabes? Además de su trabajo habitual como voluntaria –le dijo Bobby–. Vendió el Mustang porque no le salían las cuentas.

Wes lanzó una maldición en voz alta.

–No puedo creer que haya vendido ese coche. Yo le habría prestado el dinero. ¿Por qué no me lo pidió?

–Yo también se lo ofrecí. Pero no quería que ninguno de los dos se lo dejara.

–Eso es absurdo. Deja que hable yo con esa niña tonta, ¿quieres?

–En realidad –le dijo Bobby–, no es ninguna tonta –y tampoco era una niña. Era una mujer. Una mujer guapísima, vibrante, independiente y apasionada–. Quiere hacerlo a su manera. Por ella misma. Y así, cuando se gradúe, sabrá que... que lo ha hecho ella sola. Y la verdad es que a mí no me parece mal.

–Sí, sí, claro, pero dile que se ponga.

Bobby respiró hondo, rezando por que a Wes no le pareciera un poco raro que estuviera solo en el apartamento de Colleen.

–No está aquí. Ha tenido que irse a la facultad a hacer una cosa y...

—Pues déjale un mensaje. Dile que me llame.

Wes le dio un número de teléfono que Bobby anotó obedientemente en un trozo de papel. Luego lo dobló con la intención de metérselo en el bolsillo en cuanto se pusiera algo que tuviera bolsillos. No pensaba arriesgarse a que Colleen llamara a Wes antes de que él tuviera oportunidad de darle una explicación.

—Ponte las pilas —dijo Wes—. Tienes que asistir a esa reunión. Si Colleen es tan tonta que insiste en marcharse a Tulgeria, tenemos que hacer las cosas bien. Si llegas esta tarde, empezaremos a planear la operación doce horas antes que si esperamos a reunirnos mañana por la mañana. Quiero esas doce horas extra. Estamos hablando de la seguridad de Colleen, de su vida.

—Allí estaré —dijo Bobby—. Tomaré ese avión.

—Gracias. Te he echado de menos, amigo. ¿Qué tal tu hombro? ¿Te lo tomas con calma?

No exactamente, teniendo en cuenta que durante las pasadas veinticuatro horas había estado haciendo «gimnasia» casi sin parar. Con la preciosa hermana de Wes. Oh, Dios.

—Me encuentro mucho mejor —le dijo Bobby a su mejor amigo. Era verdad: todavía tenía el hombro magullado, y no podía levantar el brazo por encima de la cabeza sin que le doliera, pero sin duda esa mañana se sentía excepcionalmente bien. Físicamente.

Emocionalmente, la cosa era completamente distinta. Se sentía culpable. Confundido. Ansioso.

—Eh —dijo Bobby—, ¿harás el favor de ir a recogerme tú solo a Norfolk? Hay algo de lo que tenemos que hablar.

—Oh, oh —dijo Wes—. Parece serio. ¿Estás bien? Cielos, no habrás dejado preñada a alguna chica, ¿verdad? Pensaba que no salías con nadie desde que rompiste con Kyra.

—No he dejado a nadie... —empezó a decir Bobby, pero se interrumpió. Oh, Señor, era posible que hubiera dejado embarazada a Colleen esa misma mañana. La idea todavía hacía que le flaquearan las rodillas–. Tú ve a buscarme, ¿de acuerdo?

–Eh, eh –dijo Wes–, ¿es que no vas a contármelo?

–Te lo contaré luego –dijo Bobby, y colgó el teléfono.

Capítulo 14

Cuando Colleen llegó a casa, Clark y Kenneth estaban en el cuarto de estar, jugando a las cartas.

–Eh –dijo Clark–, ¿dónde está tu tele?

–Yo no tengo tele –dijo ella–. ¿Qué hacéis aquí? ¿Ha vuelto Ashley?

–No. Nos llamó tu amor platónico –respondió Clark–. No quería que llegaras y te encontraras la casa vacía.

–Se ha tenido que ir a un sitio llamado Little Creek –dijo Kenneth–. Te ha dejado una nota encima de la cama. No he dejado que Clark la leyera.

Bobby se había ido a Little Creek. Al final había huido, dejando a los dos chavales de niñeras.

–Gracias –dijo–. Ya estoy en casa. No hace falta que os quedéis aquí.

–No nos importa –dijo Clark–. Tienes comida en la nevera y...

–Por favor, necesito que os vayáis –les dijo Colleen–. Lo siento –no tenía ni idea de qué pondría la nota que Bobby había dejado en su habitación, pero no quería leerla estando ellos en el cuarto de estar.

Y quería leerla sin esperar ni un segundo más.

–Muy bonito –dijo Clark–. Estaba seguro de que no seríamos bien recibidos porque eres una de esas chicas liberadas que creen que pueden cuidarse solas y...

Kenneth se llevó a rastras a Clark y Colleen oyó que la puerta se cerraba.

Entró en su habitación. Bobby la había recogido. Y también había hecho la cama. Y había dejado una nota encima de la almohada.

Me han llamado y he tenido que irme a toda prisa, decía la nota en letras nítidas y cuadradas. *Me voy a Little Creek, a una reunión a la que no puedo faltar. Siento muchísimo no haber podido quedarme para darte un beso de despedida como Dios manda, pero así son las cosas... cuando uno pertenece al Escuadrón Alfa. Cuando hay que irse, hay que irse, le guste a uno o no.*

A continuación había una tachadura. Por más que se esforzó, Colleen no logró leer lo que ponía debajo del borrón. La primera palabra parecía un *Quizá*. Pero no podía leer lo demás.

Cuídate, había escrito él, subrayando dos veces la palabra. *Te llamaré desde Little Creek.* Firmaba *Bobby*. No «Con amor, Bobby», ni «Apasionadamente tuyo, Bobby». Solo *Bobby*.

Colleen se tumbó de espaldas en la cama, intentando no darle demasiada importancia a la nota. Deseaba que Bobby no hubiera tenido que marcharse, pero al mismo tiempo procuraba no preguntarse si volvería.

Si estaba embarazada, él volvería. Insistiría en casarse con ella y...

Al pensarlo se sentó en la cama, sorprendida. No podía desear algo tan terrible. No quería ser una carga para Bobby. Una responsabilidad vitalicia. Un error permanente.

Quería que él regresara porque le gustaba estar con ella. Y también, claro, porque le gustaba que hicieran el amor. Ella no iba a fingir que su relación no se basaba sobre todo en el sexo. En un sexo fantástico. Increíble.

Sabía que a Bobby le gustaba hacer el amor con ella. Así que volvería a verlo, se dijo. Y cuando la llamara desde Little Creek, si es que la llamaba, ella procuraría mostrarse relajada. Como si no fuera un manojo de nervios. Como si estuviera segura de que él volvería a su cama en cuestión de un día o dos. Y como si no fuera a acabarse el mundo si no volvía.

Sonó el teléfono, y Colleen rodó hasta el borde de la cama y, tumbada boca abajo, miró el identificador de llamadas por si... Sí. Era Bobby. Tenía que ser él. El código de área era el de Little Creek. Colleen conocía muy bien los números de esa zona: Wes estaba destinado allí desde que había entrado en la Marina. Antes incluso de conocer a Bobby Taylor.

Seguramente Bobby acababa de llegar y lo primero que estaba haciendo era llamarla. Tal vez para él lo que había entre ellos no fuera solo sexo...

Colleen descolgó el teléfono y puso una voz ligera, aunque tenía el corazón en la garganta.

–Lástima que hayas tenido que irte. Me he pasado todo el viaje en el tranvía pensando en todas las formas diferentes en que íbamos a hacer el amor esta tarde.

Del teléfono salieron palabras ensordecedoras. La voz no era la de Bobby. Era la de su hermano.

–No sé quién creías que era, Colleen, pero será mejor que me lo digas para que pueda matarlo.

–Wes –dijo ella débilmente. ¡Oh, no!

–Esto es fantástico. Fantástico. Justo lo que quería oír en boca de mi hermana pequeña.

Colleen se puso furiosa.

–Perdona, pero yo no soy pequeña. Hace mucho tiempo que no lo soy. Tengo veintitrés años, muchas gracias y, si tanto te interesa saber la verdad, te diré que tengo una relación intensamente física y enormemente satisfactoria. Me he pasado la noche y casi toda la mañana retozando en la cama con un hombre.

Wes se puso a gritar.

—¡Oh, Dios mío! ¡No me digas eso! ¡No quiero oírlo!

—Si yo fuera Sean o... o... —no quería decir Ethan. Wes no soportaba hablar de su hermano muerto— o Frank, te alegrarías.

—¡Frank es un cura!

—Bueno, tú sabes lo que quiero decir —replicó Colleen—. Si fuera uno de esos tipos del Escuadrón Alfa, me darías palmaditas en la espalda y me felicitarías. No veo la diferencia...

—¡La diferencia es que tú eres una chica!

—No —dijo ella, tensa—. Soy una mujer. Puede que ese sea el origen de tus problemas con las mujeres, Wes. Hasta que no dejes de verlas como niñas, hasta que no las trates como iguales...

—Sí, un millón de gracias, doctor Freud. Como si tú supieras algo de mis problemas —lanzó una maldición.

—Sé que eres infeliz —dijo ella suavemente—. Y que casi siempre estás de mal humor. Creo que tienes algunos asuntos sin resolver a los que deberías enfrentarte antes de...

Él se negaba a entrar en una discusión sobre su vida privada.

—Claro que tengo asuntos sin resolver... y todos tienen que ver con ese cerdo al que has dejado aprovecharse de ti. Seguro que crees que te quiere, ¿verdad? ¿Es eso lo que te ha dicho?

—No —dijo Colleen, enfurecida—. No me lo ha dicho. Pero le gusto. Y me respeta, lo cual es más de lo que puedo decir de ti.

—¿Es uno de esos picapleitos de tres al cuarto?

—Eso no es asunto tuyo —Colleen cerró los ojos. No podía perder los papeles y decirle que se trataba de Bobby. Si Bobby quería contárselo, bien. Pero su hermano no lo sabría por ella. De ninguna manera—. Mira, tengo que irme. Ya sabes, para embadurnarme de aceite corporal —mintió para picarlo—. Para prepararme para esta noche.

Recibió la respuesta que esperaba, acompañada de un rechinar de dientes.

—¡Colleen!

—Me alegro de que hayas vuelto sano y salvo.

—Espera —dijo él—. Te llamo por una razón.

—¿De veras? ¿No llamabas solo para fastidiarme?

—No. Tengo que ir a recoger a Bobby al aeropuerto, pero, antes de que me vaya, necesito información sobre tus contactos dentro del gobierno de Tulgeria. El almirante Robinson quiere investigar a toda la gente involucrada —Wes hizo una pausa—. ¿No te ha dicho Bobby que me llamaras? —preguntó—. Cuando hablé con él a mediodía, le dije que te dejara un mensaje y...

Silencio.

Un largo y profundo silencio.

Colleen casi podía oír girar los engranajes del cerebro de su hermano, atando cabos.

En sus propias palabras, Colleen se había pasado «casi toda la mañana retozando en la cama» con su misterioso amante.

Su hermano había hablado con Bobby esa mañana. En casa de Colleen. Justo antes del mediodía.

—Dime que no es cierto —dijo Wes muy suavemente, lo cual no era buena señal—. Dime que no es Bobby Taylor. Dime que mi mejor amigo no me ha traicionado.

Al oír aquello, Colleen no pudo contenerse.

—¿Traicionarte? Oh, Dios mío, Wes, eso es absurdo. Lo que pase entre Bobby y yo no tiene nada que ver contigo.

—Así que es verdad —Wes se puso furioso—. ¡Es verdad! ¿Cómo ha podido hacerlo, el muy hijo de...? ¡Lo mataré!

Oh, maldición.

—¡Wes, escúchame! Ha sido culpa mía. Yo...

Pero su hermano ya había colgado.

Oh, Dios, aquello tenía una pinta horrible. Wes iba a recoger a Bobby al aeropuerto y...

Colleen miró la pantalla del identificador de llamadas e intentó llamar a Wes.

El viaje a Norfolk era lo bastante largo como para sacar a Bobby de quicio. Le había dado tiempo a comprar un libro en una tienda del aeropuerto, pero miraba fijamente las palabras impresas y era incapaz de concentrarse en la historia.

¿Qué iba a decirle a Wes?

–Hola, me alegro de verte. Sí, Cambridge es fantástico. Me ha gustado mucho. Sobre todo, cuando le hacía el amor a tu hermana.

Oh, cielos.

Pensar en la conversación con Wes lo estaba poniendo nervioso y de mal humor.

Pensar en Colleen lo volvía loco.

Miró su reloj y pensó que seguramente ella ya habría vuelto a su apartamento.

Si no hubiera tenido que marcharse, ella se habría desnudado, como le había prometido, y él se habría hundido en su interior y...

Se removió en el asiento. La butaca no estaba hecha para alguien de su tamaño. Tenía las rodillas apretadas contra el respaldo del asiento de delante. Estaba muy incómodo. Pensar en Colleen no iba precisamente a ayudarlo.

Pero, cada vez que cerraba los ojos, no podía evitar pensar en ella.

Seguramente era una suerte que hubiera tenido que marcharse a Little Creek. Si por él hubiera sido, no se habría ido nunca. Se hubiera quedado en el cuarto de Colleen, esperando a que ella volviera para hacerle el amor.

Colleen había lanzado un hechizo sobre él, y él había sucumbido. Ella no tenía más que sonreír y ya lo tenía en sus manos.

Pero eso rompía el hechizo. ¿No? Eso suponía, al menos. Muy mala suerte sería enamorarse de una mujer que no lo quisiera. Pero peor aún enamorarse de una mujer para la que solo era un divertimento sexual. Si no se andaba con cuidado, acabaría con el corazón destrozado.

Intentó concentrarse otra vez en el libro. Intentó borrar de su mente la imagen de Colleen, de sus ojos risueños cuando se inclinaba para besarlo, cuando se apretaba contra él, cuando sus piernas se entrelazaban y...

«Socorro».

La deseaba con toda su alma.

¿Por qué no habría sentido lo mismo por Kyra?

Porque ya entonces estaba enamorado de Colleen.

¿De dónde se había sacado esa idea? Enamorado. ¡Señor! Las cosas ya eran bastante complicadas sin meter el amor de por medio.

En cuestión de minutos tendría que meterse en una conversación con Wes que temía con cada partícula de su ser. Y Wes le diría que se mantuviera alejado de Colleen. «No vuelvas a acercarte a ella». Ya podía oír sus palabras.

Si era listo, le haría caso.

Si no lo era, si seguía pensando con el cuerpo en vez de con la cabeza, se metería en un buen lío. Antes de darse cuenta se encontraría metido en una relación a larga distancia. Y, al cabo de un año, hablaría con Colleen por teléfono y le diría otra vez que no podía ir a pasar el fin de semana con ella, y ella le contestaría otra vez que no se preocupara, pero él sabría que en realidad intentaba no llorar.

Él no quería hacerla llorar, pero eso no significaba que estuviera enamorado de ella.

Y el hecho de que quisiera estar a su lado constantemente, el hecho de que la añorara desesperadamente pocas horas después de haber estado en la cama con ella, eso era únicamente la respuesta lógica de un cuerpo sano ante una relación sexual fantástica. Era natural, después de haberlo probado, querer más.

Bobby cerró los ojos y se los frotó. Oh, Dios, quería más.

No le resultaría difícil convencer a Colleen para que intentaran mantener una relación de costa a costa. Ella era aventurera. Y, además, él nunca había tenido una relación de larga distancia con alguien a quien le gustara el sexo telefónico...

Bobby esbozó una sonrisa. Sí, ¿a quién quería engañar fingiendo que tenía alguna oportunidad, fingiendo que no iba a pasarse todas las horas del día pensando en volver a Cambridge para ver a Colleen? La verdad era que, a no ser que ella se negara en redondo a volver a verlo, Bobby tendría que comprarse un abono de avión.

La cosa no tenía remedio.

Y si Colleen estaba embarazada...

Oh, diablos. Mientras el avión se aproximaba a la pista de aterrizaje, Bobby intentó imaginarse cómo le daría a Wes aquella noticia.

–¡Hola, tío! No solo me he acostado con tu hermana más veces de las que recuerdo, sino que además el preservativo se rompió y seguramente la he dejado embarazada, he arruinado su sueño de acabar la carrera de Derecho y la he condenado a pasarse la vida con una marido al que no quiere particularmente y que, de todos modos, casi nunca estará en casa. ¿Qué tal te ha ido a ti?

Bobby salió del avión igual que había entrado: sin equipaje, vestido con los mismos pantalones cortos y la misma camiseta que Colleen le había ayudado a quitarse hacía menos de veinticuatro horas.

Mientras recorría la pasarela que conectaba el avión con la terminal escudriñaba la multitud, buscando el rostro familiar de Wes.

Allí estaba. Wes Skelly. Apoyado contra la pared, con los brazos cruzados delante del pecho, más parecido a un motero que a un jefe de las fuerzas de élite de la Marina estadounidense. Llevaba pantalones de color caqui amplios, con muchos bolsillos, y una camiseta blanca, sin mangas, que dejaba al descubierto su piel bronceada y el tatuaje de alambre de espino que lucía en la parte superior del brazo. Tenía el pelo largo y revuelto. Cuanto más largo se lo dejaba, más claro parecía, quemado por el sol, que hacía destacar sus reflejos rojizos.

Hacía casi once años que Bobby y Wes eran prácticamente inseparables, a pesar de que al principio, cuando durante el adiestramiento en el cuerpo habían sido designados compañeros, se habían odiado de manera visceral. Eso era algo que poca gente sabía. Pero Wes se había ganado el respeto de Bobby durante las agotadoras sesiones de entrenamiento, al igual que Bobby se había ganado el de Wes. Les había costado algún tiempo, pero, una vez habían entendido que ambos estaban hechos de la misma fibra irrompible, habían empezado a apoyarse mutuamente.

Era uno de esos casos en los que uno más uno hacían tres. Como equipo, eran imparables. Y así se convirtieron en aliados.

Y, cuando murió Ethan, el hermano pequeño de Wes, su asociación había dado un paso adelante, convirtiéndose en amistad. En verdadera amistad. A lo largo de la década anterior, aquel vínculo se había fortalecido hasta tal punto que parecía indestructible.

Pero los años que había pasado trabajando con explosivos habían enseñado a Bobby que la indestructibilidad era un mito. Tal cosa no existía.

Y había muchas posibilidades de que, en los minutos siguientes, Bobby lograra destruir diez años de amistad con apenas unas cuantas palabras.

«Me he acostado con tu hermana».

–Hola –lo saludó Wes–. Pareces cansado.

Bobby se encogió de hombros.

–Estoy bien. ¿Y tú?

Wes se apartó de la pared.

–Por favor, dime que no has facturado tu equipaje.

Echaron a andar, siguiendo la corriente de humanidad que se alejaba de la puerta.

–No. No lo he traído. No he tenido tiempo de volver al hotel. Lo dejé allí.

–Qué estupidez –dijo Wes–. Pagar una habitación en la que no duermes. Es una idiotez.

–Sí –dijo Bobby. «Me he acostado con tu hermana». ¿Cómo demonios iba a decírselo? Soltárselo sin más le parecía mal, pero no había ningún modo amable de abordar un tema como aquel.

–¿Qué tal Colleen? –preguntó Wes.

–Está... –Bobby titubeó. Preciosa. Increíblemente sexy. Fantástica en la cama. Quizá embarazada–. Se las arregla bien. Vender el coche no fue fácil para ella.

–No puedo creer que lo hiciera. Su Mustang... Es como vender a un hijo.

–Consiguió un buen precio. El comprador era un coleccionista, así que seguro que lo cuidará bien.

Wes abrió una puerta que llevaba a la zona de aparcamiento.

–Aun así...

–¿Jake te ha puesto al corriente de la situación de esos huérfanos de Tulgeria a los que Colleen y sus amigos quieren sacar de la zona de guerra? –preguntó Bobby.

–Sí. Al parecer, el edificio fue bombardeado hace un día o dos. Quedó prácticamente destruido, y los supervivientes han sido trasladados a un hospital local que ni siquiera tiene agua corriente ni electricidad. Saldremos enseguida hacia Tulgeria para llevar a los niños a la ciudad.

–Bien –dijo Bobby–. Me alegro de que el almirante le haya dado prioridad a este asunto. Wes, hay algo que debes saber... –lo fácil, primero–. La niña que Colleen quería adoptar murió en el bombardeo.

Wes se quedó mirándolo en medio de la penumbra del aparcamiento subterráneo.

–¿Adoptar? –dijo tan alto que su voz retumbó–. ¿Iba a adoptar a una niña? ¿Es que está loca? Pero si ella misma es una cría...

–No, no lo es –dijo Bobby tranquilamente–. Es una mujer adulta. Y... –sí, ese era el momento de decirlo–... y lo sé por experiencia. Yo he... esto... he estado con ella, Wes. Con Colleen.

Wes se paró en seco.

–Vamos, Bobby, puedes hacerlo mejor. ¿Cómo que has estado con ella? Podrías haber dicho que has dormido con ella, pero por supuesto no habrás dormido mucho, ¿verdad, cerdo malnacido? ¿Qué te parece...? –usó la expresión más cruda posible–. Sí, eso está mejor. Eso es lo que hiciste, ¿no? Maldito hijo de... –dijo gritando. Bobby se quedó parado. Aturdido. Wes ya lo sabía. De alguna forma se había enterado. Y él había estado tan absorto que no se había dado cuenta–. Te mandé allí para que cuidaras de ella –continuó Wes–. Y esto es lo que haces. ¿Cómo has podido hacerme esto a mí?

–No se trata de ti –intentó explicarle Bobby–. Solo de mí y... Wes, hace años que estoy loco por ella.

–Vaya, tiene gracia –gritó Wes–. Hace años, ¿y me lo dices ahora? ¿Qué? ¿Es que estabas esperando una oportunidad para pillarla a solas, maldito bastardo? –empujó a Bobby, golpeándolo con ambas manos sobre el pecho.

Bobby se dejó zarandear.

–No. Créeme, intenté mantenerme alejado de ella, pero... no pude hacerlo. Aunque parezca extraño, a Colleen se le metió en el cabeza que me deseaba y, demonios, ya sabes cómo se pone. No tuve ninguna oportunidad.

–Tú eres diez años mayor que ella, ¿e intentas convencerme de que ella te sedujo a ti?

–No es tan sencillo. Tienes que creerme... –Bobby se interrumpió–. Mira, tienes razón. Es culpa mía. Yo tengo más experiencia. Ella se me insinuó y yo la deseaba, y no hice lo correcto. Para ti.

Hijos... Guardería... Bobby estaba alucinado.

–En fin, Wes, yo no voy a casarme con ella.

Wes se paró en seco y se giró para mirarlo con la boca abierta, como si Bobby acabara de decirle que pensaba hacer estallar una bomba nuclear sobre la ciudad de Nueva York.

–Entonces, ¿qué demonios piensas hacer con ella, sucio bastardo?

Atónito, Bobby sacudió la cabeza y se rio ligeramente.

–Vamos. Tiene veintitrés años. Solo está experimentando. No quiere casarse conmigo.

Wes explotó.

–Hijo de perra. ¡Fuiste con mala intención desde el principio! –descargó un fuerte derechazo directamente en la cara de Bobby.

Este no intentó esquivarlo. Simplemente se quedó allí, girando ligeramente la cara para amortiguar la fuerza del puñetazo. El golpe le hizo oscilar sobre los talones, pero enseguida recuperó el equilibrio.

–Wes, no hagas esto –había gente a su alrededor, entrando y saliendo de coches. Alguien llamaría a los guardas de seguridad, que a su vez llamarían a la policía, y ambos darían con sus huesos en la cárcel.

Wes volvió a golpearlo, más fuerte esta vez, pero Bobby siguió sin defenderse.

–Pelea, bastardo –bramó Wes.

–No.

–¡Maldito seas! –Wes se lanzó contra Bobby, golpeándolo exactamente en el punto exacto que lo haría caer al suelo, de espaldas contra el cemento. Después de años entrenándose juntos, Wes conocía bien sus puntos flacos.

–¡Eh! –el grito retumbó contra el techo y las paredes de

cemento, mientras Wes descargaba sobre Bobby una tanda de puñetazos–. ¡Eh, Skelly, apártate!

Aquella voz pertenecía a Lucky O'Donlon. Un todoterreno militar frenó con un chirrido de neumáticos, y de pronto aparecieron O'Donlon y Crash Hawken en el aparcamiento del aeropuerto, y los separaron.

Al mismo tiempo salieron de la parte de atrás del todoterreno Rio Rosetti, Mike Lee y Thomas King, los tres miembros más jóvenes del Escuadrón Alfa, que ayudaron a Bobby a levantarse.

–¿Estás bien, jefe? –preguntó Rio, perplejo.

Bobby asintió con la cabeza.

–Sí –le sangraba la nariz. Wes no se la había roto de milagro. Lo había golpeado muy fuerte.

–Ten, jefe –Mike le dio un pañuelo.

–Gracias.

Crash y Lucky sujetaban a Wes, que se debatía, maldiciendo, listo para otro asalto si lo soltaban.

–¿Quieren explicarnos qué ocurre aquí? –Crash era el oficial más veterano de los presentes. Casi nunca usaba su voz de oficial, pero, cuando lo hacía, lo obedecían al instante.

Pero en ese momento Wes no hubiera escuchado ni al propio presidente de los Estados Unidos, y Bobby no quería explicarles nada a ninguno.

–No, señor –dijo con sequedad, pero educadamente–. Con el debido respeto, señor...

–Recibimos una llamada de tu hermana, Skelly –dijo Lucky O'Donlon–. Estaba empeñada en que te siguiéramos al aeropuerto. Dijo que tenía motivos para creer que intentarías darle un paliza a Taylor, y no quería que os arrestaran a ninguno de los dos.

–¿Y no dijo por qué iba a darle una paliza a Taylor? –preguntó Wes–. ¿No dijo cuáles eran esos motivos?

Era evidente que no.

Bobby dio un paso hacia Wes.

—Esto es un asunto privado. Muestra algo de respeto por tu hermana.

Wes se rio en su cara y miró a Crash y a Lucky.

—¿Sabéis lo que ha hecho mi gran amigo, muchachos?

Bobby se puso furioso.

—Esto es entre tú y yo, Skelly. Que Dios me perdone, pero si dices una sola palabra de...

Wes les dijo a todos, en voz bien alta y en el peor lenguaje posible, lo que Bobby había hecho con su hermana.

—Al parecer, Colleen ahora hace experimentos. Lo único que tenéis que hacer es ir a Cambridge, Massachusetts, y preguntar por ella. Colleen Skelly. Seguramente estará en la guía. ¿Alguien más quiere probarla en la cama?

Wes Skelly era hombre muerto.

Bobby saltó sobre él con un rugido. Al diablo con todo. Nadie tenía derecho a hablar así de Colleen. Nadie.

Golpeó a Wes en la cara y luego se echó sobre él. Los dos cayeron al suelo, arrastrando consigo a Lucky y Crash.

Bobby volvió a golpear a Wes. Quería que sangrara.

Los otros se echaron sobre él, agarrándolo por la espalda y los brazos, intentando apartarlo, pero no pudieron detenerlo. Nadie podía detenerlo. Bobby se puso en pie y levantó a Wes tirándole de la camiseta, apartándolo de Lucky y de Crash, mientras Rio, Mike y Thomas se aferraban a él como monos.

Bobby echó hacia atrás el brazo, listo para descargar otro puñetazo, cuando sonó otra voz.

—Ya basta.

Era el oficial superior.

Había llegado otro todoterreno.

Bobby quedó paralizado, y sus compañeros aprovecharon la ocasión. Lucky y Crash agarraron a Wes y lo pusieron fuera de su alcance. De pronto, el superintendente Harvard Becker se colocó entre Bobby y Wes.

—Gracias por venir, señor —dijo Crash, y miró a Bobby—. Yo respondí al teléfono cuando llamó Colleen. No me dijo gran cosa, pero enseguida adiviné la causa de la... eh... tensión entre Skelly y tú. Supuse que sería necesaria la presencia del superintendente.

Wes, que tenía la nariz rota, se inclinó ligeramente hacia delante, y de su cara cayeron gotas de sangre al suelo de cemento.

Lucky se acercó a Harvard y le dijo algo en voz baja. Sin duda lo estaba poniendo al corriente. Diciéndole que Bobby se había acostado con la hermana de Wes.

Cielos, qué injusto era aquello para Colleen. Ella iba a viajar a Tulgeria con aquellos mismos hombres, que la mirarían de manera distinta sabiendo que ella y él habían...

Maldición, ¿por qué no podían haber hablado Wes y él en privado? ¿Por qué se había empeñado Wes en pelear y, como resultado de ello, en convertir aquella relación íntima en asunto de dominio público?

—Y bien, ¿qué quieren hacer? —preguntó Harvard, con las manos sobre las caderas, mirando alternativamente a Wes y a Bobby, con la cabeza afeitada reluciendo en la penumbra del garaje—. ¿Quieren los niños irse a un lugar donde puedan continuar pegándose hasta matarse? ¿O prefieren fingir que son seres adultos para variar e intentar solucionar este asunto hablando?

—Colleen no se acuesta con cualquiera —dijo Bobby, mirando a Wes, desafiándolo a sostenerle la mirada. Pero Wes no levantó los ojos, así que Bobby volvió a mirar a Harvard—. Si vuelve a insinuarlo, señor, o vuelve a decir algo aunque sea remotamente irrespetuoso de su hermana, le arrancaré la cabeza.

Harvard asintió y sus ojos oscuros se entornaron ligeramente al mirar a Bobby.

—De acuerdo —se volvió hacia Wes—. ¿Lo ha oído, jefe Skelly? ¿Entiende lo que está diciendo este hombre?

—Sí —respondió Wes hoscamente—. Me arrancará la cabeza. Que lo intente.

—No —dijo Harvard—. Esas son las palabras que ha utilizado, pero su significado real, lo que realmente quiere decir con esas palabras, es que su hermana le importa mucho. Ustedes dos, pedazo de idiotas, están en el mismo bando. Así que, ¿qué prefieren? ¿Pegarse o hablar?

–Hablar –dijo Bobby.

–No hay nada que decir –replicó Wes–. Salvo que a partir de ahora será mejor que se mantenga alejado de mí. Porque, si me entero aunque solo sea de que ha vuelto a hablar con Colleen, seré yo quien le arranque la cabeza.

–Aunque quisiera complacerte –dijo Bobby tranquilamente–, que no quiero, no podría. Tengo que volver a hablar con ella. Hay más cosas que debes saber, Skelly, pero no voy a decírtelas aquí, delante de todo el mundo.

Wes levantó los ojos y lo miró fijamente.

–Dios mío –dijo–, ¿no estará embarazada?

–De acuerdo –dijo Harvard–. Vámonos a un lugar más discreto. Taylor, en mi coche. Rosetti, toma las llaves del jefe Skelly, llévalo a la base y escóltalo a mi oficina.

–Vas a tener que casarte con ella.

Bobby se recostó en la silla, boquiabierto.

–¿Qué? Wes, eso es una locura.

Wes Skelly estaba sentado frente a él, al otro lado de la mesa, en la sala de reuniones que Harvard había habilitado como despacho temporal. Bobby nunca lo había visto enfadado durante tanto tiempo. Era posible que siguiera enfadado con él para siempre.

Wes se inclinó hacia delante y lo miró fijamente.

–Lo que es una locura es que te vayas a Cambridge supuestamente para ayudarme y acabes liándote con mi hermana. Es una locura que estemos manteniendo esta conversación, que no hayas podido mantener la cremallera cerrada. Tú solo te has metido en esta situación. Juegas y, si pierdes, pagas. Y perdiste a lo bestia, tío, cuando se rompió ese preservativo.

—Y estoy dispuesto a asumir la responsabilidad si es necesario...

—¿Si es necesario? —Wes se echó a reír—. Vaya, ¿quién está loco aquí? ¿De veras crees que Colleen va a casarse contigo si tiene que hacerlo? De eso nada. Colleen es testaruda, una auténtica idealista. No. Tienes que volver a Boston mañana por la mañana, a primera hora. Y convencerla de que quieres casarte con ella. Haz que te diga que sí ahora, antes de que se haga la prueba del embarazo. Si no, se encerrará en sí misma y no querrá ni contestar a tus llamadas. Y, muchacho, eso no sería nada divertido.

Bobby sacudió la cabeza. Tenía jaqueca y le dolía la cara a causa de los puñetazos de Wes. Pero sospechaba que más debía de dolerle a él la nariz rota. Sin embargo, el dolor físico de ambos juntos no era nada comparado con la angustia que empezaba a encogerle el estómago. Pedirle a Colleen que se casara con él. Cielos.

—Ella no querrá casarse conmigo. Quería un ligue, no un compromiso para toda la vida.

—Pues lo siento por ella —replicó Wes.

—Wes, tu hermana se merece... —Bobby se frotó la frente— se merece algo mejor que yo.

—Desde luego que sí —dijo Wes—. Yo quería que se casara con un abogado o con un médico. No quería que fuera la mujer de un militar, como mi madre —lanzó una maldición—. Quería que se comprometiera con un tipo rico, no con un soldado pobre y estúpido que tendrá que hacer doble turno para poder comprarle una lavadora y una secadora. Cielo santo, si tenía que casarse con alguien de la Marina, podía haber elegido al menos a un oficial.

A Bobby, aquello no le sorprendió. Wes le había contado a menudo lo que deseaba para Colleen. Lo sorprendente era lo mal que se sintió al oírselo decir en ese instante.

—Yo deseaba lo mismo para ella —le dijo a Wes tranquilamente.

—Esto es lo que vas a hacer —dijo Wes—. Te vas a casa de

Colleen y le dices que hemos tenido una pelea. Le dices que yo quería que te mantuvieras apartado de ella y que me dijiste que no lo harías, que quieres casarte con ella. Y que yo te lo prohibí terminantemente –se echó a reír, pero no había humor en su risa–. Entonces estará encantada de casarse contigo.

–Colleen no arruinará su vida solo para fastidiarte a ti –dijo Bobby.

–¿Te apuestas algo? –Wes se levantó–. Después de la reunión, te reservaré un billete para el próximo vuelo a Boston.

–¿Me perdonarás alguna vez? –preguntó Bobby.

–No –Wes se acercó a la puerta sin mirar atrás.

Capítulo 15

Al regresar a su apartamento después de asistir al funeral por los niños del orfanato de Tulgeria, Colleen se encontró a Ashley en casa y ningún mensaje en el contestador. Bobby la había llamado la noche anterior, mientras ella estaba en una reunión en la Asociación, así que al menos sabía que había sobrevivido a su altercado con Wes. Pero, aun así, se moría de ganas de hablar con él.

–¿Ha llamado alguien? –le preguntó a Ashley, que estaba en su cuarto.

–No.

–¿Cuándo has vuelto? –preguntó Colleen, acercándose a la puerta de la habitación de su compañera de piso. Ashley estaba haciendo las maletas.

–No he vuelto –dijo Ashley, limpiándose los ojos y la nariz con la manga. Había estado llorando, pero intentó componer una sonrisa radiante–. Solo me quedaré un rato, y no pienso decirte adónde voy para que no se lo digas a nadie.

Colleen lanzó un suspiro.

–Supongo que Brad consiguió encontrarte.

–Y yo supongo que tú le dijiste dónde estaba.

–Lo siento, pero parecía muy preocupado por tu repentina desaparición.

–Querrás decir muy preocupado por haber perdido su

oportunidad de heredar mi participación en DeWitt y Klein –replicó Ashley, mientras metía con furia su ropa en una maleta abierta colocada sobre la cama–. ¿Cómo pudiste pensar que podría considerar la posibilidad de volver con él? Mi padre le pagó para que se casara conmigo, y él aceptó. Algunas cosas son imperdonables.

–La gente cambia cuando se enamora.

–No tanto –vació todo un cajón de ropa interior dentro de la maleta–. Pero ya sé cómo quitarme de encima a mi padre. Voy a dejar la carrera.

¿Qué? Colleen dio un paso adelante.

–Ashley...

–Buscaré trabajo como bailarina en algún bar exótico, como las chicas de esa película que alquilamos antes de que me fuera a Nueva York –Colleen se echó a reír, sorprendida. Pero se sonrisa se borró en cuanto Ashley le lanzó una mirada sombría–. Crees que no sirvo para eso, ¿eh?

–No –protestó Colleen–. No, creo que lo harás estupendamente. Es solo que... ¿No es un poco tarde para adoptar esa actitud? –Colleen pensó en Clark–. Para que te comportes como tu hermano, que se ha teñido el pelo de azul.

–Nunca es demasiado tarde –dijo Ashley–. Y mi padre se merece lo del pelo azul y mucho más –cerró la maleta con llave–. Mira, mandaré a alguien por el resto de mis cosas. Y te pagaré mi parte del alquiler hasta que encuentres otra compañera.

–¡Yo no quiero otra compañera! –Colleen la siguió hasta el cuarto de estar–. Tú eres mi mejor amiga. No puedo creer que estés tan enfadada conmigo como para irte así, sin más.

Ashley dejó la maleta en el suelo.

–No me voy porque esté enfadada contigo –dijo–. En realidad, no estoy enfadada en absoluto. Es que... he pensado mucho en ello y... Colleen, tengo que salir de aquí. Boston está demasiado cerca de Nueva York y de mi padre. Y ¿sabes?... Tal vez Clark tenga razón. Tal vez debería ir a una de esas escuelas de supervivencia. Aprender a nadar entre tiburones. A ver si me crecen agallas... Aunque creo que es un poco tarde para eso.

–Tú tienes muchas agallas.

–No, tú sí que las tienes. Yo solo te las pido prestadas cuando las necesito –dijo Ashley. Se retiró el pelo de la cara, intentando poner en su sitio algunos mechones díscolos–. He de marcharme, Colleen. Tengo un taxi esperando...

Colleen abrazó a su amiga.

–Llámame –dijo, echándose hacia atrás para mirarla. Ashley estaba anormalmente pálida y tenía profundas ojeras–. Cuando llegues adonde vayas, cuando hayas tenido tiempo de pensar en todo esto, llámame, Ashley. Siempre puedes cambiar de opinión y volver. Pero si no lo haces... bueno, entonces iré a verte bailar a ese bar y te aplaudiré como el que más.

Ashley sonrió a pesar de que tenía los ojos llenos de lágrimas.

–¿Ves? Nos entendemos perfectamente. ¿Por qué no serás tú mi padre?

Colleen también estaba llorando, pero consiguió sonreír.

–Aparte de los inconvenientes biológicos evidentes, yo no estoy preparada para ser el padre de nadie. Bastante me cuesta ya intentar enderezar mi vida.

Y, sin embargo, podía estar embarazada. En ese preciso instante, un bebé podía estar despertando a la vida en su interior y, al cabo de nueve meses, ella sería la madre de alguien. De alguien muy pequeño que se parecería mucho a Bobby Taylor.

Por alguna razón, aquella idea no le resultó tan aterradora como esperaba.

Oyó el eco de la voz profunda de Bobby, muy cerca de su oído: «Hay ciertas cosas que hay que hacer, ¿sabes? Y uno las hace, y todo sale bien al final».

A pesar de lo que acababa de decirle a Ashley, si estaba embarazada, ella haría que las cosas salieran bien. De algún modo se las apañaría para conseguirlo.

Le dio otro abrazo a su amiga.

—A ti te gusta mucho estudiar Derecho –le dijo–. Procura no dejarlo del todo.

—Tal vez vuelva a la universidad algún día... de manera anónima.

—Sí, eso quedaría muy bien en tu diploma: Anónima DeWitt.

—La abogada con el pelo azul –Ashley le devolvió la sonrisa y se enjugó los ojos otra vez antes de arrastrar la maleta hasta la puerta. Entonces, sonó el telefonillo–. Será el taxista –dijo Ashley–, que querrá ver si me he escapado por la puerta de atrás.

Colleen apretó el botón del intercomunicador.

—Bajará enseguida.

—Bueno, la verdad es que yo quería subir –la voz sonó distorsionada a través del viejo telefonillo, pero a Colleen le dio un vuelco el corazón.

Era Bobby.

—Pensaba que eras el taxista –le dijo, acercándose más al micrófono.

—¿Vas a algún sitio? –¿no parecía preocupado? Colleen esperaba que sí.

—No –dijo ella–. El taxi es para Ashley.

Apretó el botón para abrirle el portal al tiempo que Ashley abría la puerta del apartamento. Por el sonido de sus pasos, Bobby parecía subir las escaleras de dos en dos. Enseguida apareció en el descansillo. ¿Con un ramo de flores?

Pues sí. Llevaba en los brazos una preciosa mezcla de lirios y margaritas y unas flores grandes y extravagantes cuyo nombre Colleen no conocía. Bobby le dio el ramo sin cumplidos y enseguida agarró la maleta de Ashley.

—Deja que te ayude.

—No, no hace falta... –pero Bobby ya estaba bajando las escaleras. Ashley miró desconcertada a Colleen–. ¿Lo ves? No tengo ni pizca de firmeza.

—Llámame —dijo Colleen, sonriendo, y Ashley se fue.

Colleen se quedó a solas, frente a frente con las flores de Bobby, y sonrió al pensar que eran para ella. Aquello era absurdo y tierno. Una auténtica sorpresa. Dejó la puerta entreabierta y se fue a la cocina en busca de un florero. Lo estaba llenando de agua cuando Bobby regresó.

Este tenía buen aspecto, como si hubiera puesto un cuidado especial en su apariencia. Llevaba unos pantalones, en vez de los vaqueros que solía ponerse, y una camisa polo con el cuello en un tono desvaído de verde. Se había recogido pulcramente el pelo en una trenza. Sin duda, alguien lo había ayudado a peinarse.

—Perdona que no te llamara anoche. La reunión acabó después de medianoche. Y tenía que levantarme temprano para tomar el avión.

Estaba nervioso. Colleen lo notaba en sus ojos, en la tensión de sus hombros..., pero solo porque lo conocía muy bien. A cualquier otra persona le habría parecido un hombre completamente relajado y tranquilo, allí de pie, apoyado contra el frigorífico.

—Gracias por las flores —dijo ella—. Me encantan.

Él sonrió.

—Me alegro. Pensé que no eras de esas a las que las vuelven locas las rosas y, bueno, la verdad es que esas flores me recordaron a ti.

—¿Por qué? —preguntó—. ¿Porque son grandotas y chillonas?

La sonrisa de Bobby se hizo más amplia.

—Sí.

Colleen se echó a reír y le lanzó una mirada incrédula. Sus ojos se encontraron y, de pronto, la pasión despertó de nuevo con toda su fuerza.

—Te he echado de menos —musitó ella.

—Yo también a ti.

—Creo que te resultará un poco difícil quitarme la ropa si te quedas ahí, tan lejos.

Él desvió la mirada y se aclaró la garganta.

—Sí, bueno. Hum. Creo que deberíamos hablar antes de... —carraspeó—. ¿Quieres que salgamos a dar un paseo? ¿Que tomemos un café?

Ella puso las flores en agua.

—¿Temes que, si nos quedamos aquí, no tendremos más remedio que quitarnos la ropa?

—Sí —dijo él—. Sí, eso temo.

Colleen se echó a reír y abrió el frigorífico.

—¿Y si nos llevamos un vaso de té helado a la azotea?

—¿Crees que allí no me darán ganas de saltar sobre ti?

—Desde luego que sí —dijo ella, sirviendo el té—. Pero, a menos que seas un exhibicionista, no lo harás. Detrás de este hay un edificio más alto. Hay tres plantas de apartamentos desde las que la azotea se ve a vista de pájaro —le dio uno de los vasos y un beso. Bobby tenía la boca suave y cálida, y el cuerpo tan sólido y fuerte que Colleen sintió que se derretía. Levantó la mirada hacia él—. ¿Seguro que no quieres...?

—A la azotea —dijo él—. Por favor.

Colleen subió delante de él por la escalera principal, atravesó una puerta y salió al sol cegador. Un vecino que se había mudado hacía mucho tiempo había construido en la azotea una plataforma para tomar el sol con grandes jardineras en las que Colleen y Ashley habían plantado flores la primavera anterior. No era un lugar lujoso, pero estaba a años luz de las azoteas forradas de tela asfáltica de los edificios cercanos.

Colleen se sentó y Bobby la imitó, sentándose tan lejos de ella como le fue posible.

—Bueno, supongo que debería preguntarte por mi hermano —dijo ella—. ¿Está en Cuidados Intensivos?

—No —Bobby miró su té—. Pero nos peleamos.

Colleen ya lo sabía. Podía ver las sombras de los moretones en su cara.

—Debió de ser horrible —dijo en voz baja.

Bobby se giró para mirarla, y a ella se le subió el corazón a la garganta. Cuando la miraba así, Bobby parecía penetrar en su cabeza, en su corazón y en su alma, como si la viera de manera completa, como un todo, como una persona única y especial.

–Cásate conmigo.

A Colleen estuvo a punto de caérsele el vaso de té. «¿Qué?».

Pero lo había oído bien. Bobby buscó en su bolsillo y sacó una cajita de joyería. La cajita de un anillo. La abrió y se la acercó: era un diamante engarzado en una alianza sencilla pero bellísima que acentuaba a la perfección el tamaño de la piedra. Que era enorme. Debía de haberle costado el sueldo de tres meses, por lo menos.

Colleen se había quedado sin habla. No podía moverse. Bobby Taylor quería casarse con ella.

–Por favor –dijo él suavemente–. Debería haber dicho: «por favor, cásate conmigo».

El cielo estaba muy azul, y el aire era dulce y fresco. Allá abajo, en la calle, una mujer gritó llamando a un tal Lenny. Sonó el claxon de un coche. Un autobús lanzó un bramido.

Bobby Taylor quería casarse con ella.

Y ella también quería casarse con él. ¡Casarse con él! Aquella idea, deslumbrante y aterradora, le produjo un estallido de alegría tan fuerte que rompió a reír a carcajadas.

Luego levantó la vista hacia él y contempló el fulgor casi palpable de sus ojos. Bobby estaba esperando una respuesta.

Entonces, Colleen se dio cuenta de que ella también esperaba algo. Era el momento de que él le dijera que la quería.

Pero no lo hizo. Bobby no dijo nada. Se quedó allí sentado, mirándola, ligeramente nervioso, ligeramente... ¿desganado? Como si estuviera esperando que le dijera que no.

Colleen lo miró fijamente a los ojos. Él parecía esperar estar esperando que lo rechazara.

Como si realmente no quisiera casarse con ella.

Como si...

Sintiendo que su felicidad se desvanecía, Colleen le devolvió la cajita del anillo.

–Ha sido Wes quien te ha metido en esto, ¿no? –entonces vio la verdad en los ojos de Bobby. Era cierto–. Oh, Bobby.

–No voy a mentirte –dijo él suavemente–. Fue idea de Wes. Pero no te lo habría pedido si no quisiera hacerlo.

–Ya –dijo Colleen, y se levantó y se alejó, dándole la espalda. No podía soportar que él notara su desilusión–. Claro. Pareces realmente entusiasmado. Encantado de la vida. Como si un tribunal fuera a condenarte a cadena perpetua.

–Estoy asustado. ¿Por qué me lo reprochas? –contestó él. Dejó su vaso en el suelo, se levantó y se colocó justo detrás de ella, pero no la tocó–. Es un paso muy importante –dijo en voz baja–. Una decisión trascendental en nuestras vidas. Y no estoy seguro de que casarte conmigo sea lo que te conviene. Colleen, yo no gano mucho dinero, y me paso la vida viajando por todo el mundo. Ser la mujer de un militar es muy duro. No sé si quiero esa vida para ti. No sé si podría hacerte feliz. Y eso me asusta –respiró hondo–. Pero el hecho es que podrías estar embarazada. De un hijo mío. Y eso es algo que no puedo ignorar.

–Lo sé –musitó ella.

–Si estás embarazada, te casarás conmigo –dijo él, y su voz serena no dejaba lugar a discusiones–. Aunque solo sea para uno o dos años, si así lo prefieres.

Colleen asintió con la cabeza.

–Si estoy embarazada. Pero seguramente no lo estoy, así que no voy a casarme contigo –sacudió la cabeza–. No puedo creer que estés dispuesto a casarte conmigo solo porque Wes te lo ha pedido –se echó a reír, pero le dolía la garganta. Sabía que estaba a punto de romper a llorar–. No sé si eso te convierte en un amigo maravilloso o en un redomado imbécil –se encaminó hacia la puerta que llevaba a las escaleras, rezando por llegar a su apartamento antes de echarse a llorar–. Creo que debo volver al trabajo.

Dios, qué necia era. Si Bobby hubiera sido un poco más avispado, si le hubiera mentido y le hubiera dicho que la quería, ella se habría arrojado en sus brazos y le habría contestado que sí. Que se casaría con él y que lo quería.

Y lo quería muchísimo..., pero no se casaría con él.

–Colleen, espera.

Bobby la siguió escaleras abajo. La alcanzó delante de la puerta de su apartamento, cuando ella luchaba por meter la llave en la cerradura, con los ojos nublados por las lágrimas.

Colleen abrió la puerta de un empujón, y Bobby la siguió. Ella intentó desasirse, pero ya era demasiado tarde.

–Lo siento mucho –dijo él con la voz ronca, estrechándola en sus brazos–. Por favor, créeme... Lo último que quería era hacerte daño –lanzó una maldición en voz baja–. No quería hacerte llorar, Colleen.

Ella se limitó a abrazarlo con fuerza. Deseaba que ambos fingieran que aquello no había ocurrido. Que él no la había pedido en matrimonio, y que ella no había descubierto que estaba locamente enamorada de él. Sí, lo primero sería fácil de olvidar. Bobby devolvería el anillo a la joyería. ¿Pero qué haría ella con sus sentimientos?

Sin embargo, sabía exactamente qué hacer con su cuerpo. Sí, aprovecharía cada segundo que pasara con Bobby.

Cerró la puerta y, rodeándole el cuello con los brazos, echó la cabeza hacia atrás para que la besara.

Él vaciló un instante. Luego, con un gruñido, la besó por fin.

Y Colleen dejó de llorar.

¿Cómo demonios había ocurrido?

Bobby supo dónde estaba nada más despertarse, antes incluso de abrir los ojos.

Podía oler el dulce aroma de Colleen y sentir la suavidad de su cuerpo entrelazado con el suyo.

Las ventanas estaban abiertas, y una suave brisa veraniega acariciaba su cuerpo desnudo. Colleen también lo acariciaba. Pasaba los dedos ligeramente arriba y abajo por el brazo con el que la rodeaba. ¿Cuántas veces habían hecho el amor? ¿Dos o tres?

¿Cómo había ocurrido? Él le había pedido que se casaran, y ella se había dado cuenta de que aquello era idea de Wes y se había puesto furiosa.

Pero, en realidad, a Bobby no le había parecido realmente enfadada, sino más bien dolida y...

Bobby alzó la cara de la almohada y vio que Colleen lo estaba mirando, sonriente.

–Hola –dijo ella.

Bobby volvió a desearla. Solo por aquella sonrisa. Pero no fue solo su cuerpo el que reaccionó: su corazón también pareció expandirse. Deseó despertarse con aquella sonrisa cada mañana. Deseó...

–Tienes que irte –dijo ella–. Tengo que hacer las maletas para el viaje a Tulgeria, y me distraes.

–Te ayudaré.

–Sí, claro –se echó a reír y se inclinó para besarlo–. A los diez minutos estaríamos otra vez en la cama.

–En serio, Colleen, yo sé exactamente lo que tienes que llevar. Nada de colores llamativos, ni blanco tampoco, o serías un objetivo muy fácil para los francotiradores. Solo colores oscuros: marrones, verdes o grises. Y tampoco quiero que lleves prendas ajustadas. Solo jerséis amplios, ¿de acuerdo? Mangas largas y faldas hasta los tobillos... Aunque ya lo sabes, claro –se echó a reír, disgustado consigo mismo–. Perdona.

Ella volvió a besarlo.

–Me encanta que te preocupes por mí.

–Sí, me preocupo por ti –dijo él, manteniéndole la mirada.

Entonces sonó el telefonillo, y Colleen se desasió suavemente de sus brazos. Se puso la bata. A Bobby le encantaba aquella bata.

Él se sentó en la cama.

–Tal vez debería ir yo a abrir la puerta.

Pero ella ya había salido de la habitación.

–Ya voy yo.

Quienquiera que hubiera llamado al telefonillo había conseguido entrar en el edificio y estaba llamando directamente a la puerta del apartamento.

¿Dónde estaban sus calzoncillos?

–Oh, Dios mío –oyó que exclamaba Colleen–. ¿Qué haces tú aquí?

–¿Qué pasa? ¿Es que no puedo visitar a mi propia hermana? –¡maldición! Era Wes–. Vaya horas de levantarse, ¿no? ¿Es que anoche te acostaste tarde?

–No –dijo ella con tranquilidad–. ¿Qué quieres, Wes? Estoy muy enfadada contigo.

–Estoy buscando a Taylor. Pero será mejor que no esté aquí, teniendo en cuenta cómo vas vestida.

Al diablo con los calzoncillos. Bobby recogió sus pantalones, se los puso a toda prisa, tropezó con sus propios pies y estuvo a punto de darse de bruces contra el suelo. Al recuperar el equilibrio, dio con el pie un ruidoso golpe en el suelo.

Wes lanzó una maldición. A medida que recorría el pasillo hacia el dormitorio de Colleen, iba soltando un chorro de improperios cada vez más fuerte.

Bobby estaba buscando su camisa entre las sábanas revueltas cuando Wes abrió la puerta de un empujón. Bobby se irguió lentamente, con el pelo desordenado y suelto sobre los hombros, los pies descalzos y el torso desnudo.

Maldición, allí estaba la camisa: junto al armario de Colleen, tirada al lado de los calcetines y los zapatos.

–Muy bonito –dijo Wes. Sus ojos tenían una mirada dura y fría. Parecían los ojos de otra persona. El Wes

Skelly al que él conocía había desaparecido. Mientras Bobby lo observaba, Wes se volvió hacia Colleen–. Si quieres casarte con este hijo de perra, tendrás que pasar por encima de mi cadáver.

Bobby sabía que, en realidad, Wes estaba convencido de que aquello haría que Colleen se decidiera a casarse con él.

–¿No quieres que me case con él? –preguntó ella candorosamente.

Wes cruzó los brazos.

–Desde luego que no.

–De acuerdo –dijo Colleen tranquilamente–. Lo siento, Bobby, pero no puedo casarme contigo. Wes no me deja –se dio la vuelta y se fue a la cocina.

–¿Qué? –Wes la siguió, maldiciendo–. Pero tienes que casarte con él. Ahora más que nunca.

Bobby se puso la camisa y recogió los calcetines y los zapatos.

–No voy a casarme con Bobby –repitió Colleen–. No tengo por qué casarme con él. Y tú no puedes obligarme, eso ni lo sueñes. Soy una mujer adulta, Wes. Una mujer adulta que tiene una relación íntima y equilibrada con un hombre muy atractivo. O lo asumes, o te vas a despotricar fuera de mi apartamento.

Wes estaba furioso.

–Pero...

Ella salió de la cocina y abrió la puerta de par en par.

–Vete.

Wes miró a Bobby.

–¡No pienso irme mientras él esté aquí!

–Pues que se vaya contigo –dijo Colleen–. Yo tengo muchas cosas que hacer –señaló hacia el descansillo–. Fuera los dos –Bobby se dirigió a la puerta y Wes lo siguió. Pero Colleen detuvo a Bobby en el umbral y le dio un beso–. Te pido disculpas en nombre del bestia de mi hermano. Gracias, he pasado una tarde encantadora. Nos veremos esta noche.

Si su intención era sacar de quicio a su hermano, lo consiguió con creces.

Colleen cerró la puerta tras ellos. Bobby todavía llevaba en la mano los zapatos y los calcetines.

Wes lo miró con desdén.

—¿Pero a ti qué te pasa?

¿Cómo iba a explicárselo? Ni siquiera sabía cómo había ocurrido. En cuanto se descuidaba, se encontraba en la cama con Colleen. Cuando ella estaba de por medio, perdía por completo su fuerza de voluntad.

Porque con ella se sentía a gusto. Porque su relación era perfecta.

Aquella idea surgió como de la nada, dejándolo aturdido.

Se quedó allí parado un momento, mirando a Wes.

—Se suponía que ibas a convencerla de que se casara contigo —continuó Wes—, no a...

—Lo intenté. Lo intenté, de veras, pero...

—¿Cómo que lo intentaste?

—Se casará conmigo si está embarazada. En eso está de acuerdo.

—Perfecto —dijo Wes—. Así que, como es natural, pensaste que lo mejor era seguir intentando dejarla embarazada.

—Claro que no. Wes, cuando estoy con ella...

—No quiero oír nada más —lo miró fijamente—. Mantente alejado de ella —dijo, y empezó a bajar las escaleras—. Y de mí también.

Capítulo 16

La reunión que se celebró a primera hora de la tarde entre el Escuadrón Alfa y los miembros de la Asociación que emprenderían el viaje hacia Tulgeria al día siguiente había salido bien.

Colleen había temido que algunos de los miembros más izquierdistas del grupo se negaran a aceptar la protección del ejército, pero, debido al reciente estallido de violencia que asolaba el país, ninguno de ellos había protestado.

Ella había escuchado en silencio el informe que presentaron los miembros del grupo de Fuerzas Especiales.

Allí, sentados sobre una mesa, balanceando los pies tranquilamente y ataviados con pantalones cortos y camisetas, Bobby y el comandante del escuadrón, el capitán Joe Catalanotto, parecían dos tipos completamente normales. Pero en realidad formaban parte de uno de los cuerpos militares de élite más selectivos del mundo.

Bobby fue quien más habló, puesto que era él quien se había pasado los días anteriores trabajando con los voluntarios de la Asociación, que lo conocían y confiaban en él.

Con su habitual franqueza y serenidad, les habló de los peligros que tendrían que afrontar y de las precauciones que el equipo militar tomaría a fin de protegerlos.

Los soldados intentarían pasar desapercibidos mezclándose con los cooperantes. Solo unos cuantos se harían pasar por guardias y llevarían armas.

Después de la reunión, tomaron té helado y limonada. Colleen conoció por fin a muchos de los compañeros de los que su hermano le había hablado en sus cartas a lo largo de los años: Joe Catalanotto, Blue, Lucky, Cowboy, Crash...

Y Spaceman, cuyo verdadero nombre era Jim Slade, un tipo alto y guapo de una manera prosaica, con rasgos escabrosos y ojos azules siempre burlones.

Spaceman estuvo persiguiendo a Colleen un rato y hasta la invitó a cenar en su hotel. Bobby lo oyó de pasada, y Colleen esperó que se mostrara celoso, que dejara claro que ella era suya. Pero él no hizo nada. Se limitó a mirar a Colleen a los ojos un instante, y luego volvió a sumirse en la conversación que mantenía con Susan Fitzgerald, la directora de la Asociación.

Colleen había sufrido una decepción... sobre todo consigo misma. Aquello era un estupidez. En realidad, se habría enfadado si Bobby se hubiera mostrado machista y posesivo con ella. Pero como no lo había hecho, no dejaba de preguntarse por qué.

¿No se sentía dueño de ella? ¿Y no era esa una pregunta ridícula? Ella no quería ser propiedad de ningún hombre.

Habló con Bobby un instante antes de que él se marchara a otra reunión con su equipo que iba a celebrarse en el hotel. Ella se quedó en el local de la Asociación para hablar de la cobertura televisiva de la fiesta de despedida que tendría lugar esa noche.

Aquello les llevó poco tiempo, y antes de las cuatro Colleen ya estaba en el tranvía, dirigiéndose hacia Cambridge.

A las cuatro y cuarto estaba en el hotel de Bobby.

Usó el teléfono del vestíbulo para llamar a su habitación.

Bobby contestó al primer timbrazo, y Colleen comprendió enseguida que lo había despertado.

—Lo siento —dijo ella.

—No, solo estaba echándome una siesta. ¿Estás, eh...? ¿Dónde estás?

—Abajo. ¿Puedo subir?

Silencio. Colleen oyó el frufrú de las sábanas cuando él se incorporó.

—¿Por qué no me das unos minutos para que me vista? Nos veremos en el bar.

—¿Y si subo yo?

—Colleen...

—Habitación 712, ¿no? Estaré ahí dentro de un segundo.

—Colleen... —ella había colgado.

Bobby colgó el teléfono y se tumbó de espaldas en la cama.

¿Para qué vestirse? Colleen iba a subir. Al cabo de cinco minutos, de diez como mucho, estaría desnudo otra vez.

De todos modos apartó las sábanas, se levantó y se puso unos pantalones cortos y una camiseta. Si se daba prisa, podría salir a su encuentro en el pasillo, junto a los ascensores. Se puso las deportivas y se miró al espejo para asegurarse de que la trenza no se le había deshecho del todo.

Cuando abrió la puerta, Colleen ya estaba allí, lista para llamar.

—Hola. Vaya, llego en el momento justo —dijo ella, y entró en la habitación.

Pero aquel no era el momento justo. En realidad, Colleen no debía estar allí, con él, a solas en la habitación de un hotel. Wes se pondría furioso si llegaba a enterarse.

Bobby todavía estaba impresionado por lo que había

ocurrido aquella misma mañana. Realmente no había tenido intención de aprovecharse de Colleen, pero no había podido evitar meterse en la cama con ella y hacerle el amor.

A pesar de que Colleen no quería casarse con él.

¿Se estaría convirtiendo en un mojigato a su edad? ¿Qué importaba que ella no quisiera casarse? Lo que importaba era que quería acostarse con él.

¿O no?

–Tengo que pedirte un favor –dijo ella.

Dios, qué guapa estaba con aquel vestido sin mangas de flores azules, que le llegaba hasta los pies. Bobby se había pasado toda la reunión pendiente de ella, pensando en lo fácil que sería quitarle aquel vestido que se cerraba por la espalda con una simple cremallera.

Bobby cruzó la habitación y abrió las cortinas, dejando que entrara la luz brillante del atardecer.

–Tú dirás –dijo.

–Sé que oficialmente no necesitaremos vuestra protección hasta que lleguemos a Tulgeria –dijo ella–, ¿pero recuerdas que te hablé de una fiesta de despedida? Será esta noche, en un local de la misma calle donde está la iglesia de Saint Margaret, esa donde estuvimos lavando un coche...

Bobby asintió con la cabeza.

–Conozco la iglesia de Saint Margaret –estaba en el mismo barrio en el que se había creado una pequeña controversia por la apertura del Centro de Educación sobre el Sida.

Bobby se puso a hacer la cama y Colleen dejó en el suelo su mochila y se acercó para ayudarlo.

–Acabamos de enterarnos de que la filial local de la Fox va a mandar cámaras de televisión. Es una noticia excelente. Nos vendrá muy bien la publicidad –estiraron juntos el edredón–. Pero...

–Pero las cámaras atraerán la atención de los vecinos –Bobby comprendió adónde quería ir a parar ella–. Tienes miedo de que aparezca John Morrison y os agüe la fiesta.

Ella asintió con la cabeza.

–No me extrañaría que causara problemas solo para salir en la tele.

Bobby respiró hondo.

–Hay algo que creo que debes saber. No te enfades conmigo, pero he investigado a John Morrison. Estaba preocupado por ti, y quería saber a qué atenerme.

–No hay mucho que saber –contestó Colleen–. Yo hice lo mismo cuando lo conocí. Morrison sirvió en el ejército y estuvo en Vietnam. Tiene una exmujer y un hijo en alguna parte de Nueva York. Heredó el bar de su padre, y este a su vez lo heredó del suyo. Sale con una de las camareras, que, por cierto, de vez cuando aparece por el servicio de Urgencias del hospital con algunas magulladuras sospechosas. Cuando me enteré, empecé a llevar conmigo uno de esos sprays de pimienta.

–Bien pensado. Morrison es un tipo potencialmente violento –dijo Bobby–. Pero lo que quería decirte es que recibí una llamada justo antes de salir del hotel esta mañana. La mujer a la que atacaron, Andrea Barker, ha salido del coma. Resulta que fue su marido quien la golpeó. No podía acercarse a ella por orden judicial, pero...

Colleen le tocó el brazo.

–Andrea ha salido del coma. Es una noticia estupenda.

Él retrocedió ligeramente.

–También es estupendo saber que no fue Morrison quien la mandó al hospital. Eso encaja mejor con lo que averigüé sobre él. Morrison casi nunca sale del barrio. Apenas sale del bar. En realidad, sus colegas de borrachera todavía hablan de los viajes que ha hecho a Nueva York: uno hace un año y el otro hace un par de meses. También he sabido que antes era miembro de la parroquia de Saint Margaret y que dejó de ir a la iglesia hace cosa de un año.

Tuve una corazonada y llamé a su exmujer a Nueva York y, como me imaginaba, hace un año Morrison se enteró de que su hijo se estaba muriendo de sida.

Colleen cerró los ojos.

–Oh, no.

–Sí. El joven Johnny murió hace dos meses. Vivía con su madre en el Bronx. Ella está muy preocupada por Morrison. Según dice, estaba tan furioso y avergonzado que ni siquiera cuando su hijo se estaba muriendo se dignó a visitarlo. Tiene miedo de que alguien se entere de que su hijo era gay, ¿sabes? Así que así están las cosas, Colleen. Aquí nadie sabe nada. Ni siquiera saben que su hijo ha muerto. Él no ha hablado de esto con nadie. Sus amigos siguen preguntándole qué tal le va al joven Johnny, que si ha conseguido triunfar como actor, que si sigue en Broadway...

–Pobre hombre.

–Pese a todo, ese pobre hombre es responsable de que alguien tirara piedras contra las ventanas del Centro. Si esta noche se acerca a ti, su salud peligra.

–¿Irás? –preguntó ella.

–Desde luego. Me llevaré a alguno de los chicos. A Rio, a Thomas y a Mike. Y a Jim Slade, por supuesto. ¿A qué hora empieza la fiesta?

–A las ocho. Los de la televisión llegarán a las siete y media.

–Estaremos allí a las siete.

–Gracias –Colleen se sentó en la cama–. Me ha gustado mucho conocer a Rio, a Thomas y a Mike –sonrió–. Te admiran mucho. Acuérdate de contarles lo que acabas de decirme sobre John Morrison. Si aparece, intenta que lo traten con compasión.

–Lo sacaremos de allí lo más rápida y compasivamente que sea posible –le prometió él–. Me alegro de que hayas tenido ocasión de conocerlos. Son buenos chicos. Todos los del equipo lo son. Aunque algunos son especiales.

Como Harvard Becker, por ejemplo. ¿Lo conoces? Yo lo seguiría al infierno si me lo pidiera.

–¿Un negro muy grandullón, con la cabeza rapada y una sonrisa inmensa? –preguntó ella.

–Ese es Harvard. ¿Y qué te parece Slade? Ya sabes, Spaceman –intentó hacer la pregunta a la ligera, como si solo estuviera charlando, como si no le importara la respuesta. Lo más absurdo era que no sabía si quería que ella le dijera que Spaceman le gustaba, o que le parecía detestable.

Colleen lo miraba fijamente.

–Me pareció majo. ¿Por qué?

–Spaceman es teniente –dijo Bobby–. Seguramente dejará el equipo muy pronto. Tiene las rodillas lesionadas y... no sabe qué va a hacer. Lleva algún tiempo pensando en matricularse en Derecho, sacarse la carrera y meterse en la Marina regular para ejercer como abogado. Pensaba que... eh... seguramente tendréis mucho en común. Ya sabes, como tú vas a la facultad de Derecho...

Colleen se encogió de hombros.

–Los abogados son muy aburridos.

–Tú no lo eres. Ni Slade tampoco.

Ella se echo a reír.

–¿Hay alguna razón para que intentes que me interese por Spaceman?

Bobby se encogió de hombros.

–Es un buen hombre.

–Tú también eres un buen hombre. Un hombre muy bueno –lo miró con esa expresión que a Bobby lo volvía loco. Se echó hacia atrás, apoyándose sobre los hombros, y le sonrió–. ¿Y por qué estamos hablando de tu amigo? ¿Por qué estamos hablando? ¿No prefieres ayudarme a poner verdaderamente furioso a Wes... y que pasemos la próxima media hora desnudos?

Bobby se sintió orgulloso de sí mismo. No se acercó a ella, ni se apresuró a despojarse de la ropa.

–Colleen, a mí me encanta estar contigo, ya lo sabes, pero no quiero que me utilices en la guerra que mantienes con tu hermano.

Ella se incorporó, con los ojos muy abiertos. Su sonrisa desapareció al instante.

–¡Espera un momento! Era una broma, Bobby. No lo decía en serio.

–Ese es el problema –dijo él suavemente–. Tú y yo no nos tomamos esto en serio, pero Wes sí. Tu hermano no quiere que te líes con un tipo con el que no tienes futuro, ¿entiendes? Él piensa que todo esto está mal y... –y él también empezaba a pensarlo.

Una cosa era acostarse con una mujer de su edad que, por ejemplo, viviera cerca de la base, hubiera pasado por un divorcio infernal y no tuviera intención de repetir el mismo error en un futuro inmediato, y otra cosa era acostarse con Colleen.

Colleen tenía otras expectativas.

Aunque pareciera que sus expectativas estaban puestas en él.

–¿Que Wes cree que lo nuestro está mal? –dijo Colleen, enfadada, poniéndose en pie–. Lo que está mal es convencer a tu mejor amigo para que le proponga matrimonio a tu hermana. ¿Y si te hubiera dicho que sí? ¿Te hubieras casado conmigo solo porque Wes te lo había pedido?

–No –dijo él. Se habría casado con ella porque deseaba hacerlo. Porque, para él, a diferencia de lo que le ocurría a Colleen, su relación era algo más que puro sexo. Se apartó de ella–. Mira, tal vez sea mejor que te vayas.

Ella le cortó el paso y lo obligó a mirarla.

–¿Adónde? –dijo ásperamente–. ¿A cenar con Jim Slade?

Él no dijo que sí, pero la respuesta estaba escrita en su cara. Slade era la clase de hombre que a Colleen le convenía. ¿Cómo iba a conocer a hombres así si perdía el tiempo con el mejor amigo de su hermano?

–Oh, Dios mío –dijo ella–. Así que es verdad. Intentas

liarme con él —se le quebró la voz al intentar contener el llanto. De pronto, mientras miraba fijamente a Bobby, se sintió muy joven e insegura—. Bobby, ¿qué sucede? ¿Es que ya no me deseas?

Oh, cielos, él también iba a echarse a llorar. La deseaba más de lo que podía explicarle. La deseaba con todo su ser, con cada latido de su corazón.

—Quiero lo mejor para ti, Colleen. Necesito...

Ella lo besó.

Y él se perdió. Otra vez.

Pero aquel no fue un beso corriente. Fue puro fuego, deseo y necesidad; pasión y furia mezcladas con rabia y dolor. Aquel beso consumió completamente a Bobby, hasta tal punto que el deber dejó de ser una opción para convertirse en un imposible. Él, naturalmente, cumpliría con su deber, si su deber consistía en tomar a Colleen en brazos y llevarla a la cama; si su deber significaba arrancarle casi de cuajo el vestido, bajarse los pantalones, ponerse un preservativo y hundirse dentro de ella mientras Colleen se aferraba a él, suplicándole más.

Más.

Bobby estaba dispuesto a darle todo lo que tenía: su cuerpo, su corazón y su alma. Y se lo dio, disfrazándolo de sexo apasionado.

Ella jadeó su nombre al alcanzar el clímax, estremeciéndose, y él se dejó llevar por un estallido de placer tan intenso que rayaba el dolor.

Pero después de la locura y la pasión se encontró de nuevo allí, de vuelta en el mundo real, tan familiar, tan lleno de sábanas arrugadas y culpabilidad.

Bobby lanzó una maldición.

—Lo siento —musitó, apartándose de ella.

En vez de acurrucarse a su lado, Colleen se sentó al borde de la cama y empezó a vestirse. Sujetador, vestido, sandalias. Las bragas estaban rotas. Las tiró a la papelera.

Se atusó el pelo y recogió su bolso.

—Yo siento que tú lo sientas –dijo suavemente–, pero... soy una necia. Sigo queriendo verte esta noche. ¿Vendrás a mi casa después de la fiesta? –Bobby no contestó enseguida, y ella lo miró fijamente–. Por favor.

—Sí –musitó él, y Colleen salió de la habitación.

La puerta del ascensor se abrió y Colleen se encontró con Wes frente a frente. Su hermano se bajó en aquel piso, el piso de la habitación de Bobby, seguido por los tres miembros más jóvenes del equipo: Rio, Thomas y Mike Lee.

Wes torció el gesto y Colleen comprendió que tenía el aspecto de una mujer que acababa de estar con un hombre. Debería haberse tomado más tiempo, haberse metido en el cuarto de baño y haberse lavado la cara, que todavía llevaba arrebolada.

Pero, de haberlo hecho, se habría encontrado en la habitación de Bobby cuando Wes hubiera llamado a la puerta.

Entró en el ascensor con la cabeza erguida y miró fijamente a su hermano.

—No te preocupes –le dijo–. Tú ganas. Después de esta noche, no volveré a verlo.

Se iban a Tulgeria por la mañana. Mientras estuvieran allí, Colleen compartiría una habitación con Susan y René, y Bobby se alojaría toda la semana con los miembros de su equipo. No habría ni tiempo ni lugar para estar solos. Bobby podría evitarla fácilmente.

Y cuando regresaran a Estados Unidos, él se marcharía a California con el resto del Escuadrón Alfa.

No le interesaban las relaciones a larga distancia.

Y a ella no le interesaban las relaciones que provocaban ingentes cantidades de angustia y culpabilidad. Lo suyo no podía funcionar. Eso era lo que Bobby había intentado decirle en su habitación. Por eso había intentado despertar su interés por aquel estúpido amigo suyo.

Los días maravillosos que habían compartido estaban a punto de acabarse. Se habían acabado ya, y ambos lo sabían en el fondo de sus corazones. Pero a sus cuerpos les estaba costando un poco más asumirlo.

La puerta del ascensor se cerró. Colleen se puso sus gafas de sol. No quería que al cruzar el vestíbulo la vieran llorar.

Bobby no abrió.

Sabía que era Wes por la fuerza con que había golpeado la puerta, y Wes era la última persona a la que deseaba ver en ese momento.

No, Wes era la segunda persona a la que menos deseaba ver. La primera era Colleen. No quería que ella supiera que había estado llorando.

Sabía que todo era culpa suya. Debía haberse mantenido alejado de ella. Debía haber tomado un vuelo con destino a Australia. Debía haber colgado el teléfono la primera noche que ella lo llamó.

—Abre la maldita puerta, Taylor. Sé que estás ahí.

Wes era la única persona a la que debía haber acudido, la única capaz de ayudarlo a salir del paso, a encontrar una solución ahora que, al enamorarse, lo había complicado todo.

—La quiero —dijo Bobby en voz alta, mirando hacia la puerta, aunque sabía que Wes no podría oírlo con el ruido de sus propios golpes—. Estoy enamorado de Colleen.

Quedó aturdido al decir en alto aquellas palabras, al admitir los sentimientos que había intentado negar desde el principio.

Exactamente desde el día en que Colleen había cumplido diecinueve años y Wes y él la habían llevado a ella y un grupo de amigas desde la universidad a Busch Gardens. Hacía varios años que no la veía y, de pronto, allí estaba. Hecha una mujer. Había discutido con ella de política, y ella, elocuente y bien informada, lo había convencido de que estaba en el bando equivocado. Se había enamorado de ella entonces. De una mujer-niña que no temía decirle a un hombre que estaba equivocado.

Sí, llevaba años enamorado de Colleen, pero hasta la semana anterior, hasta que se habían hecho amantes, su amor por ella no había alcanzado su forma definitiva, imperecedera. Aquel amor era más grande que él. Era absorbente y poderoso. Bobby no había sentido nada parecido en toda su vida, y ello le asustaba.

–No puedo decirle que no –le dijo a Wes a través de la puerta–. Quiere que vaya a verla esta noche, y voy a ir porque no puedo estar lejos de ella. Esto me está destrozando porque sé que tú no lo apruebas. Sé que querías algo mejor para ella. Pero si Colleen acudiera a mí y me dijera que ella también me quiere, y que quiere casarse conmigo, me casaría con ella. La llevaría a Las Vegas antes de que pudiera cambiar de opinión. Sí, lo haría, aun sabiendo que ella estaría cometiendo una equivocación. Pero Colleen no quiere casarse conmigo –se enjugó la cara y los ojos–. Solo quiere acostarse conmigo. No debe preocuparme que dentro de siete años se despierte y comprenda que detesta su vida. Lo único que debería preocuparme es que voy a pasarme el resto de mi vida deseando a quien no puedo tener –se sentó al borde de la cama, en el mismo sitio donde Colleen se había sentado un rato antes–. Dios, quiero vivir con ella –dijo en voz alta–. ¿Qué voy a hacer, Wes?

Pero nadie respondió.

Wes había dejado de aporrear la puerta. Se había ido.

Y Bobby estaba solo.

Colleen miró su reloj al ver aparecer al equipo de televisión. Eran casi las siete y veinte.

Bobby y sus compañeros ya estaban en sus puestos: Thomas y Jim Slade paseaban tranquilamente por la acera, frente al aparcamiento de la iglesia, y Rio y Mike se hallaban junto al camión de la televisión.

Bobby estaba entre la gente, muy cerca de ella.

–Es muy posible que, si Morrison intenta algo, primero vaya por ti –le explicó a Colleen. Iba vestido con vaqueros, camisa blanca y americana, a pesar del calor.

–¿Te has puesto chaqueta porque llevas pistola? –le preguntó ella.

Él se echó a reír.

–Me he puesto chaqueta porque se supone que soy un miembro de la Asociación de Ayuda Humanitaria y quería estar guapo.

–Pues lo estás –dijo ella–. Estás muy guapo.

–Tú también –la recorrió lentamente con la mirada, deteniéndose en su falda vaquera y su blusa de margaritas amarillas–. Tú siempre estás guapa.

La miró a los ojos y el tiempo pareció detenerse un instante. Pero enseguida apartó la mirada.

–Perdóname –dijo Colleen–. Por lo de esta tarde.

–No –la miró de nuevo–. Fui yo quien...

–No –dijo ella–. No fuiste tú.

Él la miraba tristemente.

–No podré ir esta noche. Lo siento, pero...

Ella asintió con la cabeza.

–¿Estás seguro?

–No –volvió a mirarla a los ojos y sonrió sin convicción–. Hace cinco minutos estaba seguro. Pero ahora que estás aquí y... –sacudió la cabeza.

–Bueno, si cambias de idea, estaré en casa –Colleen intentó parecer despreocupada, como si pasar una última noche con él no significara mucho para ella. Se aclaró la garganta–. Creo que voy a entrar. Si John Morrison fuera a venir, seguramente ya estaría aquí.

Justo en ese momento oyeron una voz a su espalda.

–¡Eh! ¡Hola, nena! Menuda fiesta habéis montado. ¿Qué

se celebra? ¿Que os vais y dejaréis de fastidiarnos una semana entera?

Era John Morrison. Estaba borracho y llevaba una botella envuelta en una bolsa de papel.

Bobby se colocó delante de Colleen. Ella vio entonces que Morrison llevaba un bate de béisbol en la otra mano.

−¿Qué os parece si les damos a esos periodistas una noticia que de verdad valga la pena? −preguntó Morrison en voz alta. Algunas cabezas se giraron hacia él.

Los otros miembros del equipo se dirigieron hacia ellos al oír las voces de Morrison. Pero había tanta gente que apenas podían avanzar. Lo mismo les ocurría a los agentes de policía encargados de regular el tráfico en aquel tramo.

−Voy a pasarme por ese centro que estáis montando −continuó Morrison−. Voy a romper las ventanas en señal de protesta. No lo queremos en nuestro barrio. Ni a vosotros tampoco os queremos en nuestro barrio −señaló a Colleen con el bate de béisbol. Y, de repente, el bate desapareció.

Colleen apenas vio moverse a Bobby. De alguna manera, este consiguió derribar a Morrison y quitarle el bate antes de que ella pudiera siquiera parpadear.

Los otros miembros del equipo aparecieron segundos antes de que lo hiciera la policía.

Bobby puso a Morrison en pie y lo empujó hacia Spaceman.

−Lleváoslo dentro. Arriba hay algunas habitaciones vacías −se volvió hacia Rio−. Ve a buscar al padre Timothy. Dile que es algo relacionado con lo que hablamos hace unos días −miró a Colleen−. ¿Estás bien?

Ella miró a Spaceman, que se llevaba a empujones a Morrison al interior del local.

−Sí. No creo que fuera a hacerme daño.

−¿Qué está pasando aquí? −un agente de policía, un tipo grandullón y de mofletes colorados llamado Danny O'Sullivan, se plantó delante de ellos.

Bobby tocó a Colleen en el brazo y bajó la voz.

—¿Quieres denunciarlo? Morrison levantó el bate. Eso puede considerarse intento de agresión. Por lo menos podríamos hacer que lo detengan por alterar el orden público.

Ella lo miró a los ojos.

—No, no quiero denunciar nada.

No, porque iba a intervenir el padre Timothy. Bobby acababa de decir que había hablado con él unos días antes.

«Sed compasivos», le había dicho ella a Bobby esa misma tarde. Evidentemente, él no necesitaba semejante advertencia.

—No pasa nada. Solo un amigo que ha bebido demasiado —le dijo Bobby a O'Sullivan. Apretó el brazo de Colleen—. ¿Te importa quedarte sola? Quiero hablar con Morrison —ella asintió con la cabeza, y Bobby le hizo una señal a Thomas King—. No pierdas de vista a Colleen.

—A sus órdenes, jefe.

La multitud se abrió para dejar paso a Bobby. Colleen se volvió hacia el policía.

—De verdad, Dan —le dijo—, no ha pasado nada. Nosotros llevaremos a John a su casa.

O'Sullivan miró con los ojos entrecerrados el bate que Mike Lee había recogido del suelo.

—¿Es que Morrison pensaba montar un partido, o algo así?

—Algo así —dijo Colleen.

—A veces a uno no le hace ningún bien que los amigos lo protejan —dijo O'Sullivan.

—Ha sufrido un tragedia familiar hace muy poco tiempo —le dijo ella—. No necesita pasar una noche entre rejas, Dan. Lo que necesita es hablar con el párroco.

O'Sullivan sonrió y sacudió la cabeza.

—Ojalá tuviera yo veintitantos años y creyera aún que puedo salvar el mundo. Buena suerte en el viaje a Tulgeria —inclinó la cabeza mirando a Thomas, que todavía permanecía junto a Colleen.

Esta también miró a Thomas.
-Entremos.

Bobby estaba en un cuarto trastero del piso de arriba, hablando con John Morrison sobre Vietnam. Bobby era demasiado joven para haber participado en esa guerra, pero había leído mucho sobre ella y conocía los nombres de los ríos, de las ciudades y de las batallas en las que Morrison había combatido. John Morrison estaba borracho, pero no tanto como Colleen había creído al principio. Se le trababa un poco la lengua, pero seguía la conversación con facilidad.

Mientras Colleen permanecía escuchando junto a la puerta, con Thomas King a su lado, los dos hombres hablaron del almirante Jake Robinson, quien también había servido en Vietnam. A Morrison, que había oído hablar de él, le impresionó que Bobby pudiera contarlo entre sus amigos. Hablaron de la carrera de Bobby en las unidades de élite. Hablaron del bar de Morrison, y de su padre, que había servido en una división acorazada durante la Segunda Guerra Mundial y había muerto dos años antes, después de luchar largo tiempo contra el cáncer. Hablaron de los padres, de la soledad, de la muerte.

Y de repente se encontraron hablando de Wes.

-Mi mejor amigo todavía está conmocionado por la muerte de su hermano pequeño -le dijo Bobby a Morrison-. Ocurrió hace diez años, pero sigue sin poder hablar de ello. Es como si fingiera que su hermano nunca existió -hizo una pausa-. Usted hace algo parecido con su hijo -silencio-. Lamento mucho su pérdida -oyó Colleen que decía Bobby en voz baja-. Pero tiene que encontrar una forma de desahogar su ira sin romper las ventanas del Centro de Educación sobre el Sida. Alguien podría resultar herido, y eso haría que mi amiga Colleen Skelly, usted la conoce, se sintiera muy infeliz. Y si Colleen se siente infeliz por su culpa, si por su culpa alguien resulta herido, yo me veré obligado a volver aquí y a hacerle daño a usted. Esto no es una amenaza, John. Es una promesa.

Su amiga. Ella era «su amiga Colleen». No su amante, ni su novia.

Bobby se lo había dicho desde el principio: quería que fueran amigos. Y eso era lo que eran, y lo que serían siempre. Amigos que se habían acostado.

A pesar de su promesa de agredir a John Morrison, Bobby era sin duda uno de los hombres más sensibles y bondadosos que ella había conocido. Era tan bondadoso que no se atrevía a decirle otra vez que no la quería, que nunca podría quererla.

Su relación sexual había sido fantástica, pero Bobby era de esa clase de hombres que en una relación buscaban algo más que sexo, por muy satisfactorio que este fuera.

Colleen oyó que el padre Timothy se acercaba subiendo trabajosamente las escaleras para hablar con John Morrison, para intentar ponerlo en el camino que lo sacaría de la oscuridad en que se había sumido.

Su parte cínica sabía que una charla con el sacerdote probablemente no cambiaría nada. Morrison necesitaba ayuda médica. Era posible que, cuando se le pasara la borrachera, se sintiera avergonzado y enfurecido porque el secreto de la muerte de su hijo se hubiera difundido. Tal vez se pondría tan furioso que le prendería fuego al Centro.

O tal vez iría al psiquiatra. Colleen casi podía oír aún la voz suave de Bobby diciéndole que tal vez John Morrison encontraría la paz y dejaría de odiar el mundo y de odiarse a sí mismo.

El padre Timothy casi había alcanzado el descansillo.

Colleen se acercó a Thomas King y bajó la voz.

—Necesito que me hagas un favor. Dale un mensaje a Bobby de mi parte.

Thomas asintió con la cabeza, mirándola con un semblante tan serio que rayaba la severidad. Era un hombre muy negro, muy serio, muy intenso. Y toda su intensidad estaba concentrada sobre ella.

–Por favor, dile que creo que es mejor que esta noche no vaya a mi casa. Dile que lo siento, pero que no quiero que vaya.

Una expresión de perplejidad cruzó fugazmente el rostro de Thomas King. De pronto pareció muy joven.

–Creo que es mejor que eso se lo diga usted misma.

–Por favor –dijo ella–, dale el mensaje.

El padre Timothy había llegado a lo alto de la escalera. Colleen echó a correr escalera abajo, tan rápidamente como pudo, antes de cambiar de opinión.

Capítulo 17

Lo habían logrado.

Bueno, no podrían llevarse a los huérfanos a Estados Unidos al finalizar la semana, pero ninguno de ellos esperaba seriamente que así fuera. El gobierno túlgaro había dado su permiso para que los voluntarios de la Asociación de Ayuda Humanitaria evacuaran a los niños a un lugar próximo a la embajada de Estados Unidos. A cambio de dólares americanos, naturalmente.

La otra buena noticia era que el gobierno permitiría que los ciudadanos estadounidenses interesados en acoger a los niños viajaran a Tulibek, la capital, para cursar las peticiones de adopción. Los niños podrían salir del país a cambio de exorbitantes sumas de dinero.

Aquello era una victoria, aunque para Colleen era más bien una victoria agridulce. Mientras el autobús avanzaba hacia el norte internándose en la zona de guerra, ella miraba por la ventanilla, con la cabeza apoyada en el cristal.

Bobby la observaba y creía saber lo que estaba pensando. En cuestión de minutos llegarían al hospital al que los niños habían sido trasladados después de la destrucción del orfanato. Pero Analena no estaría entre los pequeños que saldrían corriendo a recibirlos cuando llegaran.

Sí, para Colleen aquello era una victoria agridulce.

Viajaban en un autobús de transporte urbano. Algunos

de los duros asientos de plástico miraban hacia el frente y otros hacia el centro del vehículo. Había espacio para que la gente fuera de pie, y barras y asideros para agarrarse.

Colleen miraba hacia delante. El asiento que había a su lado estaba vacío. Bobby se sentó junto a ella y bajó la voz.

—¿Estás bien?

Ella se enjugó los ojos y esbozó una sonrisa.

—Muy bien.

Sí, claro. Bobby deseó agarrarla de la mano, pero no se atrevía a tocarla.

—Estos últimos días han sido una locura, ¿eh?

Ella volvió a sonreír.

—Sí. Me alegro de que hayáis venido con nosotros.

Dios, cuánto la había echado de menos. Cuando Thomas King le había dado su mensaje, Bobby había comprendido que todo había acabado entre ellos. Hasta ese momento había conservado la esperanza. Tal vez si iba a verla y le decía que la quería... Tal vez si se lo suplicaba, ella aceptaría que siguieran viéndose. Y tal vez algún día acabaría enamorándose de él.

—Wes y tú volvéis a ser amigos —dijo ella—. O por lo menos parece que habéis vuelto a hablaros.

Bobby asintió con la cabeza, aunque aquello estaba muy lejos de ser verdad. Sí, Wes había vuelto a hablarle, pero solo para intercambiar información. Ya no sabían lo que estaba pensando el otro. Cuando Bobby miraba a Wes, era incapaz de leerle el pensamiento.

¿Aquello era culpa suya? ¿Se debía a su sentimiento de culpabilidad? Bobby no lo sabía.

—La vida sigue, ¿eh? —dijo Colleen—. A pesar de todas las tragedias y de todas las decepciones. Siempre hay alguna buena noticia —señaló a los otros cuatro voluntarios que iban en el autobús, charlando—. Esto es una buena noticia: saber que vamos a poder llevar a esos niños a un lugar seguro. Ah, y también tengo una buena noticia para ti: no estoy embarazada. Esta mañana me ha venido el periodo. Así que ya no tienes que temer que Wes vaya a buscarte con una pistola –Colleen intentó sonreír, pero parecía... ¿casi desilusionada?–. ¿Sabes? Es una tontería, pero imaginaba que, si estaba embarazada, tendría un niño que se parecería a ti.

Estaba bromeando, ¿no? Bobby intentó hacer un chiste.
–Pobre niño.
–No, sería un niño muy afortunado –no estaba bromeando. Lo miraba con absoluta seriedad–. Eres el hombre más guapo que he visto nunca, Bobby. Por dentro y por fuera.

Él no sabía qué decir, ni qué pensar.

Colleen volvió a mirar por la ventanilla.

–Es curioso, ¿verdad?, que lo que para una persona es una buena noticia, para otra sea una desilusión.

–¿Estás desilusionada? ¿Por...? –intentó buscar las palabras adecuadas–. ¿Querías tener un hijo? Pero dijiste que...

–No quería tener un hijo, así, en general –cuando volvió a mirarlo, tenía lágrimas en los ojos–. Quería a Analena. Y quería tener un hijo tuyo. Aunque yo sería una madre horrorosa, ¿no crees? Ya tengo favoritos...

–Colleen, yo estoy... –sin habla.

–Tenía una fantasía absurda –dijo ella en voz muy baja, casi como si hablara para sí misma–. Imaginaba que estaba embarazada y que tenías que casarte conmigo. Y luego, después de casados, yo conseguía que me quisieras. Pero la vida real no funciona así. La gente que se casa a la fuerza suele acabar odiándose, y yo no podría soportar que tú me odiaras.

Bobby no estaba seguro, pero tenía la sensación de estar a punto de sufrir un ataque al corazón. Notaba el pecho tenso y el cerebro nublado.

–Colleen, ¿me estás diciendo...?

–Atento, Taylor. Nos estamos acercando –dijo el superintendente Harvard Becker–. Mantén los ojos bien abiertos.

Colleen volvió a mirar el paisaje lunar que atravesaban. Bobby se levantó, se echó el arma al hombro e intentó con todas sus fuerzas concentrarse en su misión.

Rio Rosetti, que estaba a su lado, lo miraba fijamente.

–¿Estás bien, jefe? ¿Te duele el hombro?

¿El hombro?

–Estoy bien –dijo Bobby lacónicamente. Maldición, tenía que hablar con Wes. Porque, aunque Colleen lo quisiera, y eso aún no lo sabía con certeza, ¿tenía derecho a arruinar su vida casándose con ella?

–De acuerdo, escúchenme todos –dijo el capitán Joe Catalanotto dirigiéndose a los cooperantes, al conductor del autobús y al guardia túlgaro que los guiaba hacia el hospital a través de carreteras sin señalizar–. Hemos mandado un pequeño equipo de avanzadilla para que eche un vistazo –dijo el capitán–. Uno de los hombres nos esperará en la carretera, más o menos un kilómetro y medio antes de llegar al hospital, para informarnos de cuál es la situación. Si todo está despejado, aparcaremos frente a las puertas del hospital, pero ustedes permanecerán en sus asientos. Otro equipo entrará en el edificio para ver si todo está en orden y se unirá al resto del equipo de vigilancia. Ustedes solo abandonarán el autobús cuando nuestros hombres aseguren las vías de acceso y nos avisen de que todo está bajo control. ¿Entendido? –un murmullo de voces. Sí, señor–. En ese momento –dijo Joe Catalanotto aunque ya lo había repetido una docena de veces–, se trasladarán del autobús al edificio tan rápidamente como puedan. Una vez dentro, permanecerán juntos. No se separarán bajo ninguna circunstancia.

–¿Estás bien?

Bobby se dio la vuelta y vio que Wes estaba justo detrás de él.

–El conductor del autobús permanecerá dentro del vehículo –continuó el capitán–. El plan consiste en volver al autobús con los niños y las monjas lo más rápidamente...

–Tienes la cabeza en otra parte –le dijo Wes a Bobby en voz baja–. Vamos, Bobby. Este no es momento para comerse el coco.

–Estoy enamorado de tu hermana.

–Ah, vaya, qué oportuno –masculló Wes.

–Creo que ella también me quiere.

–No bromees, listillo. Eso te lo acabas de inventar, ¿no?

–Si me acepta, pienso casarme con ella –maldición, él podía ser tan bueno como cualquier abogado o cualquier médico. Se las ingeniaría para ganar dinero, para comprarle a Colleen las cosas que merecía. Cuando estaba con ella, se sentía capaz de todo–. Lo siento, Wes.

–¿Es que estás loco? ¿Cómo que lo sientes? –Wes lo miró fijamente–. ¿Me pides perdón por algo que estaba deseando que ocurriera? Bobby, si yo estuviera enamorado de tu hermana, puedes estar seguro de que te habría mandado al cuerno hace mucho tiempo –sacudió la cabeza.

–Pero dijiste...

–Cásate con ella –dijo Wes–. ¿De acuerdo? Pero no lo hagas ahora mismo, ¿quieres? En este momento estamos un poquito ocupados. Tenemos que asegurarnos de que estos turistas sigan vivos, por si no lo has notado –entre aquellos «turistas» estaba Colleen–. Sería capaz de perdonártelo casi todo –continuó Wes–, pero si Colleen muere por un despiste tuyo, juro por Dios que eres hombre muerto.

Colleen. Muerta.

De repente, Bobby reconcentró sus pensamientos y se preparó para la acción, parea proteger a Colleen y a los demás.

–Sí, eso está mejor –dijo Wes, mirándolo mientras Bobby revisaba su arma–. Ya estás de vuelta.

Bobby se agachó para mirar por las ventanillas, escrutando el campo desolado.

–Te quiero, amigo. ¿De verdad me perdonas?

–Si me das un abrazo –dijo Wes–, te mato.

Allí fuera no había nada. Solo rocas y polvo.
–Te he echado de menos, Wes.
–Sí –dijo Wes, dirigiéndose hacia la parte frontal del autobús–. Yo también voy a echarte de menos.

Algo iba mal.

Colleen se removió en el asiento, intentando ver a los hombres que hablaban en la parte delantera del autobús.

Se habían detenido para recoger a uno de los hombres del grupo de avanzadilla. Pero, en lugar de recogerlo y recorrer a continuación el último kilómetro y medio que los separaba del hospital, situado a las afueras de una pequeña ciudad, se habían quedado parados a un lado de la carretera. El hombre del grupo de avanzadilla había subido al autobús. A Colleen le pareció que se trataba de Lucky. Sí, aquella nariz perfecta resultaba inconfundible, pese a la capa de polvo y maquillaje de camuflaje que cubría su rostro. Estaba hablando con el capitán y con el superintendente Harvard. Los demás hombres los escuchaban con atención.

Susan, que estaba sentada más atrás, fue a sentarse al lado de Colleen.

–¿Sabes qué pasa? –musitó.

Colleen sacudió la cabeza. Fuera lo que fuere lo que estaban diciendo, hablaban en voz muy baja.

–De acuerdo –dijo por fin el capitán–. Ha surgido una complicación. Aunque se supone que en el hospital solo trabajan un médico y cuatro monjas, dentro del edificio hay doce hombres vestidos con largas batas blancas perfectas para ocultar fusiles. Los hemos identificado como miembros de dos células terroristas particularmente peligrosas. Resulta un tanto extraño que a estas alturas no se hayan volado en pedazos los unos a los otros, pero al parecer el deseo de apoderarse de un autobús lleno de estadounidenses es más fuerte que el odio que se profesan mutuamente.

Colleen sintió frío y luego calor. Terroristas. En el hospital, con los niños y las monjas.

—Oh, Dios mío —musitó.

Oyó que detrás de ella René empezaba a llorar. Susan fue a sentarse a su lado.

El capitán Catalanotto levantó una mano.

—Vamos a entrar —dijo—. Lo haremos sin que se den cuenta. El informe del teniente O'Donlon indica que nos enfrentamos a soldados no profesionales. Podemos librarnos de ellos rápidamente. Y lo haremos. El teniente Slade y los jefes Taylor y Skelly se quedarán con ustedes en el autobús. En caso de emergencia, ellos asumirán el mando y ustedes harán lo que les digan. He considerado la posibilidad de mandar el autobús de vuelta a Tulibek —levantó la mano otra vez para acallar los murmullos—, pero finalmente he decidido que estarán más seguros aquí. Una vez nos hayamos apoderado del edificio, el autobús podrá aproximarse, pero ustedes no saldrán de él. Registraremos el hospital palmo a palmo para asegurarnos de que los terroristas no han dejado bombas trampa ni otras sorpresas desagradables. Nuestra prioridad será reunir a los niños y trasladarlos al autobús. ¿Alguna pregunta?

Susan Fitzgerald, jefa del Asociación de Ayuda Humanitaria, levantó la mano.

—Sí, capitán. Acaba de decirnos básicamente que usted y sus hombres van a colarse en un edificio en cuyo interior los esperan doce terroristas pertrechados con armas automáticas. Por curiosidad, capitán, ¿sabe su esposa el peligro que va a correr usted esta tarde?

En el autobús se hizo el silencio durante un instante. Nadie se movió, ni se atrevió a respirar.

Pero el capitán Catalanotto intercambió una mirada con su oficial ejecutivo, el teniente comandante McCoy. Los dos llevaban anillos de casados. En realidad, muchos de los hombres del Escuadrón Alfa estaban casados.

Colleen alzó la mirada y vio que Bobby estaba observándola. Al encontrarse sus ojos, él sonrió muy levemente. De mala gana. Desde el otro lado de la habitación, le dijo a Colleen moviendo los labios sin emitir ningún sonido:

–Este es nuestro oficio. Así con las cosas.

–Sí, doctora Fitzgerald–dijo finalmente el capitán Catalanotto–. Mi mujer lo sabe. Y que Dios la bendiga por seguir a mi lado, a pesar de todo.

–No me importa –le respondió Colleen a Bobby, moviendo los labios en silencio. Pero él ya no la estaba mirando.

Colleen permanecía sentada, en silencio, dentro del autobús.

Wes y Jim Slade andaban de un lado para otro. Bobby estaba de pie, al otro lado del pasillo, frente a Colleen. No se movía, pero estaba de puntillas, listo para actuar al menor indicio de peligro.

Colleen procuraba no mirarlo. No quería distraerlo. Pero Bobby se había colocado muy cerca de su asiento, como si también deseara estar junto a ella.

–¿Cuánto falta? –preguntó finalmente Susan Fitzgerald.

–No lo sabemos –respondió Wes desde la parte de atrás del autobús. Se ajustó el auricular que llevaba puesto–. Hasta que no tengan controlado el edificio no abrirán un canal de radio que podamos recibir a esta distancia. Hasta entonces no sabremos nada.

–¿Se oirán disparos? –preguntó uno de los hombres, Kurt Freidrichson.

–No, señor –le dijo Wes–, porque no utilizarán las armas. Nuestros hombres reducirán a los terroristas sin disparar. Puedo garantizárselo.

–Este no es momento de conversar –dijo Bobby en voz baja.

Y de nuevo se hizo el silencio.

–Bingo –dijo Wes, ajustándose el auricular–. Afirmativo, señor. Recibido –hizo un ajuste en el micrófono que llevaba colocado junto a la boca–. Hemos recibido órdenes de acercarnos al hospital. El edificio ha sido ocupado sin pérdidas humanas.

–Gracias a Dios –musitó Colleen. Todo había acabado. Estaban todos a salvo: los niños, las monjas, y los soldados norteamericanos.

–Vámonos –le dijo Spaceman al conductor del autobús.

–¡No! –gritó Wes desde la parte trasera del autobús–. ¡Bobby!

Colleen apenas levantó la mirada, apenas tuvo tiempo de reaccionar.

El guardia túlgaro, el hombre contratado por el conductor para guiarlos hasta el hospital, había sacado una pistola. Estaba sentado tres filas por delante de ella, al otro lado del pasillo. Colleen era la pasajera que se encontraba más próxima a él.

Era el blanco más cercano.

Colleen apenas había vislumbrado el agujero negro del cañón de la pistola cuando Bobby se abalanzó sobre ella para cubrirla.

Se oyó un ruido muy fuerte. Un disparo. ¿Así sonaba un disparo de verdad? Era ensordecedor. Aterrador.

Luego se oyó un segundo disparo, y un tercero. Pero Colleen no veía nada. Apenas oía. Alguien estaba gritando. ¿Era esa su voz? Wes lanzaba juramentos. Spaceman gritaba. Pidiendo socorro. Hombre herido.

¿Hombre herido? Oh, Señor.

–¿Bobby?

–¿Está todo despejado? –era la voz de Bobby. Colleen sintió que sobre ella el pecho de Bobby retumbaba.

Pero sintió algo más. Algo húmedo y caliente...

–Despejado –dijo Wes–. ¡Jesús!

–¿Estás bien? –Bobby se echó hacia atrás, apartándose de ella. Sí, Colleen estaba bien. Pero estaba cubierta de sangre.

De sangre de Bobby.

–Oh, Dios mío –dijo Colleen, temblando–. No te mueras. ¡No te atrevas a morirte!

A Bobby le habían dado. Se estaba desangrando sobre el suelo del autobús.

–De todas las cosas estúpidas que has hecho –dijo ella–, ponerte otra vez delante de una pistola cargada es la que se lleva la palma.

–Estoy bien –dijo él. Le tocó la cara y la obligó a mirarlo a los ojos–. Respira hondo –le dijo–. Tranquilízate, Colleen. Estoy bien.

Ella respiró hondo, pero no puedo evitar que se le saltaran las lágrimas.

–Estás sangrando.

Él no se había dado cuenta. Miró hacia abajo, perplejo.

Wes se acercó y lo ayudó a sentarse al lado de Colleen al tiempo que intentaba detener la hemorragia.

–Maldita sea, estás perdiendo mucha sangre. Bobby, no consigo parar la hemorragia.

Bobby apretó la mano de Colleen.

–Deberías salir de aquí –dijo con voz tensa–. Porque al principio no duele, ¿sabes?; por la adrenalina. Pero ahora sí me duele, me duele mucho. Y no quiero que te quedes aquí, mirando. No te quiero aquí, Colleen. Por favor, vete.

–Te quiero –dijo ella– y, si crees que voy a marcharme, es que no me conoces.

–Bobby quiere casarse contigo –dijo Wes.

–Vaya, qué oportuno –dijo Bobby, rechinando los dientes–. Justo en el momento más romántico de mi vida.

–¡Vaya! –dijo Colleen, intentando ayudar a Wes a inmovilizar a Bobby agarrándolo con fuerza–. Pues que sepas que pienso casarme contigo me lo pidas o no.

–Me ha dicho que te quiere –añadió Wes.

–No te mueras –le suplicó Colleen a Bobby. Miró a su hermano–. ¡No dejes que se muera!

–¿Cómo voy a morirme? –preguntó Bobby–. Estoy rodeado por los hermanos Skelly. La muerte no se atreverá a abrir la boca.

Wes le gritó al conductor:

—¿No puede ir más deprisa este cacharro? Necesito un médico y lo necesito ya.

Capítulo 18

Bobby se despertó en un hospital militar estadounidense.
Había alguien sentado junto a su cama, agarrándole la mano, pero Bobby tardó unos instantes en fijar la vista...
Era Wes.
Bobby le apretó la mano porque tenía la garganta tan seca que no podía hablar.
–Eh –Wes se puso en pie casi inmediatamente–. Bienvenido al mundo de los vivos –tomó una taza y puso una pajita entre los labios de Bobby–. Tengo buenas noticias –le dijo–. Te pondrás bien. No te quedarán secuelas importantes.
–¿Y Colleen? –consiguió decir Bobby.
–Está aquí –Wes le dio otro sorbo de agua–. Ha ido a buscar un poco de café. ¿Recuerdas cuando te sacaron de Cuidados Intensivos?
Bobby sacudió la cabeza. Recordaba... a Colleen. Lágrimas en sus bellos ojos. «Te quiero...»
¿Lo habría dicho de verdad? Ojalá fuera cierto.
–Estábamos muy asustados, pero cuando te trasladaron a esta habitación recobraste el sentido un momento. Delirabas por culpa de los calmantes, pero Colleen se puso como loca cuando oyó tu voz. Después se quedó dormida por primera vez en setenta y dos horas. Realmente te quiere, muchacho –Bobby lo miró a los ojos, pero no dijo nada. No

hacía falta. Wes siempre hablaba por los dos–. Y, ¿sabes?, yo también te quiero –dijo Wes–. Y sabes que lo digo en serio, así que nada de bromitas estúpidas. Me alegro de que Colleen no esté aquí ahora mismo, porque debo decirte que sé que estaba equivocado. Mi hermana no necesita ni un abogado ni un médico. Ni tampoco un oficial. Ni dinero. A Colleen el dinero le importa un bledo. Lo que necesita de verdad, hermano, es un hombre que la quiera más que a su vida. Te necesita a ti.

«Yo la quiero». Pero Bobby no dijo aquellas palabras en voz alta. Wes ya lo sabía.

–Lo más absurdo de todo es –continuó Wes– que seguramente lo supe desde el principio. Colleen y tú. Quiero decir que ella está hecha para ti, muchacho. Y tú vas a hacerla muy feliz. Siempre ha estado loca por ti. Verás, mi problema es que tengo miedo –admitió Wes–. Cuando me enteré de que habíais... –sacudió la cabeza–. Comprendí enseguida que ibas a casarte con ella, y que las cosas no volverían a ser como antes. Porque tú te convertirías en uno de esos tipos que han encontrado lo que andaban buscando, y yo seguiría aquí, a la intemperie, buscando. ¿Sabes? En esa operación de entrenamiento que te perdiste por culpa del hombro, casi todos eran tíos casados. Cuando acabamos los entrenamientos nos dieron una noche de permiso, y todo el mundo se fue a la cama temprano. Hasta Spaceman, que tuvo que ponerse hielo en las rodillas porque lo estaban matando. Y Thomas King es peor que si estuviera casado. El tío fue y se encerró en su habitación. Y Mike Lee ligó con una chica de no sé dónde. Así que solo quedaba Rio Rosetti. ¿Nos imaginas a Rosetti y a mí deambulando solos por la ciudad?

Sí, Bobby se lo imaginaba.

–Sí, bueno, créeme, fue horrible. Él se fue con una joven turista y a mí me dio por pensar que así era yo hace diez años, y que ahora busco algo diferente. Algo que tú ya has encontrado. El miedo y los celos son mala mezcla. Espero que algún día me perdones por las cosas que te dije.

—Ya sabes que te he perdonado.

—Pues cásate con ella —dijo Wes—. Si no lo haces, te daré una paliza.

—Vaya, muy bonito —dijo Colleen—. Amenazar con darle una paliza al hombre que acaba de salvarle la vida a tu hermana —entró en la habitación y, de pronto, todo pareció iluminarse. Colleen olía muy bien. Estaba guapísima.

—Solo le estaba diciendo que se case contigo —dijo Wes.

Bobby levantó la mano con gran esfuerzo y señaló a Wes y luego hacia la puerta.

—Fuera —musitó.

—A sus órdenes —dijo Wes, y salió.

Colleen se sentó junto a Bobby. Le agarró la mano. Él tenía los dedos fríos y rígidos.

—Colleen...

—Sss. Tenemos mucho tiempo. No hace falta que...

—Pero quiero...

—Bobby Taylor, ¿quieres casarte conmigo? —preguntó ella—. ¿Me ayudarás a encontrar plaza en una universidad cerca de San Diego para que pueda trasladarme allí y pasar el resto de mi vida contigo? —Bobby sonrió. Siempre era más fácil dejar hablar a un Skelly—. Te quiero —añadió ella—. Y sé que tú también me quieres.

—Sí.

Colleen lo besó en la boca dulcemente.

—Cuando te encuentres mejor, ¿quieres que...? —se inclinó hacia delante y le susurró algo al oído.

Desde luego que Bobby quería. Todos los días, el resto de sus vidas.

—Sí —musitó él y, al comprender por su hermosa sonrisa que Colleen había adivinado lo que estaba pensando, se alegró de que Wes no fuera el único Skelly que podía leerle el pensamiento.

Epílogo

—¿A qué hora empieza la película? —preguntó Bobby mientras retiraba los envases de comida china de la mesa de la cocina.

—A las ocho menos veinticinco. Debemos irnos dentro de diez minutos.

Colleen estaba revisando el correo, abriendo las respuestas a las invitaciones de boda que habían llegado ese día. Parecía cansada. Se había levantado temprano para entrevistarse con los administradores de una casa de acogida para mujeres de San Diego que estaban tramitando la compra de un viejo inmueble. Al día siguiente se ocuparía de cerrar el contrato... sin cobrar, por supuesto.

—¿Seguro que quieres ir? —preguntó él.

Ella alzó la mirada y sonrió.

—Sí, claro que sí. Hace semanas que quieres ver esa película. Si no vamos esta noche...

—Iremos cualquier otra —dijo él. Iban a casarse. Tenían toda la vida por delante para ir al cine juntos. Cuando lo pensaba, Bobby todavía se sentía un poco aturdido. Colleen lo quería...

—No —dijo ella—. Definitivamente, quiero ir esta noche.

Aparte de sus labores oficiosas como abogada, Colleen tenía un millón de cosas que hacer, como encontrar un apartamento nuevo donde pudieran vivir los dos y ultimar los preparativos de la boda.

Se casarían cuatro semanas después, en el pueblo de la madre de Colleen, en Oklahoma. Los Skelly vivían allí desde que el padre se había retirado de la Marina. Colleen solo había pasado en el pueblo los últimos años del instituto, pero sus abuelos y muchos de sus primos seguían viviendo allí. Además, para su madre era muy importante que Colleen se casara en la misma iglesia en la que ella había pronunciado sus votos nupciales.

Pero aquello complicaba mucho los preparativos de la boda.

Y Bobby no estaba dispuesto a permitir que Colleen se pasara en Oklahoma las cuatro semanas que faltaban para el gran día. No. Se había acostumbrado muy rápidamente a tenerla siempre a su lado. Así que tendrían que apañárselas.

Colleen arrugó el ceño al leer la tarjeta de respuesta que acababa de abrir.

–¿Spaceman no va a venir a la boda?

–No, me dijo que va a operarse de las rodillas.

–¡Vaya, qué mala suerte!

Bobby intentó poner un tono desenfadado.

–¿Tanto te molesta?

Colleen levantó la mirada.

–¿Estás celoso?

–No.

–Sí lo estás –se echó a reír, se levantó y se acercó a él–. ¿Qué pasa? ¿Es que crees que quiero que vaya por si en el último momento cambio de idea y me caso con él en vez de contigo? –le rodeó el cuello con los brazos y lo miró fijamente.

Al abrazarla, Bobby sintió que algo se tensaba en su pecho.

–Inténtalo si te atreves.

–Quería que Ashley y él se conocieran –¿Ashley y Jim

Slade? Bobby no se rio. Al menos, no en voz alta–. Sí, Ashley DeWitt –dijo Colleen–. Mi compañera de piso en Boston, ¿recuerdas?

–Sé quién es. Y... no sé, Colleen –intentó decirlo delicadamente–. Ashley no es precisamente el tipo de Spaceman. Ya sabes, una rubia glacial.

–Ashley es muy cariñosa.

–Sí, bueno...

Ella entornó los ojos.

–Que sea cariñosa no tiene nada que ver, ¿a que no? Lo que de verdad pretendes decir es que está muy flaca. Que no es lo bastante mujer para Spaceman, ¿es eso lo que quieres decir?

–Sí. ¿No lo odias ahora? Gracias a Dios que no irá a la boda.

Ella se echó a reír y Bobby sintió que su pecho se expandía un poco más. Deseaba besarla, pero si lo hacía tendría que dejar de mirarla, y le encantaba hacerlo.

–¿No tiene Spaceman un amigo que ha montado una especie de campamento de entrenamiento militar para ejecutivos? –preguntó ella–. Creo que Rio me contó algo de eso.

–Sí –dijo Bobby, deslizando la mano por debajo de la camiseta de Colleen y pasando los dedos por la piel suave de su espalda–. Se llama Randy no sé qué. Es un antiguo miembro del cuerpo. Vive en Florida. Le va muy bien.

–A Ashley le gustaría ir a uno de esos campamentos –dijo Colleen–. ¿Puedes averiguar el número de ese Randy para dárselo?

Ashley DeWitt, con sus trajes de diseño, duraría cosa de diez minutos en el campo de entrenamiento que dirigía Randy. Pero Bobby mantuvo la boca cerrada, porque... quién sabía. Tal vez Ashley les diera una lección a todos.

–Claro –dijo–. Llamaré a Spaceman mañana a primera hora.

Colleen le acarició la cara.

–Gracias –dijo. Y Bobby comprendió que no se refería a su promesa de llamar a Spaceman. Colleen le había leído el pensamiento, y le daba las gracias por no haber dicho nada en contra de Ashley–. Te quiero muchísimo.

Bobby sintió que su pecho se ensanchaba.

–Yo también te quiero –dijo. Había empezado a decírselo cada vez que le apetecía. No porque ello liberara la tensión que sentía en el pecho, sino porque cuando se lo decía ella sonreía, lo miraba dulcemente y le daba un beso.

Colleen lo besó, y Bobby cerró los ojos y se perdió en la dulzura de su beso. La abrazó más fuerte y enseguida sintió que se encendía el fuego que sentiría por ella el resto de su vida.

–Llegaremos tarde a la película –musitó Colleen, pero él la alzó en volandas y echó a andar por el pasillo.

–¿A qué película? –preguntó Bobby, y cerró de un puntapié la puerta del dormitorio.

PASIÓN A CIEGAS

Capítulo 1

Brittany Evans odiaba llegar tarde a la citas, pero se había demorado más de la cuenta en aparcar y había pasado demasiado tiempo intentando decidir lo que ponerse.

Cuando entró en el estadio de béisbol de la facultad, echó un vistazo al grupo de gente que se encontraba junto a un puesto de perritos calientes.

Entonces, lo vio.

Estaba de espaldas a ella, apoyado en una de las paredes, mientras contemplaba el partido. Se había situado bajo el voladizo, para guarecerse de la llovizna que caía.

En realidad no estaba totalmente segura de que fuera él. Nunca se habían visto más de un par de segundos, lo justo para saludarse y poco más, pero se dijo que debía de ser Wes Skelly y comenzó a pensar en lo que iba a decir cuando se acercara.

Justo en ese momento, el hombre comprobó la hora en su reloj de pulsera y miró hacia la entrada del estadio. Llevaba el pelo algo más largo que la última vez que lo había visto y le pareció que también lo tenía más claro, pero no habría podido asegurarlo: dos segundos no eran tiempo suficiente para recordar bien a nadie.

Poco después, él se giró levemente y ella pudo ver su cara. No se podía decir que fuera tan guapo en un sentido clásico como Harlan Jones, el marido de su hermana Mel, pero era muy atractivo.

Wes no sonreía; bien al contrario, parecía algo tenso y enfadado. Brittany esperó que no estuviera enojado por su culpa, puesto que a fin de cuentas había llegado tarde; pero pensó que seguramente estaba molesto por el simple hecho de tener que estar allí. Durante los últimos años había oído muchas cosas sobre Wes Skelly y en cierta forma creía conocerlo.

Lo miró de nuevo y se volvió a repetir que debía de ser él. Era la única persona con aspecto de pertenecer a las fuerzas especiales de la Marina. No era un hombre de gran tamaño; no poseía la fortaleza física de su cuñado ni la de su buen amigo Becker, pero parecía ser capaz de hacer cualquier cosa y sin duda resultaba peligroso.

Llevaba ropa de civil: pantalones de color caqui, chaqueta oscura y camisa y corbata. Al verlo de esa guisa, sintió lástima. Por lo que Mel le había comentado, Wes prefería nadar entre tiburones antes que vestirse de un modo tan formal.

Pero Brittany se dijo que no era la persona más adecuada para sentir lástima por cuestiones como aquella. Al fin y al cabo había optado por ponerse unos zapatos de tacón alto en lugar de su habitual, y más cómodo, calzado plano. Y, por supuesto, se había maquillado bastante más de lo normal en ella.

El plan consistía en encontrarse en el estadio y luego ir a cenar a algún lugar bonito, pero ninguno de los dos había previsto que la lluvia hiciera acto de presencia.

Wes volvió a mirar la hora y suspiró.

En ese momento, Brittany comprendió que el gesto aparentemente relajado del hombre, que seguía apoyado en la pared, era fingido. Aunque intentaba mantener una actitud serena, había cierto nerviosismo en su forma de mirar el reloj y de dar golpecitos en el suelo.

Pensó que su retraso, de apenas cinco minutos, no justificaba esa tensión. Pero enseguida consideró la posibilidad de que Wes Skelly fuera de la clase de hombres que nunca se podían estar quietos.

Maldijo a su hermana por haberle organizado una cita con un individuo hiperactivo y caminó hacia él con una sonrisa en los labios.

–Tienes aspecto de estar maldiciendo a tus amigos y familiares por dejarte enredar en una cita que no querías, así que supongo que tú debes de ser Wes Skelly –dijo, sin preámbulos.

El hombre rio y la risa transformó completamente su cara, suavizando sus duros rasgos y logrando que sus ojos azules brillaran con malicia.

–Y yo diría que, por tu forma de presentarte, debes de ser Brittany Evans –dijo él, mientras estrechaba la mano de la mujer–. Me alegra que hayas venido.

Brittany pensó que todo iba bien. Le gustaba el contacto de su mano, le gustaba su sonrisa, le gustaba su mirada directa a los ojos e incluso el evidente hecho de que fuera un mentiroso.

–Siento haber llegado tarde –se excusó ella–. Llevo un buen rato intentando encontrar un hueco donde aparcar.

–Sí, ya he notado que el tráfico estaba bastante mal –declaró él.

Wes estudió su cara como si no pudiera creer que fuera hermana de Melody Jones. Mel era una mujer impresionante, de rasgos delicados y angelicales, muy diferente a Brittany.

–Comprendo que me mires de ese modo. Sé que mi hermana y yo no nos parecemos demasiado.

–Qué tontería. Tus ojos tienen una tonalidad de azul distinta, pero, al margen de eso, yo diría que eres... una variación de la misma belleza.

El comentario de Wes molestó a Brittany. Había sido tan directo que tuvo miedo de lo que le habría contado el marido de su hermana. Conociéndolo, tal vez le había dicho que era presa fácil, que estaba sola y que no se había acostado con un hombre en mucho tiempo. Pero, en cualquier caso, sabía que la culpa era suya por haber aceptado una cita a ciegas.

De todas formas, Brittany no había tenido elección. Mel se lo había pedido como favor personal y no se había podido negar aunque conocía muy bien a su hermana y sabía que era una manipuladora.

–Será mejor que establezcamos algunas normas –declaró Brittany–. En primer lugar, no quiero mentiras ni juegos diplomáticos ni falsedades de ningún tipo. Mi hermana y tu amigo Harlan Jones nos han manipulado claramente para conseguir que saliéramos juntos, pero ahora estamos solos y podemos establecer nuestras propias normas. ¿De acuerdo?

–Sí, claro, pero...

–En segundo lugar, no tengo intención de acostarme contigo –lo interrumpió–. No estoy sola ni desesperada. Sé quién soy, sé lo que quiero hacer y soy feliz con mi vida. Estoy aquí porque quiero a mi hermana y me lo pidió como un favor, aunque ahora mismo me apetece torturarla por lo que nos ha hecho a ti y a mí.

Wes abrió la boca para decir algo, pero resultaba evidente que Brittany no había terminado, así que no dijo nada.

–Conozco a mi hermana y sé que ha pensado que nos enamoraríamos en cuanto nos viéramos, pero yo no me he enamorado. ¿Y tú?

Wes volvió a reír mientras ella escudriñaba sus ojos. Eran muy bonitos. Sin embargo, se dijo que los ojos del perro de su amiga Julia también eran bonitos.

–Lo siento, pero...

–No hace falta que busques excusas –volvió a interrumpirlo–. La gente cree que vivir solo es lo mismo que estar solo, y no es cierto.

Esta vez, Wes no dijo nada de inmediato. Esperó un par

de segundos, hasta convencerse de que ella había terminado, y acto seguido comentó:

—Sí, tienes razón. Y cabe añadir que las personas que viven en pareja siempre se empeñan en buscar compañía a sus amigos solteros. Es algo irritante.

—Es verdad. Siento que te hayan presionado para salir conmigo.

—Bueno, no es tan importante. De todas formas tenía que venir a Los Ángeles. Además, nuestro querido teniente Jones me ha salvado el pellejo muchas veces y no suele pedirme favores. Es un excelente oficial y un gran amigo y, si quiere que cene contigo, ceno contigo. Y debo añadir que tenía razón...

Britt entrecerró los ojos con desconfianza.

—¿A qué te refieres?

—A que estaba demasiado centrado en el trabajo y necesitaba un descanso.

—¿Demasiado centrado en el trabajo? Es curioso, porque en la Marina no tienes fama de ser precisamente un hombre aburrido y taciturno.

—Sí, es curioso —dijo él con ironía—. Pero dime, ¿tienes alguna otra norma?

—¿Alguna otra norma?

Brittany lo miró con desconcierto. No había más normas que las que ya le había comentado.

—Sí. Si no lo he entendido mal, la primera consiste básicamente en que sea sincero y me porte bien. Y la segunda, en que no mantendremos ninguna relación sexual; lo que por cierto me parece perfecto, porque no estoy aquí por esa razón —explicó él—. Eres una mujer muy atractiva, pero no quiero mantener relaciones estables con nadie. Y en cuanto a las otras relaciones, no eres mi tipo.

—¿Tu tipo? ¿Y cuál es tu tipo de mujer?

Wes abrió la boca para contestar, pero no llegó a hacerlo porque Brittany lo golpeó levemente en el pecho con un dedo. Era un pecho enorme y sólido, que la dejó sin habla aunque, con los tacones que llevaba puestos, ella era casi tan alta como él.

−No, mejor no respondas a esa pregunta −añadió Britt−. Además, Andy está bateando y quiero verlo.

Wes obedeció y durante unos segundos no hicieron otra cosa que contemplar el partido.

Andy era el hijo de Brittany. De diecinueve años, era un chico fuerte y alto con un prometedor futuro en el béisbol; golpeaba tan fuerte la pelota que podía enviarla fácilmente fuera del estadio.

Por desgracia, el tiempo había empeorado y ahora llovía a cántaros. Andy dejó que pasara la primera pelota y no hizo ademán de golpearla.

−¿Cómo puede ver con esta lluvia? −protestó Britt−. Llueve tanto que apenas se puede distinguir la pelota... Además, se supone que en el sur de California nunca llueve tanto.

El enfado de Britt no se limitaba a la problemática situación de su hijo en el partido. Precisamente se habían marchado de Massachusetts y se habían ido a California para disfrutar del buen tiempo.

El lanzador se dispuso entonces a arrojar la segunda pelota. Y, cuando por fin lo hizo, todos los presentes pudieron oír el sonido seco del bate de su hijo. Brittany nunca habría podido creer que aquel sonido pudiera resultarle tan dulce, pero tras adoptar a Andy se había vuelto una fanática del béisbol; además, Andy jugaba con la misma energía y pasión que dedicaba a todo lo demás.

−¡Sí! −exclamó.

La pelota salió disparada por encima de los límites del campo y Andy inició la carrera por las bases. Brittany estaba entusiasmada y no dejó de gritar y de animarlo.

−Jones dice que tu hijo es un gran jugador...

−Sí, yo diría que es muy bueno. Con esta ya ha hecho treinta carreras completas este año.

−¿Y tiene posibilidades de hacerse profesional?

–Sí. De hecho, ya se han fijado en él. Varios representantes de la liga profesional vinieron a ver a un compañero suyo, Dustin Melero, que es un gran lanzador. Pero todavía está muy verde y tiene que madurar, así que a cambio de fijaron en Andy.

–¿Vas a dejar que juegue en la liga profesional antes de que termine sus estudios en la universidad?

–Ya tiene diecinueve años y no puedo decirle lo que tiene y lo que no tiene que hacer. Es su vida y son sus elecciones. Además, sabe que lo apoyaré decida lo que decida.

–Cuánto me habría gustado que mi madre fuera como tú...

–Pues si estás pensando en la posibilidad de que te adopte, olvídalo: eres demasiado mayor.

Brittany hizo el comentario a modo de broma, pero no lo llevó más lejos porque Wes era varios años más joven que ella.

–¿Cuántos años tenía Andy cuando lo adoptaste? ¿Once, doce?

–Trece –respondió.

Mientras charlaban, Brittany comenzó a comprender a qué venía el empeño de Melody en que saliera con Wes. Su hermana sabía que adoraba a los hombres con aquel brillo de malicia en los ojos y con aquella sonrisa, que parecía capaz de iluminar el mundo. Melody deseaba que pudiera llegar a ser tan feliz con alguien, como ella lo era con Harlan Jones. Y por si fuera poco, Britt había cometido el error de confesarle una noche, tras beber demasiado, que lo que más lamentaba de su fracasado matrimonio era no haber tenido un hijo. Pero un hijo biológico, no adoptado.

–Debes de ser una especie de santa –comentó Wes–. Adoptar a un niño de trece años es algo bastante arriesgado.

–No tanto. Andy solo necesitaba un hogar y un medio más o menos estable...

–Insisto en lo dicho. O estás loca o eres la madre Teresa de Calcuta.

–No, no soy ninguna santa, créeme. Sencillamente lo quise en cuanto lo vi. Es un chico maravilloso –dijo ella–. Creció solo, completamente abandonado por su padre y por su madre, y pasando todo el tiempo de una casa de adopción a otra. En cuanto lo conocí, decidí que se quedara conmigo. Y ciertamente ha habido momentos duros, pero...

Brittany no terminó la frase porque la intensa mirada de aquellos ojos azules la estaba poniendo nerviosa. Aquel no era el hombre que había imaginado. En cuestión de minutos, había descubierto que Wes Skelly irradiaba energía. Además, aunque tuviera una sonrisa maravillosa y un sentido del humor más que evidente, había algo en él que resultaba definitivamente oscuro y peligroso; lo que, por supuesto, aumentó su interés por él.

–Antes ibas a hablarme de tu tipo de mujer –continuó ella, repentinamente interesada en el asunto–. Pero, por favor, no me digas que te gustan las jovencitas dulces porque tendría que pegarte una patada. Aunque según mis pacientes, yo soy jovencita y dulce... Claro, que no tiene nada de extraño: todos pasan de los noventa y cinco años.

Wes sonrió.

–Mi tipo de mujer es alguien capaz de ir a una fiesta y acabar bailando encima de una mesa. Preferiblemente, medio desnuda.

Brittany comenzó a reír a carcajadas.

–Está bien, has ganado: no soy tu tipo. Pero debería habérmelo imaginado. Melody me ha comentado en alguna ocasión que te gustan los grandes peligros.

–No, no es para tanto –dijo con ironía–. ¿Y qué hay de ti? El teniente Jones me dijo que viniste a Los Ángeles para estudiar y convertirte en enfermera.

–Ya soy enfermera –puntualizó ella–. Ahora estoy haciendo un curso para ser enfermera jefe.

–Eso es magnífico...

Ella sonrió.

–Sí, lo es.

–Quién sabe, es posible que nos hayan organizado esta cita porque saben que necesito enfermeras con bastante frecuencia. A fin de cuentas prefiero no pisar las salas de urgencia cuando me tienen que coser alguna herida.

–Ya veo que estoy ante un hombre duro –comentó Brittany, moviendo la cabeza en gesto negativo–. Debería haberlo imaginado, porque los hombres de tamaño pequeño siempre sois... Oh, lo siento, no quería decir que...

–No te preocupes –la interrumpió él, sin muestra alguna del famoso mal genio de los Skelly–. Pero preferiría que dijeras que soy bajo, lo cual es cierto. Eso de hombres de tamaño pequeño suena a otra cosa...

Brittany rio.

–No estaba pensando en esa otra cosa. Y si lo hubiera dicho en ese sentido, ¿qué importaría? Ya hemos dejado bien claro que no habrá sexo entre nosotros.

–Tal vez deba recordarte la primera de tus normas; eso de ser sinceros y decir lo que realmente se piensa...

–Sí, bueno... Los hombres son idiotas, ¿no crees?

–Desde luego que lo son.

Resultaba evidente que Wes se sentía tan cómodo con ella y con su sentido del humor como Brittany con él. Solo llevaban un rato juntos y Britt se sentía como si lo conociera desde hacía años.

–Cambiando de tema, creo que han suspendido el partido –continuó él.

Wes estaba en lo cierto. La lluvia caía ahora con más fuerza y los jugadores estaban abandonando el campo.

–Si es temporal, no me importa esperar –añadió–. Supongo que si Andy fuera hijo mío querría ver todos sus partidos, aunque no jugara especialmente bien. Debes de sentirte muy orgullosa de él...

A Britt le encantó el comentario. Era muy amable por su parte.

–Sí, lo estoy.

–¿Quieres que esperemos dentro?

–No, tengo entendido que esta tarde hay otro acto en el estadio, así que tendrán que dejar el partido para otro día. Si quieres, podemos marcharnos.

–¿Tienes hambre? Lo digo porque podríamos ir a cenar aunque todavía sea algo pronto.

Britt había pensado en mil y una razones por las que no debía ir a cenar con aquel hombre, pero en aquel momento no recordó ninguna.

–Me parece bien, ¿pero te importa que pasemos antes por los vestuarios? Quiero darle a Andy las llaves de mi coche.

–Vaya, supongo que eso quiere decir que he pasado tu primera prueba y que estás dispuesta a ir en mi coche. Me alegro.

Brittany comenzó a caminar en dirección a los vestuarios.

–Has hecho algo más que eso. No solo voy a subir a tu coche, sino que además voy a cenar contigo.

–¿Es que habrías sido capaz de no venir a cenar?

–No me gustan las citas a ciegas. Tanto es así que mi hermana tuvo que hacerme chantaje emocional para convencerme de que viniera.

–Pues, si te interesa saberlo, te diré que tú también has pasado la primera de mis pruebas. Yo solo salgo a cenar con mujeres que no quieren acostarse conmigo –bromeó él–. Umm, maldita sea... Puede que ese haya sido mi problema todos estos años.

Brittany volvió a reír y clavó la mirada en los brillantes ojos de Wes mientras él le abría la puerta que llevaba a las escaleras.

–Supe que había pasado tu prueba cuando insinuaste que te adoptara, Wes.

–Y sin embargo, no has querido adoptarme. ¿Cómo debería tomarme eso?

–Como lo que es: que soy demasiado joven para ser tu madre –respondió ella, mientras bajaban hacia los vestuarios–. Sin embargo, puedes ser el hermano pequeño que nunca tuve.

–Bueno, no sé si me interesa...

El pasillo que daba a los vestuarios no estaba lleno de gente, como solía. A diferencia de otros días, solo pudo ver a unos cuantos amigos y novias de jugadores; y Danielle, la novia de Andy, no se encontraba entre ellos. Pero a Brittany no le extrañó: su hijo le había comentado que Dani no se sentía bien, y su estado habría empeorado si hubiera visto el partido bajo la lluvia.

–Mi historial con hermanas no es del todo bueno –continuó Wes–. Suelo molestarlas tanto que al final se van y se casan con mi mejor amigo.

Britt se detuvo junto a la puerta entreabierta del vestuario del equipo local.

–Ya me lo han contado. Mel me dijo que Bobby Taylor se acaba de casar con tu hermana. Se llama Colleen, ¿verdad?

Wes se apoyó en la pared.

–¿Y no te ha contado lo del pequeño enfrentamiento que tuvimos?

Brittany no dijo nada. Se limitó a mirarlo.

–Sí, ya veo que sí te lo ha contado. Me sorprende que no saliera publicado en la prensa.

–Bah, seguro que no fue tan malo como ella....

–Lo fue, en serio. La verdad es que soy un idiota. No puedo creer que te prestaras a salir conmigo.

–Hicieras lo que hicieras, seguro que no fue tan grave. Al menos, mi hermana ya te ha perdonado.

–Ah, sí, claro... Melody me perdonó incluso antes que Colleen.

–Debe de ser bonito eso de tener tan buenos amigos.

Él asintió.

–Sí, lo es.

Wes la miró a los ojos y Brittany volvió a sentir un estremecimiento. El aspecto cariñoso e irónico de aquel hombre lo convertía en un tipo muy interesante, pero lo que lo hacía realmente irresistible era su fondo oscuro y desconocido.

Aunque no hubiera dicho nada al respecto, Wes sí era su tipo de hombre.

Justo entonces, Eddie Sunamura, el jugador de tercera base del equipo, asomó la cabeza por la puerta del vestuario. Su esposa, June, se encontraba en el pasillo y su rostro se iluminó al verlo. Eddie solo tenía dos años más que Andy y ya estaba casado, algo que no dejaba de inquietar a Brittany; le parecía que era demasiado joven para atarse de ese modo.

–Estaré contigo en diez minutos –dijo Eddie a su esposa, antes de volverse hacia Brittany–. Ah, hola, Britt...

–¿Has visto a Andy? –preguntó Brittany.

Eddie hizo un gesto hacia el otro lado del pasillo y Brittany distinguió enseguida la figura de su hijo. Parecía enfrascado en una intensa discusión con Dustin Melero, el lanzador estrella del equipo.

Andy era alto, pero Dustin le sacaba un par de centímetros.

–Vaya, sí que ha crecido –comentó Wes–. Lo conocí hace cuatro años y entonces solo era un...

Wes no tuvo ocasión de terminar la frase porque en aquel instante sucedió algo inesperado: Andy se encaró con Dustin y lo arrojó contra las taquillas del pasillo.

Brittany intentó avanzar hacia los dos jóvenes, pero Wes la detuvo.

–No, espera aquí y deja que me encargue yo. Y si es posible, date la vuelta y no mires.

Brittany se quedó allí, pero por supuesto no se dio la vuelta. Mientras tanto, Wes se dirigió hacia el lugar donde se encontraban los dos chicos, que parecían dispuestos a romper todas las normas de la facultad y del equipo por el procedimiento de pelearse.

Sin dudarlo ni un momento, Wes se interpuso entre Andy y Dustin. Estaban a cierta distancia y Brittany no pudo oír lo que decía, pero supuso que no se trataría de nada bueno. Aunque los dos chicos eran mucho más altos que Wes, este le pareció infinitamente más grande.

Wes comenzó a hablar. Andy parecía enfadado, pero se limitó a mover la cabeza en gesto negativo. Al cabo de unos segundos, Dustin rio y comentó algo. Wes se volvió entonces hacia él, lo apretó contra las taquillas y lo miró con cara de pocos amigos.

Brittany se habría reído por la expresión de sorpresa de Andy de no haber sabido que Wes era un miembro de las fuerzas especiales y que podía hacer mucho daño a un jovencito de apenas veinte años.

La sonrisa de Dustin desapareció de inmediato, sustituida por una expresión de pavor.

El asunto se estaba poniendo tan feo que Brittany decidió intervenir y caminó hacia ellos.

–Si vuelve a suceder algo por el estilo, vendré a buscarte. ¿Comprendido? –dijo Wes en aquel momento.

Dustin y Andy miraron a Brittany, pero Wes no apartó la mirada del primero de los jóvenes. Y sus ojos brillaban con tal intensidad que la situación resultaba alarmante.

–¿Comprendido? –repitió.

–Sí –acertó a responder Dustin.

–Excelente.

Solo entonces, Wes se apartó del joven y Dustin se marchó.

Brittany aprovechó la ocasión para intentar rebajar la tensión que se había generado.

–Bueno, creo que ya has tenido ocasión de conocer a Wes Skelly...

–Sí, creo que sí –dijo Andy–. Es evidente que hemos superado la etapa de las presentaciones.

Capítulo 2

Sorprendentemente, Brittany Evans consiguió controlarse y no se abalanzó al cuello de Wes.

Sorprendentemente, no le exigió que explicara lo que lo había llevado a amenazar a un joven doce años más joven que él, ni por qué lo había hecho delante de su hijo adoptivo.

De hecho, Britt no dijo nada al respecto. Pero tomó nota del asunto para recordárselo más tarde.

Durante el trayecto en coche, se limitó a hablar del embarazo de su hermana y de los amigos que tenían en común. Wes decidió llevarla a un restaurante de Santa Mónica, no muy lejos de la casa de Britt, y la mujer no mencionó lo sucedido en el estadio hasta que empezaron a cenar.

–Tu comportamiento con Dustin me ha sorprendido mucho –dijo ella.

Wes la miró. Sobre la mesa había una vela, cuya luz le daba un brillo cálido y exótico que su hermana Melody nunca habría podido tener. Siempre había pensado que Mel era la más guapa de todas sus hermanas, y posiblemente lo era en un sentido clásico. El rostro de Britt era más anguloso; además, su barbilla era demasiado afilada y su nariz, algo respingona. Pero resultaba muy atractiva.

Se recordó que Brittany había dejado bien claro que el sexo no era una opción posible entre ellos, y acto seguido, tuvo que hacer un esfuerzo para convencerse de que tampoco lo era para él. Por otra parte, resultaba evidente que aquella mujer no estaba buscando una relación divertida y pasajera, sino una relación en toda regla: algo que él no podía dar a nadie mientras no aclarara sus ideas.

La posibilidad de pasar una simple noche con ella parecía bastante remota e, incluso en el caso de que se equivocara, Wes era consciente de que su relación no podría ir más lejos: terminaría en el momento en que le confesara que estaba enamorado de otra persona, y no de cualquier otra persona, sino de Lana Quinn, la esposa de Matthew Quinn, un compañero de la Marina y uno de sus mejores amigos.

Brittany Evans lo miró con intensidad. Estaba sentada frente a él, observándolo de un modo que le pareció arrebatador. Sus ojos resultaban tan cálidos como inteligentes, y parecían decir que le gustaba, que lo respetaba y que esperaba lo mismo de él.

Lo estaba mirando tal y como lo miraba la propia Lana.

Pero era obvio que Brittany estaba esperando una respuesta al comentario que acababa de hacer, así que se la dio:

—Sí, es verdad, a mí también me ha sorprendido —confesó.

Ella echó un trago de cerveza y él intentó no mirar su boca. Deseaba besarla y, de haberse tratado de cualquier otra persona, tal vez de una mujer a quien acabara de conocer en un bar, habría intentado aproximarse a ella y comprobar si tenía alguna opción.

Al fin y al cabo, habría sido preferible a la problemática relación que mantenía con Lana. Ella estaba casada, se encontraba fuera de su alcance, era territorio prohibido. No podía tenerla y, en consecuencia, buscaba el placer allá donde podía.

Lamentablemente, la situación con Brittany también tenía sus complicaciones. Era cuñada del teniente Jones y, aunque dudaba que hablara con él sobre sus relaciones sexuales con desconocidos, cabía la posibilidad de que lo hiciera con Melody, su hermana. En ese caso, más tarde o más temprano llegaría a oídos del propio Jones.

La idea le resultó tan horrible que pensó que no se iba a acostar con Brittany ni aquella noche ni en ningún otro momento. Por mucho que le apeteciera verla desnuda y por mucho que la deseara, se mantendría alejado de ella.

–¿Qué te dijo? –preguntó entonces el objeto de sus pensamientos–. Me refiero a Melero...

–Nada, no importa. Ese chico es un... idiota.

–Sospecho que ibas a llamarlo algo más fuerte –comentó, con una sonrisa.

–Sí, pero estoy haciendo un esfuerzo por comportarme bien.

–Y yo te lo agradezco.

La sonrisa de Brittany le pareció tan arrebatadora que una vez más tuvo que concentrarse para recordar que no podía haber nada físico entre ellos.

–Si lo prefieres, digamos que Melero es un perfecto estúpido.

–Bueno, lo conozco desde hace tiempo y sé que puede llegar a ser muy irritante, pero Andy también lo sabe y no tiene sentido que reaccionara de ese modo. ¿Sabes qué le dijo para enfadarlo tanto?

–Algo sobre una chica.

Wes no dio más explicaciones porque no estaba seguro de que fuera una buena idea.

–¿Sobre Dani?

–Sí, en efecto.

–Es la novia de mi hijo...

–Ya lo había imaginado.

–¿Y qué dijo? –insistió.

Wes recordó las palabras del joven. Habían sido bastante desagradables y no quería repetirlas literalmente, de modo que eligió una fórmula más diplomática. Además, aquello no era asunto suyo.

—Digamos que le dijo a Andy que se había acostado con ella. Aunque lo dijo de forma mucho menos delicada.

Britt rio.

—Sí, ya lo imagino. ¿Y Andy no se marchó de inmediato? Qué tonto puede llegar a ser... Esa chica está localmente enamorada de él y dudo que le hiciera algo así —comentó—. Es buena persona y me cae bien, aunque no estoy segura de que sea adecuada para Andy. No me fío del todo de ella. Solo espero que no se quede embarazada...

—Yo no me preocuparía mucho de eso, al menos por el momento —dijo él mientras bebía un poco de cerveza—. Al parecer, tu hijo se está tomando el asunto con mucha calma... Con tanta calma, que su novia es virgen.

—¿Cómo? —preguntó Britt, muy sorprendida.

—Por lo que oí, es virgen y todo el mundo sabe que no tiene intención de acostarse con nadie hasta que esté preparada.

—Nunca lo habría imaginado...

—A pesar de eso, Melero anda diciendo que se ha acostado con ella. Y se expresó de un modo tan agresivo y desagradable al respecto que quise empujarlo contra las malditas taquillas.

—Te recuerdo que lo hiciste...

Brittany lo estaba mirando con tal intensidad que a Wes le recordó a la señora Bartlett, una profesora que había tenido en el colegio.

—Sí, lo hice. Pero antes hice otra cosa.

—¿Qué otra cosa?

—Empezar a comportarme como un troglodita. Lo siento mucho, en serio —se disculpó—. Siento haberme comportado de ese modo delante de tu hijo. Sé que estuvo mal, pero cuando empezó a reír y a decir que tú eres una cualquiera y que se acostaría contigo después de acostarse con esa chica...

Brittany lo miró con sorpresa, pero se recobró enseguida y rio.

—Solo son cosas de niños. Por muy estúpido que pueda ser, no supone una amenaza para nadie. Y aunque me equivocara, puedes estar seguro de que sé cuidar de mí misma.

—Sí, de eso ya me he dado cuenta —observó—. De hecho, se lo dije.

—¿Y no le dijiste nada más? ¿No le dijiste que eres de las fuerzas especiales de la Marina, para asustarlo un poco?

Wes se frotó la mandíbula.

—Bueno, creo que mencioné algo sobre mi machete...

Brittany volvió a reír.

—Supongo que fue entonces cuando te miró como si se fuera a desmayar...

El camarero apareció en aquel momento y retiró las botellas de cerveza vacías.

—¿Quieren tomar algo más?

—Sí, yo quiero otra, por favor —respondió Brittany.

—Yo también —dijo Wes—. O no. Mejor, tráigame un refresco.

—De acuerdo.

Cuando se quedaron a solas, Wes se sintió obligado a explicarle por qué había cambiado de bebida:

—Me he prometido que solo tomaría una cerveza por noche. Si tomo una segunda, terminó bebiéndome una caja entera.

—Entonces, me alegra que hayas tomado esa decisión. Sobre todo porque tienes que conducir.

—Sí, desde luego. Además, sé que me pongo pesado cuando bebo en exceso —explicó, sin saber muy bien por qué se lo estaba contando—. ¿Sabes que la velada está resultando de lo más interesante? Hemos hablado sobre la vida sexual de tu hijo y ahora te estoy hablando de mis problemas con el alcohol. ¿No sería mejor que habláramos de cine, o del tiempo?

—No, mejor hablamos de otra cosa. ¿Cuándo has dejado de fumar?

—¿Por qué preguntas eso? —dijo él, muy sorprendido—. ¿Tanto se nota que estoy deseando fumar?

—Sí. No dejas de llevarte la mano al bolsillo de la chaqueta, como si quisieras sacar un paquete. Y me extraña que no te hayas vuelto loco... eso de dejar de fumar e intentar controlar el consumo de alcohol al mismo tiempo es francamente difícil.

—Bueno, ya había intentado dejarlo antes, pero sin demasiada fe. Lo máximo que conseguí fue estar sin fumar durante seis semanas.

—¿Has probado con los parches de nicotina?

—No —admitió—, aunque tal vez debería probar. No sé, puede que la idea resultara más interesante si consiguiera que Julia Roberts me pegara los parches en cierta parte de mi anatomía.

Brittany rio.

—No lo dudo, pero puedes animarte pensando que tu aliento mejorará cuando dejes el tabaco.

Wes sonrió, aunque de un modo algo forzado. Aunque se estaba divirtiendo mucho con Brittany, no dejaba de dar vueltas al asunto que había transformado su vida en un pequeño infierno: haberse enamorado de una mujer casada. Y obviamente no podía contárselo. Se suponía que habían salido juntos para pasar un buen rato, no para convertir la velada en una terapia.

El camarero apareció con sus bebidas y se volvió a marchar. Wes se sirvió el refresco, bebió un poco y lamentó no haber pedido otra cerveza.

—Mi ex fumaba varios paquetes de tabaco al día —explicó Brittany—. Intenté convencerlo para que fumara menos con el argumento de que la boca le sabía tan mal que tendría que dejar de besarlo. ¿Y sabes lo que hizo?

—No. ¿Qué hizo?

—Dejó de besarme.

Wes dedicó varios calificativos poco amistosos al ex de Brittany, y a ella le pareció tan divertido que estalló en carcajadas. Pero, a pesar su reacción, Wes se disculpó por el comentario.

—No te preocupes, no pasa nada —dijo ella—. Lo que pasó entre nosotros no fue solo culpa suya. Y en cuanto al asunto del tabaco, ya fumaba demasiado antes de que me casara con él y entonces no me importó en absoluto. El asunto es bastante más sencillo: si quieres dejar de fumar, deja de fumar.

—Sí, claro. O eso, o consigo que Julia Roberts haga lo que he dicho antes...

—Exactamente —dijo Brittany, riendo.

—De todas formas, creo que tu marido se comportó como un idiota.

Brittany sonrió de un modo tan atractivo que él se quedó sin aliento.

—Sí. Yo opino lo mismo.

—Melody me comentó que tienes una semana de vacaciones —dijo Brittany, mientras tomaba un poco de café.

—Una, no. Tengo dos —puntualizó.

—¿Y es verdad que decidiste pasarlas en Los Ángeles para hacer un favor a un amigo?

—Sí.

Definitivamente, Wes era un hombre hiperactivo. Incluso sentado a la mesa, estaba constantemente en movimiento, como un depredador en tensión. Jugaba con la cucharilla de café, con el salero, con el mantel, con cualquier cosa que estuviera a su alcance. Pero, cuando realmente se ponía nervioso, dejaba de moverse y se quedaba muy quieto.

Aquel fue uno de esos momentos y a Brittany no le pasó desapercibido. Sin embargo, duró muy poco; enseguida se puso a remover el hielo de su refresco.

Después, levantó la mirada y la miró con aparente naturalidad. Pero ella supo que estaba fingiendo.

—En realidad, estoy aquí para hacer un favor a la esposa de un buen amigo —comentó—. No sé si tu hermana te habrá hablado de él. Se llama Matthew Quinn, aunque todos lo llamamos Wizard... Puede que no lo conozca. Trabaja en uno de los equipos de las fuerzas especiales y siempre está de viaje, así que...

Wes se detuvo un momento antes de continuar.

–Lana, su esposa, es una mujer encantadora. Somos amigos desde hace años, y como está preocupada por su hermana... Bueno, realmente es su hermanastra, Amber Tierney. Es hija de la segunda esposa del padre de Lana.

–Espera un momento, a ver si lo he entendido –dijo ella, alzando una mano para interrumpirlo–. Estás aquí para hacer un favor a Lana, que es una mujer encantadora, porque tiene un problema con su hermanastra. Y se trata nada más y nada menos que de Amber Tierney, la actriz que aparece en esa famosa serie de televisión...

–Sí.

–Comprendo.

Brittany se pasaba casi todo el día estudiando y trabajando en el hospital, de modo que no se mantenía muy al día de las cosas del mundo del espectáculo. Pero a pesar de eso, reconoció enseguida el nombre de la hermanastra de Lana. Amber salía en una de las series más conocidas del momento, que se llamaba *High Tide*.

–¿Y por qué está preocupada tu amiga Lana? ¿Es que teme que su hermanastra gane demasiado dinero, o que Tom Cruise pretenda salir con ella? –preguntó con ironía.

–Está preocupada porque la han amenazado –respondió Wes con seriedad.

–Oh, lo siento, discúlpame... No he debido burlarme sin saber lo que sucedía.

–No sé hasta qué punto es importante –explicó–. Lana dice que su hermanastra se separó de él, pero añadió que se trata de un tipo inofensivo y que realmente no quiere hacerle daño. Sin embargo, Lana resulta un poco obsesiva con esas cosas porque es psicóloga, y se empeñó en que viniera a Los Ángeles. Así que aquí estoy.

Por el extraño nerviosismo de Wes, Brittany empezó a

sospechar que en aquella historia había algo que no cuadraba. Y no tardó en llegar a la conclusión de que su presencia en Los Ángeles se debía en realidad a que estaba manteniendo una aventura con aquella mujer, con la esposa de un amigo suyo.

–Sé que los miembros de las fuerzas especiales sois unos verdaderos profesionales, pero, si la han amenazado, ¿no sería mejor poner el asunto en manos de la policía? –preguntó, eligiendo con mucho cuidado sus palabras.

Wes terminó con el pedazo de tarta que había pedido de postre y se limpió la boca con una servilleta antes de contestar.

–Amber no quiere que llamemos a la policía porque el asunto llegaría de inmediato a los periódicos. Además, es posible que el tipo sea verdaderamente inofensivo, así que Lana me pidió que viniera y que echara un vistazo al sistema de seguridad de su hermanastra, para asegurarnos de que es bueno y de que ella se encuentra a salvo.

–¿Y por qué no se ocupa de ello tu amigo?

–Porque en este momento se encuentra fuera del país. Está en una misión desde hace diez meses.

–De modo que Lana decidió llamarte a ti...

Wes apartó la mirada.

–Sí.

–En ese caso, imagino que debéis de ser muy buenos amigos. Sé que no sueles tener vacaciones. Y pasarlas aquí, en Los Ángeles, solo por hacerle un favor...

–Sí, bueno, en realidad no es para tanto –dijo, sin mirarla.

–Aunque, por otra parte, Amber Tierney es preciosa. Y según las revistas, no está saliendo con nadie. Quién sabe, si juegas bien tus cartas...

Wes rio.

–No, gracias, eso sería lo último que necesito en este instante. Además, tampoco creo que a Amber le convenga tener una relación con otro idiota.

–Entonces, no crees que Lana te haya enviado con el objetivo oculto de que mantengas una relación con su hermanastra, ¿verdad?

En ese momento, Wes volvió a mirarla a los ojos.

–Por supuesto que no. ¡Qué ideas se te ocurren!

–Ten en cuenta que las hermanas suelen hacer ese tipo de cosas. Conocen a un hombre que les cae bien, deciden que pueden hacer de celestinas, y luego lo organizan todo.

Wes negó con la cabeza.

–No lo creo.

Brittany tampoco lo creía. De hecho, seguía pensando que el objetivo de Wes no era la hermanastra de Lana, sino la propia Lana. Se preguntó si se estaría acostando con ella y, aunque intentó pensar en otra cosa y recordarse que no era asunto suyo, se dijo que pasar dos semanas de vacaciones con una amante secreta debía de ser una perspectiva muy interesante.

Acto seguido, intentó imaginar lo que había sucedido. Lana tenía un marido que viajaba mucho, así que las oportunidades de acostarse con Wes no le faltarían. Pero, por otra parte, corrían el riesgo de que algún vecino o amigo empezara a sospechar si los veían juntos con demasiada frecuencia. En tal caso, el problema de Amber les habría proporcionado la excusa perfecta para solucionar la situación: Wes se presentaba en Los Ángeles para ayudarla, Lana aparecía por la misma razón, y los dos podrían pasar quince días juntos en un lugar donde nadie los conocía.

El plan era perfecto y la posibilidad de que hubiera acertado con sus sospechas bastante elevada. Pero, a pesar de todo, Britt deseó haberse equivocado.

Por suerte, el camarero se presentó para darles la cuenta de la cena y eso evitó que siguiera haciendo preguntas.

Wes sacó la cartera para pagar la cuenta y ella abrió el bolso por la misma razón.

–Paguemos a medias –dijo Brittany.

–No, déjame que pague yo esta vez –dijo él, mientras sacaba su tarjeta de crédito.

–¿Por qué?

–Porque me apetece invitarte. He pasado una de las mejores veladas de mi vida.

–¿En serio? –preguntó, encantada con el comentario–. Si eso es cierto, imagino que no sales muy a menudo...

Wes rio.

–En serio, Wes, no me parece justo que me invites a cenar solo porque mi cuñado...

–¿Te sentirás mejor si invitas tú la próxima vez?

En ese instante apareció el camarero y complicó la situación de forma bastante inesperada.

–Lo siento, señor. Su tarjeta de crédito ha caducado y no podemos cobrarle la cuenta con ella. ¿No tiene otra?

Wes maldijo su suerte.

–No, solo tengo esta –respondió.

Brittany intentó pagar, pero él se lo impidió.

–No, por favor, no importa. Llevo dinero suficiente en la chaqueta –continuó mientras le daba unos billetes al camarero–. Quédese con la vuelta...

–Gracias, señor.

El camarero se marchó y Wes miró la tarjeta de crédito.

–Ha sido una situación bastante embarazosa. No sabía que la tarjeta estuviera caducada. Normalmente envían una nueva cuando está a punto de caducar.

–Dime una cosa: ¿qué sueles hacer con los envíos de propaganda que llegan a tu correo?

–Los tiro, claro está...

–Entonces es posible que tiraras la carta del banco sin darte cuenta.

–Bueno, de todas formas no importa tanto –dijo él, intentando aparentar desinterés.

Brittany lo miró y se dijo que el problema con la tarjeta caducada probablemente era más grave de lo que Wes pretendía hacerle creer, de modo que preguntó:

–¿Dónde te vas a alojar esta noche?

–No lo sé. Supongo que podría volver en coche a San

Diego. Tenía intención de alojarme en un hotel, pero ahora... le dije a Amber que la vería a primera hora de la mañana en el estudio y, si regreso a casa, apenas podré dormir un par de horas antes de volver otra vez a Los Ángeles.

–Si quieres, podrías dormir en mi sofá –dijo Britt.

Wes la miró con expresión sombría.

–No deberías ser tan generosa con hombres a los que acabas de conocer.

Ella rio.

–Oh, vamos, he oído hablar de ti desde hace años y dudo que seas un asesino en serie o algo así. Además, no tienes muchas opciones. A no ser que prefieras dormir en tu coche, claro está.

Eso era exactamente lo que Wes había pensado hacer. Y Brittany lo notó en su sonrisa.

–Hablo en serio, Brittany. No me conoces.

–Te conozco lo suficiente.

Wes la observó durante unos segundos. Britt no pudo interpretar la expresión de su rostro ni de sus ojos. Pero si hubiera sido más joven e inocente, si hubiera sido una de esas soñadoras que pensaban que la vida era como una novela romántica, se habría dejado llevar por la esperanza de que Wes Skelly se enamorara de ella en aquel preciso instante.

Sin embargo, Brittany no era ninguna de esas cosas. Además, ya habían dejado bien claro que no se iban a acostar y que ella no era su tipo de mujer. Y para empeorarlo todo, sospechaba que Wes se estaba acostando realmente con la esposa de su amigo.

Britt se dijo que mantener una relación con él, en tales circunstancias, era poco recomendable. Sin contar que ya estaba bastante liada con el trabajo, los estudios y su hijo.

–Está bien, acepto tu oferta –dijo él–. Lo del sofá suena bien... Te lo agradezco mucho, sinceramente.

Brittany se levantó entonces de la silla y recogió su bolso y el jersey que se había quitado porque hacía calor.

—Solo te advierto que no puedes fumar dentro de mi casa —le dijo, mientras caminaban hacia la salida.
—Ya te he dicho que lo he dejado...
Brittany lo miró con desconfianza y él rio.
—En serio —añadió Wes—. Esta vez no pienso volver a caer.

Capítulo 3

¿Andy?

Brittany llamó a su hijo en cuanto abrió la puerta de la casa.

–Hola, mamá... ¿Cómo te ha ido con ese tipejo? –preguntó el chico desde su habitación.

–Bueno, el tipejo al que te refieres está ahora mismo conmigo –respondió su madre, mirando a Wes con humor.

Wes no se tomó a mal el comentario del joven. Echó un vistazo a su alrededor y pensó que la casa era muy agradable. Los muebles, de colores brillantes, parecían bastante cómodos; y a pesar de ser pequeña, estaba bien distribuida: un salón, una cocina y un pasillo que llevaba a los dos dormitorios.

Durante el trayecto en coche, Britt le había comentado que su hogar era mucho más pequeño que su domicilio anterior en Appleton, en Massachusetts. Sin embargo, también había añadido que los dormitorios eran más grandes y que los dos tenían su propio cuarto de baño.

Andy apareció segundos más tarde, vestido con pantalones cortos y una camiseta. Iba descalzo y llevaba el pelo revuelto. Y aunque intentó aparentar desinterés, resultaba evidente que sentía una enorme curiosidad.

–Hola –dijo Andy, mirando a Wes y a su madre–. Qué sorpresa más inesperada...

–Va a dormir en el sofá –lo informó su madre–. Así que no llegues a conclusiones apresuradas.

–¿Es que acaso he dicho algo en ese sentido? –preguntó Andy–. No he dicho nada, que yo recuerde...

Acto seguido, el joven estrechó la mano de Wes y añadió:

–Me alegra verte de nuevo. Siento haberte llamado «tipejo».

–Carece de importancia...

Andy asintió y miró a los dos adultos con evidente ironía y un brillo de malicia en los ojos.

–No digas lo que estás pensando –le advirtió su madre.

Brittany abrió uno de los muebles del salón y extrajo unas sábanas y una manta para que Wes pudiera acomodarse.

–¿A qué te refieres? –preguntó Andy con cara angelical.

Brittany conocía bien a su hijo y sabía lo que estaba pensando. Pero a pesar de su malicia natural, también sabía que era un chico maravilloso y cariñoso que la quería con todo su corazón.

En realidad, le recordaba mucho a otra persona. Le recordaba a Ethan, nada más y nada menos que el hermano pequeño de Wes.

–Wes ha tenido un problema con su tarjeta de crédito y necesitaba un lugar donde dormir, así que le ofrecí nuestro sofá –explicó ella, antes de mirar a su invitado–. Aquí tienes las sábanas y una manta. Si quieres una almohada, puedo prestarte la de mi habitación.

Britt se detuvo un momento y añadió:

–No es un candidato.

Wes no pudo resistirse a preguntar.

–¿Un candidato para qué?

Los dos hombres miraron a Brittany, expectantes. Estaban deseando oír su respuesta.

Brittany rio y los llevó a la cocina. Una vez dentro, encendió la luz y llenó de agua la tetera.

–Para demostrarte que Wes no es un candidato, le voy a contar la verdad. Si lo fuera, no le diría nada –comentó ella.

Brittany se volvió entonces hacia Wes.

–Desde que adopté a Andy, no ha dejado de presionarme para que le consiga un padre. Pero en realidad solo es una broma entre nosotros... ¿A quién me has buscado ahora como candidato, Andy?

–Bueno, Bill el cartero ha descubierto que es homosexual, de modo que solo nos queda el tipo que trabaja en el turno de noche del supermercado...

–Ah, sí, Alfonso –dijo Brittany, apoyándose en la encimera y cruzándose de brazos–. Pero solo tiene veintidós años y apenas conoce nuestro idioma.

–Dijiste que es atractivo...

–Sí, lo dije, pero eso no quiere decir nada. La señora Feinstein también es atractiva y no pretendo nada con ella.

–Bueno, también nos queda el doctor Jurrik, del hospital.

–Oh, sí, él es perfecto. Salvo por el hecho de que preferiría clavarme agujas en los ojos antes que mantener otra relación con un médico.

–¿Y qué hay de Spoons?

–Se refiere a uno de los barrenderos del vecindario –informó Brittany a Wes.

Wes sonrió y se apoyó a su vez en otra de las encimeras.

–La verdad es que todos te parecen mal porque no quieres hacer nada al respecto. Ni siquiera sales. Solo de vez en cuando, cada cierto tiempo, algún conocido te obliga a salir con el amigo de un amigo –comentó Andy, con tono de disgusto.

–Andy, no olvides que la mayoría de los hombres de mi edad son unos perfectos cretinos.

–Estuvo casada con un perfecto cretino y le ha dejado un mal sabor de boca, eso es todo –dijo Andy, mirando a

Wes–. Yo no llegué a conocerlo, pero al parecer su descripción se queda corta.

–No hace falta que le des explicaciones. Seguro que Melody y Jones ya le han contado todo lo que hay contar... Pero dime una cosa, Andy, ¿no tienes nada que hacer?

–Sí. Dani acaba de llamar y llegará en cualquier momento.

–Entonces, ¿se siente mejor?

–No lo sé –respondió su hijo–. Parecía preocupada cuando he hablado con ella. Ah, antes de que lo olvide... el casero llamó por teléfono y dijo que cambiará el cristal roto de la ventana de tu cuarto de baño y que pondrá una plancha de plástico transparente.

Andy se volvió hacia Wes y añadió:

–Unos niños del barrio se dedican a jugar al fútbol en la calle y ya han conseguido romper tres veces el cristal de esa ventana. Todo un récord, la verdad... Así que el casero se ha cansado de cambiar cristales y ha pensado que el plástico es más conveniente porque no se romperá.

–Seguro que la próxima vez rompen un cristal de la ventana de mi dormitorio –dijo Brittany.

Justo entonces sonó el timbre de la puerta.

Andy se excusó y se dirigió al salón para abrir.

–Es un buen chico –comentó Wes–. Debes de estar orgullosa de él...

–Lo estoy –dijo ella, mientras extraía dos tazas de un armario–. ¿Quieres tomar un té?

Wes rio.

–En las fuerzas especiales no nos permiten tomar té. Está prohibido en el manual del buen soldado.

–¿El manual del buen soldado? ¿Eso qué es? ¿Lo que hay que hacer para convertirse en todo un hombre?

–Sí, algo así.

–Jones me contó unas cuantas historias bastante duras sobre una cosa que llamáis «la semana del infierno» o algo así...

Brittany se refería a la semana más dura de la primera fase de entrenamiento de las fuerzas especiales. Los soldados se veían sometidos a todo tipo de presiones extremas, tanto física, como emocional y psicológicamente.

–Sí, aunque yo no recuerdo cómo la pasé. Estaba tan asustado que creo que me bloqueé.

–Vaya, eso sí que es interesante –dijo ella, con una sonrisa.

Wes pensó que la sonrisa de Brittany era maravillosa. Y por enésima vez, deseó poder dormir en un lugar más interesante que el sofá del salón de la casa.

–Sí, supongo que sí, pero es verdad que no recuerdo gran cosa. Sin embargo, puedo decirte que Bobby Taylor y yo dejamos de odiarnos durante aquella semana. Habíamos sido muy amigos, pero nos enfadamos más tarde por tonterías y no recobramos nuestra amistad hasta entonces.

Brittany rio.

–No me lo puedo creer. Tu amistad con Bobby es casi legendaria... Todo el mundo habla de vosotros como si fuerais inseparables. Siempre están diciendo algo de Wes y Bobby, de Bobby y Wes... Casi me sorprende que no apareciera contigo en el estadio.

–Es que está de luna de miel.

–Con tu hermana, si no recuerdo mal –observó Britt–. Supongo que para ti debió de ser bastante duro. Tu mejor amigo se casa con tu hermana y a partir de ahora ya no seréis Bobby y Wes, sino Bobby, Colleen y Wes.

A Wes le sorprendió y le agradó el comentario al mismo tiempo. Casi toda la gente que conocía se había alegrado mucho por la boda de Bobby y Colleen. Creían que para él debía de ser una gran noticia porque a fin de cuentas era como meter en su familia a su mejor amigo.

Y sin duda, era una gran noticia. Pero también era todo lo contrario. Brittany había acertado de lleno: su relación con Bobby se basaba en el hecho de ser dos grandes amigos, ambos solteros; compartían apartamento, llevaban una vida muy similar y tenían muchas cosas en común.

Sin embargo, su matrimonio lo había cambiado todo. Para empezar, Bobby ya no salía con él cuando tenía un rato libre. Ahora prefería quedarse con Colleen.

–Sí, es verdad, ha sido duro –admitió Wes.

En ese preciso instante, oyeron la voz de Andy, procedente del salón.

–¿Estás hablando en serio?

El chico no parecía precisamente contento, así que Wes se asomó para ver lo que pasaba.

Andy se encontraba frente a la puerta de la casa, que estaba abierta. Su novia ni siquiera había entrado en el salón. Era una chica de pelo corto y oscuro, muy bella, aunque en ese momento estaba pálida y tenía ojeras.

–Hazme el favor de entrar para que podamos hablar de ello –continuó Andy.

La joven se limitó a negar con la cabeza.

–Entonces, ¿te vas a limitar a marcharte después de haberme dicho eso? –preguntó Andy, intentando mantener la calma.

Wes decidió volver a la cocina y dejarlos en paz. Al fin y al cabo era una conversación privada y, al parecer, algo conflictiva. Además, sospechaba que aquella chica le estaba dando calabazas al hijo de Brittany.

–¿Me estás diciendo que te vuelves a San Diego y que ni siquiera vas a terminar el trimestre en la universidad?

Wes y Britt oyeron claramente la pregunta de Andy, que había subido el tono de voz.

La chica respondió en voz tan baja que los adultos no pudieron oír su respuesta.

–Lo malo de vivir en una casa tan pequeña es que no se tiene intimidad –explicó Brittany.

–Podemos salir a dar un paseo –sugirió Wes–. ¿Te apetece?

Britt dejó la tetera a un lado.

–Sí. Además, lo que realmente me apetece tomar es un té helado. Iré a buscar una chaqueta...

Britt se alejó por el pasillo, en dirección a su dormitorio. Pero la conversación de los dos jóvenes subió entonces de tono.

–¿Por qué me estás haciendo esto? –preguntó Andy–. ¿Qué ha pasado? ¿Qué he hecho? Dani, por favor, tienes que hablar conmigo... No puedes marcharte así como así... ¡Te quiero!

Los ojos de Dani se llenaron de lágrimas.

–Lo siento, Andy, pero yo no te quiero a ti.

Un segundo después, la joven cerró la puerta de la casa y se marchó.

Wes pensó que aquello tenía que haber resultado muy doloroso para Andy. Cuando Brittany regresó con la chaqueta, lo miró con cara de preocupación. Obviamente, también había oído la conversación de los jóvenes.

Andy se había quedado en el salón, sin saber qué hacer. Si intentaba dirigirse a su dormitorio, tendría que pasar por delante de la cocina y por tanto de ellos. Y si Wes y Brittany decidían dar finalmente el paseo, tendrían que pasar por el salón y por tanto por delante de Andy. Pero obviamente, un encuentro con los dos adultos era lo último que necesitaba el adolescente en aquella situación. No en vano acababan de abandonarlo.

–¿Qué te parece si en lugar de salir a dar un paseo nos vamos a tu dormitorio? –preguntó Wes a Brittany–. Si cerramos la puerta, Andy tendrá una vía de escape.

–Sí, creo que tienes razón. Vamos.

Britt lo tomó de la mano y lo llevó a su dormitorio.

La habitación era razonablemente grande y estaba decorada con colores tan alegres como los del resto de la casa. Había un enorme espejo en un antiguo vestidor y la cama tenía dosel. Cuando Britt cerró la puerta a sus espaldas, él sonrió.

–Ya me gustaría a mí que entrar en la habitación de una mujer preciosa fuera siempre tan fácil...

–¿Cómo es posible que Dani le haya hecho algo así?

—se preguntó Brittany, ajena al comentario de Wes–. No se ha molestado en darle ninguna explicación. Sencillamente le ha dicho que no lo quiere y se ha marchado... Es una chica horrible. Nunca me gustó.

Poco después oyeron que se cerraba la puerta del dormitorio de Andy. Casi de inmediato, comenzó a sonar música. Al parecer, Andy había decidido encender el equipo para que no lo oyeran llorar.

Brittany parecía tan triste que Wes pensó que ella también iba a ponerse a llorar.

—Tal vez sería mejor que me marchara –comentó Wes.
—No seas ridículo.

Britt lo llevó entonces al salón y comenzó a poner las sábanas y la manta en el sofá.

—Puedo hacerlo yo –dijo él.

Brittany se sentó en el sofá, claramente preocupada.

—A partir de ahora, yo le elegiré a sus novias.

Wes se sentó a su lado.

—Y ahora, ¿quién está siendo ridículo?

Ella rio, pero con tristeza.

—Andy estaba tan desesperado cuando lo conocí... Entonces solo tenía doce años y lo habían herido muchas veces. Nadie lo quería. Lo pasaban de una casa de acogida a otra. Y ahora, por desgracia, está sufriendo una situación en cierta forma similar. La vida es un asco a veces, ¿no crees?

—Desde luego que sí. Pero, a pesar de saber lo que siente Andy en este momento, tienes que comprender que no puedes protegerlo de ciertas cosas. Sencillamente no puedes, Britt. La vida no funciona de ese modo.

Ella asintió.

—Lo sé.

—Andy es un chico magnífico. Y por muchas cosas malas que le hayan pasado, te tiene a ti. No te preocupes, se recuperará. Le dolerá mucho durante una temporada pero al final se recuperará. No es tan terrible como parece. Es muy joven.

Ella suspiró.

—Eso también lo sé. Pero soy su madre y quiero que todo le salga bien. Me gustaría que su mundo fuera perfecto.

Wes contempló los ojos y la boca de Brittany y pensó que ella era lo único perfecto.

De haberse tratado de otra mujer, probablemente la habría abrazado para animarla. Pero Brittany le gustaba demasiado y no quería arriesgarse a un contacto físico tan directo.

Entonces, Brittany suspiró.

—Bueno, será mejor que nos acostemos. Mañana tengo que levantarme muy pronto.

—Sí, yo también. Amber Tierney me espera.

Brittany sonrió.

—En el cuarto de baño tienes toallas. En cuanto a la almohada, iré a buscártela ahora mismo.

—Gracias por dejarme dormir en tu casa —dijo Wes.

—De nada. Puedes quedarte tanto tiempo como quieras.

Capítulo 4

A última hora de la tarde, cuando Britt volvió de su última clase, el vehículo de Wes estaba en el vado de la casa.

Aquella mañana, antes de marcharse al hospital, había dejado una llave y una nota para Wes encima de la mesa de la cocina. La nota decía que desayunara lo que quisiera y que podía volver tranquilamente a la casa cuando terminara su reunión con Amber.

Acababa de llegar a la puerta de la casa cuando Wes le abrió la puerta, sonriente. Al ver que llevaba varias bolsas con comida, la ayudó con ellas y las llevó a la cocina.

–¿Hay algo más? –preguntó él.

Wes llevaba vaqueros y una camiseta. En el brazo izquierdo tenía un tatuaje, que parecía un alambre de espino. Brittany pensó que había algo muy juvenil en su apariencia. Pero también se dijo que estaba sencillamente impresionante.

–Sí, hay un par de bolsas más –dijo ella–, pero ya voy yo a buscarlas.

Hizo ademán de salir de la casa, pero él se adelantó y se dirigió al coche a buscarlas. Brittany pensó que era un detalle encantador por su parte y se dispuso a guardar las cosas que había comprado. Aún estaba en la cocina cuando él regresó; sin embargo, no pudo darle las gracias porque estaba hablando por su teléfono móvil.

–Sí, lo sé y lo entiendo –estaba diciendo en ese momento–. No, no creo que sea una locura, pero... Mira, estoy en ello e iré a su casa esta noche. Tengo entendido que va a dar una especie de fiesta y...

Brittany no sabía con quién estaba hablando, pero algo le dijo que se trataba de su amiga Lana. De todas formas, la conversación telefónica no impidió que él la ayudara guardando la leche, el yogur y las verduras en el frigorífico.

–No, solo he hablado con ella quince minutos. Dice que ese tipo es un bocazas y que en realidad no supone ninguna amenaza, pero son sus palabras, no las mías. Yo todavía no he tenido ocasión de conocerlo –siguió diciendo Wes–. Ha mencionado que la semana pasada volvió a su casa y lo encontró en el garaje. Al parecer, solo pudo hacerlo por el procedimiento de entrar en el edificio cuando ella salió por la mañana y esperarla todo el día dentro.

Wes permaneció en silencio unos segundos, escuchando a su interlocutor, y luego añadió:

–Sí, es cierto, desde luego que es para asustarse. Pero, a pesar de eso, me ha dicho que le pidió que se marchara y que él se marchó de inmediato sin causar ningún problema. Además, tu hermana es lista: estaba dentro de su coche cuando lo encontró, y no salió de él hasta que el tipo desapareció.

Wes se sentó en una silla, junto a la mesa de la cocina.

–Sí, sí, por supuesto... Iré esta noche, echaré un vistazo a su sistema de seguridad y volveré a hablar con ella. Te llamaré en cuanto pueda, ¿de acuerdo? En cuanto a Wizard... No, no he sabido nada de él. ¿Y tú?

Wes rio entonces y añadió:

–De acuerdo, te llamaré en cuanto pueda.

Acto seguido, cortó la comunicación.

–Discúlpame, Britt. Es una llamada que no podía esperar... Dios mío, daría cualquier cosa por poder fumar un cigarrillo.

Las sospechas de Brittany habían llegado a tal extremo que decidió atreverse a preguntar directamente.

–¿Te estás acostando con ella, Wes?

Wes la miró con algo parecido a un gesto de culpabilidad.

–¿Con quién? ¿Con Amber? Por supuesto que no.

Aunque Wes había respondido con total naturalidad, Brittany supo que se estaba haciendo el loco. Lo cual demostraba, sin lugar a dudas, que efectivamente se estaba acostando con Lana.

La confirmación, en todo caso, no tardó en llegar. Ella se mantuvo en silencio durante unos segundos y él siguió hablando.

–Está bien, te lo diré. No me he acostado con Lana. Todavía no hemos llegado a eso y no llegaremos nunca. No sería capaz de hacerle algo así a mi amigo Wizard.

Por el tono de sus palabras, Britt tuvo la impresión de que estaba enamorado de aquella mujer y lo sintió mucho por él.

–¿No se te ha ocurrido pensar que tal vez se está aprovechando de ti? Te ha pedido que vengas a Los Ángeles para ayudar a su hermana cuando debería haber contratado los servicios de un detective privado o...

–De todas formas, tenía que tomarme unas vacaciones. En realidad no ha sido una decisión propia, sino una orden de mis superiores. Y créeme: venir a Los Ángeles es mejor que quedarme en San Diego de brazos cruzados. Estar allí no es nada fácil, sobre todo cuando Wizard se encuentra fuera del país. Lana está tan cerca...

Brittany se sentó a su lado.

–Lo siento, Wes...

–Sí, bueno...

–¿Dijiste que es psiquiatra?

–Psicóloga –puntualizó.

–¿Y sabe que estás enamorado de ella?

Brittany suponía que la respuesta sería positiva. No resultaba creíble que una psicóloga profesional pudiera mirar a Wes a la cara y no darse cuenta de lo que sentía por ella.

–No. Es decir, sabe que siento algo por ella, pero... también sabe que no haré nada al respecto. Sencillamente, no puede ser.

Brittany no conocía bien lo sucedido y por tanto no podía hacerse una idea más aproximada del asunto. Pero algo le dijo que Lana no se estaba portando bien con Wes. Sospechaba que en realidad lo estaba utilizando para divertirse un poco, en ausencia de su marido, aunque sabía perfectamente lo que Wes sentía por ella.

–Pero ¿sabes qué es lo que de verdad me inquieta? Amber me ha dicho algo en lo que no puedo dejar de pensar...

Wes se detuvo un momento y añadió:

–Oh, perdóname. Supongo que este asunto no te interesa demasiado.

Brittany suspiró.

–¿Has notado que tenga prisa por marcharme a alguna parte?

Wes la miró con intensidad y ella pensó que toda la situación estaba resultando de lo más sorprendente. Allí estaba, sentada junto a Wes Skelly, un hombre al que muy pocas personas tenían ocasión de ver. Y no solo estaban hablando, sino que se estaba sincerando de un modo inimaginable. Ahora sabía que Wes escondía sus sentimientos tras la risa y la ira.

–Hace años que estoy atrapado entre Lana y Wizard. Y debo añadir que mi querido amigo nunca ha entendido bien el significado de la palabra «fidelidad», no sé si me entiendes...

–Te entiendo perfectamente.

–Lleva mucho tiempo acostándose con otras mujeres. Lo sé porque me lo ha contado y, al hacerlo, me ha colocado en una posición insostenible. ¿Qué debo hacer? ¿Decírselo a Lana? Ya conocía a Wizard antes de conocerla a ella y por tanto me he mantenido en silencio, pero ese asunto me está volviendo loco. Además, siempre he pensado que si se lo digo parecerá que lo hago por motivos egoístas. Pero hoy ha pasado algo que...

Wes se detuvo un momento y comenzó a jugar con el salero y el pimentero que estaban sobre la mesa.

—Hoy he estado hablando con Amber sobre el tipo que al parecer la amenaza, y me ha dicho que Lana exagera, que se preocupa demasiado con las cosas porque vive con un marido que la traiciona constantemente —declaró—. Le he preguntado cómo se había enterado de lo de Wizard y me ha contestado que Lana se lo contó. Es increíble... Llevo años preocupado por ese asunto y ahora resulta que Lana lo sabe.

—Mi exmarido era como tu amigo —intervino ella—. Lo volvían loco las faldas y no podía evitarlo. Y te puedo asegurar que con el tiempo se aprende a reconocer los signos.

—Sea como sea, hace unos minutos, cuando he estado hablando con Lana, he sentido el deseo de preguntarle por qué sigue viviendo con Wizard si sabe que se acuesta con otras. Pero, por supuesto, no puedo preguntarle algo así de forma directa.

—Tal vez tenga esperanzas de que cambie —comentó Brittany—. Pero en tal caso se estará engañando. Ese tipo de personas no cambian nunca, pase lo que pase.

Brittany comenzaba a comprender la situación de Wes. Lana debía de saber que él podía ser suyo en cuanto ella quisiera, con solo chascar los dedos. Después, solo tendría que divorciarse de su marido y conseguiría un hombre magnífico, un hombre como Wes que la querría con todo su corazón y que nunca le sería infiel. Pero, desgraciadamente, Wes se sentía atrapado porque no quería traicionar, a su vez, a Wizard.

Al pensar en ello, sintió envidia de Lana.

—Ahora ya sabes más de mí de lo que probablemente querías saber —comentó Wes con ironía—. Pero al menos he conseguido estar tres días sin fumar.

Wes se levantó con intención de dirigirse al salón, pero ella se levantó a su vez y se interpuso en su camino.

−No, no vas a ir a comprar tabaco. Dijiste que lo quieres dejar y te ayudaré. Hasta estoy dispuesta a regalarte unos parches de nicotina y ponértelos yo misma.

Wes sonrió.

−Eso sería divertido...

−No tanto como crees. Me comprometo a ponértelos en un brazo, pero a nada más. Soy enfermera, así que sé bastante de esas cosas...

Mientras hablaban, Wes no había dejado de avanzar y ella no había dejado de retroceder. Pero por fin, Brittany se encontró atrapada entre él y la puerta de la casa.

−Me muero por fumar un cigarrillo −dijo él.

−¿Y qué? A fin de cuentas, hay otras muchas cosas en el mundo que no puedes tener. Aguanta un poco, Skelly...

En ese momento, alguien abrió la puerta. Y como estaba apoyada en ella, salió disparada hacia delante y de repente se encontró entre los brazos de Wes.

A pesar de no ser alto, Wes era un hombre extremadamente sólido y tan fuerte que no se movió ni un milímetro con su impacto. Pero ahora estaban tan juntos que Brittany se dijo que no podría acercarse más a él aunque lo intentara. Salvo, naturalmente, estando desnudos.

Por fin, reaccionó y vio que Andy los estaba observando con perplejidad.

−Oh, lo siento −se disculpó el joven.

Andy quiso volver a cerrar la puerta para marcharse.

−No, espera... −dijo su madre, con cierta desesperación−. Solo intentaba impedir que Wes salga a comprar cigarrillos.

Andy rio.

−Pues has encontrado una forma ciertamente eficaz de conseguirlo.

Wes también rio.

−Ojalá estuvieras en lo cierto −dijo el hombre−. Sin embargo, la realidad es bien distinta. Tu madre estaba apoyada en la puerta cuando has abierto y ha salido disparada hacia mí.

–Vaya, lo siento mucho...

Andy no parecía sentirlo en absoluto. De hecho, los miraba como si la situación le resultara encantadora.

–¿Vas a quedarte aquí esta noche? –preguntó entonces el chico–. Me gustaría que te quedaras, porque pensé que tal vez podríamos jugar un rato al baloncesto o algo así.

Brittany sabía lo que eso significaba. Jugar un rato implicaba charlar un rato, y se dijo que le vendría bien a Andy. A fin de cuentas ella no era un hombre y no podía sustituir al padre que no había tenido.

–Quédate, por favor –dijo Brittany.

–La verdad es que hablé con mi banco y me dijeron que enviarían otra tarjeta de crédito. Pero no estará en Los Ángeles hasta mañana, así que había pensado que...

–Magnífico –interrumpió Brittany–. Además, puedes quedarte todo el tiempo que quieras y ahorrarte el gasto de un hotel si no te importa dormir en el sofá y ayudarme de vez en cuando con la comida.

Britt se volvió hacia su hijo y añadió:

–¿Todo va bien? ¿Has visto a Dani?

–No, se ha marchado –respondió, dolido–. Llevaba seis meses diciéndome que quería tomarse las cosas con calma. Y lo que realmente sucedía era que estaba encaprichada de Melero.

Ni Britt ni Wes supieron qué decir, así que no dijeron nada.

–¿Qué hay para cenar? –preguntó Andy.

Su madre pensó que era obvio que no quería hablar de su exnovia. Por lo menos, no con ella. Pero cabía la posibilidad de que quisiera hacerlo con Wes Skelly.

–Dímelo tú –respondió su madre–. Si no recuerdo mal, te tocaba cocinar a ti.

–Oh, vaya...

Andy se dirigió a la cocina y abrió el frigorífico. Solo entonces, añadió:

—Creo que cenaremos pasta.

—Menuda sorpresa. ¿Otra vez? —preguntó su madre con ironía—. Esta tarde he comprado un pollo, así que podríamos asarlo y...

—¿No preferiríais que saliéramos a cenar? —preguntó Wes—. Esta noche me han invitado a una fiesta y sé que habrá bufé. Lo malo es que tendríais que vestiros para la ocasión... Por mi parte no tengo más remedio que ir. Le prometí a Amber que echaría un vistazo a su sistema de seguridad.

—¿Amber? —preguntó Andy con curiosidad.

—Sí, Amber Tierney —respondió Wes—. ¿Quieres venir a una fiesta en su casa esta noche?

Andy rio con verdadero entusiasmo.

—Claro, cómo no... Es la mujer más bella del país... ¿La conoces?

—Sí. La hermanastra de Amber es una buena amiga mía.

—¿No tienes que estudiar? —preguntó Britt a su hijo.

—¿Y tú, no tenías que arreglar la casa? —preguntó Andy a su vez.

—Por supuesto que sí. Y yo arreglaré la casa antes de salir si tú estudias un poco.

—En realidad no tengo nada que hacer. El equipo de béisbol se marcha a Phoenix mañana, ¿recuerdas?

—De todas formas, estudia un rato.

Andy sonrió y Wes dijo:

—Al parecer, eso es un «sí».

Capítulo 5

No había ninguna duda. Wes pensó que la definición de la casa de Amber Tierney entraría rápidamente en la siguiente edición de los diccionarios y que lo haría junto a un adjetivo muy conocido: «pretencioso».

Aquello no era una casa, sino una especie de castillo. Y se preguntó para qué querría semejante residencia una chica de veintidós años.

—¿Estás seguro de que no le importará que tres simples mortales nos presentemos en su fiesta? —preguntó Brittany.

La propiedad estaba cercada por un enorme muro y se entraba a través de una gigantesca puerta de hierro forjado. Wes volvió a pensar en la metáfora del castillo, pero inmediatamente cambió de opinión: cualquiera podía trepar por los bloques de piedra del muro y, en cuanto a los pinchos que había sobre él, no le habrían impedido el paso ni a su abuela.

—Sí, estoy seguro. Le dije que me había quedado en tu casa a dormir, pensando que tal vez conociera a Jones y a Melody, pero al parecer no los conoce. Sin embargo, me pidió que os invitara.

Aquella noche, Brittany no parecía pertenecer a la extensa gama de los simples mortales. Se había puesto un vestido negro que marcaba sus curvas de un modo muy llamativo, y aunque no era demasiado escotado ni demasiado transparente, resultaba ciertamente provocativo.

Se había recogido el pelo en un elegante moño y se había maquillado algo más de lo que tenía por costumbre, pero sin excederse. Además, su sonrisa era sincera y relajada.

Cuando por fin entraron en la casa, todo el mundo la miró como si se preguntara quién era.

–Todo el mundo te está mirando –susurró Brittany a Wes–. Está visto que no hay como un hombre guapo con uniforme para despertar admiraciones.

Wes rio y pensó que debía presentarle a sus compañeros de los SEALs para que supiera hasta qué punto era guapo por comparación.

–Siento llevarte la contraria, pero no me miran a mí, sino a ti –dijo él.

Brittany rio a su vez y varios hombres la miraron.

Wes pensó que se sentía feliz entre los brazos de aquella mujer. Solo llevaban unos minutos en la fiesta y no habían tenido ocasión de hacer gran cosa, pero ya lo había premiado con un abrazo tan apretado que había podido sentir todo su cuerpo. Y aquello bastó para que casi lamentara haberle contado el asunto de Lana.

Sin embargo, se sentía aliviado por habérselo contado a alguien. Nunca se lo había dicho a nadie; al menos, estando sobrio. Y la idea de habérselo contado a Brittany le resultaba especialmente agradable.

La deseaba. Por mucho que quisiera a Lana, no podía negar que deseaba a Brittany. Pero no le extrañó demasiado porque llevaba diez meses sin acostarse con nadie.

–¿Te he dicho ya que con ese vestido pareces una diosa? –preguntó él, en un murmullo.

Ella rio pero se ruborizó levemente.

Wes pasó un brazo alrededor de su cintura mientras caminaban hacia la enorme piscina de la casa. Lo hizo con la excusa de ayudarla a abrirse paso entre la concurrencia, pero en realidad deseaba tocarla. Era tan suave que quiso ir más lejos y averiguar lo que se sentía al acariciar su cuerpo desnudo.

Empezó a pensar en la forma de acostarse con ella, porque ya no podía negar que la deseaba. Pero la situación se había complicado después de contarle lo de su relación con Lana y supuso que ya no tenía ninguna posibilidad.

Nervioso, se dijo que necesitaba un cigarrillo. O mejor aún: un cigarrillo y una cerveza para tener las dos manos ocupadas y no tocarla.

Por desgracia, Brittany se giró hacia él en ese preciso momento. Se apretó contra el cuerpo de Wes y susurró:

—Dios mío, todos los actores de *High Tide* están aquí... ¿Ese no es Mark Wahlberg? ¿Y aquella no es la chica que solía salir en esa otra serie de televisión...?

—Sí, sí, es ella —intervino Andy.

Wes se apartó ligeramente de Brittany porque lo estaba volviendo loco, pero ella no pareció darse cuenta.

—Incluso está esa actriz que hacía de enfermera... —dijo Brittany—. Es tan buena que debe de ser hija de una enfermera de verdad. ¿Podríamos avanzar un poco hacia ella?

—Id vosotros, si no os importa —dijo Wes—. Yo tengo que localizar a Amber y echar un vistazo al sistema de seguridad de la casa. Nos veremos más tarde, ¿de acuerdo?

Andy ya se había alejado en dirección a la actriz que tanto le gustaba, así que Britt aprovechó para preguntar:

—¿Seguro que no quieres que vaya contigo?

Wes estaba deseando que lo acompañara, pero aquello no podía ser.

—No, no hace falta. Id a hablar con vuestra enfermera. Estaré de vuelta en unos minutos.

—Todo esto es muy divertido —confesó ella con ojos brillantes—. Te agradezco mucho que nos hayas traído.

—Ha sido un placer.

Entonces, Wes se alejó de Brittany y entró en el castillo de Amber.

Wes pensó que había cometido un tremendo error al ponerse el uniforme.

De haberse vestido de civil, no habría llamado tanto la atención y se habría podido mover tranquilamente entre tantas estrellas. Pero ahora, todas las miradas se dirigían a sus galones y condecoraciones, por no hablar de la chaqueta blanca que se ajustaba como un guante a su musculoso cuerpo.

Tenía la impresión de que todo el mundo hablaba sobre él. Y no solo las jovencitas, sino también los hombres. Aunque no fueran necesariamente homosexuales.

Brittany oyó varios comentarios al respecto y, en determinado momento, varios actores se dirigieron a Wes con la intención de conocerlo. Alguien les había comentado que su uniforme no era un disfraz y que realmente trabajaba en los cuerpos de operaciones especiales.

En cuanto a Amber, se encontraba justo al otro lado de la piscina. Brittany tuvo la impresión de que se pavoneaba cada vez que la miraban, pero luego se dijo que tal vez fueran imaginaciones suyas.

Tomó un sorbo de su copa de vino y miró de nuevo a Wes, que seguía hablando con algunos invitados. No podía oír lo que decía ni lo que le decían, pero se fijó en que había mirado con evidente interés a una joven que llevaba un vestido muy escotado.

Unos segundos más tarde, cayó en la cuenta de que no miraba a la joven, sino el cigarrillo que llevaba en una mano.

Brittany lo miró como recriminándole su actitud y Wes sonrió, comentó algo a las personas que estaban con él, y todos miraron a Britt y alzaron sus copas a modo de brindis.

Aquello le resultó bastante desconcertante, pero a pesar de todo, también alzó su copa.

Se preguntó qué les habría dicho. Sentía una enorme curiosidad, así que decidió averiguarlo y avanzó hacia el grupo.

Cuando llegó, todos se apartaron como si estuvieran dejando paso a una reina.

—Hola, princesa —dijo Wes—. Precisamente les estaba hablando de ti... Os presento a Brittany.

—Hola a todos —dijo Britt.

Brittany intentó mantener la calma al distinguir varios rostros muy conocidos. Entre ellos se encontraba el propio George Clooney, o alguien que parecía su hermano gemelo. Fuera quien fuera, asintió a modo de saludo y le sonrió.

—Les estaba contando cómo me salvaste la vida cuando me hirieron en aquella emboscada —explicó Wes.

—¿Ah, sí? ¿A qué historia te refieres? Te he salvado la vida más de una vez...

Resultaba evidente que Wes se había inventado una historia solo para impresionarlos, así que Brittany le siguió el juego.

—En efecto, es cierto: me has salvado la vida dos veces... Les estaba contando lo que pasó la segunda vez, cuando los médicos dijeron que no tenía salvación y yo abrí los ojos y te encontré allí. Tenía que elegir entre la muerte y tú, así que naturalmente te elegí a ti.

—Naturalmente —repitió ella, haciendo un esfuerzo por no reír—. Pero eso nos pasa por viajar a países tan peligrosos, querido. ¿Será porque te gustan las emociones fuertes? A algunos hombres los excitan...

Wes pasó un brazo alrededor del cuerpo de Brittany, se inclinó sobre ella y murmuró, solo para sus oídos:

—Muchas gracias por seguirme la corriente.

Ella sonrió y dijo:

—Sabes que me encanta hacerlo.

—¿Cómo lo llevas cuando sabes que Wes se encuentra en alguna situación de combate? —preguntó entonces una mujer de gafas oscuras.

Brittany no estaba segura, pero le pareció que era una actriz de otra serie de televisión.

—Lo llevo bien. Intento no pensar demasiado en ello y tener fe.

–¿Y no tienes miedo de que un día te ataque a ti en mitad de la noche?

–No, claro que no. Yo no soy un ejército enemigo.

–Supongo que si estás casada con él tendrás que acompañarlo a todas partes... Por tierra, mar y aire, como dicen. Debe de ser muy emocionante...

Brittany intentó encontrar una contestación apropiada. No conocía la vida militar y no se le ocurriría nada interesante, de modo que decidió bromear al respecto. Además, la sorprendió mucho que aquella mujer diera por supuesto que estaba casada con él. Obviamente, Wes se había inventado una historia muy complicada.

–Bueno, por tierra y por aire lo he acompañado varias veces, pero por mar... ¿Te refieres a por debajo del mar o por encima del mar?

Britt rio, miró a Wes y añadió:

–La verdad es que bajo el agua lo hemos hecho unas cuantas veces, ¿no es cierto? Recuerdo especialmente una ocasión, mientras hacíamos submarinismo en Tailandia, y otra en el estrecho de Bering.

Wes tosió y Britt decidió aprovecharlo para marcharse de allí.

–En fin, espero que nos disculpéis. Creo que mi marido necesita tomar un poco el aire. Heridas de guerra, ya sabéis...

La gente se apartó y Brittany consiguió llevar a Wes al interior de la casa, cuya cocina era más grande que todo el apartamento de Britt. Como casi todos los invitados estaban en el jardín, tuvieron unos minutos de intimidad.

–¿El estrecho de Bering? –preguntó él–. ¿Sabes cuál es la temperatura del agua en el estrecho de Bering?

–No lo sé... ¿está fría?

–Muy muy fría, querida. A nadie se le ocurriría bucear en esas aguas, ni siquiera a un esquimal. Si lo hicieras sin ponerte un traje especial, te congelarías en cuestión de segundos. E incluso llevando el traje resultaría muy peligroso.

Brittany sonrió.

—Tal vez sea peligroso para los hombres. Son criaturas tan débiles...

—Y tú que lo digas —sonrió Wes—. Espero que me disculpes por haberles dicho que estás casada conmigo. Algunas de las mujeres se estaban empezando a comportar como tiburones y me habrían atacado en algún momento si no hubiera encontrado una buena excusa.

—¿Y se puede saber qué te molesta? ¿Es que no te gusta ninguna? Son enormemente atractivas y sospecho que solo querrían un poco de diversión. Además, sabes de sobra que no puedes tener a Lana...

—No, no quiero acostarme con ninguna de esas mujeres —confesó, mientras se acercaba un poco más a ella—. ¿Ya te he mencionado lo bien que te queda ese vestido?

—Sí, lo has hecho varias veces. Pero, volviendo al tema, creo que deberías reconsiderar el asunto... Puede que entre esas mujeres se encuentre el amor de tu vida, la persona que consiga que olvides a Lana. Y no lo sabrás si no les concedes una oportunidad.

Él suspiró.

—Britt, esas chicas no quieren charlar precisamente conmigo. Quieren darse un buen revolcón y pasarlo a lo grande conmigo.

—Oh, Dios mío, ¿qué es eso que ha tapado la luna? Debe de ser tu gigantesco ego... —bromeó ella.

Wes rio.

—Vamos, Brittany, sabes muy bien que no quieren acostarse particularmente conmigo. Lo que les gusta de mí es otra cosa: les gusta el uniforme. Lo asocian con la aventura y les parece exótico, nada más, pero yo ya estoy cansado de esos asuntos. Además, me gusta acostarme con mujeres con las que tengo algo en común.

—¿Y cómo vas a saber si tienes algo en común si no hablas con ellas?

—Dime una cosa, Brittany: ¿cuántas veces te has acostado con un desconocido sin saber nada de él?

–Nunca.
–¿Y cuántas veces te has acostado por simple placer, sin pretender nada más?
–Algunas, pero no demasiadas.
–Entonces, hazme caso porque tengo más experiencia que tú en esos asuntos. Es obvio que tú sueles buscar amistad o una relación profunda con la gente con quien te acuestas... En fin, ¿me acompañas? Tengo que echar un vistazo al garaje de Amber.
–Cómo no...
Entonces, Wes la miró, sonrió y dijo:
–Por cierto, tú también me gustas mucho.

El garaje estaba protegido con el mismo sistema de seguridad que habían instalado en toda la casa. No tenía ventanas, así que supuso que Amber estaba en lo cierto: el tipo que la seguía tenía que haber entrado necesariamente por la casa o haber esperado a que ella saliera en su coche.

Wes pulsó el botón que abría la puerta y observó que esa fachada del garaje era el muro que rodeaba la propiedad. Supuso que la entrada de la gran puerta de hierro forjado que habían observado al llegar a la casa la utilizaban solo en ocasiones especiales.

Volvió a pulsar el botón y la puerta se cerró.

Como todo en aquel lugar, el garaje era muy espacioso. Pudo distinguir un Mazardi, un Porsche y un Triumph Spitfire de 1966, toda una joya automovilística.

Además, había dos puertas que daban a la casa. Acababan de entrar por una de ellas, así que abrió la puerta para ver adónde daba.

–Este sitio es enorme...
–Sí que lo es –dijo ella.

La puerta daba a la habitación donde se encontraba la lavandería de la mansión, que a su vez se conectaba al sótano a través de una escalera.

Wes comprobó el ventanuco de la habitación, pero estaba bien cerrado.

–¿De verdad crees que un hombre podría introducirse en la casa por ese ventanuco? –preguntó ella.

–Podría hacerlo, no lo dudes.

–Tendría que estar tan delgado como tú. Si tuviera barriga, por pequeña que fuese, se quedaría atascado.

–Di la verdad: no has pretendido decir que estoy delgado, sino que soy pequeño. ¿No es cierto? –preguntó, mirándola con desconfianza.

–Tú no eres pequeño. Yo diría que eres... mucho más compacto que la mayoría de los hombres.

Wes rio.

–Pues mi padre y mi hermano Frank son verdaderos gigantes. Y mi hermana Colleen es muy alta; de hecho, es más alta que yo. Lamentablemente, creo que yo he salido a la familia de mi madre... Somos bajos, aunque rápidos y fuertes.

–Y ya veo que eso te molesta...

A Wes lo molestaba mucho, pero mintió.

–No, qué va. Aunque tardé unos cuantos años en asumir que mi hermana era más alta que yo y luego tuve problemas en el Ejército para demostrar que mi falta de estatura no implica que no sea un tipo duro.

–Venga, no lo niegues...

Wes la miró y sonrió.

–Sí, es cierto, me molesta. Y me molesta especialmente porque mi hermana tuvo mucho más suerte que yo.

–Te comprendo perfectamente. De pequeña me molestaba mucho que Melody fuera más guapa. La quiero con todo mi corazón, pero la envidiaba... La envidia es algo muy humano, sobre todo cuando se es un adolescente y todavía no se ha aceptado que no podemos controlarlo todo –explicó Brittany–. Por supuesto, me encantaría tener una nariz tan perfecta como la suya. Pero a fin de cuentas, la mía tampoco está mal.

—Tu nariz es preciosa.

—Gracias —dijo ella, sonriendo—. Es demasiado respingona, pero gracias de todos modos.

—Es que me gustan las narices respingonas...

—Y a mí me gustan los hombres compactos.

Los dos se miraron con intensidad. La luz de la sala era muy tenue y ambos pensaron que la situación estaba llena de posibilidades.

Pero Wes decidió reaccionar. No quería complicarse aún más la vida.

—Cuánto me apetece un cigarrillo...

—Pues no puedes fumar —le recordó ella, mientras avanzaba hacia las escaleras—. ¿Cuál es el siguiente paso de tu investigación?

—Tengo que hablar con Amber y averiguar si el sistema de seguridad estaba activado cuando aquel tipo entró en el garaje. Cabe la posibilidad de que lo hubiera desconectado casualmente por alguna razón. Cualquiera podría saltar el muro de la propiedad, esconderse en alguna parte y esperar a que alguien abriera una puerta para colarse dentro.

—¿Sabes una cosa, Sherlock? Si saltar ese muro es tan fácil como dices, este sitio es tan grande que ese tipo podría haber entrado en cualquier momento y haber hecho todo lo que quisiera sin que Amber se hubiera dado cuenta.

—Sí, es cierto.

—Resulta inquietante, ¿verdad?

—En efecto.

—Entonces será mejor que hables con ella y que te asegures de que tiene el sistema conectado todo el tiempo.

—Está bien, pero acompáñame de todas formas. Si no vienes conmigo, es posible que alguna de esas mujeres intente morderme.

Brittany rio.

—¿Quieres que ponga cara de enorme satisfacción, como si acabáramos de hacer algo interesante?

Wes también rio. La atrajo hacia sí y respondió:

–Limítate a estar conmigo. Y acaríciame el pelo de vez en cuando para que crean que me adoras.

Ella estiró un brazo y le apartó un mechón de pelo de la cara.

–¿Así? –preguntó.

Wes la miró, sin aliento, casi incapaz de controlarse.

Estaba tan cerca de él que podía besar sus labios con una simple inclinación de cabeza. Y deseaba hacerlo. Deseaba besarla apasionadamente y olvidar todas sus dudas.

Brittany sonrió entonces y él supo que lo había hecho para salir del paso y evitar el beso. Después, intentó convencerse de que solo estaban jugando y recobró el sentido común.

–Está bien. Vamos a buscar a Amber.

Capítulo 6

Amber Tierney no se tomaba muy en serio ni la preocupación de su hermanastra ni la de Wes.

En persona era aún más bella que en televisión, con todos aquellos rizos rojos, unos brillantes ojos verdes y un rostro que resultaba tan perfecto como oval. Britt la observó con envidia mientras charlaba con Wes y se dijo que si Lana se parecía algo a Amber, debía de ser una mujer impresionante.

Aunque todavía no había tenido ocasión de conocerla, Britt ya odiaba a Lana. Intentaba convencerse de que la odiaba por cómo se estaba portando con Wes y con su propio marido. Al segundo, no le abandonaba a pesar de saber que era infiel. Y, en cuanto al primero, había grandes posibilidades de que Wes solo fuera un divertimento más para ella, algo que le servía para alimentar su ego.

Pero, a pesar de todo, en el fondo sentía cierta simpatía por ella. No en vano, también había sufrido la experiencia de tener un marido que se acostaba con otras. En su caso, la ruptura había sido rápida; cuestión de veinte minutos. Sin embargo, sabía que muchas otras personas pasaban por fases de meses y meses antes de ser capaces de dar fin a una relación.

Con todo, la gente se tomaba las cosas de distinta forma. Había quien pasaba por una fase de negación antes de saltar a otra de enfado; y de allí, al alivio, la aceptación y nuevamente el enfado.

Lana, por ejemplo, parecía haberse quedado en la fase de aceptación. Y lejos de haber provocado la ruptura de su relación, la mantenía e incluso se las había arreglado para sentirse aún más segura.

En ese momento, Amber le estaba explicando a Wes que la puerta de la cocina que daba al garaje estaba cerrada el día que su perseguidor entró en la casa. Pero justo entonces vio a un par de amigos que acababan de llegar y añadió:

–Lo siento, Wes, ahora no puedo hablar contigo. Debo ir a saludar a Carrie y a Bill.

–Creo que deberías considerar la posibilidad de contratar a varios guardias jurados que cuiden de la casa, e incluso a un guardaespaldas. Aunque sea de forma temporal.

–¿Un guardaespaldas? ¿Bromeas? Mira, siempre estoy muy ocupada y no puedo permitirme el lujo de llevar una sombra pegada a mí.

–Es posible que no necesites un guardaespaldas. Tal vez necesites un serpa –bromeó Brittany.

Amber no oyó el comentario porque ya se había alejado para saludar a sus amigos, pero Wes lo oyó perfectamente y rio la broma de buena gana.

–Tendré que hablar con ella en otro momento, aunque tal vez sería mejor que lo hiciera con su agente o con su jefe. Sea como sea, necesito que me preste atención. No quiere creer que cualquiera sería capaz de saltar el muro de esta propiedad.

–No me extraña, porque es un muro muy alto. Aunque consiguieran subir, ¿cómo conseguirían bajar?

–Por el sencillo procedimiento de saltar.

–Ya. Y de romperse un tobillo –puntualizó–. Nadie puede ser muy peligroso si cojea porque se ha roto un tobillo.

Wes suspiró.

–Por lo visto, tendré que hacerte una demostración. Aunque ahora que lo pienso, tal vez debería hacerlo delante de Amber para que se convenza de una vez. Le diré que active el sistema de seguridad y que espere en la cocina de la casa. Y luego le demostraré que es perfectamente posible saltar el muro, burlar todo el sistema y entrar sin que salte una sola alarma –declaró Wes–. Para empezar, las ventanas del tercer piso de la casa no están protegidas.

–¿Y podría ver cómo lo haces? Lo pregunto porque nunca he visto a nadie saltar un muro como ese y subir por una fachada como la de esta mansión. ¿Eso es lo que piensas hacer para entrar en la casa?

Wes sonrió y sus ojos brillaron de forma enigmática. Brittany lo miró y pensó que cada vez le gustaba más aquel hombre.

–La última vez que intenté hacer algo parecido, las cosas acabaron bastante mal. De hecho me rompí la nariz y una muñeca.

Ella entrecerró los ojos.

–No me digas más... Seguro que tenías diez años y que te subiste al tejado de tu casa.

–No. Tenía siete años y no se me ocurrió mejor cosa que subir al tejado, atarme una sábana a la cintura, a modo de cuerda, y lanzarme al vacío. Calculaba que la sábana me detendría antes de llegar al suelo, pero calculé mal.

Britt rio.

–Qué locura...

–Sí, ahora lo pienso y me parece una locura. Pero entonces era un niño y creía que la vida era como los dibujos animados.

–¿Y cuánto tiempo pasó antes de que te volvieras a encaramar a ese tejado? –preguntó.

La voz de Britt sonó algo entrecortada. Cuanto más

tiempo pasaba con Wes, más lo deseaba. Bastaba que él la mirara para que se estremeciera.

—Tres días —confesó.

—Lo siento por tu madre...

—Sí, pobrecilla. Decidí que, ya que no podía volar, podía aprender a mantener el equilibrio.

—Y nunca se te ocurrió pensar que si te rompiste la nariz una vez...

—La nariz y una muñeca —la interrumpió.

—Ah, sí, y la muñeca. Pero bueno, ¿no se te ocurrió pensar que podrías caerte otra vez y romperte otra cosa?

—Claro que sí. Precisamente por eso volví a subir al tejado. La idea consistía en aprender para no volver a caerme.

—¿Y aprendiste?

Wes rio.

—Bueno, digamos que nunca me he caído a propósito. O sin que me hayan empujado.

Britt lo miró con asombro.

—¿Es que te han empujado alguna vez?

—De pequeño me peleaba muy a menudo porque era bajito y los chicos se metían conmigo. No tenía más remedio que pelear para defenderme, y casi siempre ganaba las peleas a pesar de mi estatura. Me derribaban una y otra vez, pero yo siempre me levantaba y seguía peleando.

Wes se detuvo entonces, extendió un brazo y jugueteó con uno de los pendientes de Britt, que se estremeció.

—Es muy bonito...

Britt hizo un esfuerzo por mantener la calma.

—¿Y te peleabas en los tejados?

—Digamos que me convertí en un chico bastante rebelde. Me peleaba en cualquier parte, hasta en las iglesias.

—Dios mío, debías de ser como era Andy a los trece años. Si alguien se atrevía a reírse de él, ese alguien acababa en el suelo en cuestión de segundos. A tu pobre madre le debieron de salir canas antes de tiempo...

La respiración de Brittany se había acelerado tanto por

el contacto de los dedos de Wes que apenas podía hablar. Para empeorarlo todo, él la atrajo hacia sí segundos más tarde y ella se apretó contra él sin dudarlo. Si alguien los hubiera visto en aquel momento, habría pensado que estaban real y profundamente enamorados.

–Sí, pero mi hermano mayor se hizo cura y era un gran estudiante. Así que supongo que su bondad equilibraba mis pequeñas maldades.

–Supongo que no fue muy fácil para ti. Tener un hermano mayor que además es perfecto puede llegar a ser muy irritante...

–Nadie es perfecto. Y Frank, tampoco.

–Melody lo era. En serio. De hecho es un encanto. Lo suyo no es simple fachada.

–Tú también eres un encanto. Intentas disimular y hacerte la dura, pero creo que eres mucho más encantadora y dulce que tu hermana.

Britt intentó tomarse el comentario a broma.

–¿Eso es un insulto o un cumplido?

Wes se limitó a sonreír.

–Puedes tomártelo como quieras. Pero sinceramente creo que eres una de las mujeres más inteligentes, divertidas, dulces y desde luego bellas que he conocido en toda mi vida.

Brittany pensó que él era todas esas cosas y mucho más. Y estaban tan cerca y se sentía tan hechizada que no pudo hacer otra cosa que ceder a la tentación que la dominaba.

De modo que lo besó.

Solo fue un simple beso, apenas un roce de labios.

Sin embargo, Wes la miró con absoluta sorpresa cuando se apartó de él. La agarró con más fuerza y abrió la boca para respirar a fondo, como si quisiera decirle que acababa de traspasar una línea peligrosa.

Pero en ese preciso instante oyeron voces procedentes de la piscina. Y no eran gritos de alegría precisamente.

—Maldita sea, ¿qué habrá ocurrido?

Segundos después vieron que la gente se alejaba a toda prisa de un hombre de aspecto peligroso.

—Oh, Dios mío, lleva un cuchillo —dijo Wes.

Britt vio que tenía razón y dijo:

—Me parece que ya ha herido a alguien...

Justo a la piscina había un hombre, en el suelo, que se llevaba las manos a un brazo o al pecho. En la distancia no lo podía distinguir con claridad, pero su camisa blanca estaba llena de sangre.

—¡Que alguien llame a la policía! —gritó Amber.

—Quédate aquí —le ordenó Wes a Brittany—. No te acerques y no hagas nada hasta que ese tipo esté bajo control. ¿Comprendido?

—¿Pero qué vas a hacer? —preguntó, angustiada.

Wes no hizo caso alguno. Salió disparado y no se detuvo a pesar de que lo llamó varias veces para que lo hiciera.

Entonces vio que Amber se inclinaba sobre el hombre herido y Brittany se dijo que, si Wes podía distraer al tipo del cuchillo, Amber y ella podrían encargarse del herido. A fin de cuentas, era enfermera.

—¡Suelta el cuchillo! —exclamó Amber en ese instante—. Suéltalo ahora mismo y hablaremos, ¿quieres?

—¡No! —gritó el hombre armado.

Britt comprendió que Amber lo conocía. El desconocido llevaba un traje, pero tan arrugado como si no se lo hubiera quitado en varios días. Su pelo estaba revuelto, resultaba evidente que no se había afeitado en mucho tiempo y por lo demás parecía drogado o bebido. Brittany trabajaba en un hospital y había visto muchos casos como ese, así que sabía reconocer los síntomas a primera vista.

—Steven, ¿te encuentras bien?

La pregunta de Amber fue dirigida esta vez al hombre herido. Y por el sonido de dolor que hizo, Britt imaginó que le había clavado el cuchillo en un pulmón.

Se acercó, a pesar de las indicaciones de Wes, y se dirigió directamente al agresor:

—Soy enfermera. Este hombre está herido, y probablemente, de gravedad. Por favor, deja que lo ayude...

—¡No!

Andy se acercó entonces a donde estaba su madre.

—No te acerques a él —le dijo Britt, en voz baja.

—Ni tú tampoco. ¿Dónde está Wes?

Wes se estaba acercando poco a poco al individuo del cuchillo. Caminaba con tranquilidad, como si solo estuviera dando un paseo.

El individuo vio por fin lo que estaba haciendo y le ordenó que se detuviera. Wes levantó las manos por encima de la cabeza como si se rindiera, pero no dejó de avanzar hacia él.

—¡Retrocede! ¡No sigas!

—Si no tiras ese cuchillo ahora mismo, alguien más saldrá herido. Y me temo que vas a ser tú —dijo Wes.

—Vamos a intentar distraerlo —dijo Britt a Amber y a su hijo—. Si lo conseguimos, Wes podrá desarmarlo con más facilidad.

Amber no se lo pensó dos veces. Ni corta ni perezosa, se quitó la blusa que llevaba y lo llamó.

—¡Eh, mira! —exclamó.

—Bueno, desde luego es una forma magnífica de llamar la atención... —comentó Britt, asombrada.

Como cabía esperar, la triquiñuela de Amber surtió efecto. Wes se puso en tensión, a punto de saltar sobre su adversario. Y probablemente lo habría hecho de no ser porque justo entonces aparecieron dos guardaespaldas de algún invitado.

Uno de ellos sacó una pistola, lo apuntó y dijo:

—¡Tira el cuchillo ahora mismo!

El individuo no hizo caso y avanzó hacia Amber.

—¡Tira el cuchillo! ¡Quédate ahí o eres hombre muerto! —gritó el guardaespaldas.

La amenaza no sirvió de nada. Y el asunto habría terminado muy mal si Wes no hubiera decidido intervenir a pesar de todo.

—¡No dispares! —exclamó.

Wes golpeó al hombre del cuchillo con tal fuerza que Brittany pensó que le había roto el brazo. Pero el cuchillo cayó al suelo.

Sin embargo, la pérdida del arma no lo amilanó. Britt supo entonces, sin lugar a dudas, que estaba drogado. No era la primera vez que veía a un hombre herido actuar de ese modo. Incluso había visto a personas con heridas de bala que seguían actuando como si no sintieran el dolor, gracias al efecto de las drogas.

El tipo cargó contra Wes y lo derribó, mientras Britt y Amber se concentraban en el herido. Tenía un buen corte en el pecho y otro en un brazo.

—No quiero morir —dijo—. Estaba disfrutando de la fiesta, sin hacer nada... No he llegado a ver el cuchillo, ni siquiera lo he visto...

—No te preocupes, no vas a morir —le aseguró Britt mientras intentaba cortar la hemorragia—. Tienes una herida en un pulmón, pero el otro funciona perfectamente. Sé que te sientes como si no pudieras respirar y sé que es muy doloroso, pero no vas a morir.

En ese momento oyeron las sirenas de las ambulancias que se acercaban, así que Brittany añadió:

—Andy, ve a la entrada y diles a los enfermeros que tenemos a una persona con una herida de arma blanca en un pulmón.

Andy obedeció.

Wes seguía peleando con el desconocido. Tiraron varias sillas y al final acabaron en la piscina, pero Britt sabía que la caída al agua había sido provocada por Wes. Como integrante de las fuerzas especiales, estaba acostumbrado a ese medio.

Cuando Wes sacó al tipo de la piscina, la policía ya había llegado y se hizo cargo de él. En cuanto a Steve, ya se encontraba en el interior de una ambulancia.

Wes estaba completamente empapado. Amber, que se había vuelto a poner la blusa, se acercó a él con intención de agradecer su actuación.

Britt los observó y preguntó a su hijo:

—¿Podrías pedirle a Amber que me preste algo de ropa? El vestido se me ha manchado de sangre...

—De acuerdo, mamá —dijo el joven—. Por cierto, Wes ha estado impresionante. Siento haberme reído de él al principio. Sencillamente quiero que salgas con un buen hombre y no sabía si él sería apropiado para ti. Pero ahora creo que lo es.

—Andy, solo somos amigos. Además, lo creas o no, no está interesado en mantener una relación sexual conmigo.

—Está interesado en ti, eso es más que evidente. Pero si tú prefieres creer que solo sois amigos... Bueno, allá vosotros. Lo cierto es que te mira como si quisiera devorarte.

Ella suspiró.

—Andy.,..

—Ve a lavarte un poco. Yo iré a pedirle ropa a Amber.

Brittany se marchó a uno de los cuartos de baño que había junto a la piscina y se lavó bien con jabón. Empezaba a estar preocupada por su hijo porque sabía que se sentiría muy decepcionado cuando Wes regresara a San Diego.

Sin embargo, también sabía que la decepción no iba a ser únicamente suya.

—¿Sigues ahí, Brittany?

Wes se quitó la chaqueta empapada al entrar en el pequeño edificio donde se encontraban los vestidores y los cuartos de baño que se utilizaban para la piscina de la mansión. Era tan grande como una casa y cada vestidor se encontraba separado de los otros y tenía su propio armario con toallas, bañadores y albornoces de todas las tallas.

Brittany se había quitado el vestido y lo había lavado en uno de los lavabos. Estaba lleno de sangre y lo lamentó mucho porque sabía que las manchas de sangre no salían con facilidad.

Wes oyó el sonido del agua y caminó hacia el cuarto de baño donde supuso que se encontraba Brittany, pensando que aquello iba a ser de lo más interesante. Todavía no había olvidado el beso que se habían dado minutos antes.

–¿Britt?
–Estoy aquí adentro.
–¿Te encuentras bien?
–Sí, gracias.

Wes deseó pedirle que lo dejara entrar para comprobar que se encontraba realmente bien, pero no lo hizo.

–Solo estoy algo alterada por lo sucedido, pero al menos me alegra que Andy no se metiera por medio cuando apareció ese hombre armado –continuó ella–. Si le hubiera ocurrido algo... ¿Y tú? ¿Estás bien?

–Sí, perfectamente. Un poco alterado, como tú.
–Te has portado como un héroe...

Wes rio.

–Bueno, he terminado empapado. Pero al menos he hecho el trabajo.
–¿Seguro que estás bien?

Brittany se asomó por la puerta para mirarlo un momento, pero sus ojos se clavaron en el enorme pecho del hombre, que ya se había liberado de la chaqueta.

Wes bajó la mirada. Se acababa de abrir la camisa y vio que tenía un buen moretón en las costillas, en el lado derecho del tórax.

–Seguro que ni siquiera te habías dado cuenta –comentó ella.
–Debo admitir que no, pero no duele.
–Tiene que doler...
–No, qué va, me han dado golpes peores.
–Anda, quítate la camisa.

Wes rio.

–¿Y qué piensas hacer?

–Asegurarme de que estás bien. Recuerda que soy enfermera.

–Es cierto. Eres enfermera y, por si no lo recuerdas, estás medio desnuda. Si quieres echarme un vistazo, será mejor que entre yo en tu cuarto de baño. Así también podré echarte un vistazo a ti sin que nadie nos interrumpa.

–No he sido yo quien se ha peleado con un lunático. Además, después del pequeño numerito de Amber, he decidido que nadie volverá a verme desnuda en toda mi vida. Espera un momento...

Britt recogió un albornoz y se lo puso. Solo después, abrió la puerta del baño y Wes entró.

–En serio: creo que Amber ha actuado con gran valentía. Tenía que encontrar la forma de distraer a ese tipo y lo hizo. En mi opinión, deberías casarte con ella.

–Pero no quiero casarme con ella...

–Haces mal. Es preciosa y tiene carácter.

–Y es rica, además.

–Mejor me lo pones. Además, es tu tipo de mujer. Seguro que es perfectamente capaz de bailar medio desnuda encima de una mesa. Es evidente que no tiene problema alguno con su desnudez.

–De todas formas, no me interesa.

–Venga, sígueme.

Brittany caminó hacia el armario de uno de los vestidores y sacó un bañador de caballero.

–Ponte esto. En uno de los cajones también hay camisetas.

–Bueno, supongo que después de lo que ha pasado ya no tendré que hacerte la demostración del salto del muro...

–¿Qué quieres decir? No te entiendo...

–Que ese tipo ha entrado en la casa saltando precisamente el muro. La policía encontró un trocito de su chaqueta en uno de los pinchos, porque se le quedó enganchada. Ahora me será fácil convencer a Amber de que debe mejorar la seguridad de la mansión.

–Sin embargo, sus problemas ya han terminado –observó ella–. Lo han detenido y supongo que lo encarcelarán por lo que ha hecho. Es poco probable que la vuelvan a molestar.

–Tus palabras tendrían sentido si no fuera porque ese no es el tipo que la ha estado siguiendo.

–¿Cómo? ¿No es él? –preguntó, sorprendida.

Wes acababa de entrar en otro vestidor. Una vez dentro, se quitó los pantalones y los calzoncillos y se puso el bañador que Britt le había dado.

–¿Quieres decir que no es el hombre que entró en el garaje? –insistió.

–Al parecer, no. Amber ha dicho que no había visto a ese tipo en toda su vida. En fin, ya puedes entrar si quieres...

Brittany entró y entrecerró los ojos al ver que también tenía una marca en uno de los muslos.

–Al parecer me he dado un buen golpe. Creo que se ha roto...

–¿La pierna?

–No, no, la silla con la que choqué.

–Ah... Bueno, date la vuelta.

Él obedeció.

–Además, me duele todo el cuerpo. Me he pegado unos cuantos golpes durante la pelea. Ese hombre era un chalado y por si fuera poco pesaba algo más que yo, así que...

–Solo parecen rasguños y moretones sin importancia. Ponte alguna crema cuando lleguemos a mi casa. ¿Seguro que no te has dado ningún golpe en la cabeza?

Britt comenzó a tocarlo por todo el cuerpo, buscando posibles huesos rotos. Wes se estremeció y deseó dejarse llevar por el deseo y besarla otra vez.

–Brittany, sobre lo que pasó antes...

–Lo sé, lo sé, no digas nada. No debí haberte besado, pero no sé lo que me pasó. Soy perfectamente consciente de que esto no es real, así que no tienes por qué preocuparte.

Wes prefirió no hacer ningún comentario al respecto. El beso le había parecido lo más real del mundo, pero no quería pensar en ello.

—¿Crees que Ethan se molestará si nos marchamos pronto? —preguntó él.

—¿Ethan? ¿Quién es Ethan? —preguntó ella.

—¿Lo he llamado Ethan? Oh, vaya... Me refería a Andy. No sé en qué estaría pensando.

—¿Y quién es Ethan? —insistió.

—Era mi hermano pequeño —respondió—. Andy me recuerda un poco a él.

Wes miró a Brittany y supo que había notado que había usado el pasado para referirse a él.

—Es que me gustaría acostarme pronto para ver a Amber a primera hora de la mañana —continuó él—. Pero, si Andy no quiere marcharse todavía o si tú prefieres quedarte, puedo llamar a un taxi e ir yo solo.

—No, yo también me marcharé... ¿Me esperas un momento? Vuelvo enseguida. Voy a ver si tomo prestado un bañador de Amber. Volver a casa en albornoz me parecería aún peor.

—Está bien.

Poco después, Wes oyó una voz. Pero no era la de Brittany, sino la de la propia Amber.

—¿Tienes todo lo que necesitas?

Wes se volvió para mirarla.

—Sí, aunque Britt ha comentado que hay camisetas en alguna parte... Me siento un poco desnudo.

—Los hombres con cuerpos como el tuyo no deberían andar por ahí en bañador. Sois toda una tentación —declaró Amber, sonriendo—. Ven conmigo y te daré esa camiseta.

Wes la siguió.

—Acabo de llamar al hospital y me han dicho que Steve se pondrá bien, por cierto...

—Me alegro mucho —dijo él—. Lo que me recuerda que las mujeres con cuerpos tan bellos como el tuyo no deberían quitarse las blusas con tanta facilidad. Son toda una tentación.

Amber lo miró con intensidad, relativamente sorprendida por su atrevimiento. Pero, por supuesto, sonrió con coquetería.

Wes se puso la camiseta que le dio y acto seguido comentó:

—Mañana deberíamos vernos para hablar sobre tu sistema de seguridad.

—Si te apetece, quédate en la casa. La gente ya se está empezando a marchar...

La idea de quedarse en la mansión y pasar una noche de amor con la hermanastra de Lana no le agradó demasiado. Pero, si la propuesta hubiera procedido de Brittany, habría aceptado sin dudarlo.

—No, gracias, te lo agradezco pero no puedo. ¿Te parece bien que nos veamos mañana?

—Durante el día estaré muy ocupada, pero podríamos ir a cenar juntos.

—De acuerdo.

—En ese caso, nos veremos a las siete.

—Magnífico. Y por cierto, me alegra que te hayas tomado este asunto en serio. Y estoy seguro de que a Lana también le alegrará.

—Por supuesto que lo tomo en serio. Me lo estoy tomando muy en serio.

Amber sonrió y se marchó poco después.

—¿Te ha dado las gracias por haberle salvado la vida?

La voz que sonaba era la de Britt.

—¿Cuánto tiempo llevas ahí? ¿Has oído toda la conversación?

—Casi toda. Y no puedo creer que hayas rechazado su oferta... ¿Se puede saber qué te sucede? La mayoría de los hombres se morirían por acostarse con Amber Tierney y tú vas y la rechazas.

—Porque estoy loco por su hermana, ya lo sabes.

Brittany no supo qué decir. Intentó sonreír como si el comentario no tuviera importancia para ella, pero fue una sonrisa triste.

—Sí, es verdad. Y por lo visto, estás realmente loco.

Capítulo 7

Cuando llegaron a la casa, Brittany decidió despedirse de Wes y de su hijo y marcharse sola a la cama.

Andy alzó la vista al cielo, divertido con la actitud de su madre, y marchó con Wes a la cocina para prepararse algo de comer.

–Me voy mañana con el equipo de béisbol a Phoenix –lo informó, mientras se servía un poco de leche con copos–. Creo que estaremos allí cuatro días.

Wes asintió y puso dos rebanadas de pan en la tostadora. Andy le estaba intentando decir que tendría cuatro días enteros para estar a solas con su madre, pero daba igual porque no tenía intención de hacer absolutamente nada al respecto a no ser que lo convenciera de que solo quería pasar un buen rato con él.

Si hacía el menor ademán de acercarse, se apartaría de ella.

–Me gustaría verte jugar alguna vez –dijo Wes, para cambiar de conversación.

El chico se había sentado a la mesa de la cocina ya se había servido un segundo bol con copos. Era un joven atractivo, de pelo oscuro y ojos y rasgos que le recordaron a James Dean.

Wes pensó que, a su edad, él todavía parecía que tenía doce años. Ese factor, combinado con su falta de estatura, lo habían obligado a hacerse el duro más de una vez y a cuidar sus músculos. Pero Andy no tenía que cuidar sus músculos. Estaba seguro de que nadie se metería con él.

–¿Vas a jugar en casa en las próximas semanas?

–¿Jugar en casa? –preguntó el chico, entre risas–. Oh, sí. Y eso es exactamente lo que tú deberías hacer con mi madre.

–Me refería al béisbol.

–Lo sé, pero...

–Mira, Andy, tu madre quiere que solo seamos amigos. Así que no te hagas ilusiones.

–¿Y qué es lo que quieres tú?

–A veces no lo sé.

–Sí, te comprendo...

Wes tomó las tostadas y las puso en un plato. Después, se sentó junto al joven.

–¿Has conseguido el número de teléfono de la chica con la que estabas hablando esta noche? Parece interesante.

–Sí, es interesante. Pero no creo que la llame. No puedo dejar de pensar en Dani y en ese canalla de Melero. Se acostó con él, Wes, sé que lo hizo. Estaba seguro de que Melero había mentido para molestarme, pero resulta que soy muy amigo de su compañero de piso y me ha confirmado que decía la verdad –declaró Andy–. Es increíble. Llevaba seis meses diciéndome que no estaba preparada para mantener relaciones sexuales y ahora resulta que se estaba acostando con ese tipo.

–Típico de las mujeres. No sé qué les pasa, pero tienden a premiar a todos los canallas.

–Yo tampoco lo sé.

–De todas formas, debes dejar de pensar en eso. No te hace ningún bien, créeme.

–Sí, ya lo sé, pero...

–No hay «peros» que valgan. Sigue viviendo, diviértete. Olvídate del pasado y disfruta de la vida.

Wes pensó que le estaba dando un consejo que él mismo no había sabido aprovechar años atrás, y que solo ahora, después de todo el tiempo transcurrido, comenzaba a tener sentido para él.

Estaba desaprovechando su vida. Lo sabía de sobra. Se había vuelto loco por una mujer como Lana y no era capaz de pensar en otra cosa a pesar de que el mundo estaba lleno de mujeres hermosas, inteligentes y sexys como Brittany, por ejemplo.

Lamentablemente, Brittany había dejado bien claro que él no era su tipo y que deseaba mantener su relación en el campo de la simple y pura amistad. Aquello no tenía ningún sentido; le parecía una jugarreta del destino: ahora que consideraba la posibilidad de olvidarse de Lana y seguir adelante, se interesaba por una mujer que tampoco quería saber nada de él.

Por supuesto, siempre podía centrar su atención en Amber Tierney. Era evidente que le gustaba, y por otra parte no se podía negar que tenía tanto atrevimiento e inteligencia como belleza.

—Concédete unos días de descanso y luego, cuando regreses de Phoenix, llama a esa chica por teléfono. Deja su número en algún lugar donde no puedas perderlo y llévala al cine.

—Sí, bueno, no sé... Es que pensaba que conocía a Dani. Creía que la conocía de verdad y me he equivocado.

—Sé lo que sientes, pero a veces, la gente hace cosas que no parecen tener sentido y que sin embargo son perfectamente lógicas para ellas. Por ejemplo, tengo una amiga que sigue con su marido a pesar de saber que se acuesta con otras mujeres. No parece importarle demasiado. Y, si no le importa a ella, todo está bien.

—Britt no hizo eso precisamente —comentó Andy—. Cuando se enteró de lo que había hecho su esposo, lo echó de casa.

Wes sonrió.

—Sí, ya me lo contó –dijo–. Pero volviendo a lo que estábamos hablando, no dejes que Dani te amargue la vida. Hay mujeres que se vuelven locas por los descerebrados, pero la mayoría no son así en absoluto. La mayoría de las personas desean que las quieran y que las traten con respeto. No lo olvides nunca.

—No te preocupes, lo sé –dijo el chico, mientras metía el plato y el bol en el lavavajillas–. En fin, si no te veo por la mañana, que tengas un buen fin de semana...

—Lo mismo digo.

—Ah, y ocurra lo que ocurra entre mi madre y tú...

—No va a pasar nada.

—Bueno, pero trátala bien de todas formas. Sácala por ahí. Llévala al cine o a cenar. Aunque, pensándolo mejor, llévala a bailar: le encanta.

Wes quiso protestar, pero Andy añadió:

—Hazlo aunque solo seáis amigos.

—Solo somos eso.

—Está bien, está bien... Buenas noches, Wes.

El coche de Wes se detuvo en el vado alrededor de las diez menos cuarto de la noche.

Brittany estaba sentada a la mesa de la cocina, con las gafas puestas, y pensó que aquella era la prueba definitiva. Si Wes entraba en la casa y ella no hacía ademán de quitarse las gafas, significaría sin lugar a dudas que solo quería que mantuvieran una relación amistosa. Pero, si se las quitaba, sabía que lo haría para estar más guapa y significaría algo bien distinto.

Britt oyó que se acercaba, silbando. Parecía estar contento y relajado, como si se hubiera divertido con Amber. Pero, por otra parte, pensó que de haberse divertido realmente con ella, no habría regresado a casa tan pronto.

Unos segundos después, la puerta de la cocina se abrió.

—Hola...

Antes de que Brittany se diera cuenta, ya se había quitado las gafas. Por supuesto, podía intentar convencerse de que había sido un simple acto reflejo, pero engañarse a sí misma habría sido estúpido.

–¿Qué tal te ha ido? –preguntó ella.

Wes rio y abrió el frigorífico.

–Muy bien, aunque he llegado a la conclusión de que las estrellas de Hollywood no comen comida de verdad.

Wes llevaba una chaqueta, vaqueros y una camisa blanca. Se había aflojado ligeramente el nudo de la corbata.

–La comida de ayer, en la fiesta, estaba muy buena...

–Sí, si te gustan los canapés y las cosas insustanciales. Pero yo habría preferido algo más contundente y una simple cerveza.

–Creo que comparto tu opinión.

–Pues la compartirías aún más si me hubieras acompañado esta noche. Solo hemos tomado ensaladas y más ensaladas.

–Si quieres comer algo, sírvete tú mismo. El frigorífico está lleno de comida y sospecho que no podré comérmela toda...

Wes ya había sacado el pan y unos patés.

–Ah, es cierto... Ethan se ha marchado a Phoenix.

–¿Ethan? Ya lo has vuelto a hacer...

–Es verdad, lo siento. Quise decir Andy.

–Por lo visto, sí que te recuerda a tu hermano... Pero es curioso, porque no se parece nada ni a ti ni a tu hermana. Tú tienes cierto aire irlandés y tu hermana es pelirroja y tiene pecas. En cambio, Andy ha salido a la familia de su madre y es muy mediterráneo.

–Su parecido no es físico, sino más bien emocional –dijo, mientras untaba el paté en el pan–. Dios mío, no puedo creer lo que acabo de decir... Por lo visto, pasar demasiado tiempo en California ablanda a cualquiera.

–¿De dónde eres? Es evidente que no eres de aquí...

Wes pegó un mordisco a su bocadillo y se sentó con ella.

—De todas partes y de ninguna. Mi padre era de la Marina y nos pasábamos la vida cambiando de domicilio. Pero, cuando se jubiló, se marchó a vivir con la familia a Oklahoma. Supongo que aquel es mi hogar, pero me resulta extraño porque en realidad nunca he vivido allí con ellos.

—Sí, lo imagino.

—De todas las casas que tuvimos, la que me más me gustó fue la de Hawái. Mi padre estuvo destinado allí una temporada y yo aprendí a hacer surf. Cuando pienso en mi hogar, pienso en aquella isla en concreto. Pero hace años que no la visito.

Brittany rio.

—Cuando yo era jovencita, soñaba con viajar a California o a Hawái para conocer a un atractivo surfista...

—¿Ah, sí? Pues aquí tienes uno en carne y hueso.

—¿Todavía haces surf?

—Siempre que puedo. No tengo mucho tiempo libre últimamente, pero me encanta.

—Qué suerte... A mí me encantaría hacerlo.

Wes sonrió.

—Vaya, nunca habría imaginado que podía impresionarte con algo tan sencillo... Pues, por si no lo sabías, también sé montar en bicicleta, hacer el pino y...

—No sigas, Wes. Además, el surf no es tan sencillo. Lo he intentado varias veces y sé que es muy difícil.

—Tonterías, es cuestión de equilibrio.

—Sí, pero yo no tengo ningún sentido del equilibrio.

—Lo dudo. Te mueves de forma muy elegante.

Britt pensó que la conversación estaba empezando a ir por cauces peligrosos, de modo que decidió cambiar de tema.

—¿Qué tal con Amber? ¿La has convencido de que contrate un guardaespaldas?

Wes tomó una servilleta para limpiarse la boca antes de hablar.

—Dice que contratará uno si ese uno soy yo.

—Por lo visto, te ha echado el ojo...

—Sí, supongo que sus intenciones no son simplemente amistosas. De hecho, se ha pasado toda la cena coqueteando conmigo.

—Oh, pobrecito, seguro que has sufrido mucho –se burló, celosa.

—¿Sabes una cosa? He pensado que tal vez tengas razón. Llevaba años soñando con Lana, sin atreverme a hacer nada, porque creía que no sabía lo de Wizard. Pero ahora que sé la verdad, que sé que estaba al tanto de sus infidelidades... ¿A qué estoy esperando? Si Lana hubiera querido algo de mí, ya habría actuado. En cambio, su hermanastra...

Wes se detuvo un momento antes de seguir hablando.

—Esta noche he hecho un verdadero esfuerzo por dejarme llevar y disfrutar un poco. ¿Pero sabes una cosa? No he podido. Amber me deja frío. Es preciosa, bellísima y muy inteligente... No sé qué me pasa.

Brittany pensó que estaba bien claro lo que le pasaba: seguía enamorado de Lana. Y el recordatorio bastó para que se sintiera celosa otra vez.

—Es normal, Wes. No se puede dejar de amar a la gente así como así. Aunque se quiera.

—Lo sé, lo sé. Por cierto, no tendrás un cigarrillo por ahí, ¿verdad? Me apetece fumar un poco...

—No, lo siento.

—Ya lo imaginaba.

—Mira, Wes, por mucho que hayas decidido seguir con tu vida, no puedes borrar a Lana tan fácilmente. Tendrás que tomártelo con calma, darte un poco de tiempo y acostumbrarte a la pérdida.

—Sí, lo sé. ¿Y sabes una cosa? Eso es exactamente lo que le dije anoche a Andy, para animarlo un poco.

—¿En serio? –preguntó su madre, con curiosidad–. ¿Y cómo se encuentra? ¿Hablaste con él? Anoche y esta mañana parecía estar bien, pero después de lo que le ha pasado...

–Está mal, cómo no. Intenta disimular y comportarse como si no le importara, pero lo han herido. Según me contó, Dani llevaba una buena temporada acostándose con ese canalla del equipo de béisbol.

–¿En serio? ¡Maldita perra! –exclamó su madre, sin poder contenerse–. Pobre Andy. Y pensar que hoy habrá pasado siete horas con Dustin Melero en el autobús que les llevaba a Phoenix...

–Bueno, ya conoces el refrán. Lo que no te mata te hace más fuerte.

–En realidad no estoy preocupada por Andy, sino por Dustin.

–Oh, vamos... No creo que pase nada malo entre ellos. Andy es un chico maduro y sabe que pelearse con él no serviría para arreglar la situación.

–Puede que sea maduro intelectualmente, pero emocionalmente hablando... Lleva mucha rabia en su interior, desde pequeño. Sospecho que su padre le pegaba. Pero, fuera como fuera, aprendió muy pronto a utilizar los puños para defenderse. Y tú y yo sabemos que eso no suele solucionar las cosas.

Wes alzó los ojos al cielo.

–Sí, lo sé. Yo tengo el mismo problema que él y sin embargo mis padres no me pegaban. Bueno, mi padre me dio un cachete alguna vez, pero flojo, solo para asustarme.

–Yo creo que los padres nunca deberían pegar a los hijos...

–Y yo. Lo creo firmemente. Pero eso no era pegar. De todas formas, siento que Andy tenga que pasar por esa situación.

–Lo está llevando bastante bien, la verdad. Ha avanzado mucho durante estos años, aunque aún lleva una fuerte carga de rabia en su interior. No es violento, pero en el fondo sigue pensando que la violencia puede ser una solución si se trata de enfrentarse a otro hombre. No es como Ethan. No lo es en absoluto.

–Lo sé.
–¿Cuándo murió tu hermano?

Wes bajó la mirada y se concentró en la botella de cerveza que había sacado en el frigorífico.

–Cuando yo acababa de terminar el periodo de formación en la Marina. Dios mío, ya han pasado más de diez años...

Wes se levantó entonces de la mesa y recogió su cerveza.

–Bueno, no quiero molestarte. Seguro que tienes cosas que hacer... –dijo él.

–No, ya he terminado por hoy.

–Pero tendrás que levantarte pronto, supongo.

–No más pronto de lo normal.

Britt también se levantó.

–¿Cómo murió, Wes?

–En un accidente de tráfico. Volvía a casa y al parecer perdió el control del coche por culpa de una placa de hielo. Chocó contra un poste de teléfonos.

–Lo siento mucho...

–Sí... Fue una noche horrible. Colleen me llamó y me dijo que Ethan había muerto. Han pasado diez años desde entonces y todavía no puedo creerlo cuando lo digo en voz alta. Solo tenía dieciséis años y todo el mundo lo adoraba. Era... Era... un gran chico.

–Pero no hablas de él muy a menudo.

–No, nunca hablo de él –confesó–. Después de su entierro, me hundí por completo. No sé qué habría sido de mí si Bobby Taylor no hubiera estado a mi lado, intentando animarme. Hizo todo lo que estuvo en su mano. Hasta se peleó con gente en los bares solo para que me relajara un poco con algo...

–¿Y lloraste su muerte?

Wes no dijo nada. Se limitó a mirarla como si acabara de decir algo completamente absurdo.

–¿No lo lloraste?

—¿Hablas en serio? ¿Eso es lo que os enseñan en los grupos de terapia? Colleen asistió a las reuniones de uno de esos grupos e intentó convencerme para que la acompañara. Pero lo siento, no es mi estilo.

—De modo que ni lo lloraste ni hablas nunca de él. ¿Con nadie?

—No. Bueno, Bobby lo sabe, pero... de todas formas, la mayoría de la gente no quiere que le hablen de esas cosas.

—Yo sí.

Wes la observó con un gesto que ella no supo interpretar. Brittany habría dado cualquier cosa por saber lo que estaba pensando.

—No es algo de lo que me agrade hablar, Britt. ¿Qué quieres que haga? ¿Quieres que te cuente la angustia que siento al pensar en el accidente? ¿Quieres que te diga que me hundo cuando pienso que se quedó atrapado entre los restos del vehículo?

—Sí.

Wes negó con la cabeza.

—Lo siento, Britt. No puedo... No puedo hacerlo...

—¿Estaba consciente?

—Ya veo que te vas a empeñar de todos modos. En serio, Britt, no creo que pueda hablar de ello.

Brittany abrió el frigorífico y sacó todas las cervezas que quedaban. Después, las puso en la mesa.

—Tal vez necesitas lubricarte un poco más.

—¿Pretendes emborracharme?

—Si es necesario para que hables, sí.

—Ya te he dicho antes que tengo un problema con el alcohol. Cuando bebo demasiado, digo demasiadas verdades. Evítanos esa desgracia.

—Decir la verdad es bueno. Puedes decir lo que quieras, lo que sientas... Te prometo que no saldré de esta habitación.

—Brittany, tengo miedo de haberme convertido en un alcohólico. Precisamente por eso me obligué a no tomar más de una cerveza al día, como mucho. ¿Lo ves? No temo hablar de cosas personales. Solo temo hablar de Ethan.

–Está bien, como quieras. Pero, si cambias de opinión, recuerda que soy enfermera. He visto muchas víctimas de accidentes de tráfico a lo largo de mi carrera profesional. He visto heridas terribles, y a gente inconsciente que...

–Él estaba consciente –la interrumpió–. El golpe le aplastó las piernas, sin embargo. Debió de ser muy doloroso.

–Oh, Dios mío...

–A menudo pensaba que no habría tenido ese accidente si hubiera estado cerca de él. Pero sé que no es cierto. Incluso en el caso de que hubiera estado allí, en el coche, a su lado...

–Solo habrías conseguido matarte tú también.

–Sí, lo sé.

Wes se sentó de nuevo, momento que ella aprovechó para darle un masaje en los hombros. Estaba increíblemente tenso.

–Oh, qué maravilla, sigue, por favor

–Estás muy tenso.

–Claro. Tengo miedo de que me obligues a hablar de algo aún peor...

–Entonces, hablemos de algo menos desagradable. Cuéntame algo bueno de Ethan.

–Eres muy insistente. ¿Lo sabías?

–Acabas de rogarme que siga...

–Pero me refería al masaje.

–Venga, no te hagas de rogar, Wes. Cuéntame cómo era tu hermano de pequeño...

Wes permaneció en silencio durante un buen rato. Pero por fin, habló.

–Era un chico tranquilo, que leía mucho. Tenía asma y usaba uno de esos inhaladores... Pero se pasaba la vida sonriendo. Era verdaderamente feliz, y tan inteligente como buena persona. Era capaz de gastarse todo el dinero de su paga en cosas como donarlo a una ONG. Incluso logró convencer a Frank para que él también lo hiciera... Es curioso, ahora que lo pienso. Frank era el cura de la familia y sin embargo resultaba bastante menos solidario que Ethan.

–¿Cuántos sois en la familia?

–Mis padres tuvieron siete hijos. Cuatro chicos y tres chicas: Frank, Margaret, yo, Colleen, Ethan, y más tarde Lizzie y Sean, los gemelos. Ellos son mucho más jóvenes que los demás. Fue una especie de regalo sorpresa de jubilación para mi padre... Recuerdo que mi madre se quedó embarazada cuando yo tenía diecisiete años.

Brittany rio.

–Sí, debió de ser una gran sorpresa.

–Ethan era tan increíble que incluso apadrinó a una niña con su dinero. Se llama Margarita Monteleone y vive en México DF. Ahora es profesora, según tengo entendido...

–¿En serio?

–Sí.

–¿Y has llegado a conocerla?

–No, pero Frank sí. Fue a México dos años después de que Ethan muriera para asistir a la ceremonia de graduación de Margarita. Después, mis padres decidieron pagarle sus estudios en la universidad con el dinero que habían ahorrado para Ethan.

–No sigas, o seré yo quien se ponga a llorar...

–Oh, vamos...

–Por lo visto, Ethan era un gran chico.

–Lo era, no lo dudes.

Brittany sacó un pañuelo y se secó los ojos. No había exagerado al decir que estaba a punto de romper a llorar.

–¿Te encuentras bien?

–Sí, sí... Pero creo que deberías ir a México a conocer a esa chica.

—No sé si es buena idea.

—¿Por qué?

Wes la miró durante un par de segundos antes de responder.

—No estoy seguro. Ethan también quiso que donáramos sus órganos y no me gustaría conocer a la persona que los recibió. Sería muy extraño.

—¿Tampoco hablas de él con tus padres y hermanos? ¿No comentáis nada cuando vas a casa?

—Nunca voy a casa. O, por lo menos, no voy a menudo.

—De modo que no perdiste a tu hermano: perdiste a toda tu familia. Y ellos te perdieron a ti.

—Está bien, está bien, me rindo —dijo, llevándose las manos a la cabeza—. Saca toda esa cerveza del frigorífico, porque creo que la voy a necesitar.

Britt, sin embargo, no se movió. Se limitó a apoyarse en la encimera.

—Ya no creo que sea tan buena idea.

—Descuida, solo estaba bromeando. ¿Qué te parece si dejamos el psicoanálisis por esta noche?

Brittany asintió.

—Me parece bien. Y si lo necesitas, esconderé todo el alcohol que hay en la casa.

—No es necesario, no te preocupes. No me emborracharía aquí.

—Creo que exageras un poco. Si fueras alcohólico de verdad, no podrías limitarte a tomar una cerveza al día.

—No todos los alcohólicos beben hasta caer rendidos, Britt. Es más: todo el mundo se emborracha de vez en cuando y no hay nada de malo en ello. Lo mío, en cambio, es distinto. Hace tiempo que pierdo el control cuando bebo, y últimamente me ocurría con más frecuencia. No es que me vuelva un monstruo ni nada por el estilo, pero... Bueno, digamos que no me gusto demasiado.

—Lo que dices es absurdo —observó ella—. Dime una

cosa: ¿de quién fue la idea de destinar el dinero de Ethan a los estudios de Margarita?

Wes se encogió de hombros.

—Sí, bueno, fue mía, es verdad. Pero yo sabía que a Ethan le habría gustado así. Y además, el dinero que habían ahorrado mis padres no era para mí.

Brittany no pudo resistirse por más tiempo. Cruzó la cocina y lo besó en la frente.

—Me voy a la cama, Wes. Pero antes quiero que sepas que me gustas mucho, incluso cuando estoy sobria. Ojalá pudieras verte a través de mis ojos. Te darías cuenta de lo equivocado que estás en tu apreciación sobre ti mismo.

Britt lo besó de nuevo y se alejó por el pasillo, esperando que él la siguiera. Pero no lo hizo.

—Buenas noches. Y no fumes, ¿de acuerdo? —dijo mientras se alejaba.

—Descuida, no lo haré.

Unos segundos después, Wes sacó el teléfono móvil y marcó un número de teléfono. Brittany se dio cuenta y pensó que estaba llamando a Lana.

Cuando entró en su dormitorio, se alegró de no haberse arrojado a los brazos de Wes. Entre otras cosas, porque sabía que la habría rechazado tal y como había rechazado a Amber.

Se miró en el espejo del cuarto de baño y se dijo que no debía, bajo ninguna circunstancia, enamorarse de aquel hombre.

Pero al pensar en la posibilidad de que estuviera hablando con Lana, sintió una punzada de dolor en el estómago y supo que ya era demasiado tarde. Quería convencerse de que Wes no era la persona adecuada para ella; pero, en el fondo, estaba convencida de lo contrario.

Desesperada, se dijo que tal vez se estaba dejando llevar por un sentimiento mucho más sencillo y directo: el deseo sexual. A fin de cuentas, sabía que Wes debía de ser un gran amante.

Sin embargo, también cabía otra posibilidad: que siguiera con la tradición que había iniciado con su exmarido. Al parecer, tenía una curiosa tendencia a enamorarse de los hombres que más daño le podían hacer.

Capítulo 8

Wes se encontraba en su coche, en el exterior del castillo de Amber. Estaba tomando un café y unos bollos, en plena operación de vigilancia por si aparecía el tipo que la rondaba.

En su soledad, pensaba en lo que Brittany le había dicho la noche anterior: que ojalá pudiera verse a través de sus ojos.

Pero en realidad, habría preferido que dijera otra cosa. Le habría gustado que cambiara ligeramente la frase para expresar un deseo bien distinto: que entrara en ella.

Si lo hubiera hecho, si lo hubiera dicho, él no habría estado en aquel coche aquella mañana. No se habría despertado con un extraño dolor ni habría deseado entrar en el cuarto de baño y vomitar.

Estaba desesperado. Necesitaba fumar un cigarrillo o hacer el amor con alguien, y lo necesitaba de inmediato.

Pensó que siempre estaba a tiempo de salir del coche, llamar a la puerta de la mansión y aceptar el ofrecimiento de Amber. Pero no podía engañarse. No deseaba a Amber. Deseaba a Brittany Evans.

La noche anterior se había visto obligado a hacer un verdadero esfuerzo para no seguirla a su dormitorio. Lo estaba volviendo loco, y el simple hecho de recordar el beso que le había dado en la frente bastaba para que se estremeciera.

Precisamente por eso había llamado a Lana por teléfono. Había sido un simple truco para evitar seguirla. Pero curiosamente no había dejado de pensar en Brittany mientras hablaba con ella.

En realidad le había sucedido lo mismo durante la cena con Amber. Por muy atractiva que fuera, no le interesaba. Se había pasado toda la velada mirando discretamente la hora y deseando volver a la casa de Britt.

Justo en ese momento se abrió el garaje de Amber.

La hermana de Lana había decidido salir con su Spitfire. Era una maravilla de coche y una vez más no pudo por menos que admirarlo.

Amber puso el intermitente de la izquierda como si fuera a girar hacia ese lado. Pero de repente lo cambio y giró hacia la derecha. Directamente hacia donde se encontraba él.

Cuando llegó a su altura, bajó la ventanilla y detuvo el vehículo.

–Buenos días –dijo, sonriente.
–Buenos días...
–¿Estás libre esta noche?
–No, me temo que no. Voy a cenar con Brittany, mi prometida. Ya sabes, la conociste en la fiesta...
–Pero tal vez podrías venir después...
–Tenemos que hablar de algunas cosas y no creo que pueda –se excusó–. Pero podíamos comer una de estas tardes, tal vez el lunes que viene. Por cierto, te has dejado abierta la puerta del garaje...

Amber miró hacia atrás y dijo:
–Es automática. Se cerrará dentro de cinco minutos más o menos... De esa forma, no tengo que molestarme en pulsar el botón para cerrarla.

Wes la miró y rio a carcajadas.

Cuando Brittany llegó a casa aquella noche, oyó que alguien había puesto música y notó un maravilloso aroma que procedía de la cocina. Al parecer, Wes estaba cocinando.

En cuanto entró, se dirigió a la cocina y se detuvo bajo el umbral.

–¿No vas a entrar nunca? La cena ya casi está preparada...

–¿Estás solo?

Él asintió.

–Sí, claro. ¿Qué crees, que estoy cocinando para Amber? Ella nunca se tomaría la carne que he preparado. Tiene demasiadas calorías.

–¿Carne? Huele muy bien...

–Carne, pollo, tomates, judías, un poco de curry... Lo pones todo junto, lo cocinas durante un par de horas y obtienes algo magnífico estés donde estés y hagas lo que hagas.

–¿Oíste mi mensaje, por cierto? No tenía tu número de teléfono, así que dejé un mensaje en el contestador...

–Sí, lo oí.

Britt había llamado para decirle que no llegaría hasta la noche porque tenía que quedarse cuatro horas más en el hospital.

–Pensé que cuatro horas era tiempo más que suficiente para preparar una buena cena y salir a hacer la compra. He utilizado el pollo que tenías en el frigorífico. Espero que no te importe.

–¿Cómo iba a importarme? Huele muy bien, en serio. Pero espero que puedas esperar cinco minutos para cenar, porque necesito darme una ducha.

–¿Te encuentras bien?

–No, no estoy bien, la verdad. Hoy nos han enviado a las víctimas de un accidente de tráfico. Toda una familia... La madre se encuentra en coma, y uno de los niños, de cinco años, ha muerto. Es algo terrible.

–Dios mío, ha debido de ser muy duro...

–Sí, lo ha sido. Necesito ducharme y relajarme un poco. ¿Te importa?

Wes negó con la cabeza.

—Por supuesto que no. Y, si no te apetece cenar, te aseguro que no me sentiré ofendido en absoluto...

—Oh, no, gracias... Estoy hambrienta porque no comí nada.

—En tal caso, ve a ducharte. Te espero.

Britt asintió y lo miró. Si se hubiera acercado a ella un poco, aunque solo hubieran sido unos centímetros, se habría arrojado a sus brazos. Pero no lo hizo.

Entonces, ella se dio la vuelta, se dirigió a su dormitorio y cerró la puerta al entrar.

Wes abrió el frigorífico y sacó otra cerveza. Después, la abrió y la puso sobre la mesa, frente a Brittany.

—¿Qué ha pasado con tu límite de alcohol?

—Nada. Es mi límite, no el tuyo.

—¿No te importa?

—No, no me importa que bebas más que yo... —dijo con una sonrisa.

Brittany estaba preciosa. Se había puesto unos pantalones cortos y una simple camiseta después de la ducha, pero a Wes le pareció que nunca había estado tan atractiva. No llevaba maquillaje y su cabello, suelto sobre los hombros, todavía estaba algo mojado.

Le pareció tan inmensamente atractiva que deseó abrazarla y besarla. Quería ir a su dormitorio y hacerle el amor; no estar allí, sentados, en la cocina.

—¿En qué estás pensando? —preguntó ella.

Wes mintió.

—En que necesito un cigarrillo.

—Pues no puedes fumar...

—Lo sé, y te aseguro que estoy intentando portarme bien.

—Debe de ser muy duro...

—No sabes cuánto.

Wes se dijo que efectivamente estaba siendo muy duro. Pero, por supuesto, no pensaba en el tabaco: pensaba en tener que controlarse para no arrojarse sobre aquella mujer.

–¿Es verdad que Bobby Taylor y tú os caísteis mal cuando os conocisteis? –preguntó ella de repente.

Wes rio.

–Sí, es cierto, nos odiamos.

–Entonces, cuéntame la historia. Al fin y al cabo sé que termina bien...

–No hay mucho que contar. Estábamos en el mismo grupo y nos pusieron de compañeros, creo que porque somos físicamente muy distintos. Él es enormemente alto y yo bastante bajo.

–Sí, lo conozco...

–Pero, a pesar de ser tan grande, se mueve muy deprisa. Su padre era jugador de fútbol en la liga profesional, pero tuvo una lesión en una pierna y tuvo que dejarlo. ¿Lo sabías?

Ella negó con la cabeza.

–Pues lo era. Dan Taylor... Era tan grande como Bobby. Conoció a la madre de mi amigo en Albuquerque, en una obra. Por entonces, Dan era albañil y ella era su jefa. Es india, y muy guapa... Sea como sea, se enamoraron y tuvieron a Bobby –explicó Wes–. Dan quería que Bobby fuera futbolista como él, pero le dio por meterse en la Marina.

Wes se levantó un momento de la mesa para recoger los platos mientras seguía con la historia.

–Como ya te he dicho, Bobby y yo acabamos siendo compañeros durante el periodo de instrucción. No sé por qué nos caímos mal, pero el hecho es que no nos gustábamos en absoluto. Sin embargo, no tuvimos más remedio que acostumbrarnos el uno al otro, y con el paso del tiempo aprendimos a respetarnos.

–Y os hicisteis inseparables...

–Sí, pero no llegamos a ser verdaderos amigos hasta que recibí aquella llamada de Colleen. La muerte de Ethan me sumió en una profunda depresión y Bobby me demostró entonces que era un verdadero amigo. Estuvo conmigo constantemente. Me acompañó al entierro, me animó e hizo todo lo posible para que siguiera viviendo... Por cierto, ¿quieres otra cerveza?

Brittany rio.

—Si estás dispuesto a llevarme después a la cama...

Wes también rio. Estaba más que dispuesto a llevarla a la cama, pero en aquel deseo no había nada inocente.

—Pero si solo te has tomado tres cervezas. ¿Ya estás borracha?

—No, descuida.

En ese momento, sonó el teléfono móvil de Wes.

—¿Dígame?

—Hola, soy Amber. Perdona que te llame tan tarde...

—No es tarde, solo son las diez. ¿Qué sucede?

—Llevo toda la noche recibiendo llamadas extrañas. Llaman y luego cuelgan sin decir nada. Además, he oído un ruido raro en el exterior de la casa. No sé, una especie de golpe seco...

—Llama a la policía ahora mismo —ordenó.

—Lo hice hace un buen rato y vinieron, pero no vieron a nadie. Sin embargo, hace unos minutos he vuelto a oír ese ruido y no quiero volver a llamarlos. Pensarían que soy una histérica. ¿No podrías venir? Me sentiría mucho mejor si echaras un vistazo...

—Sí, por supuesto que puedo. Estaré allí enseguida.

—Te lo agradezco mucho, Wes. De verdad.

Wes cortó la comunicación y acto seguido se volvió hacia Brittany, que lo miraba con curiosidad.

—Era Amber. Ha oído un ruido extraño.

—Oh, sí... —dijo con escepticismo—. Seguro que cuando llegues te abre la puerta en camisón y te ruega que la salves.

Wes sonrió.

—¿Las mujeres todavía llevan camisones? Pensaba que

ahora dormían desnudas o con una simple camiseta –bromeó.

–No sé qué harán las demás, pero te aseguro que a mí me gustan los camisones y la ropa interior de fantasía.

–Vaya, vaya...

–Siempre tengo esas cosas a mano, por si surge alguna emergencia –declaró ella, con una enorme sonrisa–. Y no creas que es broma: cuando me separé de Quinn, mi madre insistió en que las tuviera a mano por esa misma razón. Es increíble.

–Bueno, me parece una idea divertida...

–No sé, no sé... ¿De verdad les gustan esas cosas a los hombres?

–¿Que si nos gustan? Nos encantan, Britt...

–En ese caso, deberías reconsiderar la posibilidad de acostarte con Amber. Estoy segura de que usa ropa interior muy atrevida y, por lo demás, insisto en que es tu tipo de mujer. Sería perfectamente capaz de bailar desnuda sobre una mesa.

–¿Sabes una cosa? Creo que tal vez me equivoqué al pensar que ese era mi tipo de mujer...

Wes la miró con tal intensidad que ella se estremeció.

–Bueno, será mejor que te marches. Amber te está esperando.

–Ven conmigo.

Britt rio.

–A Amber no le gustaría.

–No sé si le gustará o no, pero quiero que vengas conmigo –insistió–. Siempre que hablo con ella le menciono a mi prometida, así que tal vez necesite que se la recuerde visualmente.

–Olvidas que Lana sabe que no estás comprometido con nadie. Si ha hablado con Amber, se lo habrá dicho.

Wes dejó de sonreír. No se le había ocurrido pensar que Lana pudiera contárselo, pero no le extrañó demasiado porque últimamente ya no pensaba en ella. Durante mucho tiempo había albergado la esperanza de que Lana estuviera enamorada secretamente de él, e incluso se había convencido de que su actitud distante se debía a que era una buena esposa que quería ser leal a su marido.

Ahora, sin embargo, sabía que no era así. Lana estaba al tanto de las infidelidades de Wizard desde hacía tiempo. Y, sin embargo, no había hecho nada por acercarse a él.

–Ven conmigo, por favor –repitió él–. Échame una mano, te lo ruego.

–¿Cómo podría negarle algo a un hombre que cocina maravillosamente, que se molesta en retirar los platos de la mesa y que es capaz de pedir las cosas de forma tan educada? –preguntó Brittany, mientras se levantaba de la silla–. Dame dos minutos y estaré contigo.

Capítulo 9

Con total tranquilidad, Amber abrió la puerta vestida con ropa que dejaba poco espacio a la imaginación. Tenía puestos unos pantalones de gasa blanca, semitransparentes, que dejaban ver su diminuto tanga de color rojo y un top del mismo color que apenas le cubría los senos. Si hubiera salido desnuda, el efecto no habría sido mayor.

–Gracias a Dios que estás aquí –dijo Amber.

Pero se sorprendió al ver que Wes no estaba solo.

–Amber, ¿te acuerdas de Britt? Estuvo en una de tus fiestas –comentó Wes, mientras pasaba un brazo por encima de los hombros de Brittany.

–Por supuesto –dijo Amber–. Eres enfermera o algo así, ¿verdad? Pasa, por favor, con confianza. Lamento que hayas tenido que molestarte en venir hasta aquí.

En cuanto a Wes, Amber estaba encantada de verlo.

–No hay problema –mintió Britt, mientras le sonreía a Wes–. Solo estábamos dando un paseo por la playa, antes de ir a la cama.

Lo dijo, sin que le importara lo que Amber pudiera pensar. Wes le devolvió la sonrisa. Y, cuando estaban entrando a la casa, la tomó por la cintura.

–No te preocupes, Amber, no has arruinado nuestros planes.

–Mejor así –dijo ella, tratando de ocultar su incomodidad–. En cualquier caso, agradezco mucho que hayáis venido.

–Deberías considerar la posibilidad de tener seguridad permanente –comentó Brittany–. Estoy segura de que existen mujeres que trabajan como guardaespaldas, si es que no quieres tener a un montón de hombres controlando cada uno de tus movimientos.

En aquel momento, Wes la tomó de la mano y comenzó a jugar con los dedos, como si no pudiera dejar de tocarla. Aunque se suponía que lo que Brittany había dicho acerca de ir a la cama era parte de una farsa, Wes parecía estar ansioso por acostarse con ella.

–Amber, ¿dónde estabas cuando oíste ruidos por primera vez? –preguntó Wes.

–En la sala, viendo televisión –respondió.

Acto seguido, los guio por el pasillo hacia la parte trasera de la casa. El trasero de Amber se traslucía a través de los pantalones. Era tan perfecto que Brittany se sentía tentada a agarrar la linterna de Wes para iluminar aquellas redondeces envidiables. Sin embargo, Wes apenas le había prestado atención a la hermana de Lana y no hacía más que mirar a Brittany y sonreír.

–Estoy absolutamente de acuerdo contigo, Brittany –dijo Amber–. De hecho, le he ofrecido un trabajo a Wes como jefe de seguridad. Tal vez puedas ayudarme a convencerlo. Estoy segura de que preferirías tenerlo en Los Ángeles a tiempo completo.

Mientras tanto, Wes había vuelto a pasar un brazo por encima de los hombros de Britt y le estaba acariciando el cuello.

–Bueno, sinceramente, nunca le pediría que abandone su trabajo en la Marina –afirmó Britt–. Sería incapaz de hacer algo así.

Wes seguía jugando con los dedos y la miraba como si fuese incapaz de pensar en algo que no fuera regresar a casa para hacerle el amor. A Brittany se le aceleraba al corazón cuando él la miraba de ese modo. Y más, cuando las miradas iban acompañadas por caricias que bajaban del cuello hasta la curva de los senos.

Tal vez, Wes seguía pensando en las insinuaciones que ella había hecho en la cena, muchas de las cuales harían sonrojar a cualquiera.

Pero, después de pasar el día en el hospital, rodeada de dolor y enfermedades, Brittany no quería pasar la noche sola. Necesitaba que la reconfortaran. Deseaba rendirse al placer del contacto físico con aquel hombre que comenzaba a gustarle cada día más. Por eso había dicho lo que había dicho en la cena. Por eso, había coqueteado descaradamente con él. Porque lo deseaba.

Y, al parecer, él sentía la misma necesidad por ella. De lo contrario, Wes había resultado ser un actor mil veces mejor de lo que Amber Tierney podría llegar a ser jamás.

–No puedes ser un SEAL eternamente –comentó Amber–. Mi hermana está casada con un SEAL y opina que, más temprano que tarde, Quinn será demasiado viejo para seguir corriendo por la selva o haciendo lo que sea que hace. Él podrá creerse ese patético discurso acerca de que su trabajo es indispensable para salvar al mundo. Para mí, no es más que un juego de niños.

–Tu hermana tiene razón –admitió Wes–. En algún momento, seré demasiado viejo como para seguir en los SEALs. Pero, mi querida Amber, para eso todavía falta mucho.

Brittany aprovechó el comentario para seguir con la farsa.

–Cuando Wes se retire, vendrá a vivir a Los Ángeles. Tiene mucho futuro en la actuación. Créeme, Amber, tiene talento.

–¿Qué locura es esta? –dijo él, mientras se reía a carcajadas.

–Hablo en serio –sostuvo Britt.

Wes la miró como si estuviera completamente loca.

–Aquí es donde estaba sentada –los interrumpió Amber–. Justo aquí, recostada en el sofá. Y el ruido parecía venir del patio. Sonaba como si alguien estuviera arrojando algo a por encima del muro medianero.

–¿Estás segura? –preguntó Wes–. Cabe la posibilidad de que, en lugar de arrojar algo, alguien estuviera trepando el muro. Las ventanas del tercer piso ya están conectadas al sistema de alarmas, ¿verdad?

–Todavía no –respondió–. El técnico vendrá a conectarlas el próximo jueves. ¿De verdad piensas que alguien pudo haber entrado por ahí?

–No lo sé –dijo Wes–. Pero por las dudas, deberías preparar una bolsa con algunas cosas y pasar la noche en un hotel. Y mañana, tendrás que pedirle a tu representante que contrate a un par de guardaespaldas. Sinceramente, es increíble que aún no tengas uno.

Amber no parecía muy feliz.

–¿Estás seguro de que no puedes quedarte esta noche aquí?

De pronto, recordó que Brittany estaba allí.

–Los dos, digo –aclaró–. Tengo muchas habitaciones.

–Una sola persona no puede ocuparse de la seguridad de una casa de este tamaño, Amber –aseguró Wes–. Además, el hijo de Britt está de viaje y la verdad es que teníamos otros planes para esta noche.

Amber asintió, con resignación.

–Está bien. Entonces, prepararé una bolsa. Poneos cómodos. Hay vino en el frigorífico de la cocina. No tardaré más de diez minutos.

–Gracias por el ofrecimiento, pero subiremos contigo –dijo Wes–. Esperaremos fuera de tu habitación. Es una casa muy grande y, no quiero que te asustes, pero hasta que no asegures las ventanas de la tercera planta, no estarás completamente a salvo. Lamento no haberte subrayado la importancia de esas ventanas cuando hablamos el otro día.

Amber realmente había oído un ruido afuera y estaba

asustada. De lo contrario, en ese momento les habría dicho que estaría bien y los habría acompañado hasta la puerta de calle. Pero se había puesto pálida y tenía los ojos llenos de angustia.

Acto seguido, los tres subieron por las escaleras. Una vez arriba, Wes revisó el dormitorio de Amber para asegurarse de que no hubiera nadie allí. Entonces, ella entró a buscar algo de ropa mientras Britt y Wes la esperaban en el pasillo.

–Creo que, por fin, lo ha comprendido –le dijo Wes a Brittany en voz baja–. Gracias por venir conmigo hasta aquí.

–De nada. ¿De verdad crees que está en peligro?

–Amber es famosa y el mundo está lleno de locos. Algunos saben cómo trepar un muro y entrar a través de una ventana –argumentó–. Ahora bien, si lo que me has preguntado es si considero que esta noche está en peligro, tengo que decir que no. Pero está asustada y, por mucho que intentemos tranquilizarla, en cuanto oiga otro ruido, volverá a llamar pidiendo ayuda. Es mejor que pase la noche en un hotel. De ese modo, nos aseguramos de tener toda la noche para nosotros.

De nuevo, Wes estaba mirando a Britt con los ojos llenos de ardiente deseo. Salvo que, esa vez, Amber no estaba ahí para verlo.

Brittany se quedó contemplándole la boca por un rato. Estaba desesperada por besarlo. Pero, en lugar de hacerlo, levanto la vista y lo miró a los ojos.

Wes sonreía.

–¿Me ayudarías a quitarme a Amber de encima definitivamente? –murmuró.

–Bueno –respondió Britt–. ¿Qué tengo que hacer?

–Bésame –dijo él–. Y, entonces, cuando ella termine de preparar la bolsa y salga de la habitación, nos encontrará besándonos. Imagino que será suficiente para que deje de coquetear por un tiempo.

—Mira que ha dicho que, por lo menos, se demoraría diez minutos.

Wes sonrió.

—En ese caso, tendrá que ser un beso largo.

Brittany se rio y él avanzó hacia su boca.

Comenzó por besarla suavemente; pequeños besos dulces en el borde de las comisuras. Después, le acarició los labios con la lengua, húmeda y cálida.

Acto seguido, la alzó en brazos, la miró a los ojos y la besó intensamente.

Nunca la habían besado de ese modo. Estaba extasiada. Jamás habría pensado que alguien como alguien como Wes Skelly, un SEAL de reputación dudosa, fuera capaz de besarla de una manera tan bella, sensible y tierna.

Entonces, Brittany pensó que, si él era capaz de besar así, hacer el amor con él sería una total y absoluta delicia.

Y ella estaba dispuesta a hacer lo que fuera necesario por comprobarlo.

—Ahí viene Amber —dijo Britt.

Wes inclinó la cabeza para mirar hacia el dormitorio y vio que Amber seguía allí, hablando por teléfono. Rápidamente volvió su atención a Brittany.

—Casi me matas de un susto. Pero te perdono porque adoro tu boca —susurró, antes de volver a besarla.

Brittany estaba fascinada. Wes solo la había besado por unos minutos, pero habían sido mucho más excitantes que los años de vida sexual que había compartido con su exmarido.

Lo rodeó con los brazos y se apretó contra él.

En ese momento, él dejó de besarla y se echó hacia atrás para mirarla. Britt pensó que tal vez se había excedido. Era innegable que Wes estaba excitado, pero tal vez no quería que ella lo notara.

Sin embargo, él no dijo nada. Solo la miró, intensa y apasionadamente. Luego, volvió a besarla.

Pero, esta vez, eran besos desesperados. Al parecer,

Wes tampoco conseguía pensar en nada salvo en besarla una y otra vez. Jugaba con su lengua dentro de la boca de Britt como si en el mundo no existieran más que esa lengua y esos labios.

Ella adoraba sentirlo en su boca. Pero deseaba más. Quería que le lamiera todo el cuerpo. Quería que la acariciara, que bajara las manos hasta su trasero y la presionara contra él, para extasiarse con el roce de sus sexos.

—Perdón por interrumpir —dijo Amber.

Wes la soltó tan rápidamente que Brittany estuvo a punto de caerse.

—Lo siento —murmuró.

En un principio, no estaba claro si las disculpas eran para Amber o para Britt. Pero, entonces, se volvió hacia Amber y agregó:

—Pero es que tengo tan pocos días libres y...

—Y el hijo de Brittany está fuera de la ciudad —concluyó Amber—. Lo comprendo perfectamente. No es necesario que me lleves hasta el hotel. Puedo ir en mi coche. Pero, si no es molestia, agradecería que me acompañaras hasta el garaje.

—Por supuesto —aseguró Wes.

Después, se volvió hacia Britt.

—Perdón.

A Brittany no le quedo claro si se estaba disculpando por el modo en que la había soltado o por el beso.

—Yo soy quien tiene que disculparse por haberos interrumpido —comentó Amber.

Sus disculpas sonaron sinceras.

—No hay problema —dijo Britt, mirando a Wes—. Estoy bien.

Él no dijo nada. Se limitó a mirarla con complicidad.

Después, caminaron en silencio hasta el garaje de Amber.

Wes conducía con las dos manos sobre el volante. Era consciente de que el silencio de Britt podía deberse a la torpeza con que se había disculpado después de que Amber se marchara.

No tendría que haberla besado. Tendría que haberse mantenido a una sana distancia. Nunca tendría que haber comprobado lo dulce y fogosa que podía llegar a ser Brittany.

Ahora, ya no podría dejar de pensar en sus besos porque nunca nadie lo había besado así. Nunca.

Y, a pesar de haberse disculpado, a pesar de haber admitido que había ido demasiado lejos y que ese beso había sido un error, quería besarla de nuevo. De hecho, quería hacer bastante más que besarla.

Al mirarla por el rabillo del ojo, vio que Brittany estaba mirando por la ventana, con gesto pensativo. Además, parecía estar agotada.

Había tenido un largo y penoso día de trabajo, tenía derecho a estar cansada.

Lo único que le preocupaba a Wes era la posibilidad de haberla herido con sus disculpas. Tal vez, ella había disfrutado de aquel beso tanto como él, y se había sentido agredida al oírle decir que había sido un error.

Desde que Amber había salido de su habitación y los había interrumpido, parecía que Brittany estaba a punto de ponerse a llorar.

Había dicho que estaba bien, pero era obvio que había mentido.

De hecho, él tampoco estaba bien. Se sentía desesperado y absolutamente aturdido.

En ese momento, Wes volvió la atención a la calle. Era tarde, pero seguía habiendo bastante movimiento. Las tiendas estaban cerradas, pero los bares y restaurantes seguían abiertos. Las luces de las marquesinas iluminaban la avenida.

Algunos de los bares le recordaban a los de San Diego. Había uno en particular que se parecía mucho a uno de los locales a los que solía ir con Bobby a beber durante horas.

Wes vio que había sitio para aparcar justo en la puerta y

frenó de golpe. El hombre que iba en el coche de atrás hizo sonar el claxon y, al pasar delante de ellos, les dedicó una catarata de insultos y gestos obscenos.

Al oír los gritos, Brittany se volvió y miró a Wes con sorpresa. Mientras tanto, él estaba listo para aparcar.

–¿Qué te parece si vamos a tomar una copa? –sugirió él–. Me encanta el tequila y allí hay un local mexicano.

Ella miró hacia el bar y luego volvió a mirar a Wes.

–No sé, ese lugar es un poco... Pero está bien si lo que quieres es tomarte un tequila.

–La verdad es que no quiero tomar un tequila –afirmó él–. Quiero tomarme diez.

Hubo un largo silencio.

Hasta que, por fin, Brittany dijo:

–¿Qué es lo que me quieres decir, Wes? Me has dicho que creías que eras alcohólico y que querías dejar de beber definitivamente. Y ahora de pronto me dices que... –sacudió la cabeza como si tratase de aclarar las ideas–. Yo no voy a decirte que no bebas. Nada de lo que yo pueda decir o hacer serviría para que resuelvas tu alcoholismo. Es algo que tienes que aprender a controlar solo.

–Y quiero hacerlo. Quiero dejar de beber. Pero, ahora mismo, me muero por emborracharme.

Wes tenía la vista puesta en el volante. No podía mirar a Brittany a los ojos.

–Cuando me emborracho, me atrevo a decir cosas que jamás diría estando sobrio. Por ejemplo... –se forzó a mirarla entonces–. Por ejemplo, que te deseo desesperadamente y que no puedo soportar la idea de perder otra noche en el sofá de la sala.

Brittany se rio. Era una risa nerviosa; la confesión de Wes la había tomado por sorpresa.

–Si eres capaz de decir algo así estando sobrio, no quiero imaginar lo que podrías decir después de diez tequilas.

–Bueno, es que...

Wes la miró y se dio cuenta de que, no solo no parecía espantada por lo que él había admitido, sino que hasta parecía contenta.

−Mejor, dejemos la borrachera para otro día −dijo Britt−, y vayamos a mi casa a hacer el amor.

Wes no salía de su asombro. Brittany era preciosa. Las luces de las marquesinas le iluminaban parcialmente el rostro, y le acentuaban los pómulos y la boca. Le brillaban los ojos y lo miraba sonriente. Por un momento, Wes sintió que estaba en el paraíso.

Tenía ganas de reír y de llorar al mismo tiempo.

Acto seguido, la atrajo hacia él y comenzaron a besarse.

Wes quería sentarla sobre sus piernas, arrancarle los pantalones y poseerla.

Si bien no le importaba que estuvieran en medio de una avenida, había algo que lo detenía: Brittany se merecía algo mejor que esos juegos sexuales en el asiento delantero del coche.

Pero tenía unos labios tan dulces y un cuerpo tan sensual que Wes no podía dejar de tocarla. Deslizó una mano por debajo de la camiseta de Britt y le tomó los senos. Tenía una piel suave como la seda y unos pezones preciosos.

En ese momento, ella abrió la boca y lo invitó a besarla más profundamente. Wes aceptó el reto, pero lo hizo despacio. Necesitaba mantener el control de la situación. Poder detenerse en caso de que Brittany cambiara de opinión.

Pero Brittany no quería que se detuviera. Metió una mano por debajo de la camisa de Wes y comenzó a gemir mientras le acariciaba la espalda.

De pronto, dejó de besarlo y susurró:

−Quiero verte desnudo.

−¿Estás segura de que de verdad quieres que sigamos?

−Sí −aseguró ella.

Volvió un instante a los besos, pero enseguida se echó para atrás y lo miró.

−¿Y tú? −preguntó Britt.

—¿Bromeas? Claro que quiero.

En un segundo, Wes encendió el motor del coche y arrancó.

—Es mejor que vayamos a casa. Yo también quiero verte desnuda, pero no en mitad de la avenida.

—Hablando en serio, Wes. ¿Qué hay entre Lana y tú?

—¿Qué Lana?

Si bien Wes no conocía esa parte de la ciudad, calculaba que en tres minutos podrían estar llegando al piso de Brittany.

Brittany se rio, con fastidio.

—No te hagas el gracioso.

—No me estoy haciendo el gracioso —protestó él—. Lo que ocurre es que, cuando estoy contigo, princesa, ni siquiera pienso en ella.

—De acuerdo. Si quieres, hazte el gracioso, pero no me mientas, por favor.

—Es la verdad.

—Mira, Wes, si quieres acostarte conmigo...

—Claro que quiero —la interrumpió.

Ella había hablado en condicional. Treinta segundos atrás, no había ninguna condición y Wes temió que, en los tres minutos que restaban para llegar a su piso, Brittany se arrepintiera.

—De verdad —insistió—. Créeme, princesa.

—Está bien —dijo ella, mientras le acariciaba una rodilla—. Necesitamos ser sinceros. Si quieres acostarte conmigo, tendrás que ser sincero. Los dos sabemos que esto ni va a durar mucho ni va a ser nada significativo. Solo somos dos personas que se gustan...

—Que se gustan mucho —añadió él.

—Que encuentran atractivo al otro...

—Muy atractivo, extraordinariamente atractivo.

Brittany se rio por las acotaciones de Wes.

—Sí, pero, fundamentalmente, somos dos personas que están cansadas de estar solas. Esta noche y el resto de las noches que te queden en Los Ángeles, no tendremos que estarlo.

Justo en ese momento, Wes aparcó en el garaje de Britt.

–Te echo una carrera hasta la puerta.

Brittany se rio.

–¿Me prometes que...?

–Te prometo lo que quieras.

–Wes, hablo en serio.

–Yo también, princesa. Quiero quitarte la ropa con los dientes y lamer cada centímetro de tu cuerpo. Despacio, muy despacio.

Ella se quedó en silencio y él aprovechó la oportunidad para empujarla contra la pared y besarla.

–Por favor, sé sincero conmigo –dijo Britt, entre los besos–. Por favor, no me ocultes nada, ¿de acuerdo?

–Te lo prometo –afirmó él.

Mientras tanto, siguió besándola. La besó en la boca, en la cara, en el cuello y en los senos.

–Eso es todo lo que deseo –aseguró ella y sonrió–. Además de la promesa de lamerme entera, por supuesto.

–Entonces, princesa, no perdamos más tiempo y entremos.

Wes besó a Brittany en cada uno de los escalones que conducían a su piso.

Y, antes de que pudiera abrir la puerta, ya le había desabrochado los pantalones.

En cuanto traspasaron el umbral, Wes se apuró a cerrar la puerta con un pie mientras trataba de quitarle la camiseta a Britt.

Ella se reía y trataba de librarse del acoso, pero él era sumamente persistente.

–¿Andy? –preguntó ella.

Eso hizo que Wes se detuviera.

La habitación estaba oscura y Brittany encendió una pequeña lámpara que estaba junto a la puerta.

—Solo quería asegurarme de que no hubiera vuelto a casa —explicó—. A veces los viajes se cancelan y...

—Hola, Andy —gritó Wes—. ¿Estás aquí?

Pero no obtuvo respuesta.

Como la paciencia no era una de sus cualidades, Wes atravesó la cocina y se asomó a la habitación de Andy. Después, volvió a donde estaba Britt.

—Definitivamente, no está en la casa —dijo y la besó.

Acto seguido, lo ayudó a quitarle la camiseta, mientras se sacaba las sandalias.

Trató de quitarle la camisa a Wes, pero él estaba más interesado en desabrocharle el sostén.

—¿Me podrías ayudar con el broche? Por Dios, es más difícil de abrir que una caja fuerte...

Brittany se rio y se alejó un poco para poder quitarse el sujetador. Pero se detuvo. No tenía vergüenza, pero se sentía algo menos audaz que antes.

—¿De verdad quieres desnudarte en mi cocina? —preguntó.

—Absolutamente.

Wes sonrió. La luz de la luna entraba a través de la ventana y le iluminaba el torso. Tenía hombros anchos y cadera angosta.

—Hemos perdido mucho tiempo al pasarnos los últimos días sentados en la cocina, hablando. Debo confesar que, todo el tiempo, me moría por verte desnuda. Ahora, estoy a punto de cumplir esa fantasía.

Brittany lo miró con intensidad, se quitó el sostén y lo colgó en el respaldo de una silla.

—Dios... —suspiró Wes.

Se quedó en silencio, sin tocarla, mirándola con los ojos encendidos de pasión.

Ella aprovechó para quitarse los pantalones y las bragas. Él no dejaba de mirarla.

—Aquí me tienes —dijo Britt.

Adoraba el modo en que Wes la miraba y sabía que

no se arrepentiría de lo que estaban haciendo. Aunque se tratase de una aventura pasajera, iba a ser maravilloso. Sería un recuerdo que guardaría por el resto de su vida.

–Ya estoy desnuda en la cocina. ¿Ahora qué? ¿Quieres que te prepare un té?

–No.

–¿Cómo? ¿Eso no forma parte de tu fantasía?

Wes rio.

–No, lo lamento.

–¿Y tener sexo en la mesa de la cocina? ¿Eso sí?

–Sí, definitivamente.

Acto seguido, comenzó a tocarla lentamente. Le acarició el pelo, las mejillas y los hombros. Después, deslizó las manos hasta los senos.

El modo en que Wes la miraba hacía que se sintiera increíblemente sensual.

–De acuerdo, lo haremos sobre la mesa, pero después –dijo él–. Antes quiero hacerte el amor en tu dormitorio, en tu cama. Eso también forma parte de mis fantasías.

En aquel momento, Brittany le desabrochó los pantalones y comenzó a acariciarlo despacio, solo con la yema de los dedos. Mientras tanto, lo miraba y sonreía.

Entonces, Wes la besó, dulcemente, como solo él sabía hacerlo.

Ella se acercó más apretó los senos contra el pecho de su amante. Él se rindió al placer que le provocaba el contacto de aquel cuerpo suave y cálido.

Los besos se volvieron más desesperados.

Después, Wes empezó a acariciarla, explorando cada parte de su cuerpo con las manos, mientras la besaba, la lamía y disfrutaba de su sabor.

Pero Brittany deseaba más, y él lo sabía. La levantó en brazos y la llevó al dormitorio.

Mientras avanzaban por el pasillo, la mujer recordó la primera vez que se habían besado. Había sido algo tan tímido e inocente que, comparado con ese momento, causaba risa.

Al llegar a la habitación, Wes la acostó con cuidado en la cama, y se quedó varios minutos mirándola. Entonces, ella pudo ver el deseo que había en aquellos ojos azules.

Al bajarle los pantalones, Britt descubrió que no llevaba ropa interior.

–Qué pena –dijo–. Estaba ansiosa por descubrir si usabas calzoncillos o slips.

–Perdón, pero no tenía ninguno limpio –se excusó.

Acto seguido, sonrió, se acostó en la cama y la besó.

Brittany aprovechó la cercanía para acariciarlo más íntimamente. Wes era fuerte, suave y muy masculino.

Él se rio.

–¿Qué pasa? –preguntó ella.

Él levantó la cabeza para mirarla.

–Por el momento, me cuesta creer que esto sea real –explicó–. ¿De verdad quieres que sea sincero?

Britt asintió, con el corazón en la boca.

–Me resulta tan extraño todo esto... He hablado más contigo que el resto de las mujeres que conozco y sigues queriendo hacer el amor conmigo. Estoy tratando de decir que siento que no tengo que simular que soy distinto para que quieras acostarte conmigo.

Para entonces, ya había sido lo bastante sincero como para que Britt estuviera impresionada. No necesitaba seguir. Pero, aun así, continuó.

–Por primera vez en mi vida. No estoy preocupado acerca de qué decir y qué no decir. Puedo decir lo que quiera, porque sé que te seguiré gustando lo suficiente como para que no huyas si digo algo malo o estúpido.

Brittany le acarició la cara.

–No solo me gustas, Wes. Creo que eres maravilloso.

Parecían dos adolescentes que se sonreían en un baile. Sin embargo, eran un hombre y una mujer desnudos en la cama.

—Quiero que disfrutes esta noche –dijo él.

Después, inclinó la cabeza para besarla y comenzó a lamer sus senos, descendiendo hacia su estómago.

—¿Tienes preservativos? –preguntó Britt.

—Sí, sobre la mesilla. Pero te aseguro que no estaba bromeando al decir que te lamería todo el cuerpo.

—¿Te importa que dejemos eso para otro día? No he hecho el amor desde hace siglos, desde un año antes de adoptar a Andy...

Wes la miró con absoluta sorpresa.

—¿Insinúas que llevas nueve años sin hacer el amor?

—No, nueve no. Solo ocho.

Wes tardó solo unos segundos en ponerse el preservativo.

—Tal vez deberíamos tomárnoslo con calma. Si hace tan tiempo... No querría hacerte daño.

Brittany respondió a su comentario con un gesto que no admitía duda alguna. Lo tumbó boca arriba, se colocó sobre él y descendió hasta sentir su sexo dentro de su cuerpo.

Sintió un placer tan intenso que dejó escapar un gemido.

—Me siento tan bien...

—Y yo –dijo él, riendo–. Supongo que esto no se olvida nunca. Es como montar en bicicleta.

—Mucho mejor que montar en bicicleta, en mi opinión. ¿Podemos hacer el amor durante toda la noche? O mejor, durante todo el fin de semana...

—Mejor durante un mes.

—O durante un año...

Los minutos transcurrieron entre constantes caricias. El teléfono sonó varias veces, pero nadie se molestó en responder las llamadas. En determinado momento, saltó el contestador y oyeron la voz de Melody, que curiosamente llamaba para saber cómo le había ido en su cita con Wes.

Wes lo encontró muy divertido, pero siguió acariciandola de todas formas hasta que la llevó, una vez más, al orgasmo y luego se vertió en ella.

—Eres increíble, Britt —dijo, mientras la abrazaba con fuerza.

Ella sonrió.

—Bueno, creo que ahora sí puedes dedicarte a eso que dijiste de lamerme todo el cuerpo... Salvo que necesites descansar un poco, claro.

Wes sonrió a su vez, se inclinó sobre ella y comenzó a lamerle un seno. Brittany se estremeció.

—No necesito descansar. Como acabo de decirte, te haría el amor durante un mes seguido... Solo dime lo que quieres y cuándo lo quieres y yo lo haré. ¿De acuerdo?

Ella asintió, encantada. Wes era un amante maravilloso. Pero sobre todo, era divertido, inteligente y dulce.

Sin embargo, intentó convencerse de que lo que sentía por él no era amor, sino simplemente deseo.

Sabía que enamorarse de él sería una locura. A fin de cuentas, Wes estaba enamorado de otra mujer.

Capítulo 10

El teléfono sonó de nuevo. Wes se volvió para mirar a Brittany, que dormía entre las mantas y las sábanas arrugadas, con el pelo rubio desparramado sobre un cojín y cruzando una de sus preciosas piernas sobre el regazo de su amante.

–¿No vas a contestar? –preguntó él.

Ella abrió los ojos, lo miró y sonrió.

–Hola –dijo.

Él respondió con una sonrisa.

–Sí, eso es lo que supuestamente deberías decir después de levantar el auricular.

Wes acarició la espalda de Brittany. Tenía una piel tan tersa y suave que pensó que podría acariciarla durante horas sin aburrirse.

El contestador automático se encendió, pero se apagó de inmediato porque la persona que había llamado colgó sin dejar mensaje alguno. Él había atendido el teléfono varias veces mientras Brittany dormía, pero siempre habían colgado al escuchar su voz.

–La única persona con la que quiero hablar está aquí, conmigo, en la cama –dijo ella con una sonrisa pícara.

Acto seguido, Brittany se movió para acurrucarse más contra él y preguntó:

–¿Has dormido bien?

–No he dormido nada. Después de dejarte agotada, me fui a la tienda.

Brittany rio.

–Si realmente crees que me dejaste agotada...

–¿Es que lo pones en duda? Entonces, tendrás que demostrar que no es cierto –la retó.

–Va a ser difícil que lo haga, teniendo en cuenta que ya estás tan agotado que seguramente no podrías hacer nada.

Wes sonrió. Estaba perfectamente listo para afrontar el reto.

–¿Estás segura? Mira que acepto el desafío...

Acto seguido, él le tomó una mano, la llevó hasta la bragueta de sus pantalones y añadió:

–¿Lo ves?

–Está bien, te creo... –dijo ella–. Pero ¿por qué estás vestido?

–Ya te lo he dicho. He ido a la tienda.

Brittany había empezado a desabrocharle los pantalones, pero se detuvo y lo miró a los ojos.

–Quiero pensar que no has ido a comprar cigarrillos.

Él gruñó.

–¿De verdad crees que sería capaz de fumar y de volver después, tan tranquilamente, a tu cama? No, en realidad he ido a la tienda para solucionar un problema relativo a mi otra adicción.

Ella lo besó y luego lo miró con detenimiento; sus ojos azules y su sonrisa denotaban picardía.

–¿Y se puede saber cuál es esa otra adicción?

–Tú. Soy completamente adicto a ti. He salido a buscar más preservativos.

–Magnífico...

Brittany lo besó de nuevo mientras él le acariciaba la cabeza. Se sentían como si estuvieran en el paraíso.

Entonces, sonó el teléfono.

–¡Qué fastidio! –protestó ella–. Sé que quien llamó antes no ha sido Andy porque habría dejado un mensaje.

Esta vez pudieron oír la grabación del contestador automático y, acto seguido, la voz de Andy:

–Hola, esta es la casa de Andy y Britt. Deja tu mensaje.

–Mamá, soy Andy...

Brittany se sentó en la cama.

–¿Estás ahí? Si estás, contesta, por favor –continuó el chico.

Ella se deslizó hacia el teléfono y descolgó el auricular.

–Hola, estoy aquí, cariño. ¿Cómo te encuentras? ¿Qué tal Phoenix?

Miró a Wes y se disculpó por la interrupción. Él hizo un gesto como para restarle importancia. Sabía que había estado esperando la llamada de su hijo.

–No estoy en Phoenix. Estoy en San Diego.

Wes podía oír la voz de Andy a través del contestador automático.

–¿Cómo? –preguntó Brittany.

–En San Diego –repitió–, en el piso de la hermana de Dani. Mamá, te necesito. ¿Puedes venir?

Andy parecía agitado.

De inmediato, Brittany se puso de pie y sacó ropa interior limpia de la cajonera mientras Wes se volvía a abrochar los pantalones.

–¿Qué ha pasado? –preguntó la mujer–. ¿Estáis bien?

–Sí –respondió el chico–. Yo... bueno, debería decir que casi todos estamos bien.

–¿Casi todos? ¿Qué significa eso? ¿Qué está pasando?

–¿Sabes si cinco días después de una agresión sexual aún se puede hacer una prueba médica que demuestre lo sucedido?

–Oh, Dios mío... –suspiró Brittany–. Andy...

–Dani ha sido violada, mamá. No se acostó con Dustin Melero por propia voluntad. He oído cómo fanfarroneaba con unos amigos, cómo hablaba sobre Dani y otras chicas... Les decía que les había puesto vodka en las botellas de agua y que...

Andy había comenzado a llorar, así que apenas podía hablar.

—Oh, Andy...

Brittany se llevó una mano a la boca y miró a Wes como si quisiera que él dijera o hiciera algo que la despertara de aquella pesadilla.

En ese momento, él cruzó la habitación y le puso una mano sobre los hombros, con la esperanza de que su apoyo sirviera, al menos, para aliviarla un poco.

—Lo siento muchísimo —continuó su madre—. Pero te seré sincera: no creo que una prueba médica sirva de mucho a estas alturas. Supongo que se habrá duchado alguna vez desde entonces, ¿verdad?

—Sí, la pobre debe de haberlo hecho unas cien veces desde entonces.

Wes se puso una camiseta y Brittany, unos vaqueros y una camisa. Mientras maniobraba con el auricular, ella se cepilló el cabello y se lo recogió con una cola de caballo.

Durante todo el tiempo, él se mantuvo cerca, deseando poder hacer algo para animarla. Pero, en semejante situación, no había nada que hacer.

—¿Le ha hecho daño? —pregunto Britt.

—Sí, claro —respondió el chico.

La mujer se llevó una mano a la frente y movió la cabeza de un lado a otro.

—No, no me refiero a eso, Andy. Ya sé que él... bueno, te estoy preguntando si Dustin la golpeó, si la ha lastimado físicamente, si tiene alguna marca de violencia.

Acto seguido, Brittany miró a Wes y, con lágrimas en los ojos, murmuró:

—No puedo creer que esté manteniendo esta conversación con mi hijo.

Wes le sostuvo la mirada; deseaba encontrar a Dustin Melero para darle una buena lección. Pero sabía que lo que Brittany necesitaba, en ese momento, era otra cosa: que se quedara allí, acompañándola.

—No lo sé —respondió Andy—. Dani no quiere hablar conmigo. Se ha encerrado en el baño... Mamá, está tan destrozada... Cree que ha sido culpa suya. Estoy muerto de miedo, temo que intente lastimarse. Por favor, ven pronto. Si alguien puede ayudarla, eres tú.

—Voy para allá, pero antes déjame apuntar el número de teléfono.

Brittany localizó un bolígrafo en su escritorio, pero no encontró papel y se desesperó. Wes se dio cuenta de lo que sucedía, así que estiró el brazo y le hizo un gesto para que apuntara lo que Andy quisiera dictarle.

—De este modo, nos aseguramos de no extraviar el número. Pídele también la dirección para que podamos ir —comentó él.

—¿Vendrás conmigo? —preguntó ella.

—Por supuesto —respondió Wes.

A Brittany se le llenaron los ojos de lágrimas otra vez. Pero se las secó bruscamente y volvió a prestar atención a su hijo.

—Andy, ¿cuál es la dirección?

Andy le dio la dirección de la casa y ella la escribió en el brazo de su amante. Entonces, Wes dijo:

—Déjame hablar con él.

—Está bien, como quieras —dijo, mientras le pasaba el auricular.

—Hola, Andy, soy Wes Skelly. Mira, tu madre y yo estamos saliendo ya mismo hacia San Diego, pero tardaremos un par de horas en llegar allí. Te llamaremos más tarde, ¿de acuerdo?

—Está bien.

—Mientras tanto, voy a llamar a una amiga. Es una psicóloga que tiene cierta experiencia en casos de violación. Si la encuentro en su casa, podría pedirle que vaya al domicilio de la hermana de Dani y, en pocos minutos, estaría con vosotros. Se llama Lana Quinn.

Brittany se estremeció. Wes acababa de decir que iba

a llamar a Lana; la mujer a la que había amado durante años, la obsesión en la que no había pensado durante las últimas veinticuatro horas, la única persona que conseguía que Brittany se sintiera celosa, de inmediato, con la simple mención de su nombre.

–Lana hablará con Dani, no te preocupes –continuó él–. Lo conseguirá aunque tenga que hacerlo a través de la puerta del cuarto de baño. Es una buena profesional, Andy, e intentará ayudarla.

–Está bien. En ese caso, la estaré esperando –comentó el chico–. Muchas gracias por todo, Wes.

–De nada. Estaremos allí tan pronto como podamos.

Después, Wes colgó el auricular y miró a su amante.

–Vamos, llamaré a Lana desde el coche.

Era tarde, pero todavía había tráfico en las calles que conducían a la autopista.

Brittany estaba haciendo verdaderos esfuerzos por no dejarse dominar por la frustración. Andy la necesitaba y ella estaba a cientos de kilómetros de distancia. Eso bastaba para volverla loca. Y como si ya no tuviera suficiente, Wes estaba llamando a Lana por el teléfono móvil.

En ese momento, sintió que odiaba a Lana más que nunca.

–Hola, soy yo –dijo él.

Wes no se molestó en presentarse. Resultaba evidente que Lana reconocería su voz de inmediato.

Brittany se repitió mentalmente una y otra vez que no debía ponerse celosa. Pero después se preguntó por qué no podía estarlo; a fin de cuentas, unos minutos antes había estado a punto de tener una nueva sesión de sexo ardiente con aquel increíble y maravilloso hombre. Y ahora, se veía obligada a permanecer allí, sentada en el interior del vehículo, sin poder hacer otra cosa que oír el dulce tono de voz que utilizaba Wes para hablar con Lana. La misma Lana que iba a abandonar su cama en medio de la noche y a correr al domicilio de la hermana de Dani para tratar de ayudar a la novia de su hijo.

Se lamentó por la suerte de Dani, por la de Andy y por la suya, capaz de sentir celos en medio de una situación tan compleja.

–Siento haberte despertado –continuó Wes–. Ha surgido una emergencia cerca de tu casa y necesito que me ayudes.

Justo en ese momento entraron en la autopista y él pisó a fondo el acelerador, de tal modo que Britt tuvo que aferrarse al cierre de la puerta.

Wes le contó a Lana lo que Andy les había dicho. Le habló de los comentarios de Dustin Melero y le dijo que Dani se había encerrado en el cuarto de baño.

–Andy es el hijo de Brittany Evans, la cuñada de Jones –explicó Wes, antes de darle la dirección que Britt había apuntado en su brazo.

Lana dijo entonces algo que Brittany no pudo oír, y segundos más tarde, Wes añadió:

–Muchas gracias. Nosotros ya estamos de camino, así que llegaremos en cuanto sea posible. Sabía que podía contar contigo, princesa...

El cariño que Wes dedicaba a su amiga bastó para que Brittany sufriera un ataque de celos.

Sin embargo, sabía que no tenía derecho a sentir celos. Conocía la situación desde el principio y había decidido mantener una relación con Wes a pesar de ser perfectamente consciente de lo que sentía por Lana.

Pero eso no evitaba que se sintiera dolida. En el fondo de su corazón, tenía la esperanza de que lo sucedido la noche anterior sirviera para que Wes olvidara por completo a aquella mujer.

Tal vez fuera un pensamiento estúpido, pero no había podido evitarlo.

Wes colgó el auricular, pero enseguida marcó otro número.

−¿A quién llamas ahora? −preguntó, todavía presa de sus celos.

Wes no respondió porque en ese preciso instante comenzó a hablar.

−Hola, princesa...

Britt lo miró con incredulidad. No sabía con quién estaba hablando, pero había vuelto a utilizar el apelativo que le había dedicado unos momentos antes a la propia Lana. Fuera quien fuera, era evidente que se trataba de alguien por quien sentía una particular simpatía. Él siguió con su conversación sin inmutarse.

−Soy Wes. Disculpa por llamar tan tarde. ¿Está por ahí tu irresistiblemente guapo esposo?

Wes hizo una pausa antes de continuar.

−Hola, teniente, soy Skelly. Perdón por molestarlos a estas horas, pero estoy en el coche con su preciosa cuñada y nos dirigimos a San Diego a toda velocidad. Andy tiene problemas y pensé que tal vez podríais ir a la casa de la hermana de su novia y estar con ellos hasta que lleguemos.

Brittany dedujo que estaba hablando con el esposo de su propia hermana: Harlan Jones, el oficial de la Marina al que apodaban Vaquero.

De inmediato, se sintió avergonzada. Se estaba dejando llevar por los celos de un modo tan irracional que se había molestado otra vez al oír que Wes llamaba princesa a una segunda mujer. Y al final, había resultado ser su propia hermana.

Por lo visto, Wes utilizaba aquel apelativo con todo el mundo. Y, al pensar en ello, se relajó un poco: si lo utilizaba con tanta frecuencia, tal vez había malinterpretado el grado de afecto que le había dedicado a Lana.

Todavía estaba celosa, pero los celos se mezclaban ahora con un abrumador sentimiento de adoración por el hombre que había tenido la inteligencia de llamar a Harlan Jones, alguien en quien Andy confiaba, para que se ocupara del joven hasta que ellos llegaran. Ella ni siquiera había pensado en esa posibilidad.

Wes le dio la dirección a Jones y terminó la conversación diciendo:

–Nos vemos allí.

Después, cortó la comunicación, miró de reojo a Britt e intentó animarla con una sonrisa.

–Ya no hay tanto tráfico, así que tardaremos menos de lo que había pensado.

–Gracias por conducir. Yo no podría hacerlo en estas circunstancias... Pero, sobre todo, gracias por acompañarme.

Él la miró otra vez.

–¿Por qué a las buenas personas les suceden cosas malas? Andy no se merecía esto. Y supongo que Dani tampoco.

–Ninguna persona se merece que abusen de ella –puntualizó Britt–. De ninguna manera.

–Estoy totalmente de acuerdo contigo. Pero insisto, ¿por qué tuvo que pasarles a ellos? Sinceramente, no entiendo por qué a veces el destino es tan canalla.

Brittany lo miró de nuevo y supo que Wes estaba pensando en su hermano Ethan, muerto a los dieciséis años en un accidente en la carretera.

–No sé –atinó a decir–. Hay gente que coquetea con el desastre y sale ilesa, mientras que otros, que llevan una vida tranquila, terminan destrozados. Definitivamente, no es justo. Pero la vida no es justa.

Él asintió.

–Sé que no lo es. Créeme: lo sé.

Brittany pensó que tal vez no estaba pensando en su hermano, sino en Lana y en Quinn. Pero entonces, él la tomó de la mano y dijo:

–Andy es fuerte y ayudará a Dani a superar todo esto.

Acto seguido, se llevó las manos de Britt a la boca y mientras las besaba, agregó:

—Y por si acaso lo dudas, estaré contigo para todo lo que necesites.

Brittany estaba segura de ello. Y en ese momento, se dijo que, por mucho que se estuviera comportando como una estúpida, Lana Quinn era aún más estúpida que ella.

—Dani tiene que ir al hospital —explicó Lana en cuanto Wes y Britt llegaron a San Diego—. Ese tipo se ensañó con ella. No he podido hacerle ninguna revisión médica a fondo, pero creo que tiene una costilla rota y varios golpes.

Brittany suspiró con pena y Wes la tomó de la mano. Tenía los dedos helados.

—Le he advertido que tendrán que hacerle varias pruebas y que pueden ser desagradables —continuó Lana—. Es importante que vaya al hospital, no solo por su salud, sino también para levantar acta de las agresiones.

—Lo sé —dijo Brittany—. He trabajado en la sala de urgencias de Ginecología.

—Sí —respondió la psicóloga—. Andy me lo ha contado. Tu hijo se ha portado muy bien, Brittany. Ha sido comprensivo, paciente y fuerte como una roca. Eso es exactamente lo que Dani necesita en este momento; al menos, emocionalmente. Irá al hospital con ella.

—Yo también iré —afirmó Britt.

—Excelente.

En ese momento, Andy salió de la habitación y cerró la puerta detrás de él.

Brittany le soltó la mano a Wes y caminó hacia su hijo, que se acercó a su vez como si estuviera a punto de romper a llorar. Mientras Wes los contemplaba, se abrazaron con fuerza.

—Es una mujer increíble —dijo Lana, en voz baja—. Juro que podría contar con los dedos de una mano la cantidad de chicos de diecinueve años que he conocido capaces de llamar a su madre para pedir ayuda. Hay que ser una madre muy especial para generar ese nivel de confianza en tu hijo. Aunque, viéndolos juntos, cualquiera diría que lo tuvo a los doce años...

—Andy es adoptado —explicaron Wes y el teniente Jones al unísono.

—Ah...

Lana tenía el clásico gesto de los psicólogos que parecen estar haciendo un comentario cuando en verdad no dicen nada.

—Dani se está vistiendo —comentó Andy—. Estará lista para salir en unos minutos.

—Iré con vosotros —le dijo su madre.

Entonces, Andy se separó de ella y la miró a los ojos, mientras negaba con la cabeza. Le temblaban los labios y se puso colorado como un tomate.

—Mamá, Dani se siente muy avergonzada. Es mejor que vayamos nosotros solos. Estaremos bien. Sé lo que tenemos que hacer. Lana me lo ha explicado todo.

—Cariño, a ti no te permitirán entrar con ella a la sala de revisión. ¿Dani sabe que soy enfermera?

—Sí... pero...

—Podría estar con ella mientras el médico...

—Mamá, en urgencias habrá alguna enfermera que pueda quedarse con ella. Y, al menos, no será la madre de su novio.

Brittany asintió.

—Lo comprendo, pero... ¿quién estará contigo para animarte?

—Dani lo hará —respondió el chico, con tranquilidad.

Britt asintió. Luego, le acarició la cara y dijo:

—Estoy muy orgullosa de ti.

Andy se llevó una mano a la boca e hizo una mueca.

—Sí... bueno, hay otra tema del que tenemos que hablar. Creo que he perdido la beca de estudios. No estoy seguro, pero creo que existen una o dos reglas que dicen que los becados no pueden romperle la nariz a otro estudiante.

Brittany rio.

–¡Gracias a Dios! Creía que ibas a decirme que lo habías asesinado.

Andy ni siquiera sonrió.

–Te aseguro que deseé hacerlo.

–Lo sé –dijo Britt con seriedad.

–Ese tipo es un canalla. Lejos de arrepentirse de lo que había hecho, se lo tomó a broma –explicó el chico, con lágrimas en los ojos.

Wes se dio la vuelta porque no podía soportar la escena. Se le partía el corazón por Andy y por Brittany, que no podía hacer nada para aliviar la pena de su hijo.

Mientras tanto, el teniente caminaba nervioso por la cocina y Lana miraba atentamente a Wes con sus ojos castaños, tan distintos a los de su hermanastra.

–El amor cicatriza todas las heridas –dijo en voz baja.

Tenía el cabello marrón con algunos reflejos rojizos y una cara bastante más común que la de Amber. No poseía ni la mitad de la belleza exótica de su hermanastra, pero sí una calidez que la hacía mucho más encantadora que Amber.

–No sé mucho sobre eso –respondió Wes–. Me parece que lo que provoca las heridas, la mayoría de las veces, es el propio amor. Si no se ama nadie, nadie te puede hacer daño cuando, por ejemplo, se muera. Ni tampoco cuando se acueste con otro, ¿verdad?

Lana parpadeó. Luego sonrió y, con la calma que siempre la había caracterizado, dijo:

–Ya veo que has hablado con Amber sobre Quinn...

Wes no dijo nada. No podía decir lo que pensaba; no podía decirle que sabía que Quinn la engañaba desde hacía años.

–He hablado con mi hermana esta mañana y supongo que debo felicitarte por tu futura boda –continuó Lana–. Parece una mujer maravillosa.

–Lo es –afirmó él.

—Me alegro por ti, Wes.

A Wes le pareció que sonreía por compromiso, pero de inmediato se dijo que tal vez solo era producto de su imaginación. A juzgar por sus ojeras, Lana estaba muy cansada.

—Es algo alocado y tal vez no debería decirlo, pero... siempre pensé que algún día tú y yo estaríamos juntos —dijo Lana—. A fin de cuentas, Quinn es un...

—¿Por qué sigues con él? —la interrumpió Wes.

Wes no podía creer que estuvieran manteniendo esa conversación justo en ese momento, cuando llevaba años intentando hacerlo y nunca lo había conseguido.

Además, la situación resultaba surrealista por partida doble: mientras hablaba con Lana, tenía la atención puesta en Brittany, quien, en la otra esquina de la sala, seguía hablando con su hijo.

—Porque lo amo —admitió Lana—. Supongo que sigo creyendo que cambiará. Las dos veces que me fue infiel, vino a mí, me lo confesó y me suplicó que lo perdonara. Es cierto que tras la segunda vez dejé de creer en sus promesas, pero...

Wes se quedó mirándola. Se sentía incapaz de responder, incapaz de pronunciar ni una sola palabra. Qué podía decir cuando ella estaba convencida de que Wizard la había engañado tan solo en dos ocasiones.

Podía recordar, como mínimo, siete u ocho situaciones similares.

—Lana, creo que deberías saber algo...

Wes se detuvo un momento y respiró hondo antes de continuar. Tenía que armarse de coraje para decirle, al menos, una parte de la verdad.

—Se trata de mi compromiso con Brittany. Verás... tu hermana estuvo coqueteando conmigo y, aunque es muy agradable, no estoy interesado en ella. Lo del compromiso con Brittany solo fue una forma como otra cualquiera de salir del paso.

—¿En serio?
—Sí.
—Entonces, ¿toda tu relación con ella es falsa?
—En lo relativo al supuesto compromiso, sí.

Lana lo miró fijamente e inclinó levemente la cabeza hacia un lado.

—¿Realmente esperas que crea que no te has acostado con ella?

Wes rio, nervioso.

—Bueno... yo no he dicho exactamente eso.
—Ah.
—Es algo sin importancia. Una aventura. Además, las condiciones las ha fijado ella.
—¿Y cómo te sientes al respecto?

Él rio de nuevo, pero sonó a risa forzada.

—No trates de psicoanalizarme, princesa. Pero, si de verdad te interesa, me siento perfectamente bien.
—Ya.
—Y no me trates como a uno de tus pacientes, por favor.

En ese preciso instante, Andy los interrumpió:

—Dani está casi lista. ¿Os importaría salir de la habitación? Así no tendrá que atravesar una multitud para llegar a la puerta.

—Es una buena idea –afirmó Lana–. Creo que es mejor que nos vayamos. Además, mañana tengo cosas que hacer a primera hora, así que...

Capítulo 11

–Te acompañaré afuera –dijo Wes a Lana.

A pesar de los celos que sentía por su culpa, a Brittany le resultaba imposible odiarla. Era una mujer bella, inteligente y agradable que, además, había sido muy amable con Dani y Andy. Al parecer, Wes sabía elegir muy bien a las mujeres.

Antes de irse, la psicóloga se acercó a Britt y la abrazó.

–Ha sido un placer conocerte. Si necesitas algo, no dudes en llamarme. Wes tiene mi número.

–Gracias –dijo Brittany–. Te agradezco que hayas venido tan deprisa.

Andy le había contado a su madre que la hermana de Dani estaba en Japón por negocios, y que la chica se había negado a llamar al padre porque, a poco de enviudar, se había vuelto a casar y había formado una nueva familia. Había pasado todos esos días sola. Por suerte, él había ido a buscarla. Y por suerte, Lana Quinn y Harlan Jones estaban cerca y habían podido acompañarlos enseguida.

–Si la policía o los abogados necesitan hablar conmigo, pueden llamarme sin problemas –insistió Lana–. Me encantaría ayudar a que atraparan al desgraciado que lastimó a Dani.

–Temo que no va a ser fácil.

–Lo sé –afirmó la psicóloga, con los ojos llenos de lágrimas–. He trabajado en casos parecidos.

Esta vez, era Brittany quien abrazaba a Lana.

Cuando se separaron, ambas tenían los ojos húmedos.

—No lo dejes escapar —le dijo Lana al oído—. Es un buen hombre.

Brittany la miró confundida. Creía que estaban hablando de Dustin Melero, pero, al parecer, Lana se refería a otro hombre.

—¿Perdón? —preguntó.

Pero la psicóloga ya estaba dirigiéndose hacia la puerta y en su lugar estaba Harlan, el marido de Melody.

—¿Por qué no vienes a casa conmigo? —dijo, con ese simpático acento que motivaba que lo apodaran Vaquero.

Tenía puesta una gorra deportiva en la cabeza y calzaba unas zapatillas sin calcetines, probablemente, por culpa del apuro por estar con Andy lo antes posible. Pero incluso vestido así, con cara de dormido y sin afeitar, era fácil comprender por qué Melody había sido incapaz de resistirse a sus encantos.

Por un momento. Britt miró a Wes y a Lana a través de la ventana. A pesar del aparente desenfado con que caminaba, se notaba que él estaba tenso. Parecía que algo lo atormentaba en su interior y le impedía relajarse.

Britt sabía que podía ayudarlo con eso. Cuando estaban juntos, en la cama, él se relajaba completamente.

—Seguro que a Mel y a Tyler les encantaría verte —comentó Harlan—. Desde luego, ahora están durmiendo, pero por la mañana...

Brittany rio.

—Ya ha amanecido. Tyler estará despierto en un par de horas.

Como la mayoría de los niños pequeños, su sobrino era madrugador.

—Mel me ha ordenado que te lleve a casa —insistió él, mientras iban hacia la puerta—, así que no aceptaré un «no» por respuesta.

—Tendrás que hacerlo —respondió Britt.

Luego, volvió su atención a Andy.

–Cariño, ¿estás seguro de que no quieres que...?

–Mamá, estoy seguro –respondió, mientras la abrazaba–. Te llamaré si te necesito.

Acto seguido, le dio la mano a Harlan y añadió:

–Gracias por haber venido.

–Llámame tantas veces como necesites. Puedes contar conmigo, Andy. Lo sabes.

–¿Andy? –llamó Dani desde el cuarto.

El joven se despidió de Harlan y se marchó a ver qué necesitaba su novia.

–Vamos, Britt –dijo el teniente–. Andy ya es mayorcito. Tendrás que dejar que Dani y él arreglen esto a su manera. Cuando regresen del hospital, necesitarán tiempo para poder hablar solos y con tranquilidad.

–Lo sé.

–Ha dicho que intentará convencer a Dani para volver a Los Ángeles el lunes y buscar asesoramiento psicológico en el departamento de salud de la escuela. Además, quiere hablar con las otras chicas que Melero mencionó, para convencerlas de que presenten cargos conjuntamente –comentó Harlan–. Sospecho que en los próximos días recibirás una llamada suya y que te pedirá ayuda. Pero, ahora mismo, su prioridad es que Dani sepa que cuenta con él.

–Lo sé, aunque desearía poder acompañarlos –confesó Brittany–. Gracias por el ofrecimiento de la cama, pero no puedo ir a tu casa ahora. Dile a Mel y a Tyler que iré a visitarlos pronto.

Él frunció el ceño.

–No pensarás regresar a Los Ángeles esta noche, ¿verdad?

–No sé qué es lo que vamos a hacer –contestó

Harlan rio a carcajadas y la miró con una sonrisa de endiablada picardía.

–Ya me he fijado en que hablas en plural... ¿Ese «nosotros» incluye a Skelly?

–Shh... –dijo ella, en voz baja–. Andy no lo sabe. Y puede que no lo sepa nunca. No es más que una relación temporal. Ya sabes, dejarse llevar un rato por el deseo, nada más. Prométeme que no le dirás nada a Melody.

Harlan parecía apenado, y a Brittany la conmovió ver su reacción.

–No me pidas que te prometa eso, Britt. Te quiero como a una hermana, lo sabes, pero no me pidas que tenga secretos con Mel.

–No quiero que se entere mucha gente, lo complicaría todo –explicó–. Aunque sé que lo que hay entre Wes y yo se va a terminar pronto... Entre nosotros, Jones, me gusta estar con él y no estoy segura de querer que estos días se acaben.

–Tal vez...

Ella lo interrumpió.

–No digas nada. Solo es una aventura. He sido yo quien impuso esas condiciones. No voy a cambiar las reglas ahora.

–Pero...

–No insistas, Harlan. Eso es lo que haría Melody si se enterase, intentar convencerme para que cambie de idea. Entonces, me alteraría, empezaría a actuar de un modo extraño con Wes y lo arruinaría todo. Dame una semana antes de contárselo a Mel... por favor.

Harlan movió la cabeza y suspiró.

–No sé...

–Cuatro días, ¿por favor?

–Se lo diré, pero no permitiré que te llame o lo comente con nadie antes de una semana. ¿Qué te parece?

Brittany pensó que no iba a funcionar, pero, definitivamente, era un buen intento.

–Me parece justo. Pero ponlo por escrito antes de contárselo. Mira que, si me llama antes de ese plazo, no dudaré en colgar el teléfono.

–Britt, piensa un poco, si Wes te gusta tanto...

–Para –lo interrumpió–. ¿Acaso crees que no he pensado en eso? Créeme, lo he hecho. No sé cuánto conozcas a Wes, pero tal vez debas saber que está emocionalmente atado a otra persona. Alguien a quien no puede tener.

Harlan se puso serio.

–¿Está comprometido pero aun así se acuesta contigo? Lo voy a matar.

–Tranquilízate, Harlan. Por favor, que alguien me salve de la testosterona –bromeó Britt.

–De acuerdo, me limitaré a hablar con él.

–Con eso solo conseguirías que ya no quiera volver a verme.

–De acuerdo, no le diré nada. Al menos, durante la próxima semana.

–No le dirás nada ni lo mirarás de mala manera –exigió Britt.

–Eso va a ser difícil.

–No estoy de acuerdo contigo. Wes se volverá a Los Ángeles y no tendrás que verlo durante los próximos diez días. Así que, simplemente, sal por la puerta, sube a tu coche y vete a casa a estar con tu mujer embarazada y tu hijo.

Después, Harlan dejó que Brittany lo empujara a la calle y se sumergió en la fría noche.

Afuera, Lana ya estaba dentro de su automóvil y Wes se había inclinado sobre la ventanilla para poder hablar con ella. Definitivamente, Brittany estaba muy celosa.

–Hablaré contigo en una semana –le dijo Harlan a Wes.

Hasta entonces, Brittany había estado llena de dudas. Pero, al ver que Harlan se alejaba, se dio cuenta de que tal vez había cometido un grave error al rechazar la posibilidad de dormir en casa de su hermana.

Estar con Wes en Los Ángeles era una cosa, pero estar de nuevo en San Diego, donde él vivía, era algo bien distinto. Sobre todo porque aquella también era la ciudad de Lana.

En aquel momento, vio que Wes se apartaba del coche

de Lana. Un segundo después, la psicóloga arrancó y los faros de su coche se perdieron en la noche. Wes se frotó la nuca como si le doliera. Luego, suspiró profundamente y movió su cabeza con un gesto que podía ser tanto de disgusto como de pesar. Brittany no estaba segura, pero, fuera lo que fuera, sin duda no se trataba de algo bueno.

Wes se había quedado tanto tiempo parado en el lugar, que Britt temió que la hubiera olvidado.

Entonces, tosió y dijo:

–¿Hay algún sofá en tu piso en el que pueda dormir un rato?

Él se volvió hacia ella y la miro con confusión.

–Pero yo pensé que... –se detuvo y comenzó de nuevo–. Tengo una cama de matrimonio. ¿Hay alguna razón para que de repente quieras dormir sola?

–No –respondió–. Creía que, después de ver a Lana, tal vez ya no querrías acostarte conmigo.

–¿Acaso piensas soy estúpido? Por favor, princesa. Vamos, salgamos de aquí, así Andy puede llevar a Dani al hospital.

Después, comenzó a caminar hacia su coche.

Brittany lo siguió.

–Desearía que me permitieran acompañarlos.

–Lo sé –dijo Wes, mientras le abría la puerta–. Pero no puedes. Además, Andy no es tonto. Tiene el número de mi móvil. Si llegara a sentir que esto es demasiado para él, nos llamaría de inmediato.

Una vez dentro del coche, Wes comentó:

–Mira, el sol está a punto de salir. ¿Qué te parece si vamos a la playa a ver el amanecer?

–Buena idea –respondió–. Probablemente no habría conseguido dormir ni un minuto.

Tenía demasiadas cosas en las que pensar. Andy, Dani, Lana...

Un segundo después, Wes encendía el motor y, mientras se marchaban, Brittany se volvió y vio cómo Andy ayudaba a su novia a salir de la casa. La chica se movía despacio y con cuidado. Era difícil determinar cuáles eran las peores heridas, si las físicas o las emocionales.

En cualquier caso, su recuperación iba a ser muy dura. Pero, por suerte, Andy estaría ahí para acompañarla.

Pensar en la entereza de su hijo la hizo llorar.

—Esta es mi playa favorita en San Diego —dijo Wes mientras aparcaba.

Brittany trató de ocultar las lágrimas.

—Bueno, es cierto que no es una gran playa, pero tampoco es para que te pongas así, princesa.

—Lo siento, Wes. Lo siento mucho.

Acto seguido, Brittany corrió hacia la playa.

Era evidente que no estaba de humor para bromas. Wes se maldijo por haber sido tan torpe y salió corriendo detrás de ella.

Britt era más rápida de lo que él podía suponer. Aunque era algo lógico en ella porque, a fin de cuentas, estaba llena de sorpresas, Wes tuvo que esforzarse para poder atraparla.

—¡Eh!

—Déjame sola, por favor. Necesito llorar y no quiero incomodarte.

Él se rio.

—¿Y qué pasa si me incomodas? Por Dios, Britt, ¿nunca dejas de pensar en los demás? ¿Nunca piensas en ti?

Ella se sentó en la arena y escondió la cabeza entre los brazos.

—Por favor, vete.

—No.

Después, se sentó junto a ella y la abrazó.

—Princesa, está bien que llores. Ha sido una noche muy dura.

Brittany se resistió por un segundo, pero finalmente se abrazó a él con fuerza.

Wes la sostuvo y le acarició la cabeza.

Entretanto, el cielo comenzaba a clarear lentamente. La niebla los envolvía y una bruma densa y húmeda chocaba contra la cara de y los brazos de Wes.

Sumergida en su pesar, Britt no parecía haberse dado cuenta.

–Dios, debes de pensar que soy un desastre –dijo ella, mientras se secaba las lágrimas con la mano.

Él le apartó el pelo de la cara.

–Lo que creo es que eres increíble. Y creo también que Andy es el chico más afortunado del mundo por tenerte de madre. ¿Sabes lo que habría ocurrido en mi casa de haber puesto mi beca de estudios en riesgo por una pelea?

Ella negó con la cabeza.

–Mi madre se habría puesto muy seria y mi padre apenas habría levantado la vista de su cena para hacer alguno de sus comentarios descalificadores. Siempre insistía en que iba a fracasar hiciera lo que hiciera.

–Es terrible que un padre le haga eso a su propio hijo...

Él la besó.

–No, preciosa, no te pongas así. No te lo he contado para que volvieras a llorar.

–Me dijiste que tu padre no te golpeaba –dijo ella–, pero es como si lo hubiera hecho. En mi opinión, decirle a un hijo que se espera que fracase equivale a una paliza brutal.

–Es posible. Pero era fácil hacer esos comentarios porque la verdad es que yo era un inútil.

–¿Ves lo mucho que te ha golpeado? Lo creías entonces, y lo crees ahora.

Sin dejar de acariciarle la cabeza, Wes trató de cambiar de tema sutilmente.

–¿Qué harás si Andy pierde la beca?

Brittany se sentó junto a él y apoyó la cabeza sobre sus hombros.

—Te diré lo mismo que le he dicho a Andy: ya encontraremos el modo de resolverlo.
—Piensas dejar tus estudios de enfermería, ¿verdad?
Brittany asintió.
—Puedo pagar esos estudios gracias el dinero que ahorro de la educación de Andy —explicó—. Él tenía planeado ir a Amherst, que estaba muy cerca de nuestra casa en Appleton, Massachusetts. Quería vivir en casa. De hecho, fue categórico con ese tema. Traté de convencerlo de que viviera en los albergues estudiantiles. Le hablé de la diversión, los compañeros de habitación, las fiestas y todo lo que suponía. Pero me dijo que ya había pasado demasiados años viviendo con extraños en los orfanatos así que, ahora que tenía un hogar de verdad, quería disfrutarlo.
—Es muy inteligente —dijo Wes.
Britt comenzó a acariciarle los muslos y, con una sonrisa, se puso a jugar con la cremallera de los pantalones de Wes.
—Sí, es muy inteligente. Por el mismo motivo, cuando más tarde obtuvo la beca completa para la universidad en Los Ángeles, se entristeció tanto que estuvo a punto de rechazarla. Pero de pronto pensé que hacía tiempo que quería retomar mis estudios y que seguramente encontraría una escuela de enfermería en Los Ángeles. Así, podíamos mudarnos juntos —relató—. Era un poco raro... no sé, pensar que Andy y su madre iban juntos a estudiar me hacía pensar en los argumentos de las películas para adolescentes. Pero era lo que él quería y, de esa manera, podíamos hacer que funcionara para los dos.
Se detuvo un momento, respiró hondo y continuó:
—Sé que podremos arreglarnos, incluso sin la beca. Con la demanda de enfermeras que hay en Los Ángeles, podré conseguir un trabajo de tiempo completo en un hospital con bastante facilidad.
—Eso sería una pena.
—No, la vida es así. Suceden cosas y tienes que encontrar el modo de manejarlo. Terminaré mi especializa-

ción, pero me tomará más tiempo del que suponía. Eso es todo.

De pronto, Britt notó la bruma por primera vez.

–Dios mío, ¿quién nos metió en la máquina de hielo seco? –bromeó.

Era bastante aterrador, como si fueran las únicas personas en el universo. Aterrador, pero atractivo. No podían ver si a esas horas de la mañana había alguien más en la playa, pero tampoco podían ser vistos.

En ese momento, Wes la besó.

–California tiene un clima muy extraño –comentó ella.

–Yo adoro este tipo de bruma. Es una buena cobertura para ciertas operaciones.

–¿De qué operaciones hablas? –preguntó Britt, mientras lo besaba.

En ese momento, Wes se echó hacia atrás, llevó a Britt consigo y los dos quedaron tumbados sobre la arena. La bruma ya no parecía causarles tanto frío.

Wes no podía recordar cuándo había sido la última vez que había hecho el amor en la playa. Lo que recordaba perfectamente era que el sexo y la arena eran una mala combinación.

–Me refiero a operaciones especiales. Misiones secretas, para ser más claro –explicó–. Suelen ser tan secretas que, en ocasiones, ni siquiera tu superior a cargo sabe que estás en ellas.

Al escucharlo, Britt sonrió con picardía, se apretó contra él y dijo:

–Apuesto a que tus superiores inmediatos no saben lo que estás haciendo en este preciso instante.

Él se rio.

–Tenlo por seguro.

–Bueno... si yo vistiera una falda en lugar de unos vaqueros...

–¡Maldito Levi Strauss!

Ella rio por el comentario y Wes le acarició la cara.

–Britt, sabes que te adoro cuando ríes, pero no debes pensar que no lo hago cuando lloras delante de mí, ¿de acuerdo?

Ella asintió y lo miró con ternura.

–Lo mismo vale para ti.

Wes soltó una carcajada.

–Está bien, gracias, pero...

–Vas a decirme que los tipos duros no lloran, ¿verdad?

–No me refería a eso. He visto llorar ha muchos tipos duros –afirmó–. Pero intento no adquirir ese hábito. Me asusta un poco...

Britt lo miró en silencio y esperó a que continuara.

–Me da miedo empezar a llorar y ser incapaz de detenerme.

–Oh, Wes...

La bruma los había empapado tanto que, para entonces, Brittany tenía la cara cubierta de agua. Su camiseta blanca se había vuelto prácticamente transparente y se le traslucía el sostén.

–Podrías participar en un concurso de camisetas mojadas –comentó él.

De inmediato pensó que aquel había sido un comentario estúpido. Podía apostar a que Brittany desaprobaba cualquier clase de exhibición sexista. Pero estaba desesperado por cambiar de tema.

Ella se miró el pecho y rio.

–Tienes razón.

–Yo votaría por ti.

–Gracias –contestó ella–. Aunque no estoy segura de si tendría que darte las gracias por sugerir que me humille junto a otras mujeres, en un escenario frente a un público de hombres ansiosos por juzgar el tamaño y la forma de mis senos.

Wes había acertado: ella odiaba esos espectáculos.

Acto seguido, Britt lo miro fijo y agregó:

–¿Acaso te gustaría entrar en un concurso que premie al

que tenga el pene más grande? Imagina que alguien te indique que te bajes la ropa y te enfrentes a la multitud.

–De acuerdo. Pero al menos a las mujeres les permiten dejarse la camiseta puesta...

–Como si fuera una gran diferencia cuando la camiseta está mojada –protestó Britt.

Después, metió una mano bajo la prenda y se las arregló para quitarse el sostén y sacarlo por la manga en un segundo.

–¿Ves? –dijo, desafiante.

Lo que Wes veía era que Brittany, completamente mojada y con los pezones duros, resultaba increíblemente sensual.

Se sentó y la besó.

–¿Quieres ir a mi casa a tomar una ducha caliente? –sugirió él.

Entretanto, comenzó a morderle suavemente los pezones que presionaban bajo el algodón de la camiseta.

Ella gimió mientras apretaba su pubis contra la cadera de Wes.

Un segundo después, Britt comenzó a desabrocharle los pantalones. El botón le había costado, pero la cremallera no le había presentado ninguna dificultad.

–Dos preguntas –dijo Britt–. En primer lugar, ¿tienes preservativos en el bolsillo? Y, en segundo lugar, ¿sabes cuánto tardará esta bruma en disiparse?

Él rio pero, en cuanto ella comenzó a tocarlo, la risa se convirtió en gemido.

–Sí, tengo preservativos –respondió–. Sin embargo, lo que preguntas sobre la niebla es difícil de responder con precisión. Cuando está tan espesa, suele durar hasta el mediodía. Pero apostaría que hoy no va a durar más de cinco minutos. Lo cual nos deja unos cuatro libres, dado que tienes que quitarte los vaqueros y...

Brittany se apartó y se desabrochó los pantalones. Estaban húmedos y no le resultó fácil quitárselos. Mientras tanto, Wes aprovechó la ocasión para ponerse el preservativo.

Segundos más tarde, Britt se sentó sobre él, lo guio para que entrara en ella y comenzó a moverse. Rápido y fuerte, como si la necesidad por Wes la devorara por completo.

Definitivamente, Britt sentía pasión por aquel hombre.

—Princesa, hablo en serio —dijo él, entre jadeos—. Estoy tan loco por ti que no voy a poder resistir mucho más.

Ella respondió con un grito ahogado. Había alcanzado el éxtasis de un modo tan brutal que se arqueó de placer mientras murmuraba el nombre de su amante.

Entonces llegó el turno de Wes. No podría haber contenido el orgasmo aunque su vida hubiese dependido de ello. Fue tan intenso que se le humedecieron los ojos.

—Gracias —susurró ella, mientras lo abrazaba—. Gracias, gracias y gracias. Siempre sabes lo que necesito.

Wes soltó una risa entrecortada. No podía creer que ella le diera las gracias. Si alguien tenía algo que agradecer, ese alguien era él.

—Ahora creo que te vendría bien una ducha caliente. Y una taza de café.

Sin embargo, justo entonces cayó en la cuenta de que, probablemente, no tenía café en la casa. Pero no le importó: si no había, encontraría la forma de conseguirlo.

En aquel momento, lo único que importaba era Brittany. Y si le hubiera pedido la luna, se la habría alcanzado.

Capítulo 12

Los vaqueros de Brittany se habían secado el lunes por la mañana, así que podían marcharse en cuanto quisieran.

Wes se había puesto un poco nervioso al llegar a su piso el domingo. El lugar no estaba exactamente limpio y ordenado. Y aunque lo hubiera estado, carecía de la calidez y la alegría que tenía la casa de Brittany en Los Ángeles.

Mientras ella se duchaba, él aprovechó para recoger su ropa del tendedero, fregar los platos sucios y vaciar los ceniceros. Descubrió dos paquetes de cigarrillos y los mojó en el fregadero antes de tirarlos a la basura. Ni siquiera se le cruzó por la cabeza la posibilidad de fumar mientras ella estaba en la ducha. Al menos, no durante más de dos o tres segundos. Pero esos momentos habían sido un auténtico padecimiento.

Wes se detuvo a mirar a su alrededor, preguntándose qué podía hacer para que el lugar fuese más aceptable a los ojos de Brittany. En ese momento, su piso le parecía horrible. Pero no había nada que pudiera hacer con los carteles de ciencia ficción sin enmarcar que colgaban de las paredes, ni con el mobiliario gastado y deslucido, ni con el sofá a cuadros violetas y verdes que parecía que gritar que su propietario carecía de buen gusto. Aunque, al parecer, de lo que Wes carecía era de tiempo para su vida personal, porque nadie podía pasar demasiadas horas en esa sala con aquel espantoso sofá sin volverse loco. Solo eso bastaba como prueba de que aquel piso era simplemente el lugar al que Wes iba a dormir de tanto en tanto. Pero aquella no era su casa.

Sin embargo, sus preocupaciones fueron en vano: Britt y él se pasaron todo el domingo en la habitación. O más exactamente, en la cama.

Brittany había llamado a su trabajo y a un colega de la escuela para contarles todo lo que había pasado con Andy y advertirles que se ausentaría de Los Ángeles por varios días. Por tanto, no tenían nada que hacer salvo esperar noticias de Andy.

El chico llamó varias veces al móvil de Wes. Su última llamada había sido en la mañana del lunes. Les había contado que Dani tenía una cita con un médico de San Diego esa tarde y que acudiría con su padre. Pero, el jueves, regresarían a Los Ángeles.

Por lo demás y, según les había dicho Andy, el fiscal del distrito quería reunirse con Dani para discutir la posibilidad de que presentara cargos. Ya tenían otra denuncia contra Dustin Melero, y el testimonio de Dani podía servir para fortalecer la acusación.

Por supuesto, siempre era complicado y molesto lo que involucraba un caso de ataque sexual. Se tendía a caer en una guerra por desacreditar los testimonios. La reputación, la vida personal y la historia sexual de Dani serían escrutadas por gente que intentaría demostrar que ella había consentido en tener sexo con Melero.

Poco importaría su costilla rota; tratarían de mostrar que también había disfrutado del forcejeo y del maltrato físico.

Las buenas noticias eran que Dani no tenía nada que ocultar. Era, como Wes había señalado, públicamente virgen. Había sido explícita en su decisión de esperar para mantener relaciones sexuales. Y no solo lo había discutido con otras muchachas, sino que también lo había hablado con sus médicos y con su consejero estudiantil.

Porque era una «buena chica» existía la posibilidad de que su testimonio sirviera para condenar a Dustin Melero.

De todas maneras, Brittany estaba indignada. Después de hablar por teléfono con su hijo, se desahogó.

–Entonces yo podría volver a Los Ángeles y, en una semana, cuando tu licencia se termine y te marches, mientras una noche camino a casa desde el hospital, soy atacada, alguien me empuja a un callejón y me viola...

Sentado en la cama junto a ella, Wes se estremeció.

–No quiero que hables así. ¿Por qué no decimos mejor que no sueles caminar sola de madrugada?

Britt suspiró con exasperación.

–Solo me estaba poniendo como ejemplo. Pero tienes razón: eso no puede ocurrir porque soy precavida. Si es muy tarde para pedirle a Andy que me venga a buscar, tomo un taxi.

–Es bueno saberlo.

–Bien, digamos entonces que finalmente acepto cenar con Henry Jurrik, un neumólogo. Me invita una vez al mes y siempre lo rechazo –dijo y se rio–. Debe de tenerlo anotado en un calendario, porque es como un reloj: no pasa un mes sin que insista.

–¿Es un médico del hospital? –preguntó Wes.

Intentó no sonar celoso, pero falló tan penosamente en su objetivo que Brittany se enterneció ante la reacción y lo besó.

–Sí. Y tengo por norma no salir con los médicos –aclaró–. Solo para seguir con mi razonamiento, digamos que pierdo la razón y acepto cenar con él. Salimos, me lleva a casa y me acompaña hasta la puerta. Entonces quiere entrar, pero yo no lo invito porque es nuestra primera cita y considero que necesito conocerlo más antes de acostarme con él. Pero él es menos perceptivo que una roca y trata de besarme; entonces yo aparto la cara. Intento darle a entender que no habrá sexo entre nosotros esa noche, pero él insiste y me obliga a decirle un categórico «no». Andy no está en casa, así que me empuja dentro y abusa de mí.

–Esta es una conversación verdaderamente desagradable.

–Sí, es algo que les ocurre a las mujeres todo el tiempo –afirmó Britt.

Tenía ese gesto severo que Wes comenzaba a reconocer y adorar. Ella quería hablar sobre el tema, así que hablarían sobre el tema. Era difícil imaginar que alguien pudiera obligarla a hacer algo cuando actuaba así, pero Wes sabía muy bien que, a pesar de la actitud ruda, él mismo podía dominarla, incluso con una mano atada a la espalda.

–Le ha ocurrido a Dani –continuó Britt–. Ella dijo que no y Melero dijo: «Mala suerte». Imagina cuánto debe de haber intentado resistirse que tiene una costilla rota. Estas cosas suceden, Wes.

–Más vale que nunca te pase a ti.

Ella volvió a besarlo.

–No te preocupes. Soy precavida. Siempre que salgo con alguien, o llevo mi coche o me aseguro de que Andy esté en casa a mi vuelta.

–Pero no has sido precavida conmigo –replicó él–. Me has invitado a tu casa sin más...

–No me cambies de tema, por favor. Si algo así me ocurriera, ¿qué pasaría después? Podría ir a la policía y presentar cargos, pero la fiscalía podría no aceptar el caso porque el cerdo del abogado defensor desenterraría cosas para ensuciar mi imagen y recordaría el hecho de que no he vivido como una monja durante los últimos años. Y sobre todo, durante estos últimos días.

Lo miró a los ojos, tomó aire y continuó:

–Me he acostado contigo por propia voluntad. Y, además, tú no eres el único hombre con el que he mantenido una aventura desde que me divorcié. Incluso, encontrarían cosas sobre Kyle. Y, desde luego, las dos relaciones que tuve antes de casarme, mientras estaba en la universidad. Fueron relaciones muy intensas que duraron algunos meses –explicó–, pero servirían para que los abogados defensores engrosaran mi lista de aventuras. Entonces tratarían de probar que he sido una buscona y que me acostaba con cualquiera. No es justo.

–Tienes razón, no lo es.

–Aunque me hubiera acostado con todos los hombres que he conocido, e incluso en el caso de que fuera una prostituta, un «no» es un «no».

–Tienes toda la razón –respondió él, tragando saliva–. ¿Realmente tuviste relaciones en la universidad que fueron más intensas que lo que hemos compartido en estos días?

Brittany sonrió.

–No, me refería a que fueron más prolongadas. No sé qué te ocurrirá a ti, pero las cosas que he hecho contigo no las había hecho con nadie. Quiero decir... creo que en los últimos tres días he hecho más veces el amor que durante todos los años en los que estuve casada.

Wes soltó una carcajada, aliviado.

–Qué bien... Por un momento me has preocupado. Me he sentido como si no lo estuviera haciendo bien o algo así.

–Lo estás haciendo maravillosamente –afirmó Britt, con una sonrisa–. ¿Y cómo lo estoy haciendo yo, encanto? ¿Estoy consiguiendo evitar que pienses permanentemente en lo mucho que deseas fumar?

–Definitivamente.

Acto seguido, la besó. Ahí estaba otra vez el deseo irrefrenable que le hacía sentir que nunca podría cansarse de ella.

Quizá el pensar en que había una fecha marcando el final de su aventura, el que solo la tendría hasta que terminara su licencia, serviría para aplacar su necesidad.

Pero Wes no quería que su licencia terminara nunca.

–Salgamos un rato –dijo Britt–. El periódico dice que

hay una especie de celebración en un lugar llamado Antiguo San Diego esta tarde. Vayamos, bailemos pegados uno al otro y después regresemos para hacer el amor en el horrible sofá de la sala.

Wes rio.

–¿Qué? ¿Por qué?

–Necesitas una buena razón para conservarlo –respondió, riendo y simulando bailar–. Necesitas tener un recuerdo erótico asociado a él; así, cuando la gente que te visita se siente, puedes decir que lo conservas por alguna razón. Y cuando te miren, podrás sonreír y decir: «Mm... sí, sé que es un atentado estético, pero... bueno, realmente me gusta ese viejo sofá».

En aquel instante, sonó el teléfono y Brittany levantó el auricular.

–Fábrica de muebles horribles Wes Skelly, ¿en qué lo puedo ayudar? –hizo una pausa–. ¿Hola?

Luego, le alcanzó el teléfono a Wes y comentó:

–Creo que se han sorprendido de mi frase.

–Skelly –dijo Wes contestando el teléfono.

Pero, entonces, quien fuera que estuviera al otro lado de la línea cortó la comunicación.

–Lo siento.

–No es nada –afirmó él–. No te preocupes. Al parecer hay algún problema con las líneas telefónicas. Esto mismo me ocurrió varias veces en tu casa. Atendía y se cortaba. Si fuese alguien de mi trabajo, habría dejado un mensaje. Y Andy habría llamado a mi móvil. Además, habría reconocido tu voz.

Tras decir eso, la besó y preguntó:

–¿Así que quieres salir?

–¿Te apetece?

–Sí. Antiguo San Diego no está muy lejos. Podríamos ir en mi moto.

Brittany abrió los ojos, con sorpresa.

–¿En tu moto? ¿De verdad?

Recordó la inquietud que le había provocado al verla aparcada en la cochera de Wes.

–¿Pero tienes un casco para mí?

–Claro que sí –dijo Wes mientras se calzaba las botas.

–Prométeme que conducirás despacio.

Él sonrió.

–Tus deseos son órdenes.

Wes Skelly no era el mejor bailarín del mundo. Pero lo que le faltaba de estilo y creatividad, le sobraba de entusiasmo. Además, la mayoría de los hombres ni siquiera llegaban a eso: detestaban bailar.

Por otra parte, a Britt le importaba poco que Wes no fuera un as en la pista de baile, siempre que le sonriera del modo en que sonreía en aquel momento.

–¿Quieres algo de beber? Aunque se me ocurre una idea mejor: aquí en la esquina hay una heladería. ¿Te apetece un cucurucho?

Ella dejó que la guiara a través del local.

El lugar estaba lleno. Incluso fuera de la pista de baile apenas había espacio para caminar. Pero todos estaban sonriendo y disfrutando de la fiesta.

Cuando por fin consiguieron alejarse de los altavoces, Britt dijo:

–Parece que conoces bien el lugar.

Él la miró de reojo.

–Sí, he estado aquí un par de veces.

–¿En serio? –preguntó Britt, arqueando una ceja–. Por alguna razón, nunca habría imaginado que un museo de historia municipal pudiera interesarte.

–Bueno... –respondió Wes, con aparente vergüenza–. Me interesa la historia. Me gusta venir a lugares como este.

–¿De verdad?

Brittany se detuvo para mirarlo sorprendida.

—Es algo estúpido. Lo sé —comentó él.

—No, no lo es, Wes.

—Sé que no es estúpido venir aquí. Quise decir que es estúpido mantenerlo en secreto. Es solo que... Tengo una reputación entre mis compañeros, ¿sabes? Tatuajes, motos, desfachatez... Estoy haciendo lo imposible por mantenerte al margen de eso...

—Te lo agradezco —aseguró Britt—. Pero no entiendo. ¿Crees que eso se opone al hecho de ser inteligente? ¿Que no puedes ir a un museo además de a billares, bares y concursos de camisetas mojadas?

Él se rio.

—No es eso —reflexionó Wes—. La mayoría de los que ingresan en los SEALs son endemoniadamente inteligentes. Muchos han ido a Harvard o a otras universidades de nivel. De verdad, algunos son brillantes. Incluso Bobby lee muchísimo. Siempre me recomienda libros, pero... leo muy despacio. El mismo libro que a Bobby le lleva una semana leer a mí me llevaría dos meses. Y, después de llevarlo conmigo todo este tiempo, he comenzado a sentirme... no sé...

—¿Qué, Wes? ¿Has comenzado a sentirte qué?

La miró a los ojos y, en ese instante, Britt supo que tenía claro cuánto podía confiar en ella.

—Estúpido —respondió él.

Brittany sintió que le dolía el corazón. Lo que Wes le había contado era casi más importante que si le hubiera dicho que la amaba. Casi.

—Tendré que esforzarme mucho para llegar a ser jefe, Britt. Bobby, en cambio, lo consiguió fácilmente. Todo lo que hay que leer y escribir me resulta muy duro.

—¿Tienes dislexia?

—No... —dijo él, con una sonrisa forzada—. Ojalá tuviera esa excusa. Simplemente... soy lento.

—Quizá los seas cuando se trata de leer —concedió—. Pero el resto del tiempo... lo dudo, Wes. Nunca había conocido a nadie que tuviera la velocidad mental que tú tienes; y eso, para mí, es prueba de inteligencia. Te cuesta leer, ¿y qué? Eso no te convierte en estúpido. Existen otras maneras de aprender. Por ejemplo, venir a lugares como este y hacer una visita guiada. Así también aprendes historia, pero, en lugar de leerla en algún libro viejo y lleno de polvo, la escuchas.

Esa vez, él sonrió sinceramente.

—Sí, lo sé. He estado mirando muchos documentales de historia por televisión. Y, a veces, también escucho libros grabados.

En ese momento, Wes se dio cuenta de que le estaba contando cosas a Britt que nunca le había contado a nadie. Ni siquiera a su mejor amigo, Bobby.

Para entonces, a Brittany ya no solo le dolía el corazón, sino que tenía un nudo en la garganta que le impedía hablar.

Mejor así, porque de lo contrario no habría podido evitar decirle que estaba perdidamente enamorada de él y que su amor crecía con cada minuto que pasaban juntos.

En lugar de hablar, lo besó. Quería besarlo con la misma dulzura con la que él la había besado por primera vez en la casa de Amber Tierney.

—Si te digo algo, ¿prometes que te seguiré gustando? —susurró él.

—Lo prometo —respondió—. Puedes decirme lo que sea... no me iré a ninguna parte.

La miró fijamente con sus enormes ojos azules.

—Se siente uno muy bien al poder confiar de esta manera. Y esto vale para ti también. Puedes confiarme lo que quieras. Lo que quieras.

Ella asintió.

—Lo sé —afirmó, con una sonrisa—. Pero no tengo secretos.

Britt sabía que eso no era cierto. Estaba enamorada de Wes, pero ese era el único secreto que no iba a compartir con nadie. No todavía. De pronto, algo vino a su mente y dijo:

—Si de verdad quieres escuchar, hay algo que podría contarte.

—Solo si confías en mí.

Ella lo hacía, y sin reparos.

—Si me tocara la lotería, tendría un hijo. Iría a un banco de esperma y haría que me inseminaran artificialmente.

Él sonrió.

—Eso no me impresiona ni me sorprende, ¿sabes?

—Bueno, lo siento, lamento ser tan transparente.

—No me refería a eso —replicó Wes—. Es solo que... quizá he llegado a conocerte tan bien en los últimos días que, de alguna manera, me parece obvio que tú no te gastarías el dinero de la lotería en coches caros, salvo los que comprarías para tu hermana y para mí, desde luego.

Brittany rio a carcajadas.

—Entonces, ¿realmente lo harías? ¿Si tuvieras el dinero te convertirías en madre soltera?

—Sí. La adopción de Andy me permitió apreciar cuánto me gustan los niños y lo mucho que disfrutaría de la experiencia de tener a uno en brazos desde el primer segundo de su vida —explicó—. Y en cuanto a ser una madre soltera, la verdad es que lo soy desde hace siete años. Y creo que lo estoy haciendo bien. Aunque parece algo improbable que el príncipe azul vaya a aparecer a estas alturas de mi vida, así que...

Wes miró hacia la pista de baile y asintió.

—Sí, supongo que tienes razón.

Sin embargo, en su interior, se maldijo. Se suponía que en ese momento tenía que tomarle la cara, besarla intensamente y decirle que él era su príncipe azul, y que había llegado para quedarse.

A fin de cuentas, ella seguía creyendo en los finales felices de los cuentos de hadas.

Pero no lo hizo.

—Los niños me asustan mortalmente —admitió—. He ayudado a cuidar a Liz y a Shaun desde que nacieron. No me asusta cambiar pañales, no me refiero a eso. Es solo que... los amas tanto, y...

—Y un día, se mueren en tus brazos —dijo Brittany—. Como Ethan, ¿verdad?

—Sí, igual que Ethan. ¿Sabes una cosa? Hace algunos años me uní al programa de hermanos mayores.

Brittany soltó una carcajada.

—Hace diez minutos, eso me habría sorprendido, pero ahora no. O, al menos, eso creo. ¿Qué te llevó a unirte a ellos?

—Era el día de cumpleaños de Ethan y yo me sentía muy mal, así que. simplemente, fui y me inscribí —contestó Wes—. Me aceptaron y me asignaron a un chico: Cody Anderson. Acostumbraba a traerlo aquí y, después, siempre nos tomábamos un helado. Era... era un gran chico. Realmente me caía bien, era bastante problemático, pero nos llevábamos muy bien. Nos sentimos unidos en poco tiempo. Le gustaba venir aquí. Para cuidar mi secreto, tenía que fingir que la gran atracción era el helado. Pero lo hacía muy bien.

En ese punto del relato, hizo una mueca de pena y continuó:

—Después, su madre se volvió a casar y se mudaron a Seattle, y... se suponía que yo debía llamar a la oficina para que me asignaran a otro chico, pero nunca lo hice. Fue demasiado... —movió la cabeza de un lado a otro—. Sentí que era como tener un nuevo cachorrito después de que el anterior se escapara o algo así.

Brittany lo abrazó.

—Lo lamento.

—Yo también lo lamento. No quise decir que las cosas vayan a ser iguales para ti —suspiró—. No sé, Britt. Creo que no serviría para tener hijos.

—Bueno, tienes mucho tiempo para pensarlo.

Al contrario que les ocurría a las mujeres, cuyo reloj

biológico las obligaba a tomar una decisión antes de los cuarenta.

—No lo sé —repitió Wes—. He estado pensando en hacerme una vasectomía, para asegurarme de que nunca ocurra.

—Eso es un poco drástico. Tal vez debieras discutirlo con Lana antes de hacerlo.

Él le sostuvo la mirada en silencio por algunos segundos. Después, miró hacia otra parte y se rio.

—Eres la única persona en el mundo que se atrevería a hablarme de Lana en esos términos.

—Ella parece muy especial —dijo Brittany, con tranquilidad.

Wes asintió.

—Lo es, pero nunca va a dejar a Quinn, así que...

—No lo sabes.

—Sí, lo sé —afirmó Wes—. De hecho, ella cree que él solo la engañó en dos ocasiones. Y yo diría que fueron unas doscientas. Hablamos sobre ese tema la otra noche, pero no pude decirle la verdad. Yo solo... ella parecía tan... no sé, esperanzada, supongo, con la posibilidad de que Quinn cambie.

—Tal vez debería decírselo yo.

En cuanto terminó esa frase, Britt pensó que era una estúpida por sugerir algo así. Se preguntó si realmente quería que Wes y Lana vivieran felices para siempre y enseguida se respondió positivamente. Amaba tanto a Wes que quería que fuera feliz.

—Yo se lo contaré —dijo, convencida—. Hablaré primero con Harlan para ver si conoce a Quinn...

—Lo conoce —interrumpió él—. Pero...

—Le diré a Lana que fue Harlan quien me lo contó. De esa manera, no podrá culparte a ti. Ya sabes, por lo de matar al mensajero y todo eso... A mí no me importa que se enoje conmigo y me odie eternamente.

Wes negó con la cabeza.

—No, Britt, no quiero que lo hagas.

—¿Por qué no?

Él la miró a los ojos.
—Mira, ¿por qué no vamos de una vez a buscar ese helado?
—Piénsalo —insistió ella—. Quizá puedas conseguir lo que de verdad deseas.
—Ahora mismo solo deseo un helado... y un cigarrillo.

Capítulo 13

Los problemas aparecieron casi de la nada.

Wes se dirigía hacia la heladería, pensando en lo mucho que le gustaría tomarse una cerveza en casa. Los helados estaban bien para los niños, pero lo que él realmente quería era lamer a Brittany y dar unos cuantos bocados a su glorioso cuerpo.

Pero pensó que, probablemente, ella no tendría demasiada urgencia por volver al piso. Sobre todo después de la conversación que habían tenido sobre Lana. Wes no sabía qué pensar.

Se detuvo por un momento, y oyó a dos universitarios que se enfrentaban en medio de la multitud, prácticamente detrás de él.

–¿Estás mirando a mi novia? ¿Quién te ha dicho que podías mirar a mi novia?

El primero de los idiotas empujó al segundo y enseguida surgieron dos bandos enfrentados. De todas partes aparecieron jóvenes vestidos con ropas de distintos colores. La violencia real todavía no había estallado, pero era solo cuestión de tiempo.

Entonces, Wes le soltó la mano a Brittany.

–Baja esas escaleras, cruza la calle y dobla a la derecha. Nos encontraremos allí. Hazlo tan rápidamente como puedas, ¿de acuerdo?

—Ten cuidado –dijo ella.
—Sí –respondió, mientras se volvía hacia el par de idiotas–. ¡Eh!
Pero ya era demasiado tarde.
El primero de los chicos se había arrojado sobre el segundo y, de repente, estaban en medio de una batalla campal.
Wes pensó que no tendría que haber dejado a Britt sola para jugar al héroe, así que se abrió paso entre la muchedumbre, tratando de alcanzarla tan rápidamente como le fuera posible.
En ese momento, la vio trastabillar y caerse por las escaleras.
—¡Brittany!
Había gente delante de ella, por lo que no podía haber caído hasta abajo, pero no la había visto levantarse.
Le llevaría veinte segundos llegar hasta ella. Veinte segundos de miedo escalofriante.
No sabía si había sido pisoteada por la gente ni si se había golpeado la cabeza al caer. No entendía dónde demonios estaba.
Veinte segundos después, cuando por fin consiguió llegar a las escaleras, vio que Brittany estaba sentada y a salvo. Alguien la había ayudado a moverse hacia un lado. Sin embargo, se sostenía la cabeza con una mano.
—Por Dios, princesa, ¿estás bien? Contéstame.
—Sí –respondió.
Entretanto, alguien que bajaba las escaleras a toda velocidad le pegó un golpe en la nuca con la mochila.
—¡Fíjate por dónde caminas! –gruñó Wes.
Luego, se ubicó rápidamente detrás de Britt y la protegió con su cuerpo. No era lo bastante grande como para protegerla en medio de tanta gente, así que se maldijo por haber heredado los genes de su madre en lugar de los de su padre, que era mucho más alto.
—Me he golpeado la cabeza con algo –dijo ella–, pero es el tobillo lo que más me duele...

Alguien más los golpeó en su apuro por bajar las escaleras, por lo que Wes decidió levantar a Britt en brazos para alejarla del gentío y de la pelea entre los jóvenes.

—Estoy bien, no te preocupes —dijo Britt, mientras doblaban la esquina—. Estoy segura de que lo de mi tobillo no es más que una simple torcedura.

—No muy lejos de aquí, hay una clínica. Te llevaré para que te echen un vistazo.

—Oh, Wes, por favor, lo único que quiero es ir a casa. Sé qué dirán que me ponga hielo y que mantenga la pierna en alto.

—Hazme caso —insistió.

Dos coches de policía, con las sirenas y las luces encendidas, pasaron entonces por delante de ellos.

—Auch —se quejó Brittany—. ¡Ay, ay, ay! ¡Bájame, bájame!

Asustado, Wes la dejó en el suelo de inmediato. No sabía si se había lastimado el cuello, si tenía heridas internas o qué le sucedía. Las posibilidades eran infinitas.

—¿Qué es lo que te duele? —preguntó—. ¿Dónde?

—Nada, no pasa nada —dijo ella—. Solo quería que me bajaras. Estoy algo aturdida y voy a tener algunas magulladuras, pero de verdad estoy bien.

Él la aferró por la cintura.

—He visto cómo te caías y no he podido evitar pensar en todas esas historias sobre gente que es pisoteada hasta morir en las aglomeraciones.

—Estoy bien —insistió ella.

Brittany lo besó de repente y Wes tuvo una reacción física tan evidente que a ella no le pasó desapercibida.

—Veo que realmente estás deseando rescatarme...

Ambos rieron.

—Sí —admitió—. Pero solo después de llevarte a urgencias para asegurarnos de que no te pasa nada.

Brittany negó con la cabeza.

—Ese lugar va estar atestado de gente. Mejor vayamos a casa.

—¿Y qué pasará si tienes una conmoción o algo así? —preguntó él.

Ella sonrió.

—Tal vez, como precaución, deberías asegurarte de que no duerma en toda la noche.

La sonrisa y el sugerente comentario eran una buena estrategia para convencerlo de que realmente estaba bien. Además, ya comenzaba a pisar con el pie derecho. Pero los golpes en la cabeza podían ser delicados, así que Wes pensó que sería mejor que la vigilara atentamente durante los próximos días. Además, había cosas que Britt no debía hacer. Por ejemplo, volver a casa en moto.

Wes podía ver la heladería al final de la calle. Estaban vendiendo como siempre, a pesar del caos que se había desatado en el edificio de al lado.

—Déjame que te traiga un helado, Britt. Puedes sentarte y comer mientras yo llevo la moto a casa, recojo el coche y vuelvo por ti.

—Pero me ha gustado el viaje hasta aquí. Era tu chica de la moto, como en las películas.

—Lo siento, pero no puedo arriesgarme.

Ella sabía que estaba hablando de su cabeza.

—Si no es más que un pequeño chichón...

—Ríndete, Britt. Esta vez no me vas a ganar. Estaré de regreso en veintiocho minutos —anunció, mientras miraba su reloj.

La mujer rio.

—¿Veintiocho? ¿Justo veintiocho? No tenía idea de que mantuviera una aventura con el Doctor Spock.

—Muy graciosa. Sé cuánto tiempo tardo en llegar a casa desde aquí: trece minutos, más lo que tarde en entrar para buscar las llaves del coche, más los que...

Wes interrumpió para abrir la puerta.

—Con cuidado, Brittany. Aquí hay un escalón, no te tropieces de nuevo.

—Yo no me tropecé en las escaleras —dijo, mientras entraban en la heladería—. Me empujaron. Y muy fuerte.

—¡Malditos animales! —murmuró, indignado.

Wes se volvió para mirar hacia el museo.

—Quienquiera que haya sido ya no está ahí —comentó Brittany—. Me temo que tu sed de venganza va a tener que ser saciada con un helado de chocolate.

—Me gustan los de vainilla, pero ahora no voy a tomar ninguno. Los helados y las motos no se llevan bien.

Acto seguido, Wes le dio un beso rápido y agregó:

—Enseguida vuelvo.

Brittany estaba sentada en la terraza de la heladería, disfrutando del sol del atardecer y mirando a la gente que paseaba por la calle.

Le dolía el tobillo y tenía una pequeña marca en la cabeza por el golpe en las escaleras, pero, por lo demás, estaba bien.

Suspiró. Estaba deseando volver a la casa, abrazada a la cintura de Wes. Aunque también le habría gustado bailar un poco más con él.

En ese momento se dio cuenta de que todavía tenía el helado en la mano y de que, si quería evitar mancharse, sería mejor que lamiera el borde del cucurucho. Cuando levantó la vista, descubrió a un hombre parado en la calle, mirándola.

A primera vista le pareció bastante guapo. Tenía una calvicie incipiente, pero eso no reducía la belleza de sus rasgos. Sin embargo, él se acercó entonces y Brittany pudo verle los ojos.

Después de trabajar en infinidad de salas de urgencia, tanto en la costa este como en la oeste, reconocía a los enfermos mentales en cuanto los veía. Y aquel hombre, aunque vistiera de forma elegante y no llevara una capa de superhéroe ni un sombrero excéntrico, tenía algo en los ojos que encendió automáticamente todas sus alarmas.

Aunque no tenía razón alguna para pensar que pudiera ser peligroso, se puso en tensión. Sobre todo, cuando se acercó a ella y dijo:

–La has hecho llorar.

Britt pensó que era algo realmente sorprendente. Todos los dementes se acercaban siempre a ella. Podía estar trabajando con siete enfermeras más, pero los pacientes con problemas mentales siempre se acercaban a ella más tarde o más temprano.

Andy solía decir que era porque les hablaba como si fuesen personas normales. Y ella solía reír y decir que, efectivamente, lo eran.

Miró al hombre extraño y trató de aparentar tranquilidad. No quería que él se acercara y se sentara junto a ella, pero tampoco quería ignorarlo. Visto de cerca, tenía el aspecto de alguien que había dejado de tomar su medicación.

–Perdón, ¿nos conocemos?

–La has hecho llorar –repitió el hombre.

Por el tono de voz y la expresión de sus ojos, Brittany decidió ponerse de pie y alejarse de a poco.

En aquel instante, se preguntó dónde demonios estaba Wes. Miró el reloj y vio que faltaban al menos diez minutos para que llegara.

–Lo siento, pero de verdad no sé de qué estás hablando.

–Ella ha llorado –dijo él–. Le han roto el corazón.

–Lo siento –insistió Britt.

–No, tú no lo sientes.

El hombre se acercó despacio y ella retrocedió y chocó con uno de los empleados de la heladería. Acababa de salir del local, con un trapo en las manos, para limpiar las mesas de la calle.

–¿Hay un teléfono público adentro? –preguntó Britt.

–No, lo lamento. El más cercano está al final de la calle. En el bar Kelley.
–Gracias.
Brittany miró hacia el lugar que el muchacho le había señalado y distinguió la marquesina verde del bar. Entonces, se le cayó el alma a los pies. La calle era extremadamente larga y el local estaba justo en la otra esquina. Su tobillo no estaba tan mal, pero, si se apoyaba en él, le llevaría mucho más tiempo recuperarse de la torcedura.
–Apártese, señor –le dijo el empleado al calvo–. No moleste a los clientes.
–¿No puedo pedir un helado?
El desconocido se sentó en la misma mesa en la que Britt había estado sentada unos segundos antes. Después, sacó la billetera con cuidado y extrajo unos cuantos dólares.
–Quisiera un cucurucho de chocolate.
–Tiene que ir a pedirlo al mostrador –respondió.
El loco y el camarero se alejaron hacia la entrada de la heladería. Entonces, Brittany aprovechó la oportunidad para escapar.

Wes regresó a la heladería en un tiempo récord, pero descubrió que Brittany se había marchado.
Las únicas personas que estaban sentadas en la terraza eran una madre y sus cuatro niños, pero se dijo que tal vez estuviera dentro del local. A fin de cuentas los cristales de las ventanas eran muy oscuros y no podía distinguir el interior desde la calle.
Intentó no preocuparse demasiado, pero enseguida se sintió culpable por haberla dejado sola y se dijo que debería haberse quedado a su lado y haber tomado un taxi para volver a casa o para ir a un hospital.
Nervioso, respiró a fondo y se dijo que estaba preocu-

pándose sin razón. Seguramente estaba dentro de la heladería, tal y como había supuesto.

Aparcó en una zona prohibida, y se bajó del coche, dejando las luces encendidas. Pero, en cuanto se acercó a la heladería, supo que no estaba dentro y se asustó de nuevo.

Abrió la puerta y llamó a una de las empleadas de la barra.

—¿Puedes indicarme dónde está el cuarto de baño de señoras?

—No tenemos, señor —respondió la chica, mirándolo con curiosidad.

—No has visto ninguna ambulancia por aquí, ¿verdad? —preguntó, conteniendo la respiración.

—No, señor.

Wes volvió a respirar, aunque seguía sin saber dónde se encontraba Brittany.

—¿Recuerdas haber visto a una mujer rubia y casi tan alta como yo? Bonita, de unos treinta y cinco años, con nariz respingona... Llevaba puesta una camiseta azul... ¿La has visto?

—No, señor.

—Yo la he visto —dijo otro de los empleados—. Me preguntó si teníamos teléfono público y le indiqué que fuera al Kelley.

El muchacho señaló hacia la esquina con la cabeza.

—Gracias —respondió Wes.

De inmediato, regreso hasta el coche. No entendía por qué Britt no lo había llamado. Pensó que tal vez se había sentido mal y que había ido a pedir un taxi para que la llevara al hospital. En cualquier caso, seguía sin entender por qué no lo había llamado.

El Kelley era un local muy pequeño, así que le bastó echar un vistazo para darse cuenta de que tampoco estaba ahí. Además, el teléfono público tenía un enorme cartel que indicaba que estaba fuera de servicio.

Wes no alcanzaba a comprender lo sucedido. Se acercó al primer camarero que vio y preguntó:

—Disculpa, ¿ha venido una rubia preciosa para pedir...?

Justo entonces sonó su teléfono móvil.

—¿Britt? —preguntó, ansioso.

—Oh, no —dijo ella, consternada—. No me digas que has ido a la heladería y te has preocupado al no verme...

Wes se sintió profundamente aliviado al oír la voz de su amante.

—¿Estás bien? ¿Dónde estás? Por Dios, Britt, me has dado un susto de muerte.

—Perdón. Pero no te preocupes, estoy bien. Un tipo raro me estaba molestando en la heladería, así que me alejé por la calle y... Estoy a la vuelta de la esquina, en un restaurante que se llama El Tucán. Pensé que encontraría un teléfono para llamarte antes de que llegaras.

—He tardado menos de lo que pensaba —explicó, mientras se despedía del camarero y salía a la calle—. ¿Quién ha sido el desgraciado que te ha molestado?

Wes quería encontrarlo para romperle las piernas.

—Solo un pobre hombre que estaba furioso con el mundo. Estaba molestando a todos, no solo a mí. Pero me asusté y...

—No he debido dejarte sola —afirmó Wes—. ¿De verdad estás bien?

En ese preciso momento sonó una voz metálica que dijo:

—Por favor, deposite treinta y cinco centavos si quiere seguir hablando.

—No tengo más cambio, Wes...

—Descuida, ya voy para allá.

Wes colgó el teléfono y, al girarse, estuvo a punto de chocar con un hombre que estaba parado junto al coche, al lado del parachoques.

—Lo siento, no te había visto —se disculpó Wes.

—No deberías aparcar aquí.

Había algo en aquel hombre que estaba mal. Parecía estar levemente desequilibrado.

–Se trata de una emergencia –respondió Wes mientras abría la portezuela del vehículo–. Será mejor que vuelvas a la acera porque voy a arrancar, amigo.

El hombre arrastró los pies hacía la acera y dijo:

–No soy tu amigo. Tú la has hecho llorar.

Wes lo miró sin entender nada, pero no le dio importancia porque supuso que estaba loco. De modo que entró en el coche, arrancó el vehículo y se alejó.

Capítulo 14

Wes no dijo casi nada durante el trayecto en coche. Salvo preguntarle, alrededor de media docena de veces, si se encontraba bien.

Al final, ella se volvió para mirarlo.

–Wesley, estoy bien. Me duele un poco el tobillo y tengo un chichón en la cabeza, eso es todo. ¿Qué tengo que decir para que me creas?

Él apretó la mandíbula y dijo:

–Perdón.

Después, aparcó en su garaje, la ayudó a salir del coche, cerró la portezuela del vehículo y la siguió hasta la entrada de la cocina. Acto seguido, abrió la cerradura, empujó la puerta y la dejó pasar, todo sin decir una palabra.

Parecía afligido y tenía todos los músculos tensos.

Brittany esperó a que cerrara para preguntar:

–¿Estás molesto conmigo?

–No.

–Actúas como si lo estuvieras –puntualizó ella.

Él cerró los ojos durante un momento.

–De acuerdo. Tal vez esté molesto. Tal vez... Dios, no sé qué me pasa, Britt. Cuando te he encontrado, he pensado que... Bueno, la verdad es que estaba aterrorizado. Y no me gusta que me asusten.

Ella asintió.

–Lo entiendo perfectamente. A mí tampoco me gusta. Lamento no haberte llamado antes, pero...

–¿Podemos hablar en otro momento? –preguntó Wes–. Es que... No quiero hablar ahora.

–Tal vez este sea el mejor momento para hablar –observó–. Si de verdad estás molesto, deberías hablar en lugar de quedarte en silencio.

–Gracias, pero no.

Acto seguido, agarró un vaso de la alacena y se sirvió un poco de agua. Sus movimientos eran tensos, casi torpes.

–Hablamos demasiado, Britt. Pensé que esta relación estaba supuestamente basada en el sexo.

Wes fue brusco a propósito, pero Brittany sabía perfectamente lo que intentaba hacer y apenas se inmutó ante el comentario. Si quería detenerla, tendría que hacer bastante más.

–Te preocupas mucho por mí –afirmó Britt–. Y eso te asusta, ¿verdad?

Él hizo un gesto de dolor.

–No tengo espacio para ti en mi vida–dijo y se estremeció–. Eso suena horrible y lo siento, pero yo...

–No –lo interrumpió–. No, Wes, sé lo que tratas de decir. Sé por qué lo has dicho.

Era cierto. Brittany sabía, sin lugar a dudas, que él estaba pensando en Ethan. Estaba pensando en las pérdidas y en que no sentiría el dolor de una nueva pérdida si no tenía nada que perder.

–No me voy a morir. No soy Ethan.

–¡Genial! –dijo él, de mal humor–. Ahora no se te ocurre mejor cosa que meter a Ethan en este asunto. Adelante, convierte nuestra conversación en una tortura completa.

–Creo que todo lo que haces te devuelve a la muerte de Ethan –expresó Brittany, con tranquilidad–. Todo. Tu aventura con Lana, por ejemplo. Es un amor no correspondido, algo perfecto para ti. No puedes perderla porque no la tienes. No puedes ganar de ninguna manera. Tú nunca ganas, nunca eres feliz mientras...

–Mira –la interrumpió–, realmente no me interesa hablar de ese asunto. Voy a echarme una siesta. Si quieres venir conmigo, bien. Si no, también está bien.

–Has dicho que hoy has sentido miedo. ¿De qué tenías miedo, Wes?

Él no respondió, pero no hizo falta que lo hiciera porque ella conocía la respuesta.

–Temías que me hubiera lastimado más de lo que me lastimé –dijo ella–. Temías que estuviera gravemente herida. ¿Y qué si lo hubiera estado?

Wes movió la cabeza en gesto negativo.

–Brittany, no lo hagas. Ya he perdido mucho tiempo con eso y no ha sido divertido.

–Si me hubiese lastimado de verdad, ¿de quién habría sido la culpa?

Él dijo algo incomprensible.

–Mía –continuó Britt–. Habría sido culpa mía, no tuya. He sido yo quien se cayó por las escaleras...

–Has dicho que te habían empujado.

–Es cierto, me empujaron. Pero, en cualquier caso, no es culpa tuya.

–Si hubiese estado contigo, nadie habría podido acercarse tanto como para empujarte. Créeme.

–De acuerdo –contestó ella–. Y si hubieras estado conmigo en el verano en que cumplí veintidós años, nunca habría ido al cine con mi exmarido por primera vez. ¿Quiere eso decir que el desastre de mi matrimonio también es responsabilidad tuya?

Él sonrió mientras negaba con la cabeza.

–No es lo mismo.

–Tampoco estabas presente cuando atentaron contra el presidente el año pasado –continuó Britt–. ¿Es culpa tuya que muriera un agente del servicio secreto?

–No.

—Entonces, ¿por qué te culpas por la muerte de Ethan?

Wes se quedó mirándola en silencio.

—No sabes cuándo detenerte, ¿verdad? —dijo finalmente.

—Wes, ¿por qué te sientes culpable por la muerte de tu hermano?

—Maldita sea, sé que no soy culpable. ¿Eso es lo que quieres que diga?

—No... Es lo que quiero que creas —respondió.

—Bueno, pues lo creo —respondió con dureza—. No podría haberlo salvado aunque hubiera estado en el coche con él. No soy un superhéroe, no tengo esos delirios de grandeza. No del todo. Algunos de los muchachos de la brigada Alfa creen que están a un paso de convertirse en inmortales. Pero, Britt, estás hablando conmigo, ¿recuerdas? Soy el inútil de la familia, tengo la maldita costumbre de complicarle la vida a todos los que conozco.

—A mí no.

—Por Dios, de ninguna manera soy capaz de entenderlo —dijo, con la voz quebrada—. Eres una de las mujeres más bellas que he conocido y, no importa lo que haga o diga, te sigo gustando. No lo comprendo.

En ese momento, Wes tenía lágrimas en los ojos. Brittany tomó una silla y se la alcanzó, pero él no la aceptó.

—Es porque veo al verdadero Wes —replicó ella—. Veo a un hombre maravilloso, amable, compasivo, muy fuerte y sumamente inteligente. Un hombre divertido, que se entrega con generosidad. Veo a alguien especial...

—¡Así era Ethan!— gritó Wes, haciendo esfuerzos por no llorar—. No yo. Él era el especial... Él era el que siempre rompía los moldes, el chico dulce al que todos adoraban. Yo era el fastidioso que ponía a prueba la paciencia de todos un día sí y otro también, el problemático, el histérico, el arriesgado... Yo soy quien tendría que haber muerto. Si uno de los dos tenía que morir, tendría que haber sido yo, ¡maldita sea!

Entonces, se quedaron en silencio.

Brittany sospechaba que Wes estaba mucho más sorprendido por lo que acababa de decir que ella.

–Tendría que haber sido yo –repitió Wes.

Luego, se llevó las manos a la cara y se cubrió los ojos antes de permitirse soltar, por fin, una solitaria lágrima.

–Han pasado años y años y sigo furioso por no haber sido yo quien iba en aquel coche.

–Ay, cariño –dijo Britt–. Para empezar, me alegro de que no hayas sido tú. Y, por si sirve de algo, los chicos dulces son agradables, pero siempre he preferido a los fastidiosos. Cuando crecen, se convierten en hombres fascinantes.

Tras escuchar sus palabras, Wes avanzó hacia ella. Después, la besó con todas sus fuerzas y ella respondió con idéntico apasionamiento, a sabiendas de que era lo que él necesitaba. Wes no iba a permitirse el lujo de llorar, así que recurriría al sexo como escape emocional.

Y no era él único que utilizaba ese truco.

Brittany sabía que lo amaba, pero no se atrevía a decírselo por temor a que sintiera sus palabras como otra carga, otra preocupación, otro problema a resolver.

Así que, simplemente, lo besó.

Wes había dejado de pensar.

Pensar dolía demasiado y, si no lo hacía, lo único que hacía era sentir. Y, en ese instante, estaba sintiendo a Brittany.

Brittany, la mujer que creía que él era un hombre fascinante. La mujer a la que le gustaba; la que no le dejaría ahuyentarla.

Sentía la boca de Britt sobre la suya, los senos apretados contra su pecho, las piernas rodeando su cintura mientras él se hundía dentro de ella una y otra vez.

Ella era tan suave y cálida que Wes no podía recordar si alguna vez algo lo había hecho sentirse tan increíblemente bien.

—Wes —susurró, entre jadeos–, necesitamos un preservativo.

Wes se quedó quieto. Ahora, había un pensamiento capaz de interrumpir aquel torrente de intenso placer.

Abrió los ojos y se dio cuenta de que no solo estaba dentro de ella sin protección, sino que además la estaba penetrando sin la menor elegancia, con los pantalones puestos, sin contemplar la comodidad de Brittany, que tenía que sostenerse apoyando la espalda contra la pared de la sala.

Pero, aunque él se detuvo, ella siguió moviéndose como si lo disfrutara. O, mejor dicho, como si adorara lo que estaba haciendo, como si lo deseara y necesitara mucho más que él.

—Por favor —insistió Britt–, necesitamos un preservativo. Aunque no sé si podré detenerme...

Mientras buscaba la cartera en el bolsillo de los pantalones, Wes la besó y pensó que ella era muy sensual.

—Por favor —suplicó, entre besos–. Por favor, Wes...

Wes no podía creer que la mujer más sexy con la que había tenido el placer de hacer el amor le estuviera suplicando algo. El problema era que no sabía qué le estaba pidiendo. No sabía si quería que se detuviera o que siguiera.

Entonces ella lo aferró fuertemente con las piernas, lo empujó a su interior y gimió de un modo tan intenso que Wes estuvo a punto de dejar caer la cartera.

Había guardado un preservativo en ella, pensando en que tal vez querrían hacer el amor antes de volver a casa.

Las cosas con Brittany funcionaban de ese modo. No solo era lo mucho que él la deseaba, sino lo mucho que la necesitaba. Lo desesperaba tanto que se sentía capaz de jurar que moriría si no hacían el amor. La necesitaba apasionadamente, todo el tiempo.

En ese momento, pensó que debería dejarla embarazada y casarse con ella.

Pero, de inmediato, se convenció de que era mejor que

abandonara las ideas alocadas. Sin embargo, quería y necesitaba a Brittany. La necesitaba en su vida y la necesitaba durante mucho más tiempo que una semana.

Sin embargo, hacer el amor sin preservativo era un riesgo demasiado elevado. Consideró la posibilidad de que ella lo hubiera calculado todo para quedarse embarazada y se dijo que tal vez también quisiera casarse con él y formar una familia. Sabía que Britt quería tener un hijo y, aunque la idea de ser padre le seguía dando miedo, estaba dispuesto a hacer cualquier cosa con tal de estar con ella.

–Quiero estallar dentro de ti –gimió Wes.

No se sentía capaz de encontrar las palabras para decirle, realmente, todo lo que estaba sintiendo. Pero supo que ella entendía lo que había querido decir.

–Britt...

Ella no dijo que no, pero tampoco que sí. Sencillamente, estalló alrededor de Wes. El gemido que acompañó su orgasmo bastó para que él también alcanzara el éxtasis. Trató de salir de su cuerpo, pero obviamente, ya era demasiado tarde.

Brittany lo besó.

–Dime una cosa –dijo ella, sin darle oportunidad de recobrar el aliento–, ahora mismo, en este preciso instante, ¿no te sientes feliz de no haber sido tú el que murió?

Wes rio y le devolvió el beso.

–Sí –respondió–. Siempre que estoy contigo me alegro de estar vivo.

El teléfono sonó poco después de las cuatro de la mañana y Brittany despertó. Había tenido una pesadilla. Wes maldijo en voz alta y se apresuró a descolgar el auricular del teléfono de la mesilla.

–Si es otra de llamada de las que se cortan, le bajaré el volumen al timbre.

—¿Y si se trata de Andy? —preguntó ella, mientras encendía la luz.

Por fin, Wes contestó.

—¿Dígame?

Al notar el gesto preocupado de Brittany, sonrió. Se notaba que estaba muy ansiosa.

—No es Andy —susurró para tranquilizarla.

Sin embargo, la tranquilidad de Wes desapareció enseguida.

—¿Qué? ¿Dónde? ¿Y están seguros de que no se trata de un error?

Wes se había quedado tan pálido y estaba tan nervioso que ella pensó que alguien había muerto. Alguien a quien obviamente apreciaba mucho.

Mientras ella lo miraba, él se quitó las mantas de encima y se levantó de la cama.

—Sí —dijo, mientras buscaba algo de ropa—. Yo llamaré a Bobby. Está de luna de miel, pero, definitivamente, querrá saberlo. Dios mío...

Luego, se frotó la nuca como si le doliera el cuello.

—Gracias, comandante. Le agradezco la llamada. Nos veremos allí.

Colgó el teléfono y se quedó quieto por un momento, dándole la espalda a Brittany.

—Wes —dijo ella, suavemente—. ¿Qué ha sucedido?

Él la miró con el rostro desencajado.

—Matt Quinn ha muerto

Durante un segundo, Brittany no reconoció el nombre. Pero luego lo hizo. Nunca había oído su nombre completo, pero supo que Matt Quinn era el famoso Quinn, esposo de Lana Quinn y un buen amigo de Wes.

—¿Cómo? ¿Qué ha pasado?

—Su helicóptero se estrelló. Cayó al océano cuando volvían de una operación. Será mejor que vaya a ducharme...

Brittany lo siguió al baño.

—¿Han muerto todos los que estaban a bordo?

—No —respondió Wes, mientras abría el grifo—. El resto de su brigada pudo ser rescatada, pero Quinn y dos miembros de la tripulación murieron tras el impacto. No pudieron sacarlos antes de que el aparato se hundiera. Al parecer, ahora hay una tormenta en la zona y tardarán algunos días en recuperar los cuerpos si es que lo consiguen, lo cual va a hacer que todo esto sea mucho más duro para Lana.

Se quedó mirándola, como si fuese la primera vez que la veía desde que había terminado la conversación con el comandante.

—¿Me harías un favor?

—Desde luego.

—Tengo que llamar a Bobby. En algún lugar de la cocina hay un pedazo de papel con el número del hotel en el que está.

—Lo encontraré.

—Gracias —dijo Wes.

Acto seguido, se metió en la ducha. Pero, antes de que pudiera cerrar la cortina, Brittany lo tomó del brazo.

—Wes, llorar en tales circunstancias no tiene nada de malo...

—Búscame ese número, por favor —dijo él, con gesto de dureza.

De camino hacia la cocina, Brittany pasó por la habitación y se puso una camiseta y unos calzoncillos de Wes.

Entretanto, se dijo que tal vez no llorara nunca, que prefería dedicarse a actividades de riesgo y al sexo para tranquilizarse.

En ese preciso instante recordó que habían hecho el amor sin preservativo y se sintió dominada por una profunda sensación de incredulidad. No podía creerlo.

No había ninguna razón para arriesgarse de esa manera, ninguna excusa aceptable.

Y lo más estúpido era que ni siquiera habían hablado de ello. Los besos y las caricias de aquel hombre la volvían tan loca que ni siquiera pensaba con claridad. De hecho, se había dejado llevar por la extraña idea de quedarse embarazada y por el sueño de un final feliz. Incluso había llegado a creer que tendría al mismo tiempo todo lo que siempre había deseado: un hombre que la amaba y un hijo propio.

Sabía que Wes la amaba. Estaba totalmente segura de ello. Pero también sabía que tenía el corazón dividido y que amaba a alguien más.

Pero todo había cambiado con la muerte de Quinn. A partir de ese momento, ella se había convertido en un obstáculo de la felicidad de Wes y de Lana. Ya solo faltaba que se hubiera quedado embarazada en aquel pequeño desliz para que las cosas se complicaran aún más.

Además, sabía lo que iba a pasar. Cuanto terminara de ducharse, Wes se vestiría y se iría a casa de la mujer a la que siempre había deseado. Le había dicho al comandante que se verían allí. Todos irían a casa de Lana: los amigos y compañeros, acompañados de sus esposas y sus novias.

Alguna vez, Melody le había contado a su hermana lo unidos que estaban los SEALs. Wes y sus amigos cuidarían y reconfortarían a la viuda.

Y Wes era muy bueno en eso.

Cuando llegó a la cocina, Britt buscó el número de teléfono que le había pedido. Su caligrafía era incomprensible, pero había dicho que lo encontraría y estaba decidida a hacerlo.

En un trozo de papel estaba apuntado el teléfono de un radio taxi en San Diego; en otro, el nuevo número de su hermano Frank en Oklahoma; en otro, el de la tía Maureen y el tío George en Sarasota. E incluso también tenía el número de una tienda de revistas en Escondido y el de una agencia de alquiler de coches.

Después de revolver durante un buen rato, por fin encontró lo que buscaba.

Wes había apuntado la nueva dirección y teléfono de Bobby y Colleen, así como las fechas de su luna de miel.

Se suponía que había concluido la noche anterior. De acuerdo a los datos de sus vuelos, habían llegando a San Diego poco después las ocho de la noche.

Cuando Brittany regresó a la habitación, Wes ya se había secado y se estaba vistiendo.

—Quiero salir lo antes posible —dijo él—. Así que si te quieres duchar...

—No voy a ir a casa de Lana. En este momento, lo último que necesita es que la molesten desconocidos.

Mientras se ponía los pantalones, Wes comentó:

—Es que... no estoy seguro de cuánto tiempo me tengo que quedar.

—Está bien —respondió Britt—. Te quedarás todo el tiempo que ella quiera. Lo sé. No te preocupes por mí. Alquilaré un coche y regresaré a Los Ángeles. Andy lo está haciendo bien, Dani parece tener las cosas bajo control y tú no necesitas que me quede., así que llamé al trabajo para ver si necesitan que me quede de guardia esta noche. Me serviría para hacer méritos con mi supervisor.

Él asintió, claramente distraído.

—Me pregunto si alguien habrá llamado a Amber.

Acto seguido, tomó el teléfono y comenzó a marcar.

Brittany se sentó en la cama y se quedó mirando mientras él se aseguraba de que la hermana de Lana, que estaba en Los Ángeles, se enterara de lo que le había pasado a Matt Quinn. Pero Amber ya estaba informada y se encontraba en San Diego con su hermanastra.

Wes terminó de ponerse el uniforme. Era menos formal que el que había llevado en la fiesta, pero también le acentuaba los amplios hombros.

Después, tomó su teléfono móvil, se lo metió en el bolsillo y, mientras buscaba la gorra, dijo:

—Puedes quedarte tanto como quieras. Duerme un rato si puedes.

Ella negó con la cabeza.

–No puedo.

Luego, le dio el papel con el número de teléfono de Bobby.

–No olvides llamar a Bobby. Colleen y él regresaron ayer por la noche.

–Gracias. Lo llamaré desde el coche –comentó, mientras se metía el papel en el bolsillo de la chaqueta–. ¿Cómo están tu tobillo y tu cabeza esta mañana?

–Bien, no te preocupes.

En aquel momento, lo único que le dolía a Brittany era su corazón.

Wes le dio entonces un rápido beso en la boca. Tal vez, el último beso.

–Hablaremos más tarde, Britt. Me tengo que ir.

Era cierto, tenía que irse. Lana lo necesitaba.

Curiosamente, el amor que Wes sentía por aquella mujer solo servía para que Brittany lo quisiera aún más. Sabía que Wes podría haberse dejado llevar por sus propios deseos y necesidades y sin embargo se había contenido a lo largo de todos aquellos años.

Era un hombre radicalmente distinto a Quentin, su exmarido. Él siempre había elegido los caminos fáciles y cómodos, pero no había hecho el menor esfuerzo para que su relación funcionara.

A diferencia de su exmarido, sin embargo, Brittany estaba dispuesta a pelear. Estaba decidida a hacer lo que fuera necesario para pasar el resto de su vida con Wesley Skelly. Y su amor por él era tan intenso que hasta estaba dispuesta a convertirse en una especie de premio de consolación para él, llegado el caso.

Wes era maravilloso y lo amaba con todo su corazón.

Pero sospechaba que ni siquiera tendría esa oportunidad. El marido de Lana había muerto y ahora era una mujer libre.

En aquel instante, oyó que Wes cerraba la puerta del piso, arrancaba el coche y se marchaba.

Pensó que no volvería a verlo y esperó no haberse quedado embarazada.

Ser premio de consuelo era una cosa; pero convertirse en una carga para él era otra bien distinta.

Y ocurriera lo que ocurriera, Brittany se dijo que nunca le haría algo así.

Capítulo 15

Wes tuvo que aparcar bastante lejos porque había demasiados coches en la calle, junto a la pequeña casa que Lana había compartido con Matt Quinn.

Bobby y Colleen estaban aparcando justo cuando él salía del coche, así que los esperó.

Entretanto, pensó en lo joven que era su hermana. Cada vez que la veía, se sorprendía de que estuviera casada. Y se hubiera sorprendido mucho más de haber sabido que Colleen pensaba contarle que estaba esperando un hijo.

Bobby estaba como siempre. Como un tipo grandote que podía partir en pedazos a cualquiera si se enfurecía. Con su largo cabello negro peinado con una trenza y sus rasgos aindiados, la gente se paraba a mirarlo cuando caminaba por la calle.

Wes sabía que eran algo gracioso de ver cuando estaban juntos. Bobby y Wes, el dúo inseparable de jefes de la décima brigada. Wes y Bobby, como Batman y Robin, Ren y Stimpy, o Laurel y Hardy.

La baja estatura y la delgadez de Wes se acentuaban cuando se quedaba cerca de Bobby, pero lo cierto era que no se le ocurriría nada mejor que tener a su amigo cerca. Además, Bobby jamás lo hacía sentir mal al respecto.

Podía tener el aspecto de un matón, pero Bobby Taylor era uno de los hombres más simpáticos, amables y dulces que Wes había conocido. Un tipo de sonrisa tonta y ojos oscuros al que le bastaba una sola mirada para saber lo que Wes estaba pensando.

Al encontrarse, Wes extendió la mano para saludarlo, pero Bobby la apartó para abrazarlo. Colleen y él estaban llorando. Ella nunca había conocido a Quinn, pero no importaba.

Con solo mirarla, Wes podía asegurar que su hermana estaba muerta de miedo. Era la primera vez que se enfrentaba a la pérdida de uno de los miembros del grupo.

Wes pensó en que aquella era la triste realidad a la que se enfrentaban las esposas de los SEALs en tiempos de guerra. Colleen había decidido casarse con Bobby. Pero ahora se enfrentaba de cerca a los riesgos y peligros que implicaba.

–No puedo creer que se haya muerto –dijo Bobby.

–¿Has estado dentro? –preguntó Colleen–. ¿Cómo está Lana?

–Acabo de llegar –respondió Wes–. Así que no sé. Pero estoy seguro de que está destrozada.

–La última vez que hablé con Quinn debe de haber sido hace cuatro meses –comentó Bobby.

–Tengo un correo electrónico suyo del día siguiente a vuestra boda. Quería que os dijera que desearía haber podido estar ahí.

A Wes se le hizo un nudo en la garganta.

Bobby lo abrazó de nuevo. Entonces, Wes descubrió que estaba mirando a los ojos de su mejor amigo, deseando hablarle sobre Brittany. Pero, en medio del dolor por la muerte de Quinn, era algo fuera de lugar.

Sus novedades tendrían que esperar. Al menos, hasta que él supiese qué era exactamente lo que tenía para contar.

–¿Estás bien? –preguntó Bobby.

–No –admitió Wes–. Estoy como tú, es tan difícil de

creer. Cuando el comandante me llamó para contármelo, le pregunté varias veces si estaba seguro de que era Quinn quien había muerto. ¿Cómo ha podido pasar algo así?

Bobby suspiró mientras negaba con la cabeza.

–No lo sé. Tal vez, deberíamos entrar. Debes de tener prisa por ver a Lana.

–Sí.

Sin embargo, su afirmación no era cierta. Por primera vez, no estaba ansioso por verla.

Siguió a Bobby y a Colleen por la senda que conducía a la casa de Lana. La puerta estaba abierta y pudo ver que todos estaban ahí.

La pequeña casa estaba llena de gente. La mayor parte del equipo estaba ahí. Todos habían saltado de sus camas al recibir la noticia. Crash Hawken, Blue McCoy y el comandante en jefe, Joe Catalanotto, estaban cerca de la chimenea. Lucky, Frisco y el comandante, Harvard Becker, estaban junto a la ventana. Harlan Jones, el cuñado de Britt, estaba junto a la puerta de entrada, hablando con Mitch Shaw.

Todos habían trabajado alguna vez con Quinn.

–Perdón, ¿sabes dónde está Lana? –preguntó Bobby al teniente Jones.

Por la forma en que Harlan miró a Wes, resultaba evidente que conocía la relación que tenía con Britt. Probablemente, ella se lo había contado la otra noche en el piso de la hermana de Dani.

Conociéndola, sabía que le había dicho la verdad.

En ese instante, Wes se dijo a sí mismo que era hombre muerto.

–Hay café en la cocina –comentó el teniente Shaw.

Wes aprovechó el comentario para escaparse, seguro de que Jones era capaz de comentar en público que, probablemente, Wes había dejado embarazada a su cuñada la noche anterior.

Una vez en la cocina, se sirvió una taza de café y bebió

un sorbo. Estaba caliente como el infierno, pero era mejor así. Eso serviría para distraerlo lo suficiente. No era el momento ni el lugar para pensar sobre lo que Britt y él habían hecho la noche anterior.

Pero, por mucho que lo había intentado, no había sido capaz de dejar de pensar en ese tema en toda la noche. Incluso había soñado con eso mientras dormía.

Si estaba embarazada, se casaría con ella sin pensarlo dos veces, Aunque no era eso lo que tenía en mente en aquel momento.

Sencillamente, no podía dejar de pensar era en lo mucho que deseaba hacer el amor con ella otra vez. Pero sin nada entre ellos, salvo la piel. Si ella estaba ya embarazada, no podría dejarla embarazada de nuevo. Por tanto, podrían dejar a un lado los preservativos.

Y pasarían el resto de sus vidas riendo, hablando y haciendo el amor, tal como lo habían hecho durante la maravillosa semana anterior.

En algunos momentos de la noche, mientras la veía dormir, Wes había comenzado a rogar que Brittany estuviera embarazada.

Lo que antes le aterrorizaba, ahora le parecía genial. Tenía sentido hasta para las cosas más extrañas. Si Britt estaba embarazada, no tendría que elegir.

Las cosas que ella había dicho la noche anterior lo habían golpeado duramente. Algunas verdades habían salido a la luz, incluido el hecho de que durante muchos años había sentido que tendría que haber muerto en lugar de Ethan. Era una locura. No tenía sentido, ni siquiera estaba en el coche, pero eso no importaba. Él era el perdedor de la familia, por tanto tendría que haber sido él quien muriera.

Había estado pensando en esas cosas durante la noche, aunque solo en los momentos en los que no estaba entregado al placer de Brittany.

Por eso no visitaba a su familia. No podía enfrentarse ni a sus padres, ni a sus hermanos y hermanas. Porque, seguramente, lo mirarían con desaprobación, mientras se preguntaban por qué Dios se había llevado a Ethan en lugar de al inútil de Wes.

Brittany había tenido razón en muchas cosas. En su aventura con Lana, por ejemplo. Era cierto que alguna gente no podía evitar enamorarse. Pero no por eso tenía que malgastar cinco años de su vida.

A menos que se estuvieran castigando a sí mismos.

Los perdedores como él no merecían vivir felices eternamente. No merecían a una bella, cálida y comprensiva mujer que los amara apasionadamente.

Sin lugar a dudas, Wes necesitaba una buena terapia.

O, tal vez, un paquete de cigarrillos.

O, quizá, solo a Brittany.

En ese momento, Ronnie, la esposa del comandante en jefe, abrió la puerta de la cocina. Detrás de ella venían Amber y Lana.

A Wes se le paró el corazón cuando la vio, pero de un modo distinto a como le había sucedido en el pasado.

Se la notaba exhausta. Tenía unas enormes ojeras y el rostro pálido y amargado por la pena.

Era más que obvio que las tres habían estado llorando.

Lana pasó por delante de Wes sin decir nada, pero le rozó el brazo con una mano. La vio cruzar el hall en dirección a la habitación y se sintió impotente e inútil.

Él no era lo que Lana necesitaba o quería en ese momento.

Ella quería ver a Quinn entrar por la puerta, riendo y diciéndoles a todos que no estaba muerto, que había sido un error.

Pero Wes sabía que eso no ocurriría. El comandante le había dicho que el teniente Jim Slade estaba en la operación y había visto el cuerpo de Quinn.

Ronnie siguió a Lana y, en el camino, miró a Wes con los ojos llenos de simpatía y compasión. En cambio, Amber se quedó atrás, en la cocina.

–No le van a decir nada acerca de la misión en la que estaba trabajando Quinn –afirmó Amber con dureza.

Era una mujer increíble. Se las había ingeniado para seguir estando guapa incluso después de llorar. O, quizá, era de plástico y el llanto no la afectaba.

–Lo sé –dijo Wes–. Así es como funciona. La armada no puede dar detalles y es por una buena razón. Si lo hiciera, podría en riesgo a otros miembros. Pero creo que, probablemente, en su corazón Lana sabe que lo que Matt y su equipo estaban haciendo no era un crucero de placer.

–Eso no lo hace más fácil para ella, Wes.

–No –acordó–. Sé que es difícil, pero así son las reglas del juego.

Amber suspiró.

–Sé que va a sonarte raro, pero... Lana se alegra de que estés aquí. Me ha contado muchas cosas sobre ti. Hace apenas un par de días, estuvimos hablando mucho por teléfono, antes de que esto pasara. Es una locura. En una de esas charlas, le pregunté si mantendría una relación contigo en caso de que Quinn muriera.

Wes dio un paso atrás, no estaba seguro de querer escuchar lo que Lana había contestado.

Pero Amber no pareció darse cuenta de su renuencia a continuar con la conversación. Sencillamente, siguió hablando.

–Ella respondió que no estaba segura de que tú siguieras deseando tener una relación con ella. La presioné, preguntándole qué quería ella, y, finalmente, dijo que quizá lo haría. Ahora me siento muy culpable, porque le dije que tú me gustabas mucho más que Quinn y que ojalá él se muriera.

En aquel momento, frunció el rostro y comenzó a llorar de nuevo. Entonces, Wes la rodeó con los brazos e intentó consolarla.

Al igual que su hermana, Amber era mucho más baja y pequeña que Britt, y se sentía extraño, como si en lugar de una mujer, estuviera abrazando a un niño; como si tuviera que ser cuidadoso y tratarla como si fuera tan frágil que podía romperse si la apretaba mucho.

–Vamos, Amber, sabes que lo que ocurrió no ha sido culpa tuya.

–Él era un cerdo –sollozó–, pero Lana lo amaba. Y yo no quería que se muriera.

–Lo sé. Y estoy seguro de que Lana también.

–Solo pensé que ella merecía algo mejor.

–Ella se merece a alguien que la ame lo suficiente como para serle fiel –dijo Wes–. Todos nos merecemos eso.

–Se suponía que yo debía pedirle a todos que se marcharan –comentó Amber, mirándolo entre lágrimas–. Lana ha dicho que se tomaría una de los somníferos que le ha dado el médico, y... Tal vez tú deberías quedarte.

–No lo creo...

–Quizá podrías hacerla sentirse mejor, hacer que comience a pensar en el futuro. Tal vez...

–No creo que sea una buena idea –afirmó Wes.

Amber se apartó bruscamente.

–¿Por qué no?

Él suspiró.

–Bueno, en primer lugar, creo que Lana no necesita pensar en el futuro hoy mismo. Necesita hacer el duelo por la muerte de Quinn. Necesita reflexionar y hacerse a la idea de cómo va a ser su vida a partir de ahora. Eso va a tomarle días, semanas...

–Ella necesita alguien que la contenga –replicó Amber.

Acto seguido, se secó las lágrimas con las manos y se apartó definitivamente de los brazos de Wes.

–Ella necesita a alguien que la ame –agregó.

–Para eso te tiene a ti –respondió Wes, con dulzura.

Amber asintió.

–Pero...

–Me quedaré si ella quiere que lo haga –dijo Wes–. Haría lo que fuera por ella, y creo que lo sabe. Pero no va a pedir que me quede.

Apenas lo había mirado cuando había pasado delante de él. Era obvio que no lo necesitaba. Y lo raro era que eso no le había molestado de la manera en que lo hubiera hecho unas semanas atrás.

En aquel entonces, él habría seguido a Lana fuera de la cocina, o inclusive, habría llegado antes que todos y la habría ido a buscar a la playa. Habría forcejeado con los demás para mantenerse a su lado todo el tiempo, para reconfortarla aunque ella no lo deseara.

–Ahora mismo, ella necesita que Ronnie y tú os quedéis –continuó Wes.

Amber no dejaría que se escapara por la puerta trasera.

–Lana me contó que una vez la besaste.

–Sí –respondió él–, pero solo una vez. No debería haber sucedido, y no volverá a suceder.

–Ha dicho que eres el hombre más honorable que ha conocido.

–Bueno, no estoy tan seguro de eso.

En ese momento, Wes pensó que lo mejor era cambiar de tema.

–¿Cómo están las cosas con el nuevo equipo de seguridad? –preguntó.

Amber se encogió de hombros.

–Bien. Mi representante ha encontrado una compañía de seguridad que se especializa en esos temas. Está funcionando bien. De hecho, las llamadas extrañas han cesado completamente.

–Es bueno escucharlo.

–Sí. Tal vez se ha rendido y ahora está acechando a Sarah Michelle Gellar.

Wes miró de reojo a la puerta que daba a la sala, buscando una ruta de escape alternativa. Pero lo único que encontró fue al teniente Jones, de pie en el pasillo, escuchando. No sabía cuánto tiempo llevaba ahí.

Acto seguido, se volvió hacia Amber y dijo:

–Quizá sería mejor que vayas a decirle a la gente que Lana preferiría que nos marchemos.

Ella asintió, mirando de reojo descaradamente a Jones antes de dejarlos solos.

Jones, que era alto, delgado y tenía cara de galán de cine, apenas la miró.

–¿Dónde está Brittany? –preguntó.

–De camino a Los Ángeles –respondió Wes–. Iba a alquilar un coche, no quería quedarse. Ha dicho que no quería molestar a Lana.

Jones no parecía muy contento.

–Así que tú... ¿qué? ¿La has subido a un autobús para que fuera a alquilar el coche?

–No, ha dicho que pediría un taxi. Intenté darle dinero, pero, ya sabes cómo es. No puedo obligarla a hacer nada que no quiera.

–Britt está enamorada de ti –dijo Jones.

Wes se rio; el comentario lo había tomado por sorpresa. Las opciones habían sido reír o desmayarse, y había preferido la primera.

–¿De verdad te ha dicho eso, Harlan?

Tratándose de Brittany, todo era posible.

–No con esas palabras –respondió.

El gesto de desilusión de Wes le sorprendió. Aunque de inmediato pensó que también podía ser por lo que había ocurrido en las últimas horas.

–La conozco bastante bien, Skelly. No es del tipo de mujeres que tienen sexo ocasional.

–Tampoco es una monja –replicó Wes–. Es increíblemente apasionada y...

Jones cerró los ojos y frunció el ceño.

–No me cuentes los detalles. Eso ya es más de lo que querría saber.

–Ella es fabulosa, Harlan.

–Sí, lo sé. Así que no tontees con ella. No sé qué es lo que tienes que hacer aquí con Lana...

—Nada —afirmó Wes.

Su respuesta era sincera en más de un sentido. Seguía amando a Lana y, de alguna manera, siempre la amaría, pero era una emoción débil comparado con lo loco que estaba por Brittany. Brittany era para él mucho más que una diosa distante e inalcanzable. Era su amiga, su amante, su compañera.

Su corazón.

En ese preciso instante, Wes tomó su teléfono móvil.

—Perdóname, Jones, pero tengo que llamar a Brittany. Hay algo que olvidé preguntarle antes de que se marchara.

Brittany aparcó el coche alquilado en el garaje de su casa, en el sitio de Wes.

Se sorprendió al pensar de esa manera. Él solo había estado ahí una semana y, de alguna manera, el lugar en el que aparcaba se había convertido en su lugar.

Era cierto que él solía dejar el coche ahí, pero también lo hacía Melody cuando iba a visitarla con Tyler. Aun así, aquel era el lugar de Wes.

Estaba agotada. Y también triste. Muy triste.

Estaba enamorada de Wes Skelly. Pero, probablemente, en aquel momento, él estaría abrazando a Lana Quinn, reconfortándola mientras ella lloraba por la muerte del cerdo de su marido.

Tras salir del coche, Britt se arrastró por las escaleras hasta la puerta, abrió la cerradura, entró y avanzó por el pasillo. El interior de su piso estaba como lo habían dejado tres días atrás; todo cuidadosamente preservado como si se tratase de un museo en honor a la noche del último sábado.

Los platos que habían usado durante la cena estaban todavía en el fregadero. El periódico estaba abierto en la sección de espectáculos. Como si realmente hubiesen ido a ver una película. Lo habían considerado por unos minutos, pero habían abandonado la idea para hacer el amor.

Se habían marchado con prisa después de la llamada de Andy.

El cubo de la basura estaba lleno y el lugar olía muy mal. Los platos en el fregadero tampoco ayudaban.

Britt decidió comenzar por la basura, así que la cargó a través de la sala hasta la puerta de entrada y la sacó a la calle.

Luego, fregó rápidamente los platos, pero el lugar seguía necesitando airearse bien. Encendió el aire acondicionado, y decidió dejar el resto para más tarde.

Entonces, levantó el auricular del teléfono de la cocina y llamó al móvil de Wes. Recordaba el número de memoria.

Rogó para que no respondiera; dejarle un mensaje sería mucho más fácil. Aunque sabía que, de cualquier manera, sería difícil.

Había elaborado un plan durante el viaje desde San Diego, y aunque suponía pelear por Wes, tratando de hacerle ver lo bien que funcionaban las cosas entre ellos, tenía que empezar por dejarlo en libertad.

Completamente libre. Como aquel tonto dicho acerca de las mariposas o los pájaros que solía emocionarla en el pasado.

—Si amas a alguien, déjalo libre. Si vuelve, es tuyo. Si no, nunca lo ha sido —recordó, en voz alta.

Tenía que hacerlo.

—Éste es el contestador automático de Skelly —se oyó al otro lado de la línea—. Deja tu mensaje después de la señal o presiona uno para otras opciones.

Britt respiró hondo y dijo:

—Wes. Hola. Soy Brittany. Estoy de vuelta en Los Ángeles. He llegado sin problemas. Solo quería... —tuvo que tragar saliva antes de poder seguir—. Quería decirte que realmente disfruté del tiempo que pasamos juntos estos días. Quería agradecerte eso, con todo mi corazón.

Hablaba a toda prisa.

–Pero de verdad creo que sería mejor que no volvamos a vernos. Al menos, no románticamente. Y, definitivamente, no por lo menos por un par de meses –hizo una pausa–. Voy a recoger tus cosas, la ropa, el cepillo de dientes y lo demás... Te lo enviaré por correo. Lo haré esta misma noche, así que lo tendrás enseguida.

En aquel momento, cerró los ojos y se obligó a continuar.

–Espero que no estés molesto conmigo, pero realmente creo que lo mejor es que cortemos por lo sano, y que lo hagamos ahora. Sé que tu licencia no ha concluido todavía, pero yo tengo que ir a la escuela, y además está el tema de Andy y su beca, y todo el asunto de Dani, y... No necesito ninguna distracción en este momento, y enfrentémonos a ello, tú eres mucha distracción. Y tú... bueno, tú tienes que... en este momento, también tienes bastantes cosas de las que ocuparte.

Respiró hondo; había llegado el momento más difícil. La mentira más rotunda.

–Sé que probablemente estés asustado por lo que ocurrió anoche, pensando que podría haberme quedado embarazada, pero no tienes que preocuparte por eso. Todo está bien. Estoy con la regla desde esta mañana.

Se detuvo otra vez. Necesitaba concentrarse para sonar despreocupada y optimista.

–Bueno, gracias de nuevo. Ha sido... divertido.

Pensó que lo mejor era que colgara el teléfono antes de decir algo de lo que más tarde se arrepentiría.

–Buena suerte, Wes –se despidió–. Cuídate.

Entonces, colgó el auricular.

No quería llorar, así que pensó que una taza de té la ayudaría.

Brittany vació la tetera, la llenó con agua y luego encendió la cocina. Se dijo que lo que la hacía lagrimear era lo mal que seguía oliendo esa habitación.

Acto seguido, buscó un ambientador bajo el fregadero y

roció el lugar. Lástima que no podía eliminar lo que sentía por Wes con tanta facilidad.

Pero había dado el primer paso, y había sobrevivido.

El segundo sería todavía más duro. Si él llamaba, ella tendría que negarse a hablar demasiado, de un modo cortés, pero firme. Tendría que insistir en que creía que era mejor que no volvieran a verse; asegurarle que ya había enviado sus cosas; y reafirmar que no estaba embarazada.

Se convertiría en una mentirosa y Britt odiaba a los mentirosos. Había trabajado mucho para enseñarle a Andy que, independientemente de cuál fuese la situación, decir la verdad era la única alternativa.

Sin embargo, hasta ese momento, no se había encontrado en una situación en la cual su amante podía haberla dejado embarazada, antes de descubrir que el marido de la mujer a la que realmente amaba había muerto.

Con suerte, no tendría que mentir por mucho tiempo. Debería estar con la regla en cuestión de días. De eso dependían su mentiría y su verdad.

Pero prefería no pensar en ese tema.

La tercera parte del plan consistía en esperar. Un mes, como mínimo. Dos, en el mejor de los casos. El cuerpo de Matt Quinn ya habría sido recuperado y habría habido un funeral. Y entonces el tiempo habría pasado. Semanas. Meses, tal vez.

El tiempo necesario para que Lana se recuperara de su duelo. El tiempo suficiente para que Wes se sintiera cómodo cortejando a la viuda de Matt Quinn, si eso era lo que realmente deseaba hacer.

Por supuesto, el plan podía fallar. Wes y Lana podían avanzar rápidamente hacia una relación estable. Y, en ese caso, Brittany perdería.

Aunque, si eso ocurría, también estaría bien. Significaría que Wes nunca habría sido feliz con ella; que ella habría sido su premio de consolación. Y, después de pensarlo mucho, había llegado a la conclusión de que ser la segunda opción de alguien no era suficiente para hacerla verdaderamente feliz.

Si, después de unos meses, Melody y Jones no le decían nada acerca de un posible compromiso entre Wes y Lana, Brittany planearía un viaje a San Diego. Una vez allí, buscaría el modo de encontrarse con Wes. Si era necesario, estaba dispuesta a presentarse en la casa.

Y, en ese momento, después de haberle dado bastante tiempo para pensar y recuperarse del impacto de la muerte de su amigo, Brittany haría lo necesario para conseguir que Wes viera que estaban hechos el uno para el otro. Pelearía por él. Lo convencería de que la amistad, pasión, compatibilidad, risas y amor que había entre ellos valía la pena. Lo convencería de que ella, no solo era la mejor alternativa, sino que era la única alternativa posible.

Pero primero tenía que esperar hasta que la confusión y el dolor que rodeaban a la infortunada muerte de Matt Quinn desaparecieran.

En aquel instante, sonó el teléfono y Brittany respiró hondo antes de atender. Podía ser Wes, respondiendo de inmediato a su mensaje.

—¿Hola?

Pero nadie respondió y, después de unos segundos de silencio, oyó que cortaban.

Brittany colgó el auricular muy molesta. La compañía de teléfonos definitivamente tenía tendría que resolver ese problema. Aquello comenzaba a ser ridículo.

Acto seguido, tomó una taza y una bolsita de té de la alacena, mientras pensaba en lo silencioso que estaba su piso sin Andy.

Y sin Wes, por supuesto.

La luz del contestador automático estaba parpadeando. Había tres mensajes. Britt se dispuso a escucharlos mientras esperaba a que el té estuviera listo.

El primer mensaje era de su hermana, y lo había dejado el domingo por la mañana. Era particularmente lacónico.

—Britt, soy Mel. Llámame en cuanto llegues.

Entonces, se dijo que no debía volver a confiar en las promesas de su cuñado. Aunque, por lo menos, Mel no la había llamado mientras estaba en casa de Wes.

El segundo mensaje lo habían dejado hacía apenas una hora, cuando todavía en la carretera.

—Britt, soy Wes. Tenemos que hablar. Llámame tan pronto como puedas, ¿de acuerdo?

El tono de su voz le preocupó. Sonaba serio, como si se tratase de malas noticias.

Como si quisiera decirle que, a pesar de lo bien que lo habían pasado juntos, ahora que Quinn estaba muerta, iba a irse a vivir con Lana.

Brittany se obligó a respirar hondo, y trató de tranquilizarse mientras se servía el té. Si Wes y Lana habían decidido estar juntos, estaba bien. Si eso significaba que, por fin, Wes sería feliz, ella podía soportarlo.

O, mejor dicho, podía aprender a soportarlo.

El tercer mensaje lo habían dejado minutos antes de que regresara a la casa. Quizá su suerte podía cambiar y fuera George Clooney quien llamaba. Tal vez, Amber le había dado su número y...

Pero el contestador automático reprodujo una larga lista de palabrotas obscenas.

Brittany no alcanzaba a comprender qué demonios era eso.

Era una voz masculina, pero con seguridad no era la de Andy, ni la de Wes, ni la de ningún otro hombre que conociera. Era un mensaje confuso, pero, hacia el final, se oía claramente:

—¡Muérete, perra!

De pronto, algo le sonó familiar.

Oprimió el botón de repetición y volvió a oír el mensaje. Era extremadamente obsceno y agresivo. Escuchó con atención, y se dio cuenta de que se había equivocado. Aquella no era la voz de Dustin Melero, como había pensado por un momento.

Y no se le ocurría qué otra persona podría haber grabado esa clase de cosas en su contestador.

Probablemente, se habían equivocado de número.

Pero, aun así, había sido lo bastante aterrador como para hacer que quisiera llamar a Wes.

Desde luego, no podía permitirse llamarlo. Tendría que ponerse firme, resistir, y mantener las manos alejadas del teléfono.

Lo primero que tenía que hacer era recoger las cosas de Wes y llevarlas a la oficina de correo. De ese modo, cuando él llamara, podría decirle que ya se las había enviado. Así no habría ninguna razón por la que tuviera que viajar a Los Ángeles.

Entonces, caminó hacia la sala. La puerta de su habitación estaba cerrada. Podía ser producto de su imaginación, pero le pareció que el olor a basura era más fuerte.

Al abrir la puerta de la habitación, derramó algo de té en el suelo.

Al levantar la vista se quedó horrorizada. Alguien o algo había sido masacrado en su cama. El hedor era tan insoportable que Brittany sintió náuseas. Sin embargo y, aunque parecía imposible que quien hubiera estado ahí siguiera vivo, su instinto de enfermera le impidió alejarse.

Pero al acercarse a mirar, comprobó que en ninguna parte había un cuerpo, ni siquiera el esqueleto de un animal. Solo sangre, por todas partes. Alguna era oscura y estaba seca; otra, seguía roja y fresca. Además, había vísceras, del tipo que se puede comprar en una carnicería, como parte de la escena sangrienta.

Todo parecía indicar que alguien había sido asesinado en esa habitación.

Lo que implicaba que alguien había estado en el piso mientras no estaban. Alguien que podía seguir ahí.

Alguien que había dejado un mensaje en el contestador automático que decía: «¡Muérete, perra!».

Sin pensarlo, Brittany cerró la puerta. Una vez fuera de la habitación, cruzó el pasillo hasta la cocina, tomó el monedero y las llaves del coche que había dejado en la mesa, y corrió hacia el salón.

Abrió la puerta de entrada y se quedó paralizada. Ahí, al otro lado del mosquitero, estaba un hombre enorme. Era más pequeño que Andy, pero más grande que Wes.

Britt trató de cerrar la puerta rápidamente, pero él se le adelantó. Abrió el mosquitero, metió una pierna y empujó la puerta con los hombros. Con tanta fuerza que Brittany se cayó al suelo.

Como pudo, huyó hasta la cocina, gritando lo más fuerte posible. Pero sus vecinos no estaban en casa. Nunca estaban durante el día.

Y no había posibilidades de que alguien más la oyera, porque había cerrado las ventanas al encender el aire acondicionado.

Aquel hombre podía partirla en mil pedazos mientras ella gritaba desesperadamente, y nadie oiría nada.

Cuando Britt consiguió agarrar el teléfono que estaba sobre la mesa de la cocina, él ya estaba detrás de ella y, sin más, la golpeó en la nuca con algo sólido. El golpe la aturdió durante unos segundos.

Soltó el teléfono y se cayó al suelo, golpeándose contra el mármol.

No podía creer que le estuviera pasando algo así. Pero era cierto.

Tenía que encontrar la manera de evitar que la lastimara. Entonces, se dijo que Wes no se rendiría; que no esperaría a que algún psicótico lo asesinara, sino que lucharía con todas sus fuerzas.

Britt trató de despejar la mente y de concentrarse en el siguiente paso. Se volvería y se enfrentaría a su atacante. Le dolía una muñeca, pero debía ignorar el dolor.

Había hecho un curso de defensa personal. Era parte del entrenamiento que el hospital daba a las enfermeras que trabajaban en las guardias nocturnas, así que se esforzó por recordar algo de lo que había aprendido.

Entre otras cosas, le habían enseñado a utilizar las palabras como método de disuasión. Empezaría por eso.

–Mira, no sé qué es lo que quieres ni por qué estás aquí, pero...

–¡Cállate!

Cuando Britt alzó los ojos, descubrió que la estaba apuntando con una pistola.

Sin embargo, esa no era la única sorpresa. El hombre que sostenía el arma era el mismo que había visto el día anterior en San Diego, en la terraza de la heladería. El hombre furioso. El enfermo mental que, claramente, había dejado de tomar la medicación.

–¡Tú! –dijo ella.

No alcanzaba a comprender cómo había llegado hasta allí. Primero pensó que tal vez la había seguido. Pero era imposible. El desastre de la habitación había sido hecho hacía rato.

Salvo que la hubiera seguido a San Diego el sábado por la noche. Brittany no sabía que pensar.

Él dejó el arma sobre la encimera, luego levantó el teléfono y se lo alcanzó a Britt.

–Llámalo.

Las palabras del loco no tenían sentido. Una vez que ella tuviera el teléfono en sus manos, podría llamar a la policía.

–¿Que llame a quién? –preguntó.

Después, se incorporó hasta quedar sentada y agarró el teléfono.

Pero, inmediatamente, el hombre la empujó otra vez, como si supiera lo que estaba intentando hacer.

–Marcaré yo. Dime el número.

–¿El número de quién?

Brittany trató de sonar calmada y de no mirar la pistola que estaba sobre la encimera. Sin embargo, en su interior, estaba tratando de calcular cuántos segundos tardaría en agarrarla si se ponía de pie. Pero, definitivamente, tenía la muñeca derecha muy mal tras la caída. Cabía la posibilidad de que se la hubiera fracturado. Y eso la ponía en seria desventaja.

–Del novio de Amber –respondió él.

–¿Qué?

La enfermera no salía de su asombro. Aquella situación estaba relacionada con Amber Tierney. Aquel sujeto era el que había estado acechando a Amber. El pequeño y dócil chico que, según Amber, nunca lastimaría a nadie.

–Solo he visto a Amber un par de veces –dijo Britt.

Mientras tanto, trataba de encontrarle sentido a aquella pesadilla. Pero no conseguía entender por qué el acechador de Amber había comenzado a acecharla a ella.

–Y no conozco a su novio –agregó.

–Estabas con él en San Diego. Estabais...

El hombre utilizó un lenguaje soez. Pero lo que estaba diciendo no importaba, porque ella sabía a quién se refería. Estaba hablando de Wes. Era evidente que pensaba que Wes era el novio de Amber.

–¿Por qué quieres hablar con él? –preguntó Britt.

Lo hizo tratando de no sonar hostil o agresiva. Como si su pregunta hubiese sido por simple curiosidad.

–Yo no voy a hablar con él –respondió–. Lo harás tú, perra.

La había llamado de un modo que no dejaba lugar a dudas. Era el mismo que había dejado el horrible mensaje en el contestador automático.

–¿Por qué? –insistió ella–. ¿Qué quieres que le diga? No entiendo.

–Dile que venga. Ahora.

El miedo hizo que a Brittany le temblaran las manos y las piernas, y que no pudiera evitar mirar el arma sobre la encimera.

–¿Por qué? –preguntó, otra vez, con más coraje del que sentía.

No estaba dispuesta a llamar a Wes para decirle que fuera hasta allí solo para que aquel demente le disparara.

–¿Qué es lo que quieres de él?

–Solo dile que venga –contestó el hombre–. ¿Cuál es su número?

–No lo recuerdo –mintió.

El loco alzó el arma y la apuntó a la cabeza de Britt.

–¿Cuál es su número?

Capítulo 16

Brittany había dicho que no quería volver a verlo.

Wes escuchó tres veces el mensaje que le había dejado en el contestador automático de su móvil, aunque había entendido cada una de las palabras desde un primer momento.

Se había terminado. Era tan simple como eso. Britt lo había dejado.

Y a Wes no le parecía gracioso. Aquello no tenía ni una pizca de gracia. Pero, de algún modo, le parecía que no tenía sentido, considerando todo lo que conocía de esa mujer.

Aunque cabía la posibilidad de que no la conociera tanto como creía.

Sin embargo, a pesar de que solo habían pasado algunos días juntos, Wes conocía a Brittany Evans mejor de lo que conocía a cualquier mujer sobre la Tierra. La conocía por dentro y por fuera. Podía apostar todo lo que tenía a que ella lo amaba perdidamente.

Y, si no era suficiente, Wes se apostaba su amor propio a que Britt lo amaba.

De hecho, era lo que estaba haciendo al conducir hacia Los Ángeles para forzarla a repetir esas falsas palabras de despedida, aunque esta vez tendría que hacerlo frente a frente.

Todavía le faltaba media hora para llegar, a pesar de que iba a más velocidad de la permitida.

Ella había sonado tan alegre y relajada con la idea de no volver a verlo, que Wes no terminaba de creerla.

A ratos pensaba que, tal vez, se había equivocado. Que quizá los días que habían compartido para ella no habían sido más que un amorío ocasional. Apenas unos cuantos días llenos de risas, sexo intenso y diversión.

Brittany seguía buscando al hombre perfecto, al príncipe azul. Probablemente, no lo estaba buscando con desesperación, pero seguía deseando el final de los cuentos de hadas. Un marido que la amara, una familia y un hijo para vivir felices y comer perdices.

Pero él no era el príncipe azul. Ni siquiera se lo parecía. Era, simplemente, alguien con quien se había divertido durante algunos días. Alguien que no había sido más que una grata compañía.

Sin embargo, Wes no podía culparla por no querer tenerlo cerca el resto de su vida.

No quería pensar, pero aquella media hora que faltaba para llegar, se le estaba haciendo insoportablemente eterna.

Entonces, decidió llamarla desde su móvil. Marcó el número de la casa y esperó. El timbre del teléfono sonó dos veces. Wes rogó que estuviera ahí para atenderlo.

–¿Hola?

Wes respiró hondo; necesitaba tranquilizarse y decir algo inteligente.

–Hola, Britt. Soy yo, Wes.

–Lo siento –respondió ella–. Andy no está en casa.

La respuesta lo confundió.

–Lo sé. No va a regresar hasta mañana por...

–Ah, hola, Beatriz –lo interrumpió–. No te había reconocido la voz. ¿Estás acatarrada? No, Andy se ha ido a Nevada a jugar un campeonato.

Wes no entendía nada. Se suponía que Andy viajaría a Phoenix, pero, de todas maneras, estaba en San Diego acompañando a Dani. Por otra parte, no comprendía por qué Britt lo había llamado Beatriz.

–Brittany, qué...

–Le diré que lo has llamado –dijo ella.

Su voz sonaba extraña y se notaba que estaba tensa.

–No te preocupes, le diré que ha llegado el libro que había pedido –continuó–. ¿Cuál era el título? ¿*De los fusiles a las bombas. Historia de las armas de guerra modernas*? Sí, lo estoy apuntando.

–Brittany, por Dios, ¿qué está pasando? Hay alguien más en la casa.

–Sí.

Wes hizo una pausa para pensar.

–¿Te están apuntando con un arma? –preguntó, aterrorizado.

–Sí.

Al escucharla, Wes pisó el acelerador a fondo.

–Ah, que hay otro libro más... –dijo Britt.

–¿Cuántos? ¿Quiénes son?

–Solo uno. Perfecto, se llama *Piedras preciosas de Norteamérica*. Lo he apuntado. Gracias, Beatriz.

Era obvio que estaba tratando de decirle algo con el segundo título, pero Wes no alcanzaba a comprender qué.

–Brittany, no te entiendo. ¿Qué me estás diciendo? ¿Piedras preciosas...?

–Sí, es correcto. Andy está particularmente interesado en las piedras que tienen fósiles en su interior. ¿Cómo se llaman? Nunca lo recuerdo.

–Ámbar, esas piedras se llaman... –entonces, se dio cuenta de lo que estaba diciendo–. ¡Demonios! ¿Esto tiene que ver con Amber Tierney?

–Sí.

–¿Ella también está ahí?

–No, es un viejo admirador.

Ahora, Wes lo entendía todo. Quien estaba con Brittany era el hombre que acechaba a Amber.

–¿Te ha hecho daño? –preguntó.
–No, todavía... –respondió–. Ay, lo siento, Beatriz. Tengo que colgar. Alguien está llamando a la puerta.
–Estoy de camino, preciosa. En treinta minutos estoy contigo.
–No, no –dijo Britt–. Estoy... Me alegra saber que Andy está aprovechando tus consejos. Siempre lo he alentado para que pida ayuda cuando sea necesario.
–De acuerdo, pediré ayuda. Y llegaré tan rápidamente como pueda. Dios mío, preciosa... Te amo. Ten cuidado.
Pero ella ya había colgado.
Mientras conducía a toda velocidad por la autopista, Wes llamó a la policía.

A Brittany le ardía la muñeca de dolor, y se lastimó más cuando el hombre le arrancó el teléfono de las manos.
Wes le había dicho que estaba en camino.
Pero ella no quería que fuera hacia allá. Quería que llamara a la policía desde San Diego, donde estaba a salvo y fuera del alcance de aquel desquiciado con revólver que estaba en su cocina.
–Has hablado mucho –comentó el hombre.
Tenía los ojos fijos, casi con la mirada muerta. Britt se preguntó cómo diablos Amber había podido creer que alguien con unos ojos así podía ser inofensivo.
–Era Beatriz, la bibliotecaria –respondió–. Le gusta hablar conmigo... éramos amigas. Si le hubiese cortado, le habría parecido extraño, y podría haber pasado por aquí después del trabajo.
Brittany sabía que los martes por la tarde la biblioteca pública estaba cerrada, por lo que rezó para que el loco no estuviera lo suficientemente familiarizado con la biblioteca como para conocer los horarios y saber que allí no trabajaba ninguna Beatriz.

En ese momento, él volvió a apuntarla con el arma.

–¿Cuál es su número de teléfono?

Otra vez estaba preguntando por Wes.

Britt necesitaba ganar tiempo, porque Wes debía de estar hablando con la policía de Los Ángeles en ese preciso instante.

–Francamente, no lo sé de memoria –contestó–. Lo tengo escrito en un papel. Está en mi monedero.

Entonces, señaló hacia su bolso, que estaba sobre una de las sillas de la cocina.

El hombre alcanzó el bolso en dos zancadas y, luego, lo vació sobre la mesa.

No caminaba igual que en San Diego. Según parecía, el arrastrar los pies había sido una actuación.

Sin duda, solo una parte de su interpretación de bicho raro inofensivo.

Britt comenzó a atar cabos. Todo comenzaba a tener sentido. Las llamadas constantes tanto a su casa como a la de Wes. Amber había estado recibiendo llamadas similares.

Después, la acusación en la terraza de la heladería.

–La has hecho llorar –había dicho el hombre en San Diego.

Evidentemente, se estaba refiriendo a Amber.

–¿Cuándo he hecho llorar a Amber? –preguntó Britt.

Él retrocedió y le indicó que se acercara a la mesa.

La mujer se estremeció de dolor al apoyar la muñeca para ponerse de pie.

–Ella llamó por teléfono a su novio, y tú viniste con él –respondió–. Se iba a ir a ese hotel, pero, después de salir de su garaje, aparcó en un lateral de la carretera y lloró.

Al parecer, el loco había pensado que eso había tenido alguna relación con Wes y Brittany. Y se había creado una historia mental, que los tenía a ellos tres como protagonistas del triángulo amoroso.

–¿No se te ha ocurrido pensar que Amber podía estar

llorando porque tenía miedo? –preguntó–. ¿Por qué te tenía miedo?

Britt se arrepintió de lo que acababa de decir. No había sido una buena idea y el hombre no parecía muy feliz después de haberla oído.

–Lo siento –se disculpó, rápidamente–. Por supuesto que no.

–Encuentra ese teléfono –ordenó él.

–Lo estoy buscando –respondió, a la vez que revolvía entre los papeles de su bolso–. Dame un minuto.

Mientras tanto, Brittany rogó para que Wes no fuera hasta allí solo.

–No tengo mi arma –le dijo Wes a Bobby, que ya estaba a bordo de un helicóptero–. Tengo un cuchillo y un chaleco antibalas en el maletero. Pero, además de eso, no tengo más que mis manos y mis pies.

Si conseguía entrar en la casa y acercarse al acechador lo suficiente, podría hacerle bastante daño. Aunque el maldito canalla tuviera un revólver, le bastaría con sus puños, unas cuantas patadas y un cuchillo bien afilado.

–Mike Lee ha localizado una zona de edificios cerca de la casa de Brittany –lo informó Bobby–. Llegaremos unos cinco minutos después que tú.

La policía de Los Ángeles lo había dejado esperando, así que Wes había decidido llamar al teniente Jones a la base naval. Tuvo suerte porque parte del equipo de helicópteros ya estaba en vuelo, camino a una zona de prácticas con armas no convencionales.

Jones lo había conectado con el helicóptero de Bobby, y les había indicado que se dirigieran a Los Ángeles.

En ese momento, Wes oyó la alarma que indicaba que tenía una llamada en espera y miró la pantalla de su móvil.

–Tengo una llamada, Bobby. Es Brittany. Te volveré a llamar en cuanto pueda.

Cortó y tomó la otra llamada.
—¿Hola?
—Hola. ¿Wes? Soy Brittany.
Notó que su voz seguía sonando extraña. Como si alguien la estuviera apuntando con un arma a la cabeza.
—¿Estás bien? —preguntó.
Era una pregunta estúpida. Era obvio que no estaba bien.
—Estoy bien. ¿Tú cómo estás? —respondió.
Claramente, Brittany estaba intentado que pareciera una conversación normal.
—Me estoy volviendo loco. Estoy muy preocupado por ti, preciosa —afirmó Wes—. Creo que debo de tener suerte, porque no me ha detenido ningún coche patrulla en el camino, y estoy conduciendo más rápidamente que nunca. Aún me quedan siete minutos para salir de la carretera. He intentado llamar a la policía local un par de veces, pero no he conseguido comunicarme. Según pude oír en la radio, hay algún problema en el centro de la ciudad. Han tenido que sacar incluso a los antidisturbios. Pero estaré contigo en unos minutos.
—No —gritó ella, pero luego se detuvo.
—No te preocupes —afirmó Wes—. No voy solo. Llevo refuerzos. Bobby y otros compañeros del equipo se reunirán conmigo cerca de tu casa. ¿Estás segura de que ese loco está solo y que no tiene más armas?
—Sí. Pero Wesley...
—Nadie va a resultar herido —aclaró—. Te lo prometo.
—Te extraño —susurró Britt.
Wes no estaba seguro de si lo que ella acababa de decir era algo sincero, o formaba parte de la actuación que estaba haciendo para engañar al loco. En cualquier caso, al oírla hablar así se le había hecho un nudo en la garganta.
—Wes, ¿podrías venir a Los Ángeles?
Era claro que aquella pregunta respondía a las indicaciones del acechador. Pero resultaba casi irónico.

–¿Hoy? ¿Por favor? –agregó.

–Vamos a hacer una revisión de la zona antes de entrar –explicó Wes–. Vosotros no nos vais a escuchar, pero llegaremos dentro de quince minutos. En cuanto oigas algo, cualquier ruido que indique que estamos entrando, tírate al suelo, ¿de acuerdo? O mejor aún... Ya sé: dentro de quince minutos exactos, dile que necesitas ir al baño. Entra, cierra la puerta y quédate ahí. Métete en la bañera, tesoro. Túmbate ahí, ¿de acuerdo? Sé que suena estúpido, pero servirá para protegerte si él comienza a disparar.

–¿Crees que podrías llegar esta noche? Sí, a las ocho estaría bien.

–Lo estás haciendo muy bien, Britt. Deja que crea que pasarán varias horas antes de que yo llegue.

–Conduce con cuidado –respondió ella, siguiendo con su actuación.

–Cuídate tú también.

–Nos veremos a las ocho entonces.

–Nos veremos pronto, Britt. Recuerda, en quince minutos, vete al baño. Y no salgas hasta que yo te diga, ¿de acuerdo?

–De acuerdo. Adiós, Wes.

Un segundo después, cortó la conversación.

Wes se estremeció. El adiós de Britt sonaba a despedida y sintió que había algo que no había podido decirle.

Entonces, presionó aún más el acelerador.

Solo faltaban catorce minutos para que Wes llegara. Pero, por la expresión de los ojos del acechador, Brittany pensó que estaría muerta en un minuto.

–Estará aquí a las ocho –dijo ella, devolviéndole el teléfono.

Entonces, el hombre comenzó a abrir los armarios de la cocina, buscando el cajón de los cuchillos.

Lo encontró, sacó el cuchillo de trinchar el pavo y lo apoyó en la encimera, cerca del fregadero.

–¡Vaya! –dijo Britt–. Ese es un cuchillo muy grande. Ten cuidado, podrías cortarte.

Él se volvió para mirarla con aquellos aterradores ojos de loco.

–Nunca he tenido que cortarle la cabeza a nadie –respondió.

–¿Tener? No creo que sea algo que nadie realmente tenga que hacer.

–Pero es lo que va a suceder –informó.

Entre la sangre de la habitación y el diálogo que estaban manteniendo, la escena parecía salida de una mala película de terror. Brittany sabía que necesitaba hacer tiempo. Tenía que hacerlo hablar, todavía faltaban trece minutos y medio para que Wes llegara.

–De acuerdo. Llego a casa y encuentro toda esa sangre sobre mis sábanas. ¿Cómo sigue la historia?

–Tu amante llega a casa y te encuentra –contestó–. Muerta.

–Dios mío –murmuró Britt, aunque la respuesta no la había sorprendido–. ¿Y cómo? ¿Cómo me asesinan?

Sin lugar a dudas, aquella era la conversación más rara de toda su vida.

Pero aquel hombre desquiciado era hijo de alguien. Alguien lo había amado, a pesar de su enfermedad mental. En algún lugar, tenía que tener restos de humanidad. Quizá, si hablaban lo suficiente, pudiera conectar con él.

–Te han un disparado en la nuca –continuó el hombre–, y tu cabeza está en el fregadero de la cocina.

–Eso no es muy agradable.

–Lo que has hecho tampoco fue muy grato –replicó, furioso–. Le has robado el novio a Amber y le has roto el corazón. Ella no dejaba de llorar.

–¿Amber estaba en esa película? –preguntó.

Aquel terrible escenario tenía que haber salido de una película. En algún lugar, Britt había leído que Amber había hecho varias películas horribles de serie B, antes de convertirse en una estrella de telenovelas. Seguramente, la pesadilla que Britt estaba viviendo estaba en el guion de alguna de esas películas.

–Sí, se llamaba *Hasta que la muerte nos separe* –respondió–. Era genial. El novio de Amber se fugaba con otra mujer, y ella lloraba sin parar, porque no sabía que tenía un admirador secreto. Él los castigaba, a ellos... y a todos los que la habían hecho llorar.

–¿Y qué pasa con el novio de Amber?

Britt tenía que mantenerlo hablando durante once minutos más.

–Le disparan. Justo en el corazón. Y Amber se casa con su admirador secreto y viven felices para siempre.

La mujer no podía creer que él creyera que eso sería lo que ocurriría finalmente.

–¿No había una investigación policial? –preguntó–. ¿No lo arrestaban por asesinato?

El hombre la miró sin comprender.

–¿Por qué iban a arrestarlo? Nadie sabía que los conocía.

–Pero sus huellas digitales estaban por todo el piso.

El loco frunció el ceño.

–Eso no estaba en la película.

–Justamente, porque se trataba de una película, y no de la vida real. En la vida real, la policía encuentra huellas. Tú no quieres hacer esto de verdad, ¿no es cierto?

Él levantó el arma.

–No tengo tiempo que perder. No sé cuánto voy a tardar en prepararlo todo.

Para entonces, aún quedaban diez minutos para la llegada de Wes.

–Necesito ir al baño –dijo Britt.

Era demasiado pronto, pero valía la pena intentarlo.

—Dentro de un minuto, ya no necesitarás ir —respondió y la apuntó con el revólver.

Wes llamó a Bobby desde el jardín contiguo al piso de Brittany.
—Estoy aquí —afirmó, mientras abría el maletero y se ponía el chaleco—. ¿Dónde estáis, chicos?
—A tan solo cinco minutos de allí —respondió Bobby.
—No puedo esperar —afirmó Wes—. Me voy a acercar a la casa para echar un vistazo.
En ese preciso instante, sonó un disparo. Luego otro y otro y otro. Las explosiones retumbaron en todo el barrio.
Wes maldijo y corrió a casa de Brittany.

Brittany se metió en el baño y cerró la puerta con fuerza.
Gracias a la calidad de las construcciones de finales del siglo XIX, la sólida madera de la puerta ni siquiera tembló con el impacto de las balas.
Por suerte, el demente acechador nunca había ido a un campo de tiro, porque en una o dos clases le habrían enseñado a apuntar un arma correctamente
Aunque, desde luego, la nuca de una persona era un blanco muy pequeño. Disparar al corazón debía de ser mucho más fácil.
En el pasillo, el loco trataba de empujar la puerta con el cuerpo.
—¡Abre!
Pero ella sabía que, si quería seguir con vida, bajo ninguna circunstancia, tenía que abrir esa puerta.
La ventana del baño estaba trabada. De todas formas, era demasiado pequeña para que pudiera escapar por ahí. Así que tendría que romperla para poder advertirle a Wes de lo que ocurría.

Llegaría en un minuto, y el psicópata admirador de Amber trataría de dispararle al corazón. Y ella no iba a permitir que eso pasara.

Entre sollozos, agarró la tapa de la cisterna del inodoro y la lanzó contra la ventana con todas sus fuerzas. Al hacerlo, se golpeó la muñeca rota.

Wes se movió lentamente. Si embestía la puerta de entrada, el hombre armado tendría la ventaja definitiva.

Necesitaba estar tranquilo y hacer las cosas bien.

Tenía que trepar al segundo piso y mirar a través de las ventanas. Averiguar dónde estaba el acechador y dónde estaba Britt.

Mientras planeaba los pasos a seguir, rogó por que ella estuviera viva.

El mundo de Brittany estaba sumergido en el dolor. Dolor y amarga desilusión.

La muñeca le dolía tanto que le provocaba arcadas. Pero lo peor era la desilusión.

Después del fallido intento con la tapa del tanque del inodoro, recordó que, hacía algunas semanas, Andy le había dicho que el casero había reparado la ventana con Plexiglas irrompible.

Y no podía ni abrirla ni romperla.

Por tanto, no tenía cómo prevenir a Wes.

Wes subió tan rápidamente como pudo, aunque habría preferido estar armado con algo más que un cuchillo afilado.

Podía oír al helicóptero de Bobby acercándose al lugar. También oyó el sonido de unas sirenas en la distancia. Alguien había oído los disparos y había conseguido comunicarse con la policía.

La mayoría de las persianas de la habitación de Brittany estaban cerradas. Eso era bueno. Servirían para ocultarlo mientras echaba un vistazo a la habitación a través de las tablillas.

Lo que vio dentro le hizo perder el equilibrio por un momento, y tuvo que obligarse a mirar de nuevo.

La habitación estaba bañada en sangre. Creyó que había llegado demasiado tarde y que Brittany estaba muerta.

Tenía que estarlo. Nadie podía sangrar tanto y seguir con vida.

Aunque sintió que una parte de él también había muerto, Wes se mentalizó para entrar en combate. El asesino de Brittany estaba ahí, en el salón, junto a la puerta del baño.

Wes se juró que lo mataría.

Acto seguido, agarró el cuchillo y se aferró a la cornisa que tenía encima. Luego se balanceó hacia atrás, pateó el cristal con fuerza y entró a través de la ventana.

Con la muñeca rota o no, Brittany estaba preparada.

Tras oír el ruido de los cristales rotos, abrió la puerta del baño.

Tal como suponía, el psicópata estaba ahí. Entonces le arrojó la tapa de la cisterna encima. Apenas le rozó la cabeza, pero le golpeó un hombro y lo hizo caer.

Pero no alcanzó para evitar que disparase de nuevo.

Las explosiones fueron ensordecedoras. Dos disparos certeros que impactaron en el pecho de Wes, haciéndolo caer de espaldas al suelo.

Pero, un segundo después, como si fuese algún tipo de máquina sobrehumana, se puso de pie y avanzó hacia el acechador con los ojos llenos de furia.

Brittany estaba ahí, sana y salva, cerca del hombre armado, sin ninguna herida.

A Wes le dolía el pecho con una intensidad insoportable, pero no le importaba. Lo único que sentía era euforia.

En ese momento, comprendió lo que la madre de Lázaro había experimentado al verlo volver de la muerte.

–¡Arroja el arma!

Wes había tratado de gritar mientras pateaba el arma que el acechador tenía en la mano, pero no había conseguido emitir más que un leve susurro.

En tanto que, en lugar de ponerse a salvo, Brittany levantó la tapa de la cisterna sobre su cabeza, golpeó al psicópata y lo dejó inconsciente de un solo golpe.

Entonces, a Wes se le doblaron las rodillas y tuvo que frenarse con las manos para no caer redondo al piso.

–Agarra el arma –trató de decirle a Britt, pero ella siguió sin oírlo.

En cambio, lo ayudó a recostarse. A él le costaba respirar y el dolor era terrible.

Importó poco que Britt no fuera por el arma porque Bobby y los otros estaban ahí, asegurándose de que aquel loco no hiriera a nadie más.

–¡Hombre, qué fetidez! –comentó Rosetti.

–No te mueras –dijo Britt, mientras trataba de abrir el chaleco de Wes–. ¡No te atrevas a morir!

Él no se iba a morir. Trató de decírselo pero no tenía aire suficiente en los pulmones como para poder emitir sonido alguno.

Después, Bobby se inclinó sobre él, metió los dedos en los dos orificios de bala que había en el chaleco de Wes y dijo:

–¡Auch! Eso tiene que doler.

–Por Dios, Skelly –protestó Lucky O'Donlon–, ¿para qué has pedido refuerzos si pensabas entrar por la ventana antes de que llegáramos?

–Tienes razón, pero mira lo que vio –puntualizó Bobby–. Si este hubiera sido en el piso de Colleen, y desde afuera hubiese visto esta cama, yo también habría atravesado una ventana.

–¿Alguien piensa llamar a una ambulancia? –reclamó Brittany.

Ella no lo podía creer.

Estaban todos parados alrededor, charlando, mientras Wes se desangraba.

Con una muñeca rota, Brittany no podía quitarle el chaleco ni tampoco saber la gravedad de sus heridas.

–Lleva puesto un chaleco –le informó Rio.

–Ya sé que tiene un chaleco –respondió ella–. ¿Alguien me podría ayudar a quitárselo?

–Es un chaleco antibalas –aclaró Bobby.

Entonces, el corazón de Brittany volvió a latir.

–Gracias a Dios.

–Sí, aunque debo decir que viendo dónde han impactado las balas –dijo Bobby, señalando los orificios–, es posible que tenga una costilla rota. Y, probablemente, también la clavícula. Hombre, eso debe de doler.

–Estoy bien –murmuró Wes.

Luego, levantó una mano y, mientras acariciaba a Britt en la mejilla, agregó:

–De hecho, no puedo recordar que alguna vez me haya sentido mejor.

–Ha llegado la policía –anunció.

Y, efectivamente, allí estaban. También habían llegado los paramédicos, que de inmediato se acercaron a Wes. Al tiempo que uno le controlaba la presión sanguínea, otro le auscultaba los pulmones.

Una de las costillas rotas podía haberle perforado un pulmón, pero él estaba bien.

Entretanto, otro paramédico colocó un entablillado provisional en la muñeca de Britt, y un cuarto se dedicó a atender al acechador.

Después, se lo llevaron en una camilla mientras Brittany firmaba la declaración que les había hecho a la policía.

Todo había terminado, pero, ahora, su piso era la escena de un crimen. Una desastrosa y maloliente escena de crimen.

Autorizaron a Brittany a entrar para recoger algunas cosas, porque tendría que quedarse en un hotel hasta que los fotógrafos de la policía terminaran de registrar la habitación. Hasta entonces, no podría limpiar aquel desastre.

Aprovechó para agarrar también las cosas de Wes, las metió en otra bolsa y las cargó torpemente hacia fuera, sosteniendo las dos bolsas con la mano sana.

Wes se sentó en las escaleras que conducían al piso de Brittany. Le ardían los costados y los hombros. Los paramédicos habían intentado llevarlo al hospital para hacerle radiografías, pero él se había negado a ir. Definitivamente, tenía la clavícula rota. Lo sabía porque ya se la había fracturado antes y sabía también que no había nada que ellos pudieran hacer por él. No era una fractura que se pudiera escayolar.

Solo iba a doler de manera insoportable un par de semanas; momento en que pasaría a doler horriblemente durante algunas semanas más.

Wes necesitaba que le hicieran radiografías, pero no iba a ir al hospital sin Brittany.

Cuando la vio bajar por la escalera, le preguntó:

—¿Qué te ha pasado en la muñeca?

—El loco me empujó y caí mal.

—Tendría que haberlo matado cuando tuve la oportunidad. He oído lo que has declarado a la policía. Brittany, todo ha sido culpa mía. Si no hubiera venido a Los Ángeles...

Ella no iba a permitir que se culpara de ese modo.

—No digas tonterías. Él podría haber perseguido a Amber, o a cualquiera de sus amigas, y ninguna habría podido evitar que la lastimase.

–Pero te lastimó a ti, y mucho.

A Wes le bastaba saber cómo la había golpeado para sentirse mareado. Por tanto, se negaba a pensar en todo lo que el acechador de Amber, quien supuestamente se llamaba John Cagle, había pensado hacerle a Brittany.

En ese momento, ella se miró la muñeca entablillada y afirmó:

–Créeme, podría haber sido peor.

–Lo sé, Britt. Y, de verdad, lo lamento.

–Yo también.

Acto seguido, le alcanzó la bolsa con sus cosas. Las había recogido, tal como había dicho en el mensaje que le había dejado en el contestador del móvil.

Wes se angustió al pensar que, entonces, tal vez había hablado en serio acerca de terminar con la relación.

–Lo siento, te he arrastrado de una crisis a otra crisis completamente distinta –dijo Britt–. ¿Cómo está Lana?

–No lo sé –respondió–. No me he quedado mucho tiempo en su casa. Ronnie Catalanotto y Amber se iban a quedar con ella mientras intentaba dormir un poco.

–Oh –exclamó ella.

Wes no entendía a qué se debía esa reacción.

–Britt, ¿yo te gusto?

–Por supuesto –respondió ella sin vacilar.

Él se rio porque esa era una de las típicas respuestas de Brittany. Por supuesto que él le gustaba, no había motivos para que no lo hiciera. Pero, en cuanto soltó la primera carcajada, el dolor en las costillas se volvió más intenso y Wes no pudo evitar maldecir.

–Perdón, es que...

–Eso debe de doler mucho –comentó Britt, llena de simpatía y preocupación.

Entonces, Wes no pudo resistir un segundo más.

–¿Te casarías conmigo? –preguntó.

La proposición la sorprendió tanto que Britt ni siquiera pudo contestar.

–¿Por favor? –agregó Wes.

Aunque ya era un poco tarde para sumar puntos por ser educado.

Ella se sentó en las escaleras, cerca de Wes.

–¿Estás hablando en serio?

–Sí, muy en serio.

–Has recibido mi mensaje, ¿verdad? –preguntó, mirándolo inquisitivamente–. Porque, entre otras cosas, decía que no estaba embarazada.

–Lo sé –respondió–. No quiero casarme contigo porque creo que estés embarazada. Aunque, si lo estuvieras, para mí estaría bien. Pero no es por eso. Quiero casarme contigo porque... estoy enamorado de ti.

Al oír lo que Wes acababa de decir, Brittany emitió un sonido extraño. Mitad suspiro, mitad risa. Él no podía asegurar si eso era bueno o malo. Lo único que había hecho era tratar de expresar lo que sentía por ella.

–Tenías razón –admitió Wes–. Desde que Ethan murió, he estado martirizándome por estar vivo. No podía permitirme disfrutar demasiado de nada, no podía permitirme ser feliz. Y tú tenías razón: encontré la manera de convertir mi vida en algo miserable al enamorarme de alguien a quien nunca podría tener.

Lo peor de todo era que no se había dado cuenta de lo que había estado haciendo hasta que había conocido a Brittany. La misma mujer que acababa de decir que él le gustaba.

–Creo que, con el tiempo, dejé de amar a Lana y comencé a amar lo que Lana significaba. El hecho de que fuera inalcanzable la hacía incluso más atractiva, considerando que mi objetivo era ser miserable. Una vez, yo estaba completamente borracho y creo que ella también, la besé. Eso me asustó mucho. Creo que estaba más enamorado del no poder estar con Lana, que de Lana misma.

En ese momento, Wes se quedó con la mirada perdida por unos segundos. Pero, luego, continuó.

–En cuanto a Lana... creo que lo que realmente quería era que Quinn sintiera la devoción que yo sentía por ella. No lo sé. Pienso que nunca me quiso de verdad.

Después, miró a Brittany a los ojos.

–Pero tú sí. Tú me quieres –se rio, y el dolor lo hizo maldecir de nuevo–. No lo entiendo, pero parece que te gusto. Incluso las partes más oscuras y aterradoras que temo mostrar a la mayoría de la gente. Pero no hay nada en mí que no quiera que veas, Britt. No hay nada en mí que sea demasiado intenso o extremo para ti. Tú solo... lo aceptas. Me aceptas a mí.

Wes se sentía tan cómodo con ella que no podía dejar de hablar.

–Cuando estoy contigo, tesoro, aunque solo sea sentados como ahora, me siento tan feliz de estar vivo, tan extraordinariamente vivo... Cuando estoy contigo, no estoy molesto con el mundo, ni estoy molesto conmigo. De hecho, cuando estoy contigo, me gusto a mí mismo. Y si eso no es impresionante...

Brittany tenía los ojos llenos de lágrimas.

–Yo quiero ser ese hombre –dijo Wes–, el hombre que me gusta, el que veo reflejado en tus ojos. Y quiero serlo por el resto de mi vida. Así que cásate conmigo, por favor. Libérame de este suplicio y dime que también me amas.

–Te amo, Wes –respondió ella–. Y adoro la idea de casarme contigo.

Eso era todo lo que Wes deseaba, saber que ella estaría a su lado hasta el fin de los días.

Aunque lo mejor de la respuesta había sido la cálida sonrisa de Brittany y el amor con que lo miraba.

Si Wes hubiera sido del tipo de hombres que lloran, en ese momento, habría estada sollozando. Aun así, sentía que tenía los ojos peligrosamente húmedos.

En ese instante, la besó.

—¿Sabes una cosa? —dijo Britt mientras lo besaba cuidando no rozarle el hombro—. Mi hermana y Jones nunca van a dejar que olvidemos que ellos fueron los que organizaron aquella cita a ciegas.

—Está bien, tesoro —contestó Wes, entre besos—. Porque yo nunca voy a dejar de agradecérselo.

Epílogo

–Qué dirías si te digo que estoy pensando en dejar la escuela durante un año?–preguntó Brittany.

Wes alzó la vista de su ordenador, y giró la silla.

Ella estaba en la puerta de la habitación, inclinada contra el marco.

Él midió las palabras antes de responderle.

–Supongo que te preguntaría por qué estás pensando hacer algo así. Y te diría que espero que no sea por mí.

–No lo es –dijo ella.

–¿De verdad?

No había sido fácil vivir y trabajar en dos ciudades distintas, pero tampoco había sido terrible.

–Vamos, Britt, dímelo de una vez. Sé que me he quejado mucho últimamente, pero no va a ser siempre así. Además, tenemos que pensar en Andy.

Andy necesitaba a Britt a su lado, más que nunca. Dani había vuelto al instituto, pero se aproximaba la fecha del juicio contra Dustin Melero. No tenía garantías; los juicios por violación siempre caían en un infierno de acusaciones cruzadas, pero había otras cuatro chicas más, con historias idénticas a la de Dani. Estaban trabajando juntas para meter preso a ese bastardo.

Tal vez Dustin podría compartir la celda con John Cagle, el psicópata acechador de Amber.

Amber había reforzado su seguridad, y Britt y Wes habían puesto un sistema de alarmas en sus pisos.

No porque temieran que Cagle saliera de la cárcel en un futuro próximo, sino porque el sistema de seguridad permitía que Wes respirara tranquilo cuando no estaba con Britt.

–Andy acaba de llamar por teléfono –comentó Britt.

–¿Cómo ha jugado?

Ese fin de semana, se había ido a Sacramento con el equipo de la universidad.

Andy había perdido la beca, pero al comienzo de la nueva temporada de béisbol se decía que se convertiría en el mejor jugador del equipo. El chico se convertiría en profesional en poco tiempo.

–Ha llamado para decir que, por fin, lo había conseguido. Está firmando con los Dodgers, ¿puedes creerlo? En mayo, comenzara a jugar con el equipo de primera.

Wes la miró atentamente.

–¿Te parece bien?

–Me encanta –sonrió Brittany–. Por supuesto, hice que me prometiera que algún día regresaría y terminaría sus estudios. Incluso, si juega hasta los cuarenta y cinco años. Lo primero que hará después de retirarse será volver a la universidad.

Wes le extendió una mano, ella se acercó y se sentó en su regazo.

–¿En qué estás pensando? Con Andy jugando como profesional, todo el tiempo viajando de un lado a otro, ¿piensas mudarte conmigo a San Diego?

Wes había intentado no sonar muy esperanzado, pero había fallado en sus intenciones.

–Sí –respondió ella–. ¿Tienes algún problema?

–Nada que se le parezca –dijo y la besó–. Me preocupa, sí, que estés pensando en abandonar la escuela de enfermería. Desde hace mucho tiempo, sueñas con convertirte en una enfermera especializada. No me gusta la idea de que lo postergues, solo para pasar más días conmigo en la semana. Además, yo también salgo mucho de la ciudad.

–Lo sé. He pensado que podría solicitar que me transfirieran a la escuela de San Diego. Pero no, hasta dentro de un par de años.

Acto seguido, sonrió. Era la clase de sonrisa que, con el paso de los días, Wes había aprendido a temer. Sabía que esa sonrisa venía siempre acompañada de alguna sorpresa.

–No hasta que el bebé cumpla dos o tres años –agregó Britt.

Wes oyó lo que había dicho, pero le pareció que no tenía sentido. Hasta que, de repente, comprendió lo que Britt trataba de decir. Se rio, impresionado y sorprendido.

–¿Me estás diciendo que...?

–¿Recuerdas que hace dos meses tuvimos un descuido? –preguntó ella.

Él se volvió a reír.

–Sí, pero también recuerdo otras tantas veces después de habernos casado, señora Skelly, en las que tampoco hemos sido particularmente cuidadosos.

En aquel momento, Wes pensó cuánto había disfrutado de cada una de esas veces. Pero un bebé era algo bien distinto.

–Bueno, acabo de hacerme una prueba y... el resultado ha dado positivo –al mirarlo, soltó una carcajada–. Cariño, parece que estás muerto de miedo.

–Lo estoy. Estoy encantado, desde luego, pero... También estoy muerto de miedo. Un bebé. ¡Dios mío!

Brittany estaba radiante. Había oído que eso se decía de las mujeres embarazadas, pero nunca había creído que alguien pudiera brillar de verdad. Sin embargo, Brittany brillaba.

Y él sabía por qué estaba dispuesta a postergar sus aspiraciones profesionales.

Porque, aunque obtener esa especialización había sido su sueño desde hacía tiempo, tenía otro gran sueño: tener un bebé.

Y aunque su embarazo fuera accidental, Wes había ayudado a que ese sueño en particular se hiciera realidad.

–Te amo, Britt. Más de lo que puedas imaginar.

Los ojos le brillaban de alegría.

–Lo sé –dijo, en un susurro.

Después, lo besó intensamente.

Por suerte, Wes no solía llorar. Si lo hiciera, habría dejado un charco de lágrimas en el suelo.

–Si es una niña, podríamos llamarla...

–Eh, espera un momento. No puedo tener una niña –comentó Wes–. Las niñas crecen y se convierten en imanes para los hombres. Y, desde ahora, te advierto que no seré capaz de soportarlo.

–Bueno, supongo que hay un cincuenta por ciento de posibilidades de que el bebé sea varón.

–Sí, pero tener un niño sería mucho peor. No sé nada acerca de la paternidad, mira a quién he tenido de ejemplo. Mi padre era un desastre, tú misma lo has dicho. No, de ninguna manera podría tener un hijo varón.

Brittany no dejaba de reírse.

–Respira, corazón, solo respira. Serás un padre genial.

Entonces, agarró una mano de Wes y la apoyó sobre el vientre, donde crecía el hijo que tendrían.

–Todo lo que tienes que hacer es amar a este pequeño la mitad de lo mucho que me amas a mí. Y tengo la impresión de que, después de que veas su carita, vas a amarlo incluso más que a mí.

–Creo que voy a vomitar –dijo Wes.

Britt rio a carcajadas.

–Eso será lo que me va a pasar a mí durante los próximos meses.

–¿Te sientes bien? ¿Has tenido náuseas por la mañana? ¿Tienes...?

–De hecho, me siento genial, Melody tenía unos malestares matinales terribles, pero no significa que yo los vaya a tener.

—No puedes montar a caballo hasta que nazca el bebé —ordenó Wes—. Lo he oído en alguna parte.

—Eso no debería ser un problema: nunca en mi vida he montado a caballo —soltó otra carcajada—. Mi embarazo va a convertirte en un neurótico, ¿verdad?

Wes cerró los ojos.

—Perdón. Es que...

—Llevará tiempo acostumbrarse a esta situación —comentó Britt—. Lo sé. En especial, al hecho de no necesitar preservativos durante los próximos meses. Eso va a ser realmente duro.

De inmediato, Wes abrió los ojos y vio que ella estaba sonriendo y arqueaba las cejas con picardía.

—Tal vez deberíamos ir a practicar un poco.

—Oh, preciosa...

Wes suspiró y la besó. Y entre discusiones y risas, vivieron felices para siempre.

ÚLTIMOS TÍTULOS PUBLICADOS EN HQN

La caricia de un beso de Susan Mallery

Una sonata para ti de Erica Fiorucci

Después de la tormenta de Brenda Novak

Noche de amor furtivo de Nicola Cornick

Cálido amor de verano de Susan Andersen

El maestro y sus musas de Amanda McIntyre

No reclames al amor de Carla Crespo

Secretos prohibidos de Kasey Michaels

Noche de luciérnagas de Sherryl Woods

Viaje al pasado de Megan Hart

Placeres robados de Brenda Novak

El escándalo perfecto de Delilah Marvelle

Dos almas gemelas de Susan Mallery

Ángel sin alas de Gena Showalter

El señor del castillo de Margaret Moore

Siete razones para no enamorarse de J. de la Rosa

SHERRYL WOODS

CUANDO FLORECEN LAS AZALEAS

Lynn Morrow estaba decidida a poner un plato de comida en la mesa para sus dos hijos. El que pronto se convertiría en su exmarido había fallado de nuevo a la hora de cumplir con sus obligaciones, pero resultaba que Ed estaba luchando contra sus propios demonios.

Fue entonces cuando entró en escena Mitch Franklin, un insólito caballero de brillante armadura. Mitch había adorado a Lynn en el pasado. Ahora en ella no solo veía a la dulce chica que se le había escapado, sino a una mujer desesperada por recibir algo de apoyo. Mientras que acudir al rescate de Lynn y sus hijos fue algo que hizo de manera espontánea, también fue lo suficientemente sensato como para animarla a encontrar su propio camino… que con suerte la conduciría a sus brazos.

www.ingramcontent.com/pod-product-compliance
Lightning Source LLC
LaVergne TN
LVHW030332070526
838199LV00067B/6239